KB092761

수어사이드 하우스

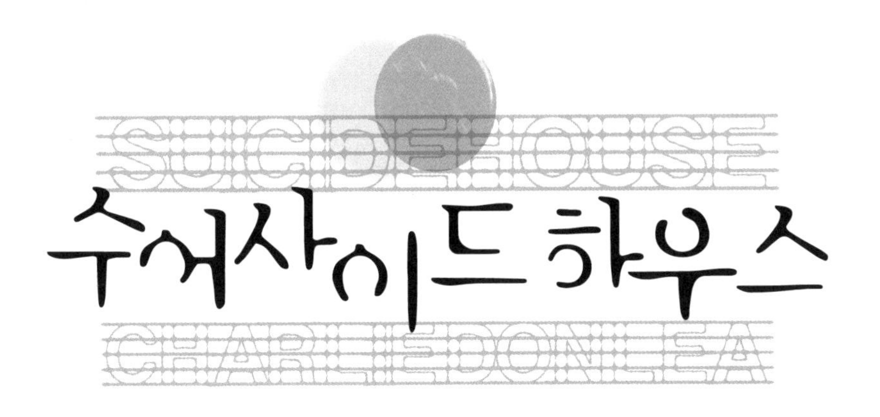

찰리 돈리 지음 · 안은주 옮김

한스미디어

프레드와 수,
부모님이자 새니벌섬 주민,
그리고 친구 같은 분들에게

차례

발견이란 모두가 보는 것을 보고
다른 이들이 하지 못한 생각을 하는 것이다.

—

얼베르트 센트죄르지(1893~1986, 생화학자)

첫 번째 상담
일기 제목 : 선로

나는 동전 하나로 형을 죽였다. 간단하고도 가볍게, 그리고 완벽히 그럴듯하게.

그 일은 선로에서 일어났다. 왜냐하면, 앞으로의 인생에서도 알게 되겠지만, 전속력으로 달리는 기차는 여러모로 대단하기 때문이다.

너무 빨리 지나가버려 눈에 오직 색의 잔상만이 남는다는 점에서는 위풍당당하다. 곧 지진이라도 닥칠 듯이 땅을 뒤흔든다는 점에서는 강렬하다. 하늘에서 뇌우라도 쏟아지는 듯 선로를 훑고 지나가는 소리는 귀를 먹먹하게 한다. 달리는 기차는 이 모든 것을 전부 갖고 있다. 그리고 하나 더. 달리는 기차는 치명적이다.

자갈이 듬성듬성 채워진 길이 선로까지 이어졌고, 우리는 걸을 때마다 미끄러졌다. 저녁 6시쯤 됐으니 이제 기차가 마을을 지나갈 터였다. 해가 지평선 아래 자리를 잡자 구름 아래쪽은 서서히 진홍빛으로 물들어갔다. 땅거미가 지는 이 순간이 선로에 오기 좋은 때였다. 대낮에는 차장이 우리를 발견하고 꼬마 둘이 위험하게 선로에서 논다며 경찰을 부를 수도 있었다. 물론 나는 이 시나리오를 미리 실행해놓았다. 형을 데려온 첫날에 죽여버리면 이 비극에서 빠져나갈 수 있는 구멍이 너무 좁아지니까. 경찰이 나를 심문할 경우에 대비해 대책을 마련해둔 셈이었다. 우리가 선로에서 보낸 시간에 대해 빈틈없이 이야기를 꾸며내야 하니까. 우리는 전에도 여기 왔었다. 사람들 눈에 띈 적도 있고, 잡힌 적도 있다. 부모님한테 경고받고, 벌을 받은 적도 있다. 그 모든 게 내가 설정해둔 시나리오의 일부였다. 이번에는 뭔가가 잘못됐다고 부모님한테 말할 차례였다. 내 설명은 완벽했다. 형이랑 난 어렸으니까. 아직 어리석은 애들이었으니까. 이런 연출은 정말 잘한 일이었다. 형의 죽음을 맡은 형사가 워낙 성가신 사람이었다. 그는 내 얘기를 듣자 의혹을 품었고, 아무리 설명해줘도 전혀 납득하는 기색이 아니었다. 단언컨대 지금까지도 그는 내 얘기를 믿지 않을 거다. 하지만 그날에 대한 나의 진술, 내가 만든 이야기는 물샐틈없었다. 그의 노력이 무색하게 어떤 허점도 발견되지 않았다.

형과 나는 철둑길에 올라 선로 옆에 섰다. 나는 주머니에서 동전 두 개를 꺼내 하나는 형에게 건넸다. 흠 하나 없이 반짝이는 동전을 선로에 올려놓고 기다리면 기차가 우렁차게 지나가며 납작하고 매끈하게 펴준다. 이걸 알려주었을 때 형은 이런 놀이도 다 있느냐며 엄청 재밌어했다. 내 방에 있는 조그만 항아리에는 납작해진 동전이 열 개가 넘었다. 내게 꼭 필요한 것이었다. 우리가 예전에도 그러고 놀았다는 증거가 되어줄 테니까.

어두워지자 저멀리서 희미한 경적 소리가 들렸다. 그 소리는 마치 핏물이 번진 솜뭉치 구름에 갇혀 메아리치는 것 같았다. 해가 사라지자 밤은 더욱 어두워졌다. 거칠거칠한 하늘이 오팔처럼 빛나는 밤. 우리가 움직이는 데는 지장이 없지만 우리가 노출되지 않을 만큼 어스름해진 시각. 나는 쭈그리고 앉아 선로에 동전을 놓았다. 형도 똑같이 했다. 그리고 기다렸다. 처음엔 동전을 선로에 올려놓은 뒤 철둑 아래로 내려가 몸을 숨기곤 했다. 그러다 밤에는 아무도 우리를 못 본다는 걸 알게 됐다. 그 후로는 기차가 다가와도 뛰어 내려가지 않았다. 오히려 더 가까이 다가갔다. 위험에 가까이 다가가면 왜 아드레날린이 차오르는 걸까? 형은 아무것도 몰랐다. 아무것도 몰랐던 게 분명했다. 매번 갈 때마다 형을 조종하는 게 더 쉬워졌으니까. 마치 내가 파렴치한 불량배가 된 듯한 기분이 들 때도 있었다. 남을 괴롭히는 건 원래 형 전문이었는데. 나는 간단함과 유능함을 혼동하지 말자고 다짐했다. 이 일이 간단해 보였던 건 나의 성실함 때문이었다. 내가 쉽고 간단해 보이게 만든 것이다.

다가오는 기차의 전조등이 시야에 들어왔다. 처음에는 상단 등이, 그리고 곧바로 하단에 있는 두 개의 불빛도. 나는 살금살금 선로로 다가갔다. 형은 내 옆, 그러니까 내 오른쪽에 있었다. 나는 형 너머로 다가오는 기차를 바라보았다. 내가 선로로 다가가자 형도 똑같이 했던 걸 보면 형은 나를 의식하고 있었다. 기회를 놓치고 싶지 않았겠지. 내가 으스대는 것도, 아드레날린을 더 많이 느끼는 것도 싫었던 거다. 형은 자기보다 더 갖는 걸 절대 허락하지 않았으니까. 형은 그런 사람이었다. 남을 괴롭히는 사람은 다 그렇다.

기차가 가까이 다가왔다.

"형 동전." 내가 말했다.

"뭐라고?" 형이 물었다.

"형 동전 말이야. 제대로 안 놨다고."

아래를 내려다보는 형의 몸이 선로 쪽으로 살짝 기울었다. 나는 한 발 뒤로 물러나 형을 밀어버렸다. 순식간이었다. 방금까지 옆에 있었던 형이 어느새 사라졌다. 기차는 우레 같은 소리를 귀에 쏟아내고 녹물 같은 색깔을 눈에 채우더니 으르렁대며 지나갔다. 달리는 기차가 형을 따라가라는 듯이 일으킨 바람 때문에 나는 왼쪽으로 한두 발짝 밀려났고, 앞으로도 몸이 쏠렸다. 나는 자갈밭을 디딘 다리에 힘을 주어 버텼다.

기다란 기차의 마지막 량輛이 지나가고 나서야 나를 붙들던 보이지 않는 힘이 사라졌다. 나는 비틀거리며 뒤로 물러났다. 주변 상황이 다시 눈에 들어오기 시작했다. 고요함이 귀를 채웠다. 선로에 남은 건 형의 오른쪽 신발이 다였다. 스스로 벗어 선로에 올려놓기라도 한 듯 반듯이 놓여 있는 게 신기했다.

나는 신중함을 발휘해 신발을 건드리지 않았다. 그래도 내 동전만은 집어 들었다. 동전은 납작하게 펴져서 더 커져 있었다. 동전을 주머니에 넣었다. 동전 항아리에 넣어야겠다고 생각하며 집으로 향했다. 부모님께 이 끔찍한 소식도 전해야겠지.

나는 가죽 일기장을 덮었다. 다음 상담 때 이어서 읽기 위해 술 달린 가름끈을 책갈피에 끼워 넣었다. 방은 쥐죽은듯 고요했다.

"충격받았어요?" 마침내 내가 물었다.

건너편에 앉은 여자가 고개를 저었다. "전혀."

내가 고백하는 동안에도 그녀는 한 치의 변화도 보이지 않았다.

"좋네요. 내가 여기 오는 건 치료 때문이지 비판을 받으려는 게 아니니까요." 나는 일기를 들어서 보여주었다. "다른 사람들에 대해서도 얘기하고 싶어요."

나는 기다렸다. 여자가 나를 빤히 쳐다보았다.

"더 있거든요. 형이 다가 아니에요."

나는 또 말을 멈췄다. 여자는 계속해서 나를 쳐다보았다.

"다른 사람들에 대해서 얘기하는 거 싫으세요?"

여자가 다시 고개를 저었다. "전혀."

내가 끄덕이며 말했다. "좋아요. 그럼 그건 다음번에 읽을게요."

웨스트몬트 사립고등학교
2019년 6월 21일(금) 11:54 p.m.

초승달이 나뭇잎 사이로 간간이 뿌연 광채를 내보이는 깊은 밤. 이리저리 얽힌 나뭇가지 사이로 달이 모습을 드러냈다 감췄다 하며 숲속 땅을 희미하게 밝혔다. 흑백영화에 옻칠을 더한 것 같았다. 들고 있는 촛불 덕분에 시야는 확보되었지만, 조금이라도 속도를 올리거나 뛰려고만 하면 촛불이 자꾸 꺼졌다. 그는 살금살금 조심스럽게 속도를 늦췄다. 하지만 걷는 건 안 될 일이었다. 서둘러야 했다. 일등으로 도착해서 다른 사람들을 이겨야 했다.

그는 촛불이 꺼지지 않게 손으로 감싸 바람을 막았고, 덕분에 몇 분간 주변을 둘러볼 수 있었다. 그렇게 몇 미터를 걸어나가다가 수상하게 생긴 나무 앞에서 걸음을 멈췄다. 가만히 서서 나무 몸통을 훑어보았다. 그토록 원하는 열쇠를 찾기 위해서였다. 바로 그때 촛불이 꺼졌다. 바람은 없었다. 연기와 함께 타는 냄새가 코를 채웠다. 이유도 없이 갑자기 촛불을 꺼뜨리면 '맨인더미러Man in the Mirror'는 끝이었다. 규칙에 의하면 십 초 안에 초에 다시 불을 붙여야 했다(이 규칙을 깬 사람은 지금까지 한 명도 없었다).

성냥을 더듬어 찾았다. 규칙상 라이터는 안 되고 성냥만 가능했다. 그는 성냥으로 성냥갑 옆을 그었다. 불이 켜지지 않았다. 떨리는 손으로 다시 그었다. 성냥이 부러져 캄캄한 땅바닥으로 떨어졌다. 성냥갑을 열어 다시 한 개비를 꺼내는데 몇 개비가 땅에 떨어졌다.

"젠장." 그가 내뱉었다.

이런 식으로 성냥을 낭비할 순 없었다. 사택에 도착해 세이프룸에 들어갈 때를 대비해 아껴야 했다. 하지만 그는 지금 꺼진 초를 들고 어두운 숲속에 혼자 있었다. 떠도는 얘기가 맞는다면 위기에 처한 것이었다. 몸이 덜덜 떨리는 것으로 보아 그 자신도 얘기를 믿고 있었다. 그는 침착해질 때까지 가만히 손을 들여다보다가 다시 성냥을 그었다. 성냥개비에서 불꽃이 확 하고 타올랐다. 불꽃은 황 냄새 나는 연기를 뿜어내며 곧 자리를 잡았다. 그가 성냥불을 초 심지에 가져다 댔다. 불이 붙어 다행이었다. 그는 숨을 고르며 어두운 숲을 둘러보았다. 주변 소리에 귀를 기울이고 기다렸다. 아무래도 시간 안에 마친 건 자신뿐인 것 같았다. 그는 앞에 있는 나무로 관심을 돌렸다. 그리고 천천히, 앞으로 걸어나갔다. 촛불이 꺼지지 않게 신경 쓰면서. 맨인더미러의 접근을 피하려면 촛불이 꼭 켜져 있어야 했다.

거대한 떡갈나무에 다가서자 바닥에 나무 상자가 놓여 있었다. 그가 무릎을 꿇고 앉아 뚜껑을 열었다. 안에 열쇠 하나가 있었다. 심장이 세차게 펌프질하며 목에 불거진 혈관으로 피를 마구 내보냈다. 그가 숨을 한 번 깊이 들이마시고는 후 불어서 촛불을 껐다. 열쇠를 발견하면 촛불을 끄는 게 규칙이었다. 그는 숲을 벗어나기 시작했다. 멀리서 기차 경적 소리가 어둠을 뚫고 들려오자 아드레날린이 솟아났다. 경주가 시작된 것이다. 그가 돌진했다. 발목을 삐었고, 나뭇가지가 자꾸만 얼굴을 때렸다. 숲속을 뛰는 내내 굉음을 내며 달리는 기차 때문에 땅 밑이 흔들렸다. 그 진동 때문에 발걸음이 더욱 조급해졌다.

숲을 벗어날 즈음 기차가 그의 왼쪽에 있는 선로를 따라 빠르게 지나갔다. 기차 쇠붙이에 비친 달빛이 괴상하게 일그러졌다. 그는 나뭇잎을 떨쳐내고 사택을 향해 뛰었다. 헐떡거리며 뱉어내는 앓는 소리는 이내 기차 소음에 묻혔다. 입구에 다다르자 문을 밀고 뛰어들었다.

그 순간 누군가 말했다. "축하한다. 네가 일등이다."

"대박!" 그는 숨을 몰아쉬며 말했다.

"열쇠는 찾았나?"

"그럼요." 그가 열쇠를 들어 보였다.

"따라와."

두 사람은 어두운 복도를 따라 천천히 세이프룸까지 걸어갔다. 그가 손잡이에 열쇠를 꽂고 돌렸다. 잠금장치가 풀리고 문이 활짝 열렸다. 방으로 들어가 문을 닫자 칠흑같이 캄캄했다. 숲속의 어둠은 비할 바가 아니었다.

"서둘러."

그는 무릎과 손을 바닥에 대고 엎드려 일렬로 늘어선 초들이 만져질 때까지 원목 바닥을 더듬었다. 초는 커다란 전신거울 앞에 놓여 있었다. 그는 주머니를 뒤져 성냥갑을 꺼냈다. 남은 성냥은 세 개비였다. 성냥을 그어 초 하나에 불을 붙이고 거울 앞에 섰다. 거울은 묵직한 방수포로 덮여 있었다.

그는 숨을 한 번 들이쉰 다음 문에서 만난 사람에게 고개를 끄덕였다. 그리고 둘이 함께 방수포를 끌어내렸다. 촛불 때문에 거울에 비친 모습이 흐릿했지만, 찢어진 그의 양쪽 뺨에서 피가 배어나는 것만은 분명히 보였다. 마치 전장에서 상처 입어 겁에 질린 사람 같았다. 하지만 그는 해냈다. 마지막 기차가 집 옆을 지나 동쪽을 향해 달려가자 덜커덩거리는 소리도 잦아들었다. 방에는 정적만 흘렀다.

거울을 들여다보며 그는 마지막으로 숨을 들이쉬었다. 그러고는 둘이 함께 주문을 외웠다. "맨 인 더 미러. 맨 인 더 미러. 맨 인 더 미러."

둘은 잠시 숨을 멈추고 눈도 깜빡이지 않았다. 바로 그때 뒤에서 뭔가가 휙 움직였다. 거울 속 두 사람 사이로 뭔가 흐릿한 형상이 나타났다. 곧 어둠 속에서 얼굴 하나가 나와 뚜렷이 보이기 시작했다. 두 눈은 촛불에서 반사된 빛으로 번뜩였다. 누구든 몸을 돌리거나 소리 지르거나 싸우려고 달려들기도 전, 촛불이 먼저 꺼졌다.

인디애나 페퍼밀
2019년 6월 22일(토) 3:33 a.m.

형사가 차를 몰고 노란색 폴리스라인을 지나쳤다. 주변은 이미 통제 중이었다. 그는 빨갛고 푸른 불빛이 번쩍이는 혼란 속으로 차를 끌고 들어갔다. 경찰차, 구급차, 소방차가 벽돌 기둥 앞에 아무렇게나 주차되어 있었다. 기숙학교인 웨스트몬트 사립고등학교 정문이었다.

엉망진창이군.

상관에게 들은 얘기로는 학생 두어 명이 캠퍼스와 인접한 숲에서 살해됐다는 것뿐 더 자세한 내용은 없었다. 과잉대응을 할 만한 상황이었다. 시내에 있던 경찰과 소방대원이 총동원되었다. 보아하니 병원 인력의 절반이 이곳에 온 것 같았다. 의사와 간호사들이 구급차 전조등 앞을 지날 때마다 그들의 수술복과 하얀 가운이 환하게 빛났다. 경찰들은 학생과 교직원들을 불러내 교문 밖 빛이 있는 쪽으로 이끌면서 뭔가를 얘기하고 있었다. 폴리스라인 바깥쪽에는 채널식스Channel 6 방송 차량이 세워져 있었다. 잠의 몽롱함에 취할 시간대지만 더 많은 취재진이 속속 몰려들 거라고 그는 확신했다.

헨리 오트 형사가 차에서 내리자 담당 경관이 상황 설명을 해주었다.

"처음 신고전화가 들어온 건 밤 12시 25분이었습니다. 그 뒤로 전화가 몇 통 더 이어졌고요. 다들 숲에서 난리가 났다는 내용이었습니다."

"숲의 어디를 말하는 거죠?" 헨리 오트 형사가 물었다.

"캠퍼스 외곽에 있는 버려진 집입니다."

"버려졌다니요?"

"지금까지 들은 얘기로는 말이죠, 원래는 교사용 사택이었는데 몇 년 전 캐나다 철도선이 들어서면서 매일 화물열차가 그쪽을 지나가게 됐답니다. 소음이 워낙 심해서 비우게 된 거죠. 지금 사택은 캠퍼스 안에 있다고 하더군요. 학교 측은 부지를 미식축구장이랑 육상경기장으로 개발할 계획이라는데, 일단 지금은 숲속에 그냥 버려져 있는 상태입니다. 학생 몇 명과 얘기를 해보니 심야시간 파티 장소로 학생들이 즐겨 찾았던 모양입니다."

오트 형사는 웨스트몬트 사립고의 정문을 통해 학교 안으로 들어갔다. 본관 앞에 골프 카트 한 대가 서 있고, 거대한 기둥 사이에 삼각형 모양의 박공벽이 조명을 받아 반짝였다. 박공벽에는 학교 표어가 새겨져 있었다.

"베니암 솔룸, 레린쿠아티스 에트." 건물을 올려다보느라 고개를 뒤로 젖힌 오트 형사가 중얼거렸다. "혼자 와서 함께 떠나다."

"무슨 의미입니까?"

"의미 따위엔 관심 없소. 그건 그렇고 우린 어디로 가는 겁니까?" 오트 형사가 경관을 쳐다보며 물었다.

"타시죠." 경관이 골프 카트를 가리키며 말했다. "그 건물은 캠퍼스 외곽에 있습니다. 숲을 지나 20분 정도 걸어야 해서 이걸 타고 가는 게 빠를 겁니다."

형사가 골프 카트에 올라탔다. 몇 분이 지나 좁고 흙먼지 나는 숲속 길로 접어들자 온몸이 흔들렸다. 커다란 자작나무 줄기 때문에 주변 광경이 흐릿하게 보였고 달빛마저 자취를 감춘 시각이었다. 숲속으로 더 깊이 들어가자 그들이 의지할 수 있는 건 골프 카트의 전조등뿐이었다.

"세상에나! 여기도 학교 부지라고요?" 오트 형사가 입을 열었다.

"예, 형사님. 교사들 사생활보호를 위해 교정에서 좀 멀리 떨어진 곳에 집을 지었다고 합니다."

좁은 길 저 끝에 사람들이 바삐 움직이는 게 보였다. 시야 확보를 위해 조명이 설치되어 있었다. 새까맣게 우거진 숲을 빠져나갈 때는 선사시대의 거대 생명체 입에서 탈출하는 기분이었다.

입구에 다다르자 경관이 골프 카트의 속도를 줄였다.

"형사님, 현장에 도착하기 전에 말씀드릴 게 하나 더 있습니다."

"뭔데요?" 형사가 경관을 바라보았다.

경관이 침을 삼켰다. "좀 많이 잔인합니다. 이런 광경은 저도 처음입니다."

한밤중에 깨어난 오트 형사는 웅웅대는 소리에 숙취까지 겹쳐 인내심이 바닥난 상태였다. 맞장구를 쳐주는 데도 소질이 없었다.

"갑시다." 그가 앞쪽을 가리키며 말했다.

골프 카트가 어두운 길을 나와 할로겐 조명이 있는 곳에 도착했다. 이곳에 배치된 인원은 소수였지만 오히려 더 차분하고 체계적이었다. 용의주도한 출동 경찰은 범죄 현장이 훼손되는 일이 없도록 경찰, 구조대, 소방관 인원을 최소한도로 해놓았다.

경관은 게이트 바로 앞에 카트를 세웠다.

"이런 젠장." 오트 형사가 골프 카트에서 내리며 중얼거렸다. 먼저 온 사람들이 그의 반응을 지켜보며 지시를 기다리던 중이라 모두가 그를 쳐다보았다.

그의 앞에는 백 년 전의 과거에서 튀어나온 것 같은 커다란 식민지풍 주택이 한 채 서 있었다. 그 집은 어슴푸레한 빛 가운데 있었고, 조명을 받아 외관을 둘러싼 담쟁이덩굴이 빛나고 있었다. 게이트 철문은 집을 지키듯 서 있었고, 키 큰 떡갈나무들이 어둠 속으로 가지를 뻗치고 있었다. 오트 형사가 처음으로 본 건 게이트 창살에 꽂혀 있는 남학생 시체였다. 이건 사고가 아니었다. 게이트를 타고 넘다가 실수로 창살에 넘어진 게 아니었다. 분명 의도적인 것이었다. 아주 교묘했다. 누군가 저 남학생의 몸을 저기에 꽂았다. 신중하게 들어올려서 창살에 내려놓았다. 창살 하나가 학생의 턱을 뚫고 얼굴을 통해 두개골까지 찌르도록.

오트 형사가 주머니에서 손전등을 꺼내 건물로 향했다. 그때 옆쪽 바닥에 앉아 있는 여학생 하나가 눈에 들어왔다. 피를 뒤집어쓴 여학생은 충격으로 멍한 상태였고, 팔로 무릎을 감싸 안고 몸을 앞뒤로 흔들고 있었다.

"이건 애들이 말썽을 피운 정도가 아니라 거의 살육 현장인데요."

1부

2020년 8월

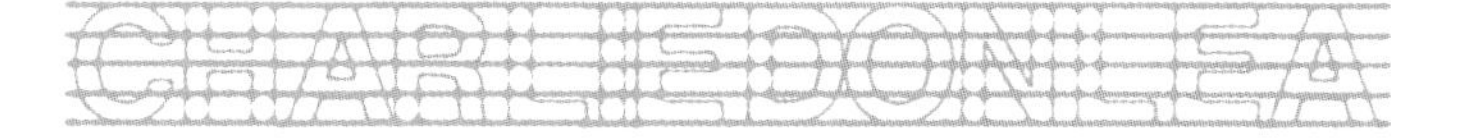

1장

아침 일찍 팟캐스트에 올라온 세 번째 에피소드가 겨우 다섯 시간 만에 거의 30만 회나 다운로드되었다. 하루만 지나도 〈수어사이드 하우스The Suicide House〉의 이번 방송을 들은 사람은 100만 명이 넘을 것이다. 청취자들은 SNS 등 소셜미디어로 몰려들어 방송에서 다룬 증거를 토대로 각종 이론과 결론을 제시하며 논쟁을 펼칠 것이다. 이를 통해 더 많은 사람들이 관심을 갖게 될 테고, 새로운 청취자들은 이전 에피소드까지 찾아 들을 것이다. 그러면 곧 맥 카터는 엄청난 인기를 얻게 되겠지.

불가피한 현실을 생각하니 라이더 힐리어는 말할 수 없이 짜증이 났다. 수사를 해왔던 건 그녀였고, 주의를 촉구했던 것도 그녀였다. 새로 알아낸 사실을 모두 녹음하고 자신의 범죄 전문 블로그에 올리며 웨스트몬트 사립고 살인사건을 몇 년간 지속적으로 살펴본 것은 그녀뿐이었다. 그녀의 유튜브 채널 구독자는 25만 명, 방송 한 회당 조회수만 해도 100만이 넘었다. 하지만 지금, 그간의 모든 노력이 맥 카터의 팟캐스트 방송 때문에 물거품이 될 처지였다.

라이더 힐리어는 웨스트몬트고 사건이 일어나자마자 엄청난 기삿거리라는 걸 직감했다. 사건에 대한 경찰의 공식발표 내용은 너무 단순하고 얼렁뚱땅이었다. 사법당국이 제시한 사건 경위를 보면 아무리 좋게 봐줘도 누락된 점이 많았고, 최악의 경우 진실을 호도하기까지 했다. 라이더는 제대로 된 지원하에 빈틈없이 수사 내용을 보도하면 청취자가 많이 붙을 거라고 확신했다. 그래서 작년 이 사건이 전국의 헤드라인을 강타했던 그때, 수사가 시작되자마자 제대로 된 상황 설명도 없이 종결된 그때, 라이더는 뉴스 제작진들을 찾아가 방송 제작을 제의했다. 그렇지만 라이더 힐리어는 맥 카터 같은 진짜배기 유명인이 아닌 일개 기자일 뿐이었다. 전형적인 미국인처럼 생기지도 않았고 목소리도 좋지 않았다. 그래서 어떤 곳도 그녀의 제의에 관심을 주지 않았다. 인디애나 밖에서는 서른다섯 살의 이 기자를 알아주는 곳이 없었다. 하지만 그녀의 기사는 〈인디애나폴리스 스타〉에서 특집으로 다뤄진 데다 몇몇 지방 방송국에서도 언급된 터였다. 유튜브 채널도 인기가 올라간 걸 보면 웨스트몬트고 사건에 갑자기 관심이 몰린 것은 자신의 기사 때문임이 분명했다. TV에서 황금시간대 프로그램을 진행하던 맥 카터가 아무 이유 없이 인디애나의 작고 별 볼일 없는 곳으로 왔을 리 없다. 누군가, 어딘가에서, 그녀의 발견에 주의를 기울이고 있다가 돈이 될 것 같으니 기회를 잡은 것이다. 그래서 매일 밤 방송하는 시사 프로그램 진행자인 맥 카터를 이곳으로 파견한 것이다. 맥 카터의 명성에 몰려든 사람들은 그가 진행하는 얄팍한 내용의 팟캐스트 방송에 관심을 쏟을 것이다. 수사기술이며 열정 넘치는 태도로 유명한 그 맥 카터 씨께서 웨스트몬트고 사건이 너무 쉽게 종결됐다며 자신이 해답을 찾겠다고 공언한 마당이니 청취자들이 수백 명 달라붙을 것이다. 그렇지만 협찬도 후하게 받고 돈도 선불로 당겨 받은 그가 증명할 것이라고는 자기네들이 비극이라는 잿더미를 등에 업고 팟캐스트를 통해 돈벌이했다는 것 말고는 쥐뿔도 없을 것이다. 이 비극이란 게 청취자들을 사로잡을 만큼 충격적이고 소름 끼칠수록 더욱 그럴 것이다. 그리고 웨스트몬트고 사건은 그 기준에 부합했다.

라이더는 이러한 거대 산업 때문에 밀려나고 싶지 않았다. 오히려 그 반대였다. 지금 와서 그만두기에는 아까울 정도로 열심히 일했다. 그래서 팟캐스트의 성공에 발맞춰나갈 계획이었다. 그러기 위해선 맥 카터를 끌어들여야 했다. 만약 자신이 쥐고 있는 카드를 보여주면 그도 관심을 갖고 주목할 것이다. 그녀는 신문사 월급만으로 생계가 가능했고 유튜브 채널 덕에 광고 수익이 쏠쏠했다. 그렇지만 삼십 대 중반인 라이더 힐리어는 경력을 쌓고 싶었다. 한 건 크게 터뜨려서 역사상 가장 유명한 범죄 팟캐스트에 자신의 이름을 올리고 한 단계 높은 수준으로 도약하고 싶었다. 따지고 보면 맥 카터 역시 그녀가 필요했다. 웨스트몬트고 살인사건에 대해 그녀만큼 잘 아는 사람은 없으니까. 그 사건을 수사했던 형사도 그녀만큼은 알지 못한다. 그러니 맥 카터의 주의만 끌면 되는 일이었다.

수십만 명의 청취자처럼 그녀도 최신 에피소드를 다운받았다. 이어폰을 끼고 핸드폰 화면을 터치해 재생을 시작했다. 맥 카터의 노련한 목소리가 들려왔다.

> 인디애나 페퍼밀 미시간 호수 근처에 있는 웨스트몬트 사립고등학교는 명망 있는 기숙학교로 설립된 지 80년도 넘었습니다. 유구한 역사로 보아 방송을 듣는 여러분보다 더 오래 존재하게 될 것입니다. 하지만 그러한 명예와 영예 위에 상처가 하나 생겼습니다. 앞으로 오래

도록 기억될 추하고도 지저분한 오점이 남은 겁니다.

이번 방송에서는 이렇게 명망 있는 학교에서 일어난 비극에 대해 다시 얘기해볼까 합니다. 때는 2019년 여름, 더운 날 학교에 머무는 학생들을 위해 엄격한 학칙이 조금, 아주 조금 완화된 시기였습니다. 문제의 그날, 학생들이 어둡고 위험한 게임을 하던 중 일이 틀어져 학생 두 명이 비참하게 살해되었고 교사 한 명이 기소되었습니다. 하지만 이 이야기의 핵심에는 생존자들이 있습니다. 그 학생들, 이 사건을 잊기 위해 필사적으로 노력했지만 이상하게도 자꾸 그날 밤으로 되돌아간 학생들에 대해 얘기를 나눠보려 합니다.

우리는 운명을 가른 그날 밤에 일어난 일을 자세하게 살펴볼 것입니다. 희생자들과 그들이 캠퍼스 외곽 숲에서 벌인 무모한 게임에 대해서도 알아볼 겁니다. 살인이 일어난 버려진 사택 내부도 살펴볼 것이고, 그날 밤의 공격에서 살아남은 생존자들을 만나고 엘리트 기숙사의 내부에서는 어떤 생활을 하는지 들여다볼 예정입니다. 경찰 보고서, 목격자 진술서, 사회복지사의 기록, 그리고 사건에 연루된 학생들의 심리 평가서도 살펴볼 겁니다. 이 사건을 담당했던 수사팀장과 함께 더 깊이 있게 파고들겠습니다. 마지막으로 이 살인사건을 일으킨 웨스트몬트 사립고 교사 찰스 고먼의 마음을 들여다볼 텐데요. 이런 과정을 통해 새로운 사실을 발견하게 되길 고대합니다. 누구도 발견하지 못했던, 학교 담장에 갇힌 이 비밀스러운 사건에 한 줄기 빛을 선사할 작은 증거를 말입니다. 대체 학생들은 왜 자꾸 버려진 사택으로 되돌아가 자살을 하는 걸까요? 그 비밀을 밝힐 시간입니다.

저는 맥 카터고요, 지금 여러분은…… <수어사이드 하우스>에 도착하셨습니다.

라이더는 조깅을 하면서도 고개를 설레설레 저었다. 오프닝마저 이렇게 혹하게 만들다니.

맥 카터입니다. 오늘 방송은 <수어사이드 하우스>의 세 번째 시간입니다. 웨스트몬트고 살인사건의 생존자 중 한 명인 테오 콤프턴 학생과 얘기를 나눠보려는데요. 그는 사건이 일어났던 작년 6월 21일 밤 버려진 사택에 있었지만 지금까지 단 한 번도 인터뷰를 하지 않았죠. 그런데 오직 제게만 그날의 얘기를 털어놓겠다고 <수어사이드 하우스> 웹페이지 게시판을 통해 연락이 왔었습니다. 친구 두 명이 살해당한 그날 밤 무슨 일이 있었던 건지 털어놓겠다고 말이죠.

우리는 테오 학생의 요청대로 페퍼밀에 있는 맥도날드에서 만났습니다. 그는 구석 칸막이 자리에 앉았는데도 대화 내내 속삭이더군요. 거기다 한참이나 뜸을 들이고서야 이야기를 시작하는 바람에 녹음 파일 앞부분은 뭉텅 잘라내야 했습니다. 이제 파일을 들을 텐데요. 중간 중간 제가 코멘트를 넣어 상황을 설명하겠습니다.

"그래서 친구들이 살해당한 그날 밤에 거기 있었죠?"

테오가 고개를 끄덕이며 턱에 난 수염을 긁적였습니다.

"네, 거기 있었어요."

"폐가에 대해 얘기해주세요. 그곳이 인기 있는 이유는 뭐죠?"

"왜긴요. 우린 기숙사에 갇힌 십 대잖아요. 교칙도 꽉 막혔고 복장 규정까지 있으니 말 다 했죠. 숲속에 있는 폐가는 탈출구 같은 거였어요."

"무엇으로부터 탈출한다는 거죠?"

"규칙, 교사들, 상담선생님, 상담시간 등에서요. 우리가 원한 건 자유였다고요. 그냥 학교에서 뛰쳐나와 거기서 빈둥대면서 여름을 즐기고 싶었어요."

"이제 막 졸업반이 되는 거죠? 맞습니까?"

"네."

"그렇지만 이번 여름엔 테오 학생과 친구들 모두 거기 안 가죠?"

"이젠 아무도 안 가요."

"작년 여름, 살인이 있었던 날 밤 친구들과 뭔가를 하던 중이었죠? 어둡고 비밀이 가득한 게임을요. 그것에 대해 얘기해줄래요?"

테오가 저를 무섭게 쏘아보더니 창문 너머 주차장으로 시선을 돌렸습니다. 제가 뭔가를 더 알고 있다고 생각하는 것 같았죠. 웨스트몬트 사립고가 내부에서 일어난 살인사건으로 악명을 떨치게 된 지 이제 일 년이 되었습니다. 사람들은 그날 밤 학생들이 위험한 게임을 했다며 의문을 제기했지만, 경찰이 수사 진행상황에 대해 함구하는 바람에 루머는 오히려 더욱 확산됐습니다.

"그날 밤 무슨 일이 있었는지 얘기해보세요. 거기서 뭘 하던 중이었죠?"

주차장을 쳐다보던 테오의 시선이 제게로 옮겨왔습니다.

"우린 그때 그 집에 있지 않았어요. 숲에 있었다고요."

"그 집을 둘러싼 숲을 말하는 건가요?"

테오가 고개를 끄덕였습니다.

"다 같이 게임을 하던 중이었다고 하던데요?"

"아니라고요. 게임이 문제가 아니었다고요."

테오는 마치 모욕이라도 받았다는 듯 성급하게 대꾸했습니다. 다음 말을 기다렸지만 더 이상 말이 없더군요. 그래서 저는 강하게 밀어붙였습니다.

"사람들 말로는 테오 학생과 친구들이 '맨인더미러'라는 게임을 하던 중이었다고 하던데요. 게임 규칙을 지키는 데 너무 몰두한 나머지 끔찍한 일이 일어난 거라고요."

테오는 고개를 저으며 다시 창밖으로 시선을 옮겼습니다.

"우리가 일을 엉망으로 만든 거예요. 아시겠어요? 이제는 진실을 말해야 한다고요."

"진실이라고요. 좋습니다. 알고 있는 내용을 얘기해주세요."

테오는 몇 번이나 숨을 깊게 들이쉬었습니다. 거의 과호흡 수준이었죠.

"경찰한테 전부 말한 게 아니에요."

"뭐에 대해서요?"

"그날 밤에 대해서요. 많은 것에 대해서요."

"예를 들면?"

테오는 여기서 오랫동안 뜸을 들였습니다. 저는 애타는 마음으로 기다렸고, 마침내 그가 입을 열었습니다.

"예를 들면 고먼 선생님에 대한 거요."

저는 숨이 목에 걸린 듯 잠시 입을 열 수가 없었습니다. 찰스 고먼은 웨스트몬트 사립고 교사로, 테오 콤프턴의 친구들을 살해한 혐의로 기소되었습니다. 학생 두 명을 살해한 뒤 한 명은 게이트 창살에 꽂은 혐의 말이죠. 그에 대한 기소는 매우 엄중하며 다른 용의자는 없는 상황입니다. 이런저런 증거들이 고먼을 불리한 상황으로 몰아갔죠. 그런데 많은 사람들은 이 살인사건에 지금까지 알려진 것보다 더 많은 뭔가가 존재한다고 믿고 있습니다. 그리고 이제 테오 콤프턴이 이 복잡한 퍼즐에서 사라진 조각을 꺼내 끼워 맞춰줄 참이었습니다.

"그 사람이 왜요?"

제 목소리에 절박함이 묻어났고, 테오도 그걸 눈치챘습니다.

"젠장, 저 못 하겠어요."

테오가 자리에서 빠져나가려고 몸을 옆으로 돌렸습니다.

"잠깐만요! 찰스 고먼 선생님에 대해 얘기해주세요. 그분이 왜 그랬는지 알아요?"

테오는 갑자기 저를 뚫어지게 바라보았습니다.

"그 사람이 한 게 아니에요."

저는 눈도 깜빡이지 않고 제 앞에 있는 청년에게 시선을 고정했습니다.

"그렇게 말하는 이유가 뭐죠?"

테오가 갑자기 일어섰습니다.

"저 가야 해요. 모임 애들이 제가 이러는 거 알면 난리 나요."

"무슨 모임요?"

테오는 저를 남겨둔 채 순식간에 맥도날드를 빠져나갔습니다. 저는 그 자리에 남아 똑같은 질문만 계속 되뇌었죠. "무슨 모임?"

2장

라이더 힐리어는 조깅을 하면서 에피소드의 반을 들었다. 끝까지 듣고 싶은 마음이 굴뚝같았지만 내일까지 써야 할 기사가 있었다. 매주 〈인디애나폴리스 스타〉 일요일판에 연재하는 범죄 칼럼이었다. 그녀의 칼럼은 신문사에서 잘나가는 편에 속했다. 온라인 사이트에는 늘 댓글이 줄줄이 달리고, 인기 있는 뉴스 사이트에선 그녀의 칼럼을 링크로 연결하는 일이 다반사였다.

샤워를 마친 그녀는 청바지에 탱크톱을 입고 주방 탁자로 갔다. 탁자 위 노트북 앞에 앉아 밤 10시 40분까지 한 시간쯤 기사를 썼다. 사우스벤드에서 사라진 남성에 대한 기사였다. 최근에 드러난 바로는 남성의 생명보험 가입 시점이 문제가 되면서 아내에게 혐의가 몰린 상황이었다. 오늘따라 글이 잘 써지지 않았다. 어떻게든 마무리하고 싶은데 맥 카터의 깊고 노련한 목소리가 자꾸만 머릿속을 맴돌았다. 아까 듣던 팟캐스트를 이어서 듣고 싶은 마음뿐이었다. 그녀는 결국 유혹에 굴복했다. 노트북을 옆으로 밀어두고 핸드폰을 들어 다시 재생 버튼을 눌렀다.

이렇게 테오 콤프턴과의 인터뷰는 속된 말로 쫄딱 망했다고 할 만큼 실패로 끝났습니다. 하지만 완전히 실패한 건 아닙니다. 이 짧은 대화에는 수상한 점이 있기 때문입니다. 웨스트몬트 사립고 살인사건이 일어난 것은 작년 6월 21일입니다. 그리고 찰스 고먼이 용의자로 지목되었습니다. 바로 그의 집에서 살인 계획서가 발견되었기 때문입니다. 학생들을 살해할 방법에 대해 필기체로 분명하게 기록해 놓은 일기장이 발견되었죠. 목 부분의 정맥을 벤다거나 게이트 창살에 꽂는다거나 하는 세부사항까지 시간 순으로 가감 없이 적혀 있었습니다. 고먼은 그 계획을 그대로 실행에 옮겼고요.

이런 상황에서 저는 테오 콤프턴 때문에 생각이 복잡해졌습니다. 찰스 고먼을 지목하는 수많은 증거가 있는 마당에, 만약 테오가, 아니 다른 누구라도 이 증거를 무너뜨릴 정보를 갖고 있다면 그걸 알아야 하지 않겠습니까. 물론 이 방송을 들으시는 분들 중에 작은 단서라도 갖고 계신다면 팟캐스트 홈페이지 게시판에 공유해주시기 바랍니다. 일단 지금은 지난주 에피소드에 이어 고먼에게 초점을 맞출까 합니다. 말씀드렸던 것처럼 저는 독점으로 웨스트몬트고에 대한, 특히 고먼이 살았던 사택에 대한 접근 허가를 받았는데요, 이제부터 제가 그곳을 방문했던 일을 돌이켜보려고 합니다. 이 방문은 교장선생님인 가브리엘라 해노버 박사님의 지휘 아래 진행되었습니다. 역시 인터뷰 녹음 중간 중간 코멘트를 넣어 설명을 해드리겠습니다.

웨스트몬트고는 엄숙하면서도 불길한 곳이었습니다. 하얀색 사암으로 지어진 고딕식 건물이 처마까지 닿는 담쟁이덩굴로 뒤덮여 있었죠. 여름날의 토요일 정오, 그곳은 아주 고요했는데요, 해노버 박사님이 운전하는 골프 카트를 타고 구불구불한 교정을 달리는 동안 눈에 띈 건 교정을 거니는 몇몇 학생뿐이었습니다.

"살인이 일어났던 그곳은…… 여전히 출입금지인가요?"

저의 이 질문이 해노버 박사의 심기를 건드린 것 같더군요. 곁눈질하는 그분과 잠깐 눈이 마주쳤거든요. 그 순간 마치 맞닿은 손가락에서 정전기가 나는 것 같았죠. 표정을 보아하니 운을 믿고 덤벼선 안 되겠구나 하는 생각이 들었습니다. 실은 이번 방문에 앞서 교장선생님을 포함해 학교 담당 변호사들과 만나 협상하는 자리가 있었는데요, 거기서 들은 설명으로는 살인이 일어난 그 장소는 저나 팟캐스트 담당자들뿐만 아니라 학생들도 접근이 불가능하다고 했거든요. 그 지역은 골프 카트로 교내를 지나는 동안 멀리서도 보일 만큼 높은 벽돌담으로 분리되어 있었습니다. 저처럼 호기심 충만한 분들을 위해 말씀드리자면, 붉은 벽돌은 멀리 떨어지라는 경고의 느낌을 주지 않았습니다. 오히려 반대였죠. 그 너머에 무엇이 있을지 와서 살펴보라고 애원하는 것 같았죠. 뭔가 사악한 것이 이곳에 숨겨져 있다고 소리치는 것 같았어요. 그 담만 넘으면 숲이 시작되고, 거기서 숨겨진 길을 따라가면 악명 높은 사택에 닿을 수 있거든요.

살인이 일어나기 전까지만 해도 학교는 그곳을 철거하고 주변 숲을 정리해 미식축구장, 육상경기장, 야구장, 축구장을 만들 계획이었습니다. 지난 몇 달간 자금도 확보해놓은 상태였고요. 페퍼밀 경찰서로부터 범죄 현장에 더 이상 증거가 남아 있지 않다는 확인만 받으면 철거작업이 시작될 예정이었습니다.

그러나 사건이 신속하게 마무리됐는데도 주지사는 공사를 연기하라는 행정 명령을 내렸습니다. 사실 이것은 작년에 페퍼밀 경찰서가 철거를 연기하라고 검찰청을 압박하고 검찰청이 주지사를 압박한 결과입니다. 경찰 내부에 있는 누군가가 그날 밤 담벼락 안에서 일어난 일에 대해 여전히 뭔가 꺼림칙하다고 여기고 있나 봅니다. 그래서 철거는 미뤄진 상태입니다. 하지만 웨스트몬트의 실세들, 즉 이사회를 비롯해 학교의 성공에 매달린 돈 있는 자들은 철거가 되기만을 고대하고 있습니다. 학교 역사에 오점이 생겼는데, 그걸 지우려면 철거밖에 없다는 것이겠지요. 어쨌든 현재로선 굳건히 서 있는 상태입니다. 그리고 저는 그곳으로 들어가는 길을 찾아낼 것입니다.

그렇지만 오늘만큼은 내 부탁에 부응이 없더라도 그냥 넘어가야지 생각했습니다. 해노버 박사에게 부담을 줬다가는 그대로 끝이 날 수도 있으니까요. 버려진 사택을 이번에 보지 못한다는 것은 이미 아는 내용이었습니다. 다만 고먼의 이층집은 약속을 받아놓은 상황이었죠. 그리고 이제 시작입니다. 우리는 교사용 주택지로 다가갔습니다. 집들이 길게 늘어선 곳으로 '교사 거리'라고 부르는 장소였죠. 그 가운데 14호가 고먼이 8년 동안 재직하며 거주했던 곳입니다. 모범적인 화학교사였으며 인사고과에서도 칭찬 일색이었던 사람입니다. 하지만 작년 6월 21일 밤 이후 사람들은 그의 모든 자료를 재차 파헤치고 있습니다.

우리는 14호 앞에서 골프 카트를 세웠습니다. 암적색 벽돌 사이사이로 회반죽이 삐져나온, 작지만 알찬 이층집이었습니다. 옆집과의 사이에 좁은 통행로가 있고, 층층나무와 수국이 줄지어 있어 분리된 느낌이 드는 곳이었죠. 입구 쪽에 출입문 두 개가 있었는데 하나는 14호, 하나는 15호였습니다. 쾌적하고 편안해 보이는 주택이었죠. 이런 곳에 그런 괴물이 살았다는 게 믿어지지 않을 정도로요.

교장선생님께서 14호 현관을 열쇠로 열자 열쇠 꾸러미가 찰그랑거렸습니다. 빈집에 들어서자 일 년 동안 사람 손길을 타지 않은 가구가 드문드문 놓여 있더군요. 저는 해노버 박사를 따라 응접실과 주방, 침실로 갔습니다. 작은 서재를 지날 때 해노버 박사의 전화가 울리더군요. 그녀는 양해를 구하고 밖으로 나가 전화를 받았고, 저는 갑자기 찰스 고먼의 집에 혼자 남게 되었습니다. 집안은 불안할 정도로 고요했죠. 고먼이 비밀스러운 삶을 영위했던 이곳은 일 년이 넘도록 주인이 없었습니다. 왠지 불길한 느낌이 들면서 저는 곧 깨달았죠. 이 집은 앞으로도 새로운 입주자가 없으리라는 것을요. 그 누구도 살인자의 뒤를 이어 이곳에 살면서 그가 살해한 학생들의 영혼을 대면하고 싶지 않겠죠. 그 영혼들이 제대로 된 해명과 사건의 종결을 찾아 집안을 배회하고 있을 테니까요.

그 순간 저는 그들을 느낄 수 있었습니다. 제가 원하는 것도 그들과 똑같은 것이었죠. 저는 몸을 흔들어 목 뒤에서 느껴지는 서늘함을 떨쳐냈습니다. 시간이 별로 없었죠. 이래서는 안 된다는 걸 알면서도 취재기자의 본능이 날뛰는 걸 어쩔 수 없었습니다. 저는 급히 작은 서재로 들어갔습니다. 방이 비워져 있더군요. 바닥의 양탄자가 눌린 자국을 보니 방 한가운데가 책상 자리였음을 알 수 있었습니다. 고먼은 살인 계획서를 바로 그곳에서 썼을 겁니다. 방에 남은 거라곤 빈 책장, 바퀴 하나가 빠져 비스듬하게 서 있는 의자, 그리고 벽에 걸린 주기율표뿐이었습니다. 그 뒤에 뭐가 있는지 저는 알고 있었습니다.

저는 재빨리 밖을 내다보고 해노버 박사가 밖에 있다는 걸 확인했습니다. 그리고 주기율표를 벽에서 떼어냈습니다. 벽에는 금고 하나가 박혀 있었습니다. 수사관들이 고먼의 살인 계획서를 발견한 곳이 바로 그 금고였죠.

금고 손잡이를 돌려 문을 연 순간이었습니다.

"당장 닫으세요."

해노버 박사가 당황한 기색도 없이 말했습니다. 작은 목소리였지만 매우 단호했죠. 저는 곧 그녀를 향해 몸을 돌렸습니다. 그녀는 복도에 서 있었고, 저는 그렇게 발각되고 말았죠.

으스스한 음악이 라이더의 귓가에 울리자 그녀는 맥 카터의 매혹적인 목소리, 생생한 묘사를 따라 들어간 찰스 고먼의 집을 빠져나와 현실로 되돌아온 것 같았다. 음악이 잦아들고 다시 맥 카터의 목소리가 들렸다.

<수어사이드 하우스> 다음 편에서는 찰스 고먼의 집에서 발견한 것들에 대해 더 많이 들려드릴 예정입니다. 놓치면 후회하실 겁니다. 그럼 다음 편에서 뵙겠습니다……. 지금까지 맥 카터였습니다.

3장

요란한 광고 소리에 짜증이 난 라이더 힐리어가 팟캐스트를 바로 꺼버렸다. 방바닥에 핸드폰을 내던지고 싶은 심정이었다. 맥 카터는 금고에서 발견한 게 쥐뿔도 없었다. 다음 편까지 기다렸다가 들을 필요도 없었다. 값싼 미끼를 던져놓고 자신이 얼마나 수완 좋은 취재기자인지 셀프로 홍보하는 꼴이라니, 보는 사람이 창피할 지경이었다. 웨스트몬트고 사건에 대해 조금이라도 아는 사람이라면 수사관들이 벽에 있는 금고에서 고먼의 살인 계획서를 발견했다는 것 정도는 다 알고 있었다. 맥 카터의 발견에는 획기적인 게 하나도 없었다. 그런데도 뭣도 모르는 청취자들은 맥 카터가 금고에 있는 내용으로 사건을 해결하려는 순간 현장에서 발각됐다고 여기고 군침을 흘리며 몰려들겠지. 게다가 웨스트몬트고와 찰스 고먼의 집 사진, 그리고 맥 카터가 핸드폰으로 재빨리 찍어낸 금고 사진을 보겠다고 〈수어사이드 하우스〉 사이트 게시판에 헐레벌떡 몰려들며 트래픽을 일으키겠지.

이런 종류의 정보라면 라이더는 사건 직후 이미 블로그와 유튜브에 올려놨었다. 학교와 교사 거리에 대한 공식 기록과 신문 스크랩을 통해 사진도 확보해놓은 터였다. 심지어 사건 다음 날 노란색 폴리스라인이 쳐진 고먼의 집 사진도 찾아냈었다. 학생 하나가 소셜미디어에 올린 것을 삭제되기 전에 받아놓은 거였다. 하지만 맥 카터가 숨까지 가쁘게 몰아쉬며 금고의 존재에 대해 설명한 연기 덕에 더 많은 사람들이 그의 팟캐스트를 찾아 듣겠지. 그녀는 자기도 다른 사람들처럼 방송에 빠져들어 흥미를 느꼈다는 사실에 화가 났다. 게다가 지금은 다른 사람들처럼 미끼를 덥석 물고 맥의 웹사이트를 훑어보는 중이었다. 그녀가 욕을 퍼부었다. 게시판은 맥의 발견에 대해 논하느라 이미 난리가 나 있었다. 찰스 고먼의 짓이 아니라던 테오 콤프턴의 수수께끼 같은 말이 무엇을 의미하는지, 맥이 금고에서 찾은 게 무엇인지 논하느라 말이다.

"아무것도 없다고, 이 쥐뿔도 모르는 사람들아!" 라이더가 컴퓨터에 대고 소리쳤다. "사건이 일어난 지 일 년이나 지났는데 무슨 증거가 남아 있겠냐고!"

30분 동안 들여다보고 나니 더 이상 참을 수 없었다. 그녀는 자신의 블로그로 넘어가 구독자들을 위해 글을 쓰려는 참이었다. 자신은 여전히 겁날 게 없고, 웨스트몬트고 사건 뒤에 숨겨진 진실을 찾는 진짜 전사이며, 그딴 팟캐스트의 뻔한 수작에 놀아나 자신을 버리지 말라는 내용으로. 그러나 맥 카터 사이트의 창을 닫으려는 찰나, 댓글 창에서 반복 재생되는 동영상 하나가 눈에 띄었다. 그녀는 즉시 알아보았다. 바로 자신이 찍은 거였다. 사건이 있고 몇 주 후 학교 뒤 숲에 잠입해 찍은 것으로, 흔들리는 화면 속에 보이는 것은 그 사택이었다. 그때만 해도 그 지역이 폴리스라인으로 봉쇄되고 경찰의 주시를 받던 터라 어렵게 찍은 장면이었다. 동영상 파일 밑에는 수수께끼 같은 글이 짧게 적혀 있었다.

MC! 오늘밤 13-3-5, 진실을 말하겠습니다. 될 대로 되라는 심정입니다. 뒷감당할 준비가 되어 있습니다.

라이더는 MC가 맥 카터Mack Carter를 의미한다는 걸 알았다. 밤 10시 55분에 쓴 글이었다. 30분 전.

그녀는 차키를 움켜쥐고 밖으로 뛰어나가며 전화를 걸었다.

4장

그는 13이라고 써진 마일표시판을 지나자 속도를 줄이고 주행계 리셋 버튼을 눌러 영으로 세팅했다. 느린 속도로 차를 몰면서 주행계가 처음부터 다시 시작하는 것을 확인했다. 생존자 모두는 그 숫자를 알았다. *13-3-5.* 이게 시작이었다. 이 숫자를 몰랐다면 어땠을까? 용감하게 모험을 마치면 가입시켜주겠다는 약속에 홀려 이곳까지 오지 않았다면 어땠을까? 하지만 과거를 바꿀 수는 없었다. 미래라도 바꾸려면 현재를 통제해야 했다.

주행계가 3이라는 숫자를 내보였다. 13이라고 써진 마일표시판을 지나 3분의 1마일 더 왔다는 의미였다. 그가 자갈이 깔린 갓길에 차를 대고 전조등을 껐다. 새까만 밤이 차를 삼켰다. 그는 어둠에 몸을 숨길 수 있는 이대로가 좋았다. 투명 망토라도 쓰고 세상으로부터 숨고 싶었다. 자신의 생각으로부터. 자신의 기억으로부터. 그리고 자신이 지은 죄와 잘못으로부터. 하지만 그건 그렇게 쉬운 일이 아니었다. 숨어서 될 일이었다면 진즉에 이곳을, 이곳의 환영을 뒤로하고 이미 떠났을 것이다. 다른 곳에서 새 출발을 했다면 얼마나 좋았을까. 다른 학교에서, 과거를 잊은 채 예전의 자신으로 돌아갔다면. 그렇지만 악령이 이미 그를 사로잡았으니 도망친다고 해도 놓아주지 않았을 것이다. 그 밤을 피해 달아날 수 있을 만큼 먼 곳이 있었다면 다른 친구들도 도망치며 뛰고, 또 뛰었을 것이다. 그들은 그러는 대신 이곳으로 되돌아왔다.

그가 차문을 열고 운전석에서 빠져나왔다. 2차선 도로 중간을 걸으며 밤하늘을 올려다보았다. 짙은 구름이 회색빛으로 드리워진 음울한 날이었고, 곧 다가올 태풍 때문에 공기에는 습기를 머금은 냄새가 가득했다. 별마저 구름에 가려져 그는 완전히 혼자였다. 오늘은 하늘마저도 그를 바라봐주지 않았다.

귀에 들리는 건 밤의 침묵뿐이지만, 그는 포장도로 위에서 타이어 소리를 내며 다가오는 대형 트레일러의 굉음을 듣고 싶었다. 전조등만 바라보면 끝나니 얼마나 쉬울까? 눈만 감으면 그대로 끝이 날 테니. 이 땅에 살며 평생 감당하느니 죽는 게 낫다는 생각을 한 건 이번이 처음은 아니었다.

마침내 그가 길을 걸으며 여정을 시작했다. 차문은 활짝 열어둔 채 그대로 숲으로 향했다. *13-3-5.* 13이라고 써진 마일표시판에서 3분의 1마일 더 간 후 0.5마일은 숲을 통해 걷는 여정이었다. 길을 찾는 건 쉬웠지만 지난번에 왔을 때보다 숲이 더 무성해져 있었다. 작년 여름 살육이 일어난 이후 너무도 많은 일이 인생을 송두리째 바꿔버렸다. 그는 반 마일을 10분 만에 주파해 말뚝 두 개 사이에 녹슬고 부식된 체인이 늘어져 있는 곳에 도착했다. 이끼가 잔뜩 낀 '사유지' 표지판은 무단 침입자들을 쫓아내기에는 역부족이었다.

그는 표지판을 지나쳐 걸어가 마침내 악명 높은 사택을 마주하고 섰다. 끔찍했던 그날 밤 그들의 삶이 저주받기 전에도 그는 친구들과 이곳에 자주 왔었다. 주말마다 왔었다. 자주 들락날락한 덕에 그때만 해도 사람 사는 곳처럼 보였다. 하지만 누구의 손도

타지 않은 채 일 년이 지난 지금, 눈앞의 집은 죽어가고 있었다. 이곳에서 일어난 살육처럼 예기치 못하게 갑자기 죽은 게 아니었다. 이 집은 서서히 죽음을 맞이하고 있었다. 하루하루 조금씩. 벽돌이 바스라지고, 삼나무로 만든 문과 창문이 뒤틀려 있었다. 처마는 부식되고 홈통은 거스러미처럼 지붕에서 삐죽 튀어나와 있었다. 게이트에는 여전히 노란 폴리스라인이 너덜너덜 매달려 바람에 파닥거렸다. 어두운 밤에 보니 귀신이 나올 것만 같았다. 그때 이후로 이곳에 온 것은 오늘이 처음이었다. 다른 친구들과 함께 여기서 있었던 일을 정확히 진술하기 위해 왔던 그때, 말하고 싶은 만큼만 얘기했던 그때 이후로.

그는 공터를 거쳐 집을 향해 걸어갔다. 게이트 창살이 성을 둘러싼 방패 같았다. 게이트를 활짝 열자 녹슬고 낡은 경첩이 어둠 속에서 끼익 소리를 냈고, 아래쪽 창살이 진흙을 긁어 반원을 그렸다. 문득 살인이 일어난 그날 밤 게이트에서 본 장면이 떠올랐다. 눈을 깜빡여도 그 장면은 사라지지 않았다.

선혈이 낭자한 그날 밤의 이미지는 머릿속에서 떨쳐지지 않았다. 그는 자신들이 간직해온 비밀, 자신들이 숨기고 있던 것들에 대해 생각했다. 정신이 어질어질했다. 덜커덩거리는 화물열차 소리에 현실감각을 되찾을 수 있었다. 그는 머리를 흔들어 주위를 살펴보고는 서둘러 걸었다. 그리고 사택을 지나쳐 걷다가 굽은 길로 접어들어 선로로 향했다. 그날 그들이 함께 내렸던 결정이 그를 이 자리에, 찰스 고먼이 왔던 이 자리에 오게 만들었다. 그리고 바로 여기에서 앞으로 남은 인생을 다시 시작할 것이다. 이곳에서 자신의 악마를 제압하고 마침내 자유를 되찾게 될 것이다.

기관차가 다가오자 경적 소리가 밤을 채웠다. 굉음을 내며 선로를 달리는 기차 소리 외에 다른 소리는 조금도 귀에 들어오지 않았다. 그가 선로 옆에 서서 주머니에 넣어 온 물건을 움켜쥐었다. 고무젖꼭지를 빠는 아기처럼 손가락으로 만지작거리며 감각에 집중하니 마음이 진정됐다. 언제나 그랬듯이.

기차는 밤의 신호등처럼 전조등을 밝히고 굉음을 내며 다가왔다. 하지만 그는 귀를 막으려 하지 않았다. 오히려 기차 소리를 듣고 싶었다. 기차를 느끼고, 냄새를 맡고, 맛을 보고 싶었다. 기차가 자신에게 붙은 악마를 데려가 주길 바랐다.

그는 눈을 감았다. 우레 같은 소리 때문에 귀가 먹먹했다.

5장

맥 카터는 인디애나 페퍼밀에 구해놓은 임대주택에서 지내는 중이었다. 그는 마지막으로 원고를 확인하고 맥주 한 모금으로 목을 축였다. 이윽고 소음방지 헤드폰을 제대로 쓴 다음 마이크에 바짝 대고 말을 시작했다.

"웨스트몬트고 살인사건으로 온 나라는 비탄에 잠겼고, 안식처가 되어야 할 사립 기숙학교 내부에서 그런 끔찍한 비극이 일어났다는 것에 경악을 금치 못하고 있습니다. 지금까지 우리는 운명을 가른 그날 밤에 대해 몇 가지를 자세히 살펴보았습니다. 다음 편에서는 살해된 두 학생에 대해 더 알아보고, 그들이 했던 위험한 게임의 세계로 깊게 들어가볼까 합니다. 이를 위해 우리는 엘리트 기숙학교의 생활은 어떤지 가까이에서 들여다보고 십 대 학생들을 조사할 것입니다. 늘 그래왔듯이 그 과정에서 뭔가 새로운 사실을 발견하기를 바랍니다. 웨스트몬트고의 담벼락 안에 숨겨져 있는 그 비밀, 아무도 발견하지 못한 무언가를 말입니다. 저 맥 카터가 〈수어사이드 하우스〉로…… 여러분을 초대합니다."

맥은 노트북 터치스크린에서 정지 버튼을 눌렀다. 그리고 녹음 내용을 들어보며 편집을 시작했다. 말의 타이밍이나 억양을 점검하는 등 만족스러울 때까지 작업하며 맥주 한 병을 다 비웠다. 마침내 편집을 마친 인트로 부분을 프로듀서에게 이메일로 보냈다. 그의 방송은 요즘 나오는 팟캐스트 방송 중에서 다운로드 수가 가장 높았다. 웨스트몬트고 사건은 범죄사건에 관심이 많은 사람들에게 널리 알려져 있어서 주요 언론 매체가 아이템으로 채택할 확률이 높았다. 맥이 매주 평일 밤 뉴스를 진행하는 방송국에서 팟캐스트 제작을 지원했고, 거기에 거대 협찬사가 붙어 계약서까지 썼으니, 이것은 성공을 예측하는 좋은 징조나 마찬가지였다. 〈수어사이드 하우스〉는 곧 대세가 될 것이다.

그는 방송국이 페퍼밀 임대주택에 설치해준 작은 녹음 스튜디오에서 한 시간을 보냈다. 그의 앞에 놓인 컴퓨터에는 지난주에 작업한 녹음 파일이 모두 담겨 있었다. 담당 피디가 분량을 정리해 편집한 파일들을 보내면 맥이 듣고 오케이 사인을 해줘야 제작진이 내용에 맞춰 편성할 수 있었다. 녹음 파일 곳곳에 빨간색으로 편집점이 표시되어 있었는데, 이것은 맥이 추가로 코멘터리 작업을 해야 한다는 의미였다.

그는 맥주 한 병을 더 따고 작업을 이어갔다. 전화벨이 울렸을 때 시간을 보니 밤 11시 30분이었다. 발신번호는 모르는 번호였는데 페퍼밀에 온 후로 그런 전화가 많았다. 지금까지의 인터뷰는 모두 전화로 진행했고, 녹음장치를 이용해 자신의 목소리뿐 아니라 상대방 목소리도 담아냈기에 방송에서 틀어도 놀라울 정도로 깨끗하게 들렸다. 그는 녹음기를 켜고 전화를 받았다.

"맥 카터입니다."

"라이더 힐리어예요."

맥은 눈을 감았다. 하마터면 녹음기를 끌 뻔했다. 라이더 힐리어는 범죄사건 담당 기자이자 유명한 블로거였다. 그녀의 블로그

게시판과 채팅방에서는 괴짜들이 모여 전국 각지의 실종사건이며 살인사건 등에 대해 온갖 음모론을 펼쳤다. 그중 가장 인기 있는 사건이 바로 웨스트몬트고 살인사건이었다. 라이더는 지난 한 해 동안 그 사건에 대해 광범위하게 조사하며 글을 써왔고, 맥이 팟캐스트를 진행한다는 소문이 돌 때부터 그에게 계속 접촉을 시도해왔다.

"이봐요, 라이더. 저 이럴 시간 없습니다."

"당신 홈페이지 글 읽어봤어요?"

"저 지금 바쁘게 작업 중이라고요!"

"아닌 거 알아요. 당신 밑에 제작진이 한 무더기는 있을 텐데요. 보나마나 청취자들한테 의견 달라고 해놓고 들여다보지도 않았겠죠. 하지만 한 가지 아셔야 할 게 있어요. 숫자 *십삼, 삼, 오*를 들으면 뭐가 떠오르시나요?"

"십삼, 삼, 그리고 뭐요?"

"젠장." 라이더의 이 한마디에 당당함이 가득했다. "정말 아무것도 모르고 계시는군요. 그런데도 〈시리얼Serial〉 이후 최고 잘나가는 방송이라니."

"라이더, 내일 저희 프로듀서한테 연락하시고요, 그러면 그분이……."

"빨리 밖으로 나오세요, 당장요. 저도 지금 가는 중이에요."

"어디로요?"

"*13-3-5*."

"도대체 그게 무슨 소립니까?"

"녹음기 챙겨 오시고요. 77번 국도를 타고 남쪽으로 오세요. 13이라고 써진 마일표시판이 보이면 거기서 3분의 1마일 더 가세요.

그게 *13*이랑 *3*이에요. 나머지 *5*는 거기 오면 시작하죠. 저는 딱 20분만 기다리고 안 오시면 혼자 갈 거예요."

"대체 어디로 간다는 겁니까?"

"사택에요. 서두르세요. 아니면 저 혼자 갑니다."

전화가 뚝 끊겼다. 잠깐 핸드폰을 쳐다보던 맥은 마이크를 옷깃에 고정하고 작동 여부를 확인한 다음 문밖으로 뛰어나갔다.

6장

맥은 운전 중에도 말을 계속했다. 77번 국도 위였다. 페퍼밀 외곽의 시골길은 칠흑같이 어두웠다. 이 방송을 듣는 청취자들은 맥의 목소리만으로도 위급 상황이라는 것을 감지할 것이다.

“저는 지금 77번 국도를 달리고 있습니다.” 맥은 옷깃에 꽂은 마이크에 대고 말을 이었다. “지금은 거의 자정이 다 된 시각인데요. 어두운 도로는 텅 비어 있습니다. 한 시간 전 게시판에 댓글이 하나 달렸는데 *13-3-5*라고 불리는 장소로 오라는 내용이었습니다. 그래서 지금 그곳을 향하고 있습니다.”

웨스트몬트고 정문은 챔피언 대로에 있었고, 맥이 지도에서 확인한 바로는 학교 부지가 77번 국도까지 이어져 있었다. 〈수어사이드 하우스〉 사이트에는 청취자들이 살인이 일어난 숲과 집을 볼 수 있도록 게시한 항공사진이 있었다. 그 집과 77번 국도 사이에는 800미터쯤 되는 삼림지대가 자리했다. 맥은 이런 사항을 설명하기 위해 최선을 다했지만 초조해서인지 말이 자꾸 엉켰다. 오늘의 여정이 혹시라도 방송에 포함된다면 프로듀서가 싹 정리를 한 후에 코멘터리 작업을 해야 할 것 같다.

그는 마일표시판을 지날 때마다 꼬박꼬박 알려주었다.

“저 앞에 초록색 마일표시판이 보이는데요. 너무 캄캄해서 속도를 줄이고 접근 중입니다. 지금 13이라고 써진 표지판을 보고 있습니다. 제가 듣기로 여기서부터 3분의 1마일 더 가야 한답니다. 주행계를 확인하겠습니다."

주행거리를 확인하는 동안 침묵 속에 일 분이 흘렀다. 팟캐스트 방송 이래로 이렇게 불안한 건 처음이었다. 그는 침을 꿀꺽 삼켰다. 자동차 전조등이 더 많은 풍경을 포착하고 있는 지금, 상황이 점점 더 현실적으로 다가왔다.

"자." 그가 입을 열었다. 갑자기 분출된 아드레날린 때문에 입안이 바싹 말랐다. "저 앞에 뭐가 있는데요. 저는 지금 표시판을 지나 3분의 1마일쯤 더 온 상태고요, 갓길에 차가 한 대 서 있군요. 세단형이고요. 전조등은 꺼져 있지만 운전석 문이 열려 있습니다. 지금 그 뒤에 차를 세우는 중이고요, 제 차 전조등이 앞 차 내부를 밝혀주고 있습니다. 안에 아무도 없군요."

맥은 차를 멈추고 주변을 돌아보았다. 라이더 힐리어가 도로 옆, 갓길과 숲 사이에 있는 얕은 도랑에 서 있었다. 그녀가 핸드폰 플래시를 켜서 맥을 향해 흔들어 보였다.

맥은 차에서 내려 앞 차로 걸어갔다. 그리고 안을 들여다보며 말했다. "지금 이 차가 있는 곳은 13이라고 써진 마일표시판을 지나 정확히 3분의 1마일 더 온 지점입니다. 차 안에는 사람의 흔적이 없고요. 버려진 차로 보이는군요."

맥이 둑 아래로 내려가 라이더에게 다가갔다.

"도대체 여기서 뭐 하자는 겁니까?"

"녹음 중인가요?"

맥이 고개를 끄덕였다.

"좋아요. 저도 하고 있어요." 그녀가 자신의 핸드폰을 들어 보였다. "가시죠."

"저거 당신 차요?"

"아니요."

"그럼 누구 건가요?"

"같이 알아봐야죠." 라이더가 대답했다.

그녀는 곧 어두운 숲으로 난 길을 따라 사라졌다. 그녀의 핸드폰 플래시 빛이 사라지기 전에 맥도 서둘러 뒤따랐다.

"라이더, 무슨 일인지 얘기 좀 합시다. 지금 어디로 가는 거요?"

"이 길로 반 마일만 더 가면 돼요. *13-3-5*. 웨스트몬트고 살인사건으로 팟캐스트를 진행하시는 분이 이 숫자도 모른다니 어이가 없네요."

반 마일을 더 가자 철제 울타리가 나왔다. 누군가 절단기를 써서 철사를 구부려놓은 덕분에 머리를 숙여 통과할 수 있었다. 울타리를 지나고 얼마 지나지 않아 길이 끊기고 숲이 나왔다. 녹슨 체인이 두 말뚝 사이에 축 늘어져 있었고, 그곳에 '사유지' 표지판이 매달려 있었다. 맥 카터는 어슴푸레 보이는 건물을 바라보았다. 14개월 전 웨스트몬트고 학생들이 처참히 죽임당한 곳.

"자." 맥은 마음을 가라앉히고 마이크에 대고 말했다. 목소리가 떨렸다. "숲으로 들어와 반 마일을 더 들어왔고요, 여기엔 나무가 없고 길이 하나 있는데요, 이 길을 따라가면 버려진 사택을 둘러싼 게이트에 닿게 됩니다. 웨스트몬트고 외곽에 있는 이 집은……."

이때 덜커덩하는 소리가 땅 밑에서부터 끓어오르기 시작했다. 땅이 흔들리고 경적 소리가 귀를 때렸다.

"저 기차!" 라이더가 사택 쪽으로 뛰기 시작했다.

맥은 잠시 멈칫했다가 그녀를 뒤쫓았다. 그들은 집 뒤로 난 길로 가다가 오른쪽으로 꺾었다. 길은 나무 덤불을 지나 기차선로까지 이어져 있었다. 그들이 도착했을 때 기차는 이미 그곳을 지나는 중이었다. 라이더가 지나가는 기차를 찍으려고 핸드폰을 들었다. 기차 몸체 곳곳에 낙서가 되어 있었지만 속도가 너무 빨라 뭐라고 쓰여 있는지 알 수 없었다. 기차가 다 지나가는 데는 3분이 걸렸다. 마침내 덜컹거리는 소리가 잦아들자 습격을 당한 밤은 이내 고요해졌다.

라이더가 한쪽을 가리켰다. "이런 젠장!"

맥이 그녀의 손가락을 따라 반대편 선로로 시선을 옮겼다. 거기, 맞은편에, 사람이 한 명 쓰러져 있었다. 라이더가 선로를 가로질러 건너가기 시작했다. 맥은 좌우를 재빨리 살폈다. 어둠 속에 두 선로만이 나란히 뻗어 있었다. 그도 맞은편으로 걸음을 옮겼다. 힐리어는 핸드폰으로 녹화를 하는 중이었다. 맥이 핸드폰 불빛을 따라 눈길을 옮기자 시체 한 구가 빛 아래 널브러져 있었다. 사지가 기괴한 모양으로 구부러지고 머리는 어깨 쪽으로 꺾여 있었다. 한눈에 봐도 골절이 심했고 소생 가능성이 없었다. 다리 하나는 몸통에 깔려 있었고, 다른 쪽 다리는 하키 스틱처럼 무릎에서 휘어져 있었다. 두 팔은 모두 몸통 가까이에서 접힌 채 두 손이 재킷 주머니에 꽂혀 있었다. 맥은 속이 뒤틀려 눈을 돌리고 싶었지만, 시체의 얼굴 어딘가가 그를 끌어당겼다. 쭈그려 앉아 살펴보니 선혈이 낭자한 그 시체는 테오 콤프턴이었다.

2부

2020년 8월

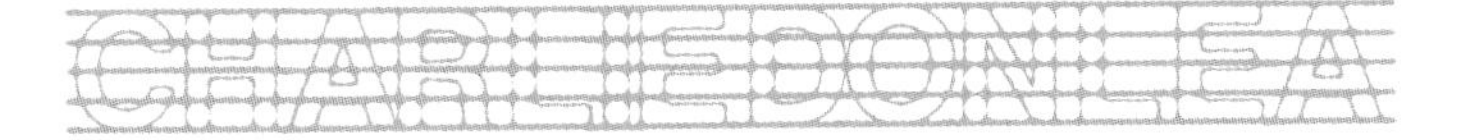

7장

레인 필립스 박사가 탄 택시가 미시간 대로로 접어들었다. 그는 택시 뒷자리에서 노트를 넘겨보며 작년에 일어난 웨스트몬트고 살인사건에 대해 정보를 확인하는 중이었다. 일에 너무 열중한 나머지 택시 운전사가 칸막이를 두드리는 소리를 듣지 못했다.

"다 왔습니다." 택시 운전사가 말했다.

레인이 고개를 들었다. 운전사가 후방 거울로 그를 보면서 조수석 창밖을 가리켰다. "다 왔다고요."

시카고 북부에 위치한 NBC 타워가 눈앞에 서 있었다. 레인은 인디애나 페퍼밀에서 일어난 소름 끼치는 살인사건에서 빠져나오기 위해 눈을 몇 번 깜빡였다.

"죄송합니다." 그가 노트를 덮으며 요금을 건넸다.

화요일 오전 9시, 콜럼버스 거리는 인파로 가득했다. 그가 택시에서 내려 NBC 타워를 올려다보았다. 레인 필립스는 법정심리학자에 프로파일러였다. 그가 지난 50년간 가장 악명 높았던 연쇄살인마들에 대해 쓴 책은(레인은 대다수 사람을 직접 인터뷰해 책을 썼다) 출간 첫해에만 200만 부 넘게 팔렸다. 현재까지 700만 부 가까이 팔렸고, 그 기세는 수그러들 줄 몰랐다. 이 책은 세상에서 사라져야 할 악랄한 살인사건에 관심이 많은 사람이라면 꼭 찾아봐야 하는 교과서와도 같았다. 레인은 다양한 범죄 프로그램에서 자문으로 활약했고, TV 출연과 라디오 인터뷰, 칼럼 기사를 통해 사람들의 주목을 받았다. 화면발도 좋은 편이어서 세간의 이목을 끄는 사건이 쟁점이 될 때마다 케이블 뉴스나 아침 프로그램에서 그를 모셔가기 바빴다.

몇 년 전 노스캐롤라이나에서 메건 맥도널드라는 소녀가 유괴되어 2주간 실종상태였다가 기적적으로 탈출한 사건이 있었다. 그때 여러 방송국이 레인을 섭외했고, 레인은 소녀가 생존자로서 앞으로 겪게 될 일들에 대해 설명해주었다. 그러다 또 다른 여성이 실종됐는데, 메건이 당한 유괴사건과 연관성이 드러나자 FBI가 레인에게 용의자 범위를 좁혀달라는 요청을 해왔다. 레인은 그만큼 저명한 프로파일러였다.

여기저기서 몰려드는 제안을 소화하기 힘들어 매니저까지 둘 정도였다. 그의 친구이자 매니저인 드와이트 코리가 NBC 타워 앞에서 기다리고 있었다. 레인은 단번에 그를 찾아냈다. 사람들이 득실대는 시카고 거리에서도 드와이트는 단연 눈에 띄었다. 키가 190센티가 넘는 흑인으로, 레인과의 토요일 점심 약속에도 주문제작한 아르마니 정장을 입는 사람이었다. 드와이트 코리에게 평상복이란 빳빳하게 풀 먹인 셔츠에 빈틈없이 꼭 맞는 맞춤 재킷을 입고 넥타이만 생략하는 거였다. 드와이트가 오늘의 만남을 위해 고른 옷은 베이지색 아르마니 정장에 밝은 초록색 넥타이였다. 프렌치커프스 소매는 재킷 사이로 딱 알맞은 만큼만 보였고 끝에는 금색 커프스 단추가 달려 있었다. 신발 재질이 뭔지는 몰라도 빛이 반사되는 바람에 레인은 얼굴을 찡그렸다.

드와이트에 비하면 레인은 완전히 다른 분위기였다. 첫 번째 단

추만 푼 옥스퍼드 셔츠에 짙은 색 청바지를 입고 코트를 걸쳤다. 발이 편한 신발에는 흠집이 나 있었고, 구불거리는 머리카락은 자꾸 얼굴로 쏟아져 손바닥으로 연신 쓸어넘겨야 했다. 그는 각지의 교도소를 뛰어다니며 살인자들을 인터뷰하던 가난한 박사과정 때부터 줄곧 이 스타일이었다. 직업적으로 성공하고 유명해졌지만 차림새만은 달라질 줄 몰랐다.

레인이 매니저에게 다가가 손을 내밀었다.

"진짜 오래간만인데." 레인이 말했다.

"친구를 보니 좋군."

"근데 신발에 뭐 건전지라도 들어 있는 거야?" 레인이 드와이트의 신발을 가리켰다.

드와이트가 미소를 지었다. "자네도 스타일에 조금만 신경 쓰면 좋을 텐데. 하지만 걱정 마. 이번 건은 자네의 못생긴 얼굴이나 구닥다리 코트는 안 보여줘도 되는 일이거든. 청취자들은 자네 목소리를 들어야 하니 괴롭겠지만 말이야."

"웨스트몬트고 살인사건이라고 했지? TV 프로그램은 아닌가 보네?"

"응, 아니야. 그렇지만 요즘 제일 잘나가는 방송이야."

"맥 카터가 관련됐다고 말하지 않았나?"

"맞아. 그 사람이 자네를 간절히 원하더라고."

"얼마나 간절히?"

드와이트가 레인의 등을 살짝 때리더니 시계를 확인했다. "가서 알아보자고."

8장

그들은 NBC 타워 로비에 있는 카페에서 마주앉았다. 레인은 커피에 설탕을 두 개째 털어 넣는 중이었다.

"발암물질 중에 설탕을 빼놓을 수 없지." 드와이트가 말했다. "담배 타르만큼 안 좋을걸. 그런데도 사람들은 매일 설탕을 먹지. 좀비떼처럼 좋다고 사탕이나 빨아먹다가 암으로 죽는 거야."

레인이 설탕을 넣다가 멈추고는 어리둥절한 표정으로 입을 벌린 채 고개를 들었다.

"아니, 지금 멈추면 안 되지. 이미 중독됐잖아. 되돌릴 수 없어. 난 자네한테 커피를 새로 사줄 생각도 없고." 드와이트가 말했다.

"볼 때마다 잔소리하면서 요즘 왜 만남이 뜸해졌는지 이유를 모르겠다니." 레인이 들고 있던 설탕을 마저 부었다. "지난번 저녁 먹을 땐 스테이크를 앞에 놓고 한바탕 늘어놓더니만."

"난 그냥 고기가 어디서 어떻게 도축되는지 말해준 것뿐이야. 사람들이 거의 모르거든."

"모를 때가 좋았다고." 레인은 커피를 한 모금 마셨다. "아, 정말 더럽게 맛있네."

"독약을 마시는 거나 다름없어."

레인이 손으로 머리를 쓸어넘겼다. "자네가 지금 할 말을 들을 만큼은 오래 살아야 할 텐데 말이지. 그러니 이제 설명을 해줘."

"팟캐스트 같은 거 좀 들어?"

"팟캐스트? 응. 작년에 플로리다 가기 전에 농어 낚시에 관한 걸 들은 적이 있지. 도움은 안 됐어."

"그게 말이야, 요즘 대인기야. 팟캐스트라는 매체를 통해 라디오가 부활한 셈이지. TV 대신 스트리밍으로 뭘 보는 사람은 늘어난 것처럼 이제 라디오 듣는 사람은 없지만 팟캐스트는 엄청 듣거든. 정치부터 참선, 육아법까지 없는 게 없어. 그중에서도 실제 범죄를 다루는 방송이 요즘 특히 잘나가. 딱 자네 취향이지. 대부분은 옛날 사건들을 조금 색다르게 다루려고 애쓰긴 하지만 거의 재탕으로 우려먹는 셈인데, 광고가 많이 붙어서 수입이 괜찮은 경우도 있지. 이렇게 한번 대박을 터뜨리면 절대 없어지지 않아. 새로운 청취자가 계속 유입되고, 게다가 몇 년 지나도 예전 에피소드를 다운받을 수 있거든. 그러면 광고도 계속 받을 수 있고. 운이 따라줘서 소득이 생기기 시작하면 몇 년은 계속 잘나간다는 의미지."

레인이 눈살을 찌푸렸다. "그래서 지금 나더러 팟캐스트를 하라는 거야?"

드와이트가 손가락 하나를 들어 보였다. "그냥 일개 팟캐스트가 아니야. 요즘 젤 잘나가는 방송이라고. 제작을 맡은 건 NBC고, 지금 에피소드가 4회까지만 올라왔는데도 청취자가 엄청 몰렸어."

레인이 택시에서 읽던 노트를 들어 보였다. "웨스트몬트고 살인사건?"

"맞아."

"기차로 뛰어든 학생이 찍힌 동영상 말하는 거지?"

"맞아, 테오 콤프턴."

"동영상을 유튜브에 올린 남자는 학생 부모한테 고소당한 걸로 아는데?"

"남자가 아니라 여자야. 라이더 힐리어라는 기자. 그리고 맞아, 학생 가족이 고소했지. 유튜브 측에서 동영상을 차단했고, 인터넷에 올라간 영상 모두 삭제되거나 제한이 걸려서 현재는 찾아보기 힘들어. 안 좋은 일이 한데 몰린 거지. 불법으로 찍은 동영상, 수상한 자살, 그리고 소송까지. 이게 다 그 엄청나게 유명한 살인사건과 연관이 있어. 피가 낭자한, 기묘하고 수상쩍은 미스터리 사건. 실제 사건이라면 군침부터 흘리는 광신도들을 자극하는 요소가 다 들어 있지. NBC가 팟캐스트로 대박을 터뜨리려고 준비 중이야. 진행자도 그렇고."

"아, 맥 카터가 여기서 나오는 거군."

"맞아. 기발하지. 맥은 이 팟캐스트 때문에 심야 TV 프로그램도 중단한 상태야. 그만큼 팟캐스트가 중요하다는 거지. 시청자가 800만인 프로그램에서 갑자기 빠졌는데 알고 보니 뭔가 중대한 업무를 맡았다면, 그게 뭔지 궁금해하는 건 당연하지 않나. 그래서 팟캐스트가 뭔지 몰랐던 사람들까지 다운받아 듣기 시작한 거야."

최고의 뉴스 프로그램 진행자 맥 카터는 존베넷 램지 사건*부터 침수된 차에서 빠져나오는 방법까지 다양한 사건에 대해 방송했고, 이 방송을 보기 위해 수백만 명이 밤마다 채널을 고정했다. 특히 네 명의 가족이 차와 함께 연못에 빠져 익사한 사건 이후 수영장으로 차를 빠트려 살아 나오는 방법을 실시간으로 보여준 방송

* 1996년 12월 미국에서 일어난 어린이 살인사건. 유괴당한 소녀가 자택 창고에서 숨진 채 발견되었는데 범인은 아직까지 잡히지 않았다.

이 대박을 터뜨렸다. 시청률이 치솟았던 이 방송으로 맥 카터는 유명인이 되었다.

드와이트가 말을 이었다. "더욱이 사건도 엄청나고 진행자도 유명한데 미스터리 또한 만만치 않아. 그래서 자네가 필요해. 유튜브에 동영상 올라간 그 남학생? 살인사건에서 살아남았지만 그곳으로 돌아가 선로에서 자살한 학생이 걔까지 세 명이야. 여학생 둘에 남학생 하나. 모두 화물열차에 뛰어들었지. 살해 혐의로 지목된 교사 찰스 고먼도 체포되기 직전 똑같은 열차에 몸을 던졌고."

"세상에!"

"자살과 관련해선 비밀에 붙여진 상태였어. 지역 경찰이 요청했거든. 하지만 그 동영상과 맥 카터의 팟캐스트 때문에 모두가 알게 됐지. 맥이 미스터리를 파헤치겠다고 공언하는 바람에 청취율은 지붕 뚫고 올라가는 중이고."

"그래서 난 뭘 하면 되나?"

"NBC는 그날 살아남은 학생들이 왜 하나둘씩 그곳으로 돌아가 자살을 하는지 자네가 법정심리학자로서 밝혀주길 원해."

레인이 의자에 등을 기대고 카페 천장을 바라보았다. 머릿속에서는 트라우마 가득한 곳으로 돌아가 삶을 끝내는 사람들에 대한 프로파일링이 이미 진행 중이었다.

그가 다시 드와이트를 향해 시선을 돌렸다. "자료를 보니까 찰스 고먼은 기차로 뛰어들었지만 자살에 실패했다고 하던데."

"맞아. 안 죽었어. 기차에 부딪혀 20미터쯤 떨어진 숲으로 튕겨나갔지. 지금은 거의 식물인간 상태야. 보안이 철저한 정신병원에 갇혀 있는데 기저귀를 차고 밥도 떠먹여줘야 해. 죽은 세 학생 모두 고먼이 자살을 시도했던 바로 그 장소에서 자살했지. 버려진 사택

바로 옆이야. 맥 카터가 이런 일이 일어나는 이유를 설명해주기 위해선 자네가 필요하지."

레인이 고개를 저으며 상황을 이해해보려 애썼다.

"듣고 나니 팟캐스트라는 거 참 괜찮아 보이지 않나? 안 그래?"

드와이트의 반짝이는 금시계에서 소리가 났다. 그가 시계를 확인하고 레인이 마시는 컵을 가리켰다.

"사람들이 기다리고 있어. 그 독약은 가지고 가. 이제 쇼를 시작해야지."

9장

로리 무어가 법정 뒤쪽에 앉아 있었다. 그녀는 두꺼운 뿔테안경으로 얼굴을 가린 채 비니모자를 이마까지 내렸다. 더운 여름날이었지만 얇은 회색 재킷 지퍼를 목까지 끌어올렸다. 그녀에게 옷이란 세상으로부터 자신을 지켜주는 전투복이었다. 불안한 마음에 오른쪽 다리가 떨렸다. 다리의 진동 때문에 전투복에서 가장 중요한 부분이 빠졌다는 사실이 떠올랐다. 고무밑창에 발목까지 올라오는 이 운동화는 처음 신을 때부터 썩 탐탁지 않았다. 군화 없이 지낸 지 벌써 6개월이나 된 오늘, 뭔가 조치가 필요했다.

맨 뒷줄에 앉은 그녀는 안경 너머로 이리저리 시선을 던지며 상황을 살폈다. 30분이 넘는 시간 동안 사람들이 끊임없이 들어왔다. 인파로 가득 찬 정도는 아니라 해도 발걸음은 계속 이어졌다. 맨 처음 법정을 채운 사람은 법정 관리인이었다. 그들이 무거운 법정 문을 열자 기다리던 방청객들이 좋은 자리를 차지하겠다고 허둥지둥 안으로 들어갔다. 대부분은 맨 앞줄로 직행했지만 로리는 뒷줄을 택했다. 이어서 〈트리뷴〉이나 〈선타임스〉지 취재기자들, 그리고 피해자와 가해자 가족들이 등장했다. 피해자 카밀 버드가 살해당한 건 2년 전으로, 이 사건은 그간 미궁에 빠져 있었다. 로리가 사건을 맡기 전까지는. 로리는 카밀의 인생을 재구성했고, 그녀가 그랜트 공원에서 차디찬 시신으로 발견된 날 밤까지의 행적을 뒤쫓았다. 이 작업으로 범인을 특정할 수 있었고, 그렇게 발견한 증거들을 자신의 상사, 즉 시카고 경찰서 살인전담반 반장인 론 데이비슨에게 넘겼다. 론은 이 증거를 팀 내 최고의 형사들에게 전달했다. 형사들은 로리가 내린 결론이 옳다는 것을 확인, 일주일도 안 되어 범인을 체포했다.

그 후로 로리는 체포부터 기소결정 공판, 대배심에 이르기까지 재판이 열릴 때마다 빠짐없이 방청석을 지켰다. 일주일 내내 맨 뒷줄에 숨어 앉아 재판을 지켜보았고, 지난 금요일 최종변론까지 끝난 후에 불안한 주말을 보낸 터였다. 월요일이 지나 화요일 아침이 되자 배심원단의 평결이 났다는 소식이 들려왔다.

20분쯤 지나자 딱 예상한 만큼의 사람들이 법정을 채웠다. 카밀 버드가 죽고 2년이 지난 지금, 안타깝게도 사람들의 관심은 예전 같지 않았다. 처음에는 아름다운 젊은 여성에게 일어난 일을 알아내려는 사람들이 많았지만, 지금은 다들 다른 사건으로 바쁜 몸이 되었다. 대중들도 다른 뉴스와 화젯거리에 정신이 팔려 있었다. 하지만 로리는 카밀 버드를 잊을 수 없었다. 로리는 사건을 맡을 때면 늘 피해자와 긴밀한 유대감을 쌓았다. 그런데 카밀과는 뭔가 달랐다. 왠지 죽은 소녀가 자신의 인생 최대의 미스터리를 풀어보라고 허락해준 것 같았다. 오래전 죽은 소녀가 어떻게 그렇게 정확하게 계시를 줄 수 있었는지 로리는 앞으로도 이해하지 못할 것이다. 카밀 버드가 로리를 안내한 것은 비현실적이었지만, 그로 인해 로리가 빚을 진 건 현실이었다. 로리는 은혜를 갚기 위해서라도 카밀의 사건을 해결하리라고 다짐했다. 사람들로 가득 찬 법정을 보니 불안해서 자꾸 무릎이 떨렸다. 오늘은 꼭 마무리되길 바라는 마음이었다.

마침내 변호사들이 법정 앞으로 들어와 자리에 앉았다. 족쇄를 차고 주황색 죄수복을 입은 피고 역시 모습을 드러냈다. 고요함과 불안함으로 법정 안은 시간이 멈춘 듯했다. 열두 명의 배심원단이 느릿느릿 들어와 앉았다. 마지막으로 들어온 사람은 판사였다. 그는 정숙을 명한 후 배심원의 평결이 나왔다고 말했다. 그리고 양쪽 가족을 바라보며 앞으로의 진행 사항을 설명하기 시작했다. 10분에 걸쳐 설명을 마친 판사가 배심원단을 향해 몸을 돌렸다.

"배심원 대표, 평결이 나왔나요?"

"네, 판사님." 배심원 대표가 대답했다.

그가 판결문이 적힌 종이를 들어올리는 걸 보고 로리는 눈을 감았다.

"카밀 버드를 살해한 일급살인 건에 대해 저희 배심원단이 내린 평결은…… 유죄입니다." 웅성거림과 울음소리가 법정을 채웠다. 피의자의 어머니가 엉엉 울며 신음소리를 냈다. 카밀 버드의 부모님 역시 서로 안으며 울음을 터뜨렸다. 로리는 자리에서 일어나 출구로 향했다. 범행 죄목이 더 있었고 평결 발표도 남아 있었지만 그녀가 알고 싶었던 것은 이게 다였다. 배심원 대표가 발표하는 소리를 뒤로하고 복도로 난 문을 열었다. 그리고 문을 나가기 전, 카밀 버드의 살인자를 추격하며 알게 된 그녀의 아버지 월터 버드와 눈이 마주쳤다. 맨 앞줄에 앉은 월터가 그녀에게 고개를 끄덕이며 입 모양으로 '고맙습니다'라고 했다. 로리 역시 그에게 고개를 끄덕여 보이고 문밖으로 사라졌다.

10장

법정을 빠져나오고 한 시간 후 로리 무어는 라살 거리에 있는 신발 가게로 들어갔다. 그녀는 매대를 둘러보다가 자신이 찾던 신발을 발견했다. 매든걸Madden Girl 브랜드의 엘로이즈 컴뱃 부츠. 검은색에 발목 위로 올라오고 신발끈이 지그재그로 교차된 군화. 그걸 보는 것만으로 목이 메었다. 그녀는 지구상에 존재한 이래로 이런 스타일의 신발만 신었다. 적어도 기억나는 한 그랬다. 마지막 신었던 군화는 벽난로에서 라이터 기름에 타 사라졌고, 그 후로 그녀는 군화가 아닌 다른 신발을 신었다. 원래 그 군화가 재로 변한 순간 바로 새것을 사고 싶었다. 하지만 그러는 대신 기다렸다. 카밀 버드의 부모님께 마무리를 선사할 수 있을 때까지 미루자는 심정이었다. 그리고 지금, 그녀가 선반에서 7사이즈를 꺼내 발을 밀어넣었다. 이내 기분이 괜찮아졌다. 머릿속에서 끊임없이 똑딱거리던 소리가 몇 달 만에 비로소 잠잠해졌다. 몸에서 긴장감이 빠져나갔고, 마음이 균형을 되찾았다.

그녀가 계산대에 있는 점원에게 빈 상자를 건넸다.

"신고 가려고요."

점원이 빙그레 웃었다. "네, 그러세요." 점원이 바코드를 찍으며 말을 이었다. "85달러 72센트입니다."

로리는 아무리 별것 아닌 물건이라도 구매 기록이 남는 게 꺼림칙했다. 바코드를 찍는 것만 봐도 레이더 경고음이 들리는 것 같지만 행적을 완전히 지우기는 불가능한 일이었다. 그녀는 점원에게 20달러짜리 지폐 다섯 장을 건넸다. 현금으로 지불하면 추적이 불가능하니까. 로리는 지난 반년간의 상황을 아는 사람들이 지난번 군화의 행방을 궁금해하는 상황이 올까 봐 싫었다. 지난번 군화는 이제 한 줌의 재가 되었다. 그걸 증거라고 생각하는 사람들도 있겠지. 시카고 경찰서에 있는 그녀의 상관도 마찬가지일 것이다. 범죄 수사에 뛰어난 누군가는 재를 수거해서 과거의 흔적을 끌어낼 수도 있다. 로리는 이미 죽어서 묻힌 과거와 그 모든 비밀을 그대로 두고 싶었다. 그렇게 되기를 바라며 현금으로 계산을 마쳤다.

신발 가게를 나온 뒤 발목까지 올라오는 운동화를 쓰레기통에 던져버렸다. 새로운 매든걸 군화를 신고 차로 걸어가고 있자니 지난 6개월간 느끼지 못했던 투지가 솟아올랐다.

11장

밖에서 보면 아무도 없는 듯 어두운 집이었다. 그렇지만 집안에선 서재의 약한 불빛이 새어 나와 체리나무로 된 마룻바닥을 비추었다. 로리는 어둑어둑한 서재의 작업대 앞에 앉아 스탠드의 목을 꺾어 카탈로그를 비췄다. 앞에는 노트북이 푸른빛을 내뿜고 있었다. 그녀는 시카고 경찰서와는 관계없는 작업에 몰두 중이었다. 오늘밤은 탐색의 날이자 혈통을 추적하는 시간. 오늘 확실히 해놓아야 다음번에 제대로 된 구매를 할 수 있다. 그녀는 다크로드 흑맥주를 홀짝이며 작업에 들어갔다.

서재 벽에는 붙박이 선반이 줄지어 있고, 선반에는 복원을 마친 스물네 개의 골동품 도자기 인형이 질서정연히 보관돼 있었다. 선반은 모두 여덟 개, 각각의 선반에 인형이 세 개씩 들어 있다. 인형 개수가 하나라도 모자랐다면 공간적 강박이 있는 로리는 끊임없이 거기에 집착했을 것이다. 그녀는 자신의 개성이 되어버린 이런 기벽이나 독특한 버릇이 왜 생겼는지 따져 묻지 않고 그냥 포용하는 쪽을 택했다. 그래서 눈도 깜박이지 않고 자신을 내려다보는 마흔여덟 개의 눈길을 즐길 수 있었다. 그녀는 골동품 인형 사진으로 가득한 카탈로그와 컴퓨터에 잔뜩 띄워놓은 창을 오가며 교차검증 작업을 이어갔다. 조사를 마치자 일기장은 방대한 양의 기록으로 채워졌다. 그녀는 맥주잔을 들어 천천히 길게 한 모금 마셨다. 드디어 원하는 정보를 찾았다. 조사에 따르면 그건 진품이 확실했고, 다운받은 사진으로 보아 그녀의 전문기술이 시급해 보였다.

그녀는 만족감을 느끼며 길게 한숨을 내쉬었다. 그리고 반으로 접어 뒷주머니에 넣어둔 종이를 꺼냈다. 아침에 뽑아놓은 내일 날짜의 아메리칸항공 탑승권이었다. 10킬로미터 상공에서 200명의 승객과 함께 갇혀 있는 것은 메스꺼운 일이었다. 생각만으로도 이마에 땀이 뱄다.

그때 현관문이 열리고 열쇠를 구멍에서 빼느라 짤랑거리는 소리가 들렸다.

"로리!"

"나 여기 있어." 로리는 탑승권을 주머니에 도로 넣으며 대답했다.

굳이 뒤돌아볼 필요도 없었다. 그가 현관에 도착했을 때부터 존재를 감지했고, 발걸음 진동으로 이쪽으로 다가오고 있다는 걸 알 수 있었다. 마침내 목 옆에 그의 입술이 닿는 게 느껴졌다. 그녀가 손을 뒤로 뻗어 손가락으로 그의 머리카락을 훑었다.

"모든 죄목에서 유죄." 레인 필립스가 그녀의 귀에 속삭였다. "당신은 아닐 것 같다고 했지만."

"나도 기대는 했어. 신중했을 뿐이지."

"그랬군. 월터 버드 씨하곤 얘기 좀 했어?"

"그럼." 로리는 법정을 나설 때 카밀 버드의 아버지가 보여준 끄덕임을 떠올리며 대답했다. 로리에게 그것은 대화나 다름없었다.

"이제 뭐 할 거야?"

"이제 두어 달 사라져야지." 그녀가 대답했다.

"론이 현관 앞에 나타나기까지 얼마나 걸릴까?"

로리가 어깨를 으쓱했다. "적어도 2주는 기다려주겠지. 나만의 시간이 필요하다는 걸 잘 아는 사람이니까."

로리의 상사 론 데이비슨의 책상에는 그녀의 도움이 필요한 사건 파일이 언제나 무더기로 쌓여 있었다. 부서 내 최고 형사들까지 쩔쩔매는 사건들이었다. 범죄 재구성 전문가인 로리는 특히 미해결 살인사건을 잘 다뤘고, 수년간 풀리지 않는 사건의 조각을 끼워 맞추는 능력이 뛰어났다. 그녀의 두뇌는 다른 사람들과 다른 방식으로 작동했다. 다른 사람들이 놓친 부분을 간파하는 불가사의한 면이 있었다. 그녀가 미해결 사건에 뛰어들기만 하면, 심지어 오래된 사건 현장에 걸어 들어가기만 해도 사라진 퍼즐 조각이 금세 드러났다. 그녀 자신도 왜 이런 일이 생기는지 설명할 수 없었다. 단지 아는 거라곤 그녀가 풀리지 않는 미스터리를 마주할 때면 머릿속에서 뭔가 번쩍하며 실마리가 떠오른다는 점, 그리고 해답을 찾을 때까지 거기에만 매달린다는 점이었다. 손상되거나 망가진 골동품 인형을 집어 들 때도 비슷한 현상이 일어났다. 그래서 인형을 그냥 두지 못하고 완벽하게 복원하고 나서야 직성이 풀렸다.

로리는 카밀 버드의 마지막 날을 추적하느라 두 달간 쉼 없이 일했고, 마침내 소녀의 유령을 뒤따라가서 해답을 발견했다. 육체적, 정신적으로 부담이 컸던 작업이라 그녀는 진이 다 빠진 상태였다. 자신의 명수사관을 잘 아는 론 데이비슨은 그녀가 사건 하나를 마무리하면 자기만의 시간을 필요로 한다는 것도 잘 알았다. 그는 보통 2주라는 시간을 허락했지만, 로리는 대개 두 달을 쉬었다. 그 사이의 론은 쉴 새 없이 전화를 걸고, 연달아 문자 메시지를 보내고, 시카고 경찰서에서 해고할 거라고 협박하고, 로리가 있는 곳을 알아내 찾아오기까지 하며 어떻게든 그녀를 궁지에 몰아넣어 최후통첩을 날렸다. 하지만 오늘밤은 그녀가 자신에게 허락한 안식기간의 첫날이니 그런 일은 일어날 리 없었다. 어린 시절의 여름 방학 첫날처럼.

"2주 금방 갈걸." 레인이 말했다. "그다음엔 숨을 곳이 필요할 거야. 어쨌거나 론도 형사잖아. 당신이 어디 사는지도 알고. 당신을 찾는 건 어렵지 않아."

로리가 미소를 지으며 레인을 바라보았다. "숨을 곳이 있다는 말로 들리는데?"

"그나저나 나, NBC에서 팟캐스트에 참여해달라는 요청을 받았어."

"무슨 내용인데?"

"작년에 일어난 웨스트몬트 사립고 사건."

"인디애나에서 학생들 살해된 거?"

"응. 팟캐스트는 이미 진행 중인데, 아주 난리야. 광고도 크게 붙었고, 그 유명한 맥 카터도 있어. 인디애나 페퍼밀에서 제작 중이래. 한 달 정도 일을 같이 하자는데 더 길어질 수도 있어. 맥이 뭘 알아내느냐에 달렸지."

"거기서 당신은 무슨 역할을 맡는데?"

레인이 그녀의 손을 잡아 일으켜 세웠다.

"앞뒤가 안 맞는 부분이 많거든. 살인도 그렇고, 용의자로 지목된 교사도 그렇고, 생존한 학생들까지도. 내가 심리학적 관점에서 설명해주기를 바라는 거지."

레인이 그녀를 더 가까이 끌어당겼다. "같이 가자."

•

로리가 눈썹을 추켜올렸다. "같이 가자고?"

"응."

"인디애나로?"

레인이 끄덕였다.

로리가 말도 안 된다는 표정을 지었다. "카리브해로 보내줄 줄 알았더니."

"그 정도로 화려한 곳은 아니야. 그래도 같이 가자."

"가서 당신을 위해 소름 끼치는 사건을 조사하라고? 난 이제 사건 하나 막 끝냈는데."

레인이 그녀와 이마를 맞댔다. "조사는 내가 할게. 그냥 나랑 같이 있어주면 돼. 론으로부터 몇 주 숨어 있는 거지. 페퍼밀에 있을 거라곤 상상도 못 할 테니까."

"그건 그래."

"그쪽에서 작은 집 하나를 준비해놨대. 사진 봤는데 귀엽더라고."

로리가 고개를 갸웃했다. "당신답지 않게 왜 이래? 살면서 귀엽다는 단어는 쓴 적 없잖아. 비행기 타고 뉴욕 갈 때 빼곤 이동도 잘 안 하는 사람이."

"당신 꼬드기느라 그렇지."

"귀엽다는 말 정도론 어림없어." 로리가 뒤로 물러나 고개를 저었다. "아니, 레인. 내가 그럴 기분이 아니야. 거기 가면 당신은 일할 텐데, 그럼 난 뭐 하라고? 인디애나 북부 관광? 난 그냥 여기 있고 싶어. 내 집, 내 물건이 있는 곳에서 잠시라도 내가 하고 싶은 걸 하고 싶어. 난 휴식이 필요해."

레인이 끄덕였다. "그래도 한번 물어보고 싶었어."

로리는 작년에 아버지를 잃었고, 이제 이 땅에서 그녀를 이해하는 사람은 레인이 유일했다. 레인과 함께라면 로리 무어도 이해받을 수 있는 존재였다.

"미안. 난 그냥……." 로리가 작업대로 가서 스탠드 빛을 받고 있는 인형 카탈로그를 펼쳤다. "혼자만의 시간이 필요해. 긴장도 풀고 정신도 차릴 겸."

레인이 다시 고개를 끄덕였다. "무슨 말인지 알아."

로리가 손으로 그의 뺨을 어루만지며 입을 맞췄다. "나 정말 골칫덩어리지. 나도 알아."

"그래도 사랑해. 날 인디애나의 시골집에 혼자 보낸다고 해도."

"귀엽다고 할 땐 언제고?"

레인이 미소를 지었다. "수를 잘못 둔 거지."

"아주 형편없었다고." 로리가 몸을 돌려 카탈로그를 덮고 맥주를 집어 들었다. "웨스트몬트고 사건은 종결된 거 아니었어? 수사 시작하고 바로 종결, 아니었나? 학생들 죽인 건 교사였고."

"얘기가 길어."

"밤도 길지."

레인이 로리의 맥주를 가리켰다. "그럼 나도 하나 마셔야겠다."

12장

로리가 레인과 함께 걸으며 복도와 주방의 전등 스위치를 켰다. 최대전력량에 못 미치도록 어둑하게 설정된 조명을 켜자 어른거리는 주황색 불빛 안에서 집이 깨어났다. 로리는 고모할머니네 농가 뒷문을 빠져나가 배회하던 열 살 때부터 저녁형 인간이었다. 주변 단층집을 병원처럼 보이게 만들었던 형광등 불빛보다 불이 거의 켜지지 않은 곳에서 어둠을 좇아다니는 게 더 좋다는 걸 그때 깨달았다. 그녀가 냉장고 옆에 있는 빌트인 맥주저장고의 유리문을 열었다. 맨 위칸은 그녀가 마실 다크로드 전용으로 660밀리리터 러시아식 임페리얼 흑맥주가 세 줄로 촘촘히 줄 맞춰 서 있었다. 병에 붙은 상표도 모두 앞에서 보이도록. 딱 하나 마음에 들지 않는 게 있다면 병뚜껑을 감싸고 제멋대로 흘러내린 채 굳어 있는 밀랍 패킹이었다. 양조장에서 병 윗부분을 밀랍에 살짝 담가서 만들어낸 디자인인데, 딱히 맘에 들진 않지만 그녀도 이 정도의 불완전함은 참아줄 수 있었다.

그녀는 레인의 위장이 이제 더 이상 다크로드를 소화하지 못한다는 걸 알았다. 반대로 그녀는 레인이 선호하는 라이트 맥주는 별로였다. 그 점에 있어서 둘은 반대였다. 그녀가 맨 밑 서랍칸에서 코로나 라이트를 한 병 꺼냈다. 안 보이는 칸에 숨겨둔 이유가 있었다. 투명한 병에 담긴 노란 맥주를 보는 것만으로 맥주저장고의 조화가 깨지는 것 같아서였다.

그녀가 코로나의 뚜껑을 따서 레인에게 주었다.

"자 그래서, 웨스트몬트 사립고. 뭐 때문에 혹한 거야?"

레인이 한 모금 들이켰다. "작년 여름 교내에 버려진 교사 사택에서 학생 두 명이 살해당했어. 사건 3일 후 경찰은 범인을 찾아냈지. 찰스 고먼이라는 화학교사였어. 나는 이 이야기를 심리학적 측면으로 다시 들여다보려고. 고먼의 정신세계에 뛰어드는 거지."

"인터뷰 허락은 받아낸 거야?"

"그랬다면 좋았겠지. 그 사람, 사건 3일 만에 경찰이 수사망을 좁혀오자 자살을 시도했어. 사택 옆을 지나는 기차에 몸을 던졌지."

"시도했다고?"

"응, 듣기로는 겨우 살아났대. 심신미약 범죄자들을 위한 정신병원에 갇혀 있는데, 뇌손상을 입어서 멍하니 침만 흘리는 상태래. 코마에서 깨어났지만 아직도 대화가 불가능하고, 뇌전도 결과도 아무 반응이 없대."

"죄 지은 사람이 감옥 가기도 싫고 악마의 손아귀에선 빠져나오고 싶어서 그랬던 거 같은데."

"어쩌면 그럴 수도. 하지만 왠지 뭔가 더 있는 거 같아. 그래서 우선 범인에 대해 프로파일링을 해보고 고먼이라는 사람이 거기에 들어맞는지 확인해보려고."

"뭔가 더 있는 거 같다고 생각하는 이유는?"

"그날 밤 생존한 학생 세 명이 사건 이후 다시 사택으로 돌아가 고먼이 자살시도한 자리에서 똑같이 기차에 뛰어들었거든."

그 순간 맥주를 마시려던 로리가 그대로 멈췄다.

레인이 눈을 치켜뜨며 말했다. "내가 뭐랬어, 흥미롭다니까." 그가 맥주를 한 모금 마셨다. "작년에 이 학생들에게 무슨 일인가 생겨서 그게 지금까지 이어지고 있는 거야. 아무에게도 말하지 못한 어떤 일이. 밖으로 알려진 내용은 너무 단순해. 교사가 갑자기 폭발했고, 자필로 살인을 자백했고, 자살시도를 했다. 난 그거 안 믿어. 맥 카터도 의심하더라고. 그래서 같이 조사해보려는 거야." 그가 잠시 멈췄다가 말을 이었다. "이래도 같이 안 가고 싶은 거 확실해?"

로리가 작게 웃으며 시간을 벌었다. 귀퉁이를 접어 표시해놓은 골동품 도자기 인형 카탈로그를 떠올렸다. 그 안에는 자신이 조사한 인형 수백 개가 담겨 있었다. 그녀는 자신이 카탈로그를 찬찬히 넘기며 내적 평화를 느끼던 순간을 떠올렸다. 너무 오랫동안 힘들게 달려와 지쳐 있는 마음에 위로가 된 시간이었다. 또한 주머니에는 약 열두 시간 후 출발 예정인 비행기 탑승권이 있다는 점도 잊지 않았다.

마침내 로리가 대답했다. "응, 확실해."

실은 확실하지 않았다. 사건의 미스터리를 들은 순간 마음속에서 작은 속삭임 하나가 울려 퍼지기 시작했다. 그 여운 속에서, 자살한 학생들이 무언가 하고 싶은 말이 있을 거라는 의혹이 서서히 생겨났다.

그녀는 다크로드를 한 모금 더 마셔보았지만 레인에게 들은 말을 떨칠 수가 없었다.

작년에 이 학생들에게 무슨 일인가 생겨서 그게 지금까지 이어지고 있는 거야.

웨스트몬트 사립고등학교

2019년 여름

두 번째 상담
일기 제목 : 열쇠 구멍

내 방문에는 열쇠 구멍이 있었다. 나는 그곳을 통해 내가 증오하는 세상을 몰래 염탐했다. 열쇠 구멍으로 본 것을 입 밖에 낸 적은 한 번도 없었다. 그런 일은 아예 일어난 적도 없었다는 척하고 살았다. 하지만 그건 일어난 일이었다. 나와 엄마는 거기에 대해 단 한 번도 말하지 않았지만, 그렇다고 그 일이 없는 일이 되는 건 아니었다. 내 눈으로 보았고, 확신컨대 엄마도 내가 열쇠 구멍으로 보고 있었다는 걸 알았을 것이다. 열쇠 구멍으로 보이는 바로 그 장소에서 일이 벌어진 데는 이유가 있다고 나는 늘 생각했다. 혹시 엄마가 나에게 도움을 요청했던 건 아닐까?

나는 고개를 들었다. 마지막 문장을 읽을 때 목소리가 갈라져서 잠시 마음을 가라앉혀야 했다.

"죄송합니다."

맞은편 의자에 앉은 여자는 조용히 기다렸다. 나는 숨을 깊게 들이쉬고 다시 가죽 장정으로 된 일기장을 들여다보았다. 그리고 이어서 읽기 시작했다.

열쇠 구멍을 통해 목격한 것들이 내 인생을 바꿨다. 그렇게 좁은 시야 안에서 벌어진 끔찍한 일들이 지금의 나를 만들었다. 문밖으로 뛰쳐나가 아빠를 막았다면 얼마나 좋았을까. 만약 막으려고 노력이라도 했다면 상황은 달랐을 것이다. 그랬다면 나는 죽었겠지. 분노한 아빠에게 대드는 것은 야생동물과 맞서는 것과 같았으니까. 나는 단 한 번도 문을 열고 엄마를 지켜주지 못했다. 나약하고 보잘것없는 아이답게 내 방에서 웅크리고 있다가 밖이 잠잠해진 다음에야 피난처에서 나오곤 했다. 그러고는 얼음주머니를 엄마 눈에 대주거나 찢어진 입술을 수건으로 닦아주었다. 엄마가 멍을 감추려고 화장하는 걸 도와주기도 했다. 하지만 엄마를 지키기 위해 방 밖으로 뛰쳐나간 적은 한 번도 없었다. 공격이 이뤄지는 순간 방에서 나갔다면 아마 나는 죽었을 것이다. 그렇지만 실제 일어난 일을 돌이켜보면 차라리 죽는 게 나았을 것 같다.

나는 엄마의 비명소리를 듣자마자 벌떡 일어나 침대에서 나왔다. 무릎을 꿇은 채 얼굴을 방문 손잡이에 대고 열쇠 구멍으로 밖을 내다보았다. 엄마가 복도 저편에 보이는 식탁 건너편으로 뛰어가고 있었다. 식탁이 아빠를 막아주기라도 한다는 듯이. 그렇지만 아빠를 막을 수 있는 건 없었다. 더군다나 식탁은 절대 아니었다. 열쇠 구멍이라는 작은 세상에 아빠의 형체가 등장했다. 아빠는 내 쪽으로 등을 지고 서서 엄마를 마주하고 있었다. 아빠가 시야를 가려서 엄마가 보이지 않았다. 나는 겁에 질린 엄마의 표정이 보이지 않자 안도했다. 무서워하는 엄마의 표정만 보지 않으면 마치 이런 일이 사라지기라도 할 것처럼.

"제발요. 제가 고쳐놓을게요." 엄마가 말했다.

아빠가 이를 꽉 다물었다. 목소리만 들어도 알 수 있었다. "누가, 저거, 깼냐고!"

나는 무슨 얘기인지 바로 알아차렸다. 진입로에 있는 가로등을 말하는 거였다. 나는 그날 아침 옆집 꼬마와 캐치볼을 하다가 가로등을 깼다. 내가 공을 잘못 던지는 바람에 정확히 가로등 유리에 가서 부딪쳤고, 산산이 부서진 유리 조각이 진입로를 뒤덮었다. 엄마는 망가진 부분을 어떻게든 감추려고 애썼다. 깨진 유리를 쓸어내고, 유리판을 새로 교체할 때까지 그 부분이 눈에 띄지 않기를 바랐다. 그게 우리 계획이었다. 누가 봐도 실패한 계획이 되었지만.

"누가 깼는지 저도 몰라요, 레이먼드. 어쨌든 내일까지 고쳐놓을게요."

"네가 고치겠다고?"

"사람을 부를게요."

"그럼 그 돈은 누가 내는데?"

아빠가 팔을 휘둘러 식탁 위에 있던 것들을 바닥으로 내동댕이쳤다. 아빠는 저렇게 한번 미치면, 판유리 하나 때문에 돈이 깨졌다며 집안 기물을 파손해서 수백 달러어치 손해를 더 만들어내는 사람이었다.

그때 문을 열었어야 했다. 문을 열고 복도로 나가 내가 저지른 짓에 대해 책임을 져야 했다. 하지만 그러지 않았다. 그저 쪼그리고 앉아서 아빠가 식탁 건너편으로 넘어가 엄마의 머리채를 잡고 질질 끄는 걸 열쇠 구멍으로 바라만 보았다. 내가 증오하는 남자가 내가 사랑하는 여자를 무지막지하게 때리는 광경을.

그리고 그다음 날 아빠가 죽었다.

나는 술 달린 가름끈을 조심스레 책장 사이에 끼우고 일기장을 덮었다. 손이 미세하게 떨렸다. 겨우 고개를 들어 맞은편에 앉은 여자의 눈동자를 보자 그녀가 공감하고 있다는 게 느껴졌다. 그녀의 눈길은 나에게 그런 의미였다. 손 떨림이 진정되고 어깨 긴장이 풀렸다. 상담을 마치면 나는 늘 평화를 맛보았다. 비록 그 시간 동안 영혼이 발가벗겨지고 가장 깊은 비밀을 드러내야 했지만. 아니, 어쩌면 그것 때문에 평화로운 것일지도 몰랐다.

"그동안 아빠 얘기를 할까 말까 계속 주저했어요. 그런데 궁금해하시는 거 같아서. 이제 그 얘기를 해도 될까요?"

여자가 눈을 몇 번 깜빡였다. 그녀의 눈동자에서 본 것은 공감이 아니라 연민이었나? 아니면 공포에 가까운 감정이었나? 어쨌거나 이건 규칙이었다. 내 가장 깊숙한 곳에 자리 잡은 비밀을 고백하고 내 안의 악령을 몰아내는 것. 그녀는 상담 내용을 비밀에 부쳐야 하니 내 죄에 대해서 영원히 침묵할 것. 만약 그녀가 겁을 먹었다면 그건 우리 관계에 있어 어쩔 수 없이 생겨난 부작용일 뿐이다. 왜냐하면 이제 나는 그녀에게 고백하는 걸 멈출 수 없기 때문이다. 내가 원한다고 해도. 물론 멈추고 싶지 않다.

"그 사람 어떻게 죽었는지 얘기해드리고 싶어요. 경찰은 자살이라고 했지만 아니거든요. 그 얘기 해도 돼요? 상담 때 하기엔 너무 과한 얘기인가요?"

"전혀." 여자가 대답했다.

내가 고개를 끄덕였다. "좋아요. 다음주에 뵐게요."

나는 일기장을 들고 일어서서 다시 학교로 향했다.

13장

인디애나 북동쪽, 미시간 호수 근처에 있는 나른한 도시 페퍼밀에는 엘리트 기숙학교인 웨스트몬트 사립고등학교가 조용히 자리 잡고 있었다. 엄격한 교육과 훈련, 남다른 목적 의식, 흠잡을 데 없는 실적으로 정평이 난 학교였다. 웨스트몬트고에 등록하는 학생은 백 퍼센트 4년제 대학에 들어가는 수순을 밟았다. 그건 학생들에게 쉬운 일이 아니었다. 웨스트몬트고에는 돈 많고 거만한 아이들, 유능한 교사, 기대 이상의 성적을 거두는 학생들이 있었고, 모두가 엄격한 규율을 지키며 생활해야 하기 때문이었다. 어떤 학부모들은 자신들의 십 대 자녀가 걷게 될 인생 경로를 초기에 눈치채고 사태가 심각해지기 전에 이곳으로 아이를 보내기도 했다. 아이들이 몇 번이나 사고를 치고 나서야 상황의 심각성을 인지하고, 아이들과 함께 앞날을 논의하는 가운데 이 학교를 찾는 부모도 있었다. 자신의 아이가 기숙학교가 아닌 감옥으로 갈 수도 있다는 두려움에 지칠 대로 지쳐서 어쩔 수 없이 이 학교를 선택하기도 했다. 이렇게 다양한 군상의 학생들이 모여 있지만 학교의 훈련과 규율 덕에 그들은 서로 보조를 맞출 수 있었다. 고립시키고 교육시키는 것, 전국의 기숙학교를 통해 유효성이 입증된 방법이었다.

학교 내부 건축물은 미국 동부 연안에 있는 상류층 사립학교를 모방해 지어졌다. 인디애나산 석회석으로 지은 건물에 담쟁이덩굴이 창문을 타고 올라 처마까지 닿았고, 처마 끝부분은 교내를 수호하는 보초병처럼 아래를 내려다보고 있었다. 정문으로 들어오면 제일 먼저 보이는 도서관에 삼각형 박공벽이 두툼하고 견고한 기둥으로 받쳐져 있고, 그 벽에 학교 표어가 스텐실 기법으로 새겨져 있었다. "*베니암 솔룸, 레린쿠아티스 에트.*" *혼자 와서 함께 떠나다.*

개빈 함스와 그웬 몽고메리가 건물 사이를 지나고 있었다. 밤공기에 습기가 가득했다. 밤 10시가 되어가는데도 여름날의 밤은 마지막 빛까지 쥐어짜 지평선을 불그스레하게 물들였고 연한 주황색으로 하늘까지 붓질을 한 듯 흔적을 남겼다. 옆에는 그들의 친구인 테오와 대니엘이 있었다. 그렇게 넷은 신입생들이 캠퍼스에 발을 딛는 첫날 치르는 연례행사 '게이트 데이Gate Day' 때부터 친하게 지내왔다. 새로 들어오는 신입생이든 노련한 상급생이든 정문을 들어서면 누구나 혼자가 되었다. 게이트 데이 때부터 부모님의 출입이 금지됐고, 학생 누구든 쇠창살이 달린 게이트로 들어오는 순간 자기 자신을 책임져야 했다. 웨스트몬트고가 중요하게 여기는 것이 독립심이었다. 학생들 스스로 자신의 길을 찾아야 했고, 학교라는 담장 안에서 자신만의 지원 체계를 구축해야 했다. 그야말로 혼자 와서 함께 떠나는 것이었다.

웨스트몬트고를 선택한 학생들 대다수는 부모의 통제에서 벗어나길 갈망하는 십 대 반항아였다. 하지만 그들도 행사의 한 순서로 게이트 철문이 닫히는 걸 보면서 현실을 깨닫기 시작했다. 게이트를 사이에 두고 한쪽은 학생들이, 다른 쪽은 부모들이 서 있으면 다양한 반응이 나타났다. 우는 아이들도 있었고, 감옥에 갇힌 범죄자처럼 쇠창살에 매달려 집에 보내달라고 하는 아이들도 있었다. 그리고 이런 난리법석을 보며 코웃음치다가 기숙사로 향하는 아이들도 있었다. 이런 아이들은 영리하게도 친구를 만들어 뭉쳐 다녔다. 올여름만 지나면 3학년이 되는 개빈 함스, 그웬 몽고메리, 테오 콤프턴, 대니엘 랜드리는 그렇게 첫날부터 뭉쳐 다닌 친구들이었다.

마저리홀 기숙사가 나오자 그들은 앞문을 피해 오른쪽으로 꺾었다. 사감선생님이 분명히 뭐 때문에 통행금지 시간이 다 돼서야 오느냐고 캐물을 게 뻔했다. 그러다 보면 대화 주제가 개빈의 배낭으로 튈 수도 있었다. 배낭은 버드와이저 캔맥주로 빵빵했다. 그들이 뒷문에 다가간 순간 문이 벌컥 열렸다. 모두 소스라치게 놀랐는데 알고 보니 태너 랜딩이었다.

"내 맥주도 있겠지? 자식들."

이 학교에 있다 보면 신기하게도 두 종류의 우정이 생겼다. 공통 관심사와 자연스러운 호감으로 맺어지는 유기적인 우정이 있는가 하면, 함께 갇혀 지내며 생기는 억지 우정도 있었다. 태너 랜딩이 이 무리에 속하게 된 것은 1학년을 막 마치고 여름방학을 맞아 다들 집으로 돌아갔을 때였다. 몇몇 학생만이 여름 학기에도 학교에 머물라는 부모님 때문에 어쩔 수 없이 남은 상황이었다. 학기 중에 태너를 피하는 것은 가능했다. 하지만 여름이 되자 개빈과 친구들은 그와 엮일 수밖에 없었다.

"놀랐잖아." 그웬이 태너를 밀치며 기숙사 뒷문으로 들어갔다.

태너의 여자친구인 브리짓이 그의 멍청한 행동에 대신 사과하며 이렇게 덧붙였다. "네안데르탈인 같다니까."

그들은 개빈과 테오가 함께 쓰는 기숙사 방으로 들어가 문을 잠갔다. 창문 블라인드도 내렸다. 개빈이 배낭을 열어 맥주를 돌렸다.

"내가 읽을게." 태너가 말했다. 그가 맥주를 세 모금 정도 재빨리 마시고 트림을 했다. 그러고는 핸드폰을 들어 문자 메시지를 읽었다.

맨인더미러가 너희들을 소환한다

13-3-5

토요일 밤 10시

"그거 예전 교사 사택 맞지?" 그웬이 물었다.

"응" 개빈이 대답했다. "77번 도로 옆쪽 뒷길에 있어. 숲을 가로지른 다음 캠퍼스를 빙 둘러 가야 할 거야. 우리 말고 또 초대받은 사람 있어?"

"우리 여섯이 다야." 태너가 말했다.

그웬이 주위를 둘러보았다. "우리 이거 진짜 해?"

"이제 3학년이잖아." 태너가 남은 맥주를 단숨에 들이켜고 트림을 쏟아낸 후 말을 이었다. "빌어먹을 그렇고말고! 이건 통과의례라고."

14장

마크 매커보이가 지하실로 내려갔다. 에어컨 덕에 1층과 2층이 시원했지만 마크는 여름이면 지하실이 더 좋았다. 집 토대를 둘러싼 차가운 흙 덕에 집안 다른 곳보다 지하실 온도가 몇 도 더 낮았다. 그렇지만 지하실을 좋아하는 것은 단순히 온도 때문만은 아니었다. 이곳에는 그의 비밀이 숨겨져 있었다.

작년 마크와 아내는 지하실 공사를 하면서 이 안에 작은 바를 만들었다. 주말이면 친구들을 초대해 지하실에서 시간을 보냈다. 지난겨울엔 친구들과 함께 반짝이는 오크나무 바 테이블에서 콜츠Colts 팀을 응원하며 미식축구를 보곤 했다. 그리고 지금, 마크는 바 뒤에 있는 캐비닛으로 다가가 문을 열고 있었다. 안에는 그가 수집한 야구카드들이 있었다. 어렸을 때부터 시작해 매년 조금씩 늘려가고 있는 수집품이었다. 거기에는 조니 벤치나 빅 레드 머신이 있었던 1970, 1980년대 카드부터 스테로이드 약물이 경기를 장악했던 1990, 2000년대, 그리고 통계로 선수들 급을 나누는 현 세대까지 모두 아우르는 야구선수 카드들이 있었다. 그 모두가 정품이었다. 퍽퍽한 추잉껌에 딸려 나오던 탑스Topps 회사 카드는 물론이고 구디검 컴퍼니Goudy Gum Company, 스포팅뉴스Sporting News 카드도 있었다. 지금 팔면 꽤나 값이 나갈 물건들이었다. 물론 그가 자신의 소중한 카드를 팔겠다고 마음먹는다면 말이다. 하지만 마크는 소장품을 팔 생각이 전혀 없었다. 그리고 오늘밤 박스를 꺼내는 것은 카드 때문이 아니었다. 웨스트몬트고를 다니던 때부터 그가 집착해왔던 것, 그의 관심은 바로 거기에 쏠려 있었다.

마크는 바인더를 바에 올려놓고 잠금장치를 열었다. 바인더를 펼치자 포켓형 투명 비닐 속지에 야구카드들이 두 줄로 꽂혀 있었다. 모두 최상급 상태였다. 바인더에는 카드 말고도 그가 조사한 기록물들이 있었다. 그는 무언가를 발견하면 항상 이곳에 숨겨놓았다. 아내는 카드 수집에 관심이 없으니 마크는 자신의 비밀이 새어나가지 않을 거라 확신했다. 그는 〈페퍼밀 가제트〉 기사를 꺼냈다. 그가 웨스트몬트고 학생이었던 시절 소수의 독자로 연명하다 사라진 지역 신문 기사였다. 도서관에서 이 기사를 찾아낸 것은 1학년 때였다. 신문 발행일은 1982년. 그는 다시 기사를 읽어봤다.

웨스트몬트 사립고 내부의 비밀 동아리

웨스트몬트 사립고 교장이나 교직원 누구에게라도 학교 내부에 비밀 동아리가 있다는 소문이 진실이냐고 묻는다면, 곧장 "아니요"라는 단호한 대답을 듣게 될 것이다. 그러나 학생들에게 묻는다면 그런 동아리가 있을 뿐 아니라 아주 인기 있다는 대답을 들을 것이다. 그런데도 더 자세한 정보를 얻는 것은 힘든 일이다. 그저 비밀 동아리 입회식을 빙자해 신입회원에게 장난을 쳤다거나, 아무것도 모르는 학생과 교사를 골려주다가 작은 사고가 있었다는 추측과 루머가 다일 것이다. 사실 확인이 힘들고 경험담을 들을 수 없는 이유는 바로 자신이 동아리 회원이라고 인정하는 학생이 전무하기 때문이다. 교장은 이 루머가 학생들의 상상, 떠도는 이야기, 소문으로만 존재하기 때문에 경험담이 없는 게 아니겠느냐고 반문하며, 이 모든 것은 학생들이 발휘한 상상력의 산물일 뿐이라고 덧붙였다. 그렇지만 혹시 정보가 없다는 것은 회원들 모두 비밀 엄수를 맹세했다는 뜻은 아닐까.

마크는 다 읽은 기사를 옆으로 치워두고 인디애나폴리스에서 나온 좀 더 최근 기사를 살펴보았다. 범죄사건 전문기자 라이더 힐리어가 쓴 기사로 미국 내 고등학교의 비밀 동아리 역사를 시기 순으로 써내린 꽤 긴 기사였다. 기사 초반에는 이스트코스트 아이비리그의 유명한 대학 동아리가 짧게 언급돼 있고, 나머지는 전부 인디애나의 일류 기숙학교에 존재하는 조직을 설명하는 글이었다.

웨스트몬트고는 엄격한 규율과 혹독한 학업으로 정평이 난 곳이었다. 사립고 순위에서 자주 상위를 차지했으며 4년제 대학 진학률 백 퍼센트를 자랑했다. 마크는 수많은 기사를 접해봤지만 이 학교에 있는 비밀 동아리에 대해 라이더 힐리어만큼 깊이 알아낸 사람은 없었다. 라이더는 심지어 '맨인더미러'라는 동아리 이름과 수수께끼처럼 세 개의 숫자로만 표현되는 회합 장소까지 밝혀냈다. 바로 *13-3-5.* 마크도 알고 있는 숫자였다. 77번 도로 옆 숲으로 들어가 예전 사택으로 안내하는 그 숫자.

그런데 라이더 힐리어가 알아낸 것은 딱 거기까지였다. 그녀는 현 교장인 가브리엘라 해노버의 말을 인용하며 기사를 마무리했다. 학교에 그런 동아리는 없으며, 웨스트몬트고는 엘리트주의를 부추기는 상류 클럽을 용납하지도 않고, 학생들이 학교의 통제를 벗어나는 일도 허용하지 않는다는 것이었다.

하지만 그 학교를 다녀본 마크는 그런 동아리가 실제로 존재한다는 걸 알았다. 3학년이 되어야만 가입이 가능하다는 소리에 1, 2학년 시절 내내 가입을 꿈꿨었다. 하지만 3학년이 되었을 때 그는 제외되었다. 거절당했다는 사실에 우울증까지 걸렸다. 얼마 안 되는 친한 친구들은 가입 요청을 받았고, 가입이 결정되자 그를 남기고 모두 떠나버렸다. 마크 매커보이는 3학년 내내 혼자 외로이 지내다가 결국은 그들이 벌이는 장난질의 대상이 되었다. 견디지 못한 그는 공립학교로 전학해 4학년을 마쳤다. 비참하게 마침표를 찍은 학교생활 때문에 4학년 내내 자살을 생각하며 어두운 나날을 보냈다. 대학생이 되어 치료를 받고 나서야 우울증에서 빠져나올 수 있었다. 그 후 지금의 아내를 만났고, 졸업을 하고 사회생활을 시작해 가정을 이루었다. 하지만 단 한 번도 웨스트몬트고의 비밀 동아리를 잊은 적이 없었다. 그토록 발을 들이고 싶었던 곳. 하지만 그를 거부한 곳. 마크 매커보이는 단순히 맨인더미러를 잊지 못하는 것이 아니었다. 그는 점점 집착에 빠져 동아리와 그들이 벌이는 의식에 대해 나름대로 조사를 벌여왔다.

그리고 오늘밤, 가족이 위층에서 모두 잠든 이 시각, 그는 야구카드 수집품 뒤에 숨겨놓은 기사들을 꺼내 바 위에 올려놓고 바라보았다. 노트북을 열어 검색창에 '맨인더미러'를 쳤다. 6월이었다. 그는 신입회원 가입 의식이 하지夏至에 치러진다는 걸 알았다. 웹페이지를 스크롤했다. 대부분은 백 번도 넘게 본 내용이지만, 개중에 새로운 기사가 뜨곤 했다.

그는 더 이상 십 대가 아니었다. 이런 일에 관심 기울일 나이는 지났다. 오래전 거절당했던 일에 대한 기억으로 이렇게 상처받는 건 너무 어리석다. 하지만 그의 마음은 호기심으로 흘러넘쳤고, 거부당했던 기억 때문에 자존심은 여전히 고통받았다. 그리고 지금,

매년 여름만 시작되면 그를 괴롭히는 질문이 다시 떠올랐다. *나는 왜 버려진 사택으로 초대받지 못한 것일까?*

웨스트몬트고 재학 당시 그는 주변의 영향을 쉽게 받았고, 겁이 많았고, 두려움으로 항상 뒤로 물러섰다. 하지만 오늘밤 그에게 두려움 따윈 없다. 그저 미신 같은 존재를 밝혀내고 싶은 호기심만이 있을 뿐이었다. 그러나 맨인더미러에 대한 조사 내용을 살펴보고 인터넷 검색 결과를 들여다보며 그는 호기심 말고도 뭔가 다른 것이 자신의 마음에 불을 붙이는 걸 느꼈다. 더운 여름밤, 지하실의 차가운 공기 속에서, 그는 마침내 그동안 품어왔던 감정이 무엇인지 깨달았다.

그것은 분노였다.

3부 2020년 8월

CHARLIE DONLEA

15장

로리 무어에게 비행기 탑승은 매번 엄청난 부담이었다. 밀실공포증에 대인불안, 그리고 주변 상황을 끊임없이 통제하려는 강박 때문이었다. 최대한 그런 상황을 피해보지만 어쩔 수 없는 경우에는 비행기에 갇혀 비참한 시간을 보냈다. 이 문제 때문에 지난 수년간 할 수 있는 건 다 시도해봤다. 명상은 물론이고(명상은 오히려 다른 승객들의 주의를 끄는 결과를 낳았다), 약도 먹어보았고(베나드릴*과 애드빌PM**을 먹었는데 심한 구토로 고생했다), 중간 자리에 앉아서 금단 증상을 느끼는 사람처럼 무조건 참고 보는 것도 해보았다(딱 한 번, 그때 딱 한 번 해보았다).

그런 로리가 세 줄짜리 이코노미 좌석에 앉아 있는 건 불가능했다. 축 늘어진 정어리들처럼 차곡차곡 앉아 있다가 200명의 승객과 함께 쓰는 조막만 한 화장실에 가기 위해 타인을 비집고 나가야 하는 좌석에 말이다. 딱 한 번 레인과 함께 살인사건연구 프로젝트와 관련해 뉴욕으로 갔을 때 돈 많은 의뢰인이 전용기를 내준 적이 있었다. 레인이 로리와 함께 동부 해안으로 가는 방법은 그것

* 알레르기 증상 완화제. 항히스타민제라 졸음을 유발한다.
** 소염진통제의 일종.

밖에 없다고 했기 때문이었다. 물론 레인은 혼자 가도 됐다. 일반 비행기를 잡아타고 남들처럼 두 시간 동안 책을 읽으면 끝나는 일이었다. 하지만 그러지 않았다. 그는 전용기를 고집했고, 얻어냈다. 로리가 그를 사랑하는 건 단순히 잘생긴 외모와 매서운 정신력 때문만은 아니었다. 그는 다른 사람이라면 숨 막힌다고 할 만한 그녀의 기이한 특성을 알고도 그녀를 받아들였다. 그녀를 있는 그대로 사랑했고, 그녀가 전에 만났던 사람들(상담의사, 교사, 로스쿨 룸메이트, 교수 등)과는 달리 그녀를 바꿔놓겠다고 나서지도 않았다.

입이 떡 벌어지게 비싼 전용기가 선택지에 없다면 그나마 가능한 건 일등석이었다. 창가 자리를 선택한 로리는 옆자리 승객이 오기 전에 베개 두 개와 담요로 벽을 쌓아놓았다. 무릎 위에는 레인이 박사과정 때 쓴 논문을 올려두었다. '어둠을 선택하는 자들'이라는 제목을 보란듯이 드러내 보인 채. 마치 집주인이 딱따구리를 내쫓기 위해 모형 부엉이를 걸어놓은 듯 보였다. 게다가 로리는 수술용 마스크까지 쓰고 있었다. 누군가가 2A 좌석에 앉은 그녀를 본다면 살인 안내서를 읽는 연쇄살인마라고 생각할지도 몰랐다. 순환되는 공기 중에 떠다니는 세균을 피해 다음번 살인 때까지 살아남으려 노력하는, 아니면 그 자신이 전염병을 앓고 있는 살인마.

다행히 로리의 노력은 통했다. 2B 좌석에 앉은 남성은 마이애미로 가는 세 시간 내내 말을 걸지 않았다.

16장

인디애나로 같이 가자는 레인의 초대는 매력적이었다. 마이애미 공항을 출발해 북쪽으로 차를 모는 지금, 그가 한 말을 생각하면 할수록 누르고 싶었던 감정이 점점 더 뜨겁게 타올랐다. 그녀의 냉담하고 분석적인 뇌는 직계가족도 없는 마당에 집을 떠나왔다고 해서 죄책감을 느끼는 건 기력 낭비일 뿐이라고 말하고 있었다. 하지만 감정적인 마음은 과거의 실수를 반복하지 말고 인생에 남은 단 하나의 관계를 등한시하지 말라고 조언하고 있었다. 로리는 작년 일 이후로 혹시 자신의 인생에 진지한 관계가 필요한 것은 아닌지 자문하는 중이었다. 지금까지 자신에게 중요한 것을 어떻게 대했는지 반성하고 우선순위를 재조정해야 할 시기가 온 것 같았다.

같이 가자.

로리는 마음속에서 울려 퍼지는 레인의 말을 잠재울 수 없었다. 시끄러운 생각이 끊임없이 몰려와 인생을 망가뜨리겠다고 위협할 때면 늘 그렇듯, 자신의 감정을 뇌 한구석에 처박아놓고 싶었다. 매일같이 감정의 회오리가 몰아쳤다. 이게 그녀의 뇌파가 작동하는 방식이었다. 걱정이 아니라면 집착을 해야 했고, 집착하지 않을 때는 계획이라도 세워야 했다. 정신적으로 편안한 적이 한 번도 없었다. 머리가 활동하고 있음을 알리는 낮은 웅웅 소리가 끊임없이 들렸다. 그녀는 이러한 고통을 견디기 위해 자신의 생각을 분류하는 방법을 몇 년에 걸쳐 터득했다. 지금처럼 달리는 차에서 속도계나 전조등을 확인하는 것처럼 일상적이고 별 볼일 없는 일들에 매달리는 강박증을 뇌 한구석에 고이 접어 치워놓는 방법이었다. 이렇게 하면 충동을 무시하지 않고도 필요할 때면 언제든 꺼내 쓸 수 있었다. 이러한 욕구를 마음 한구석에 박아놓음으로써 그녀의 일상에 참견하는 것을 막아낼 수 있었다. 그러다 충동을 보관할 여유 공간이 생기면 먼지 덮개를 걷어내고 말쑥하고 깔끔하게 정리했다. 그러면 시끄러운 생각들은 그곳을 마음대로 돌아다니다 흐지부지 사라지고, 그녀의 삶에 더 이상 영향을 주지 못했다. 로리는 이렇게 하면서 시간을 벌었다. 그러면 머릿속에서 일어나는 불필요한 요구로부터 벗어나 자신의 인생을 살 수 있었다.

이를 위해 로리가 택한 방법은 범죄 재구성 전문가로서 사건 파일을 연구하는 거였다. 진술서를 읽고 또 읽는 것, 모든 내용을 머릿속에 이미지로 저장할 때까지 부검 보고서를 살펴보는 것, 형사 노트와 증거 기록을 세세히 들여다보는 것, 눈을 감아도 범죄 현장을 떠올릴 수 있을 때까지 현장사진을 쳐다보는 것. 이런 것들은 정신을 훈련시키기에 완벽한 활동으로 아무리 해도 지겹지 않았다. 범죄를 재구성하는 일에 있어서 그녀의 고통은 자산이 되었다.

그녀에게는 일 말고도 강박을 해결하기 위한 방편이 하나 더 있었다. 이것을 발견한 것은 그녀가 어렸을 때, 그러니까 자신의 사고방식이 남들과 다르다는 것을 몰랐을 때였다. 아무리 스크롤해도 끝없는 화면처럼 생각 속에서 꼬리를 무는 이미지와 지식들이, 알고 보니 사진처럼 정확한 기억력을 형성한다는 것도 모를 때였다. 자신의 지능이 월등히 높다는 것도 모를 때였다. 인생의 한 분야에서 너무 뛰어나면 인간관계나 사회활동 등 다른 분야에서 뒤처질 수 있다는 것도 모를 때였다. 자폐증 진단이 활발하지 않을 때라 그녀의 상태를 억제하기 위해 다른 의술이 사용될 때였다. 그녀는 어렸을 때 고모할머니의 농가에서 시간을 보내며 자신만의 기술을 터득했다. 그리고 오늘밤, 마이애미의 길거리를 굽이굽이 걸으며 *그 물건*을 추격하는 중이었다. 그것만 있으면 어렸을 때 터득한 재능을 사용할 수 있다. 그러면 앞으로 두 달간은 자신의 기벽이나 별난 점 때문에 산만해질 걱정 없이 지낼 수 있다.

한편 그녀는 레인의 초대로 촉발된 감정을 따로 떼어놓기 위해 고군분투했다. 목적지에 다가갈수록 불안감에 피부는 점점 더 가렵고, 의구심은 커져만 갔다. 자신이 사랑하는 남자에 대한 감정을 강박장애로 인한 생각의 흐름에 한데 묶어 어딘가에 처박아놓으면 안 되는 거 아닐까?

그럼에도 여전히 그녀는 그러고 있었다. 그것이 로리 무어가 존재하는 방식이었다.

17장

자정이 다 되어가는 시각, 로리가 마이애미 시내에 있는 3층짜리 주차 건물에 주차비 45달러를 지불했다. 하얀색 형광등이 건물을 비췄다. 이런 불빛을 집에서 봤다면 질색했겠지만, 낯선 도시에서 보니 고마운 마음이 들었다. 심장이 무서운 속도로 뛰었고, 겨드랑이와 등은 땀으로 끈적거렸다. 그녀가 주차장을 빠져나와 전날 기억해놓은 길을 따라 10분을 걸었다. 시계에서 알람이 울렸다. 밤 11시 50분이었다. 그녀는 걸음을 재촉했다. 마이애미 거리에는 연인 혹은 외톨이의 행렬이 계속 이어졌지만, 대로를 벗어나 옆길로 빠지자 아무도 없었다. 가로등이 띄엄띄엄 서 있었고 벽돌 건물 사이로 들리는 건 그녀의 군화 소리뿐이었다. 저 앞에 대형 천막 하나가 환하게 빛나는 걸 보니 제대로 도착한 모양이었다. 생각만큼 엉성한 곳이었다. 웹사이트에도 사진 같은 건 없었고 주소와 경매 예정시간만 달랑 적혀 있었다.

추레한 천막 지붕에 '인형의 집'이라고 쓰여 있었다. 영업장으로 들어가려면 계단 네 단을 내려가야 했다. 그녀는 숨을 깊이 들이마시고 계단을 내려갔다. 입구로 들어서자 목이 굵고 눈빛이 나른해 보이는 남자가 그녀를 향해 턱을 들어 인사했다.

"경매 때문에 왔는데요." 그녀가 말했다.

남자가 툴툴거리듯 대답했다. "뒷문으로 가쇼. 예정보다 좀 늦게 시작한다던데."

펍은 마치 동굴처럼 어둡고 음울했지만 사람이 꽤 있었다. 햄버거 탄 냄새가 공기 중에 자욱했고 여기저기서 터져 나오는 웃음소리를 듣자 가슴이 답답해졌다. 숨을 쉬려고 애쓰며 주변을 둘러보는데 뒷문이 눈에 들어왔다. 로리는 일단 바에 갔다. 생맥주 탭을 보니 실망이었다. 죄다 물을 탄 라이트 맥주였다.

"뭘 드릴까요?" 바텐더가 물었다.

"스리플로이즈[•] 맥주 있나요?"

"스리 뭐시기요?"

로리가 고개를 저으며 바 선반에 진열된 병맥주를 살펴보았다. "라구니타스 필스 주세요."

바텐더가 냉장고에서 맥주를 꺼내 뚜껑을 따서 로리 앞에 내려놓았다. 로리는 바 테이블에 돈을 놓고 맥주를 갖고 뒷문으로 향했다. 자정이 막 지난 시각이었다. 로리가 입구에 있는 남자에게 출력해온 표를 꺼내 보였다. 입장권이었다. 뒷문을 통해 들어가자 '인형의 집'이 나왔다. 펍보다 멋지고 조명도 훨씬 밝았다. 벽에는 유리 상자들이 진열돼 있었고, 그 안에 수집가의 마음을 빼앗을 도자기 인형들이 하나씩 들어 있었다. 이곳에 있는 수집가들은 적어도 몇 시간은 죽치고 있는 모양이었다. 다들 무엇을 살지 구경하며 인형의 이력을 조사하고 있었다. 이미 조사를 마친 로리는 2분 만에 원하는 인형을 찾아냈다. 상태가 엉망인 아르망 마르세유 키디조이 독일 인형. 그녀는 유리 너머로 인형을 뚫어지게 바라

• Three Floyds. 다크로드 맥주 제조사.

보았다.

이곳에 입장하기 위해서는 사회보장번호를 적어야 한다. 로리가 자신의 번호를 적을 때 위에 적힌 참가자 수는 열두 명이었다. 오늘밤 그녀도 경매에 참여할 수 있다는 뜻이었다. 그녀는 아르망 마르세유 인형 말고는 다른 건 알아보지도 않았다. 인형의 이력에 대해 조사를 마치고 2500킬로미터를 날아온 것이었다. 오직 이 인형을 위해.

그녀가 경매인을 불러 유리 상자를 열어달라고 요청했다. 그리고 안식처에 있던 인형을 들어올렸다. 그녀의 마음은 온통 빛이 났다. 유체이탈까지는 아니더라도 단순히 인형을 들고 있는 게 아니라 마치 그 인형의 일부가 된 것 같은 순간이었다. 도자기 표면만 보는 게 아니라 그 안을 관통해 보는 것 같았다. 인형 얼굴에는 격자 모양으로 금이 가 있었고, 왼쪽 뺨과 귀에는 커다랗게 떨어져나간 조각도 있었다. 머리 오른쪽 뒷부분도 이리저리 금이 가고 벗겨져 있었는데, 복원을 시도한 흔적이 별로 없었고 시도한 흔적마저 엉성한 수준이었다. 어떻게 이렇게 기술이 서툰 사람이 이처럼 유서 깊은 인형을 손에 넣을 수 있었는지 놀라울 정도였다. 하지만 이렇게 지독한 외상에도 로리의 마음은 흥분으로 가득했다. 인형을 뚫고 들어간 시선이 안에서부터 밖을 향하는 것 같았다. 그녀는 손상 따위 신경 쓰지 않고 오직 가능성만을 보았다. 인형이 지닌 잠재력이 그녀의 넋을 빼놓았다.

"괜찮으신가요?" 경매인이 물었다.

그제야 무아지경에 빠졌던 로리가 정신을 차렸다. 그녀는 고개를 끄덕이고 인형을 건네주었다. 그리고 10분 후 경매장 맨 뒷줄에 앉아 라구니타스를 홀짝이며 기다렸다. 이날 예정된 경매는 네 건이었고, 이 인형이 마지막이었다. 첫 번째 경매에서 아주 새것 같은 인형이 한 수집가에게 팔렸다. 그 사람은 인형을 그대로 집에 가져가서 흠 없는 장식용 조각상과 나란히 전시하겠지. 로리는 흠 하나 없이 완벽한 인형에는 관심이 없었다. 그런 인형엔 아무런 사연이 없었다. 아무런 비밀도 없었다. 사연이 있다 해도 이미 알려진 것들이었다. 로리는 세상을 떠돌아다니다가 상처를 얻은 인형만 찾아다녔다. 이전 소유주와의 관계가 단절되어 애정과 관심을 갈구하는 불완전한 인형들만.

맥주를 다 마신 그녀는 하나 더 주문했다. 그 사이 완벽해 보이는 인형이 하나둘씩 팔려나갔다. 경매가 성공적으로 끝날 때마다 작은 지하 공간을 채운 사람들이 조금씩 줄어들었다. 너덜너덜하고 허름한 인형이 경매에 나올 때쯤에는 스무 명 남짓한 수집가만 자리를 채우고 있었다. 거의 새벽 1시였다.

경매인이 말했다. "다음은 아르망 마르세유입니다. 얼굴과 귀에 손상이 좀 있지만 전성기에는……."

"3천 달러." 로리가 말했다.

경매인이 고개를 들었다. "시작가가 750인데요."

뒷줄에 있던 로리가 자리에서 일어나 단상을 향해 걸어나갔다. 걸을 때마다 새로 산 군화가 덜그럭거렸다. "그렇다면 3천 내면 바로 가져가는 거네요?"

경매인이 남아 있는 수집가들을 둘러보면서 말했다. "호가 더 하실 분, 없습니까? 없습니까? 팔렸습니다. 회색 옷 입으신 여성분께 3천 달러에 낙찰되었습니다."

18장

레인은 이틀 동안 웨스트몬트고 살인사건을 조사하며 찾을 수 있는 정보를 모두 입수했다. NBC 방송국에서 제공한 조사 파일이 있었지만 레인도 자신만의 정보통이 있었기에 이틀 만에 심도 있는 조사가 가능했다. 지금은 자동차에 짐을 가득 싣고 남쪽으로 운전해 가는 길이었다. 정오를 앞둔 시간이었다. 시카고를 떠난 지 두 시간이 지나자 '인디애나 페퍼밀에 오신 것을 환영합니다'라는 푯말이 보였다. 얼마 후 내비게이션이 윈스턴 거리로 가는 길을 알려주었다. 그가 머물 집은 호수를 따라 길게 이어진 막다른 골목에 자리해 있었다. 차에서 내린 그는 현관문으로 다가갔다. 문고리에 자물쇠 달린 상자가 매달려 있었다. 숫자를 돌려 상자를 열고 열쇠를 꺼냈다. 들은 대로 아담하고 안락하고 눈에 띄지 않는 집이었다. 그의 바람에 완벽히 들어맞았다.

1층에는 벽난로가 있는 거실과 주방이 있고 한쪽에 사무 공간이 마련되어 있었다. 위층에는 일인용 침실과, 책상이 있는 다락방이 있었다. 침대 위에 여행가방을 올려놓은 그는 차로 돌아가 트렁크에서 상자를 하나 꺼냈다. 치열한 흥정 끝에 큰돈을 들여 사 온, 계획에 꼭 필요한 것이었다. 그는 상자를 주방으로 가져가 냉장고를 열고 맨 위칸을 병으로 채웠다. 물론 상표가 잘 보이도록 완벽하게 줄을 맞추는 것도 잊지 않았다.

레인은 또 다른 여행가방을 끌고 주방을 지나 집 뒤편, 확장된 공간으로 갔다. 삼면이 통창으로 된 유리온실이었다. 바닥부터 천장까지 뚫린 시야로 저멀리 호수가 작게 보였다. 역시 예상만큼 완벽한 곳이었다. 그는 구석 책상에 가서 가방 속 물건을 꺼내놓았다. 이번에도 물론 줄을 맞춰서. 또 다른 물건도 포장을 벗겨 책상 중간에 놓았다. 마지막으로 차 뒷자리에 겨우 쑤셔 넣었던 커다란 코르크판을 이젤 위에 올려놓고 현장사진을 꽂았다.

페퍼밀에 도착한 지 30분. 집은 완벽하게 준비를 마쳤다.

19장

로리는 시카고행 아메리칸에어라인 2182편 일등석에 앉았다. 도자기 인형은 좌석 밑에 안전하게 두고, 수술용 마스크를 쓴 채 안내서를 읽었다. 오른쪽 다리가 떨렸고 군화에 달린 버클이 달가닥거렸다. 다리가 떨리는 건 보통 불안하다는 증거지만 오늘은 달랐다. 얼마 전 미해결 사건 하나를 종결한 것, 드디어 군화를 새로 산 것, 그리고 키디조이 도자기 인형을 매입한 것, 이 세 가지 덕분에 그녀는 충만했다. 지난 몇 달간 느끼지 못했던 안정감과 균형감을 되찾은 느낌이었다. 자신을 위해, 그리고 많은 사람을 위해 사건을 해결하겠다고 일리노이 스타브드록 주립공원 오두막에 갈 때만 해도 느끼지 못했던 감정이었다.

그녀는 기대에 차 눈을 감았다.

로리는 저녁 7시가 돼서야 마침내 작업대에 앉았다. 땅거미가 지고, 저녁 하늘은 마지막까지 싸우다 저멀리 밀려나고 있었다. 스탠드 빛 덕에 서재가 기분 좋을 만큼 어둡고 밝았다. 새로 산 인형의 포장지를 벗기는 내내 스물네 쌍의 눈이 로리를 내려다보았다. 인형들도 새로 온 동료를 보며 그녀만큼이나 흥분한 것 같았다. 그녀는 아르망 마르세유 키디조이 독일 인형을 작업대에 조심스럽게 올려두고 꼼꼼하게 확인하기 시작했다. 마치 검시관이 절개를 마친 시신을 관찰하는 듯했다. 물론 이 인형을 절개할 계획은 없었다. 한 번에 하나씩 공들여 복구할 예정이었다. 아마 몇 주간은 마음속에서 끈질기게 울려 퍼지는 듣기 싫은 목소리에서 해방될 것이다. 그녀가 부담감을 상자 안에 가두고 한구석에 처박아놓은 건 바로 이 때문이었다. 이전에도 확실히 느꼈듯이 골동품 인형 복원 작업은 더없는 환희와 행복감을 선사해줄 테니. 좋은 점은 이게 다가 아니었다. 이것은 걱정 없는 세상으로 통하는 문이었다. 그곳에서만큼은 그녀의 약점은 장점이 되고, 일상을 망치는 별난 점들은 오히려 좋은 쪽으로 작용했다.

작업실에 있을 때면 마음에서 들려오는 비논리적인 요구에 저항할 필요가 없었다. 완벽에 이를 때까지 무언가를 끊임없이 반복하라며 신경을 갉아먹는 요구에 맞서지 않아도 됐다. 골동품 도자기 인형을 복구할 때 수행하는 반복 작업은 한때 그녀의 삶을 지배했던 강박장애의 탈출구가 되었다.

평온한 서재에서 복구에 몰두하며 마음의 악령을 몰아내고 나면 서재 밖으로 나와도 영혼을 갉아먹는 소리가 들리지 않았다. 그것이 그녀가 살아가는 방식이었다. 인형은 그녀의 구원자였다.

오늘 할 일은 정보수집이었다. 복구는 하지 않을 예정이었다. 우선 인형의 손상 정도를 살펴야 복구 계획을 세울 수 있었다. 그녀는 인형 얼굴을 쓰다듬으며 거미줄처럼 퍼진 균열을 만져보았다. 많은 복원가들이 안심하고 쓰는 알코올도 이 인형에겐 과할 것 같았다. 알코올로 문지를 경우 도자기에 제대로 흡수되지 않은 은은한 색감이 다 지워지니까. 경매에 나왔던 인형들 색이 바랜 건 이 때문이었다. 로리가 어렸을 때부터 사용한 것은 고모할머니가 주방

세제와 보드카로 배합해서 만들어낸 용액이었다. 그게 이번 복구 작업에도 제격일 것 같았다.

사진을 찍고 기록을 정리하는 데 한 시간이 넘게 걸렸다. 그녀는 그때 뭔가 잘못되었다는 걸 인정했다. 눈앞에 있는 인형에 완전히 집중할 수 없었기 때문이었다.

"젠장." 그녀가 중얼거렸다.

그녀와 마주쳤던 모든 사람들에게 그녀는 미스터리한 존재였다. 아동기를 거쳐 청소년기까지 그녀를 치료했던 모든 의사들에게, 시카고 경찰서의 상관에게, 자신들이 쩔쩔매는 사건을 척척 해결하는 그녀를 보며 당혹감, 경외감, 혐오감이 뒤섞인 감정을 느끼는 형사들에게도. 작년에 아버지와 고모할머니가 돌아가신 후 로리 인생에서 그녀라는 존재의 본질을 이해해주는 사람은 이제 단 한 사람 남았다. 레인의 말이 다시 떠올랐다.

같이 가자.

작업대에 있는 아르망 마르세유를 들어서 다시 여행용 상자에 눕혔다. 그리고 위층에 올라가 짐을 쌌다. 집을 나서기 전, 레인이 냉장고 문에 붙여놓은 노란색 포스트잇을 뗐다. 그가 묵을 예정이라는 페퍼밀 집 주소가 적혀 있는 종이였다.

20장

마호가니 탁자 위 컵받침 위에 라이트 맥주가 있고 그 옆에는 파일철과 종이가 펼쳐져 있었다. 모퉁이마다 펍이 있는 작은 도시 페퍼밀. 레인과 맥 카터가 토큰스 펍에서 만나기로 한 시각은 저녁 7시였다. 기다란 바에 맞춰 의자가 줄지어 있고, 반대편 벽 쪽에는 칸막이 자리가, 그 중간에는 가슴 높이의 테이블이 있는 펍이었다. 또한 차가운 맥주에 기름진 음식, 아무도 맥 카터를 알아보지 못할 만큼 어두운 조명이 있었다.

레인이 맥주를 반쯤 마셨을 때 맥 카터가 도착했다. 티셔츠를 입고 노트르담 대학 모자를 쓰고 있어서 TV 속 모습과 분위기가 달라 보였다. 둘이 악수를 나눴다. 레인이 보기에 맥은 삼십 대 초반 같았다. 활짝 웃는 모습을 보니 또다시 화면에서 보던 것과는 완전히 다른 사람 같았다.

"레인 필립스입니다."

"맥 카터입니다. 만나서 반갑습니다. 박사님께서 투입된다는 소식을 듣고 정말 기뻤습니다. 팟캐스트 방송에 훨씬 더 신빙성이 더해질 테니까요. 그리고 솔직히 말씀드리자면." 맥은 누가 들으면 안 된다는 듯 주변을 둘러보았다. "이 사건을 마치고 나면 아무래도 상담을 좀 받아야 할 것 같습니다."

"지난 몇 주간 이상한 일을 많이 겪으셨다고 들었습니다." 레이니 말했다.

"이상하다고 표현할 수도 있겠죠. 근데 이거 정말 돌아버릴 만큼 말이 안 되거든요. 아, 정신과 의사를 앞에 두고 말을 막 했네요."

"저는 상담 전문의는 아닙니다."

"저도 그렇게 들었습니다." 맥이 레인의 맥주를 가리키더니 바텐더를 불러 주문을 했다. "대화를 시작해봅시다."

두 사람은 가까이 붙어 앉았다. 주문한 맥주가 잔에 담겨 나왔다. 맥주 광고처럼 거품이 한쪽으로 흘러내렸다.

맥이 말을 이었다. "심리학적인 면에서 뭔가 많은 일들이 벌어지고 있습니다. 아마 바빠지실 거예요. 지금 계획으로는 다섯 번째 에피소드에서 박사님을 소개할 예정입니다. 공식적으로 인터뷰를 진행하면서 청취자에게 박사님 경력을 알려줄 거고요. 전문지식을 활용해 살인자와 생존자 양측의 심리 상황을 설명하면서 사건을 간단히 짚어볼 겁니다. 살인이 났던 그 밤에 무슨 일이 있었으며 그 이후로 그들이 어떤 심정으로 지내고 있는지를요. 방송 제작은 제 숙소에 마련된 스튜디오에서 진행할 겁니다."

레인이 자신 앞에 있는 파일을 가리켰다. "살인자에 대해 미리 프로파일링을 시작해봤습니다."

"찰스 고먼 말인가요?"

"어쩌면 그 사람일 수도 있죠. 하지만 프로파일링은 그런 식으로 하는 게 아닙니다. 처음부터 용의자를 지정하고 시작하는 건 일을 거꾸로 하는 겁니다. 목적에 어긋나는 거죠. 용의자가 아니라 사건에서부터 시작해야 합니다. 희생자들, 살해방법, 현장에서부터요. 그런 다음 사건을 저지를 만한 인물의 특징을 목록으로 만듭니다. 이번 사건을 예로 들자면, 어떤 사고방식을 지니면 이만큼 잔인할 수 있을까를 먼저 구상하는 거죠. 저도 이제 시작에 불과하고요. 앞으로 사건 정보가 많아지면 목록이 늘어날 겁니다. 그리고 또 하나, 용의자와 별개로 찰스 고먼에 대해서도 프로파일링을 시작했습니다. 양쪽을 다 하고 나면 얼마나 겹치는지 볼 수 있을 겁니다. 그 둘이 전혀 안 맞을 수도 완전히 겹칠 수도 있겠죠."

"대단하네요. 그래서 어디까지 하셨습니까?"

"공식 자료를 참고해서 고먼의 기록을 정리했습니다. 서류를 보면 웨스트몬트고 화학교사, 다소 외톨이에 내성적, 사회생활에 서투르다고 하더군요. 화학 분야에선 탁월하지만 대인관계능력이 부족하고요. 학교에 재직했던 8년 동안 아주 곧은 사람이었다고 합니다."

"그런데 뭐 때문에 돌변한 건가요?" 맥이 물었다.

"여기에 대답하려면 먼저 알아봐야 할 게 많습니다. 그런 후에도 시원한 답이 나올지는 모르겠지만요. 일단 그와 알고 지냈던 학생이나 교사들과 대화를 해봐야 합니다. 친구나 가족들도 만나보고, 특히 성장 환경이 중요하니 부모님을 빼놓으면 안 됩니다. 대충 보니까 어린 시절은 평범했던 것 같더라고요. 하지만 과거를 파다 보면 어린 시절부터 성인이 되기까지의 삶을 볼 수 있고, 무엇 때문에 살인을 저질렀는지 알 수 있게 될 겁니다. 안타깝게도 고먼과 직접 대화하긴 불가능하다고 들었습니다."

"저도 그렇게 들었습니다. 일 년 전 숲에서 무슨 일이 일어났는지는 고사하고 오늘이 무슨 요일인지도 모른다고 하네요. 일단 기차에 몸을 던지면 일을 제대로 마무리해야 한다는 교훈이죠."

"고먼이 입원한 그랜트빌 정신병원에 아는 사람이 있습니다. 전화를 돌려서 상태가 어떤지 정보를 좀 모아보겠습니다." 레인이 맥주를 한 모금 마셨다. "그럼 이제 자살에 대한 얘기를 들려주시죠."

맥이 마시던 맥주를 마저 마시고 하나 더 주문했다. "여기서부터 얘기가 이상하게 흘러갑니다. 사건 당일 학생 두 명이 살해되었죠. 나머지 학생들은 사택을 빠져나와 숲으로 도망가려다 게이트 창살에 꽂힌 친구를 목격했습니다. 확실히 트라우마가 생길 만하죠. 그리고 두어 달 후 학생들이 그곳에 되돌아가 사택 옆을 지나는 화물열차에 몸을 던집니다. 처음은 여학생이었어요. 몇 달 후 똑같은 일이 일어났고요."

"또 누가 자살을 했다는 말씀입니까?" 레인이 물었다.

"네, 똑같은 방식으로요. 사람 대 기차. 정확히 말하면 여학생 대 기차가 되겠군요. 이번에도 여학생이었죠. 그리고 바로 몇 주 전 마지막으로 죽은 학생이 테오 콤프턴입니다. 2천만 명 이상이 본 그 동영상을 박사님도 보셨는지 모르겠지만요."

"이상하군요. 학생들하고 대화를 나눌 방법을 찾아야겠습니다. 학생들이 무엇 때문에 거기로 되돌아간 건지 알아야 합니다. 부모님과 형제들, 교직원들도 만나봐야 하고요."

"지금까지 학교 측은 제 요구를 잘 받아준 편입니다. 감추는 거 없이 완전히 터놓고 대해준 건지, 아니면 저를 어르고 달래는 게 그나마 편하겠다 싶어서인진 모르겠지만요. 어쨌든 덕분에 학교 내부를 돌아볼 수 있었고, 교장인 가브리엘라 해노버와의 인터뷰도 마친 상태입니다." 맥이 말했다.

"테오 콤프턴이 찰스 고먼에 대해 말한 거 있잖습니까. 고먼은 살인자가 아니라고요. 그 점에 대해 더 알아내신 건 없나요?"

"아직 알아보는 중입니다. 아직도 그 점이 이상합니다. 더 얘기를 들어보고 싶었는데 목숨을 끊고 말았죠."

"아무래도 뭔가 숨기느라 고통에 시달렸던 것 같군요. 그때 녹음하신 거 원본을 들어보고 싶습니다. 테오 학생의 시신을 발견하신 날 녹음한 원본도요. 어쩌면 거기서 뭔가를 건질 수도 있겠죠."

맥이 고개를 끄덕였다. "팟캐스트에 나온 건 편집이 많이 된 겁니다. 아이가 도통 입을 열려고 하지 않아서요. 원본은 숙소에 있습니다. 그걸 다시 들으려면 저는 좀 더 센 술이 필요하겠네요."

"가는 길에 제가 사 가지고 가지요. 버번위스키 괜찮습니까?"

"완벽합니다." 맥이 반쯤 마신 맥주 옆에 돈을 내려놓았다.

21장

로리는 I-94 도로를 타다가 분기점이 나오자 페퍼밀 쪽으로 빠졌다. 시내에 진입했을 때는 해가 저물고 가로등이 깜빡거리며 빛을 내고 있었다. 내비게이션에 따라 챔피언 대로에 이르자 두 개의 벽돌 기둥 사이에 연결된 높다란 게이트가 보였다. 게이트 위, 아치 모양으로 된 콘크리트에 '웨스트몬트 사립고등학교'라는 글씨가 새겨져 있었다. 정문 너머 나무 사이로 난 길이 교정으로 이어졌고, 어두운 밤하늘 아래 학교 건물이 흐릿하게 보였다. 위풍당당한 모습의 학교 건물, 교정, 유서 깊은 건물, 굳게 잠긴 게이트 모두 로리에게는 엉터리로 보였다. 이런 건 전부 이곳이 성역이며 보호구역이라고 알려주는 수단에 불과했다. 이러한 요새라면 외부 세계의 위험에서 안전할 것이라는 암시. 부모들은 그런 믿음으로 아이들을 보냈다. 아이들이 이곳에서 삶을 바로잡고 단련되기를 바라는 마음으로. 이곳만큼 인생이라는 도전에 맞설 수 있게 준비시키는 곳은 없다는 믿음으로. 엉터리 같은 소리. 사실 로리 또한 그레타 고모할머니가 지켜봐주지 않았다면 이런 비슷한 곳에 갔을지도 모른다.

그녀는 포스트잇을 꺼내 레인의 숙소 주소를 확인하고 시내 북부로 차를 몰았다. 임대용 주택단지를 찾는 데는 10분이 걸렸다.

긴 도로 위, 굽은 길을 따라 집들은 멀찍멀찍 떨어져 있었고 길 끝은 막다른 골목이었다. 집들이 작은 호수 주변을 듬성듬성 메우고 있었다. 속도를 줄이고 집을 하나씩 지나쳐가며 주소를 확인했다. 마침내 레인의 숙소를 발견하고 진입로로 들어섰다. 창문을 보니 불이 꺼져 있었다.

차에서 나온 로리는 두꺼운 뿔테안경을 고쳐 쓰고 늘어선 집들을 살펴보았다. 시카고에서부터 긴 운전을 하고 오느라 탱크톱에 짧게 잘라낸 청반바지 차림이었다. 새로 산 매든걸 군화는 이제 완전히 편해졌다. 깜짝 방문으로 호들갑스럽게 애정을 내보이는 건 그녀 스타일이 아니었다. 텅 빈 레인의 숙소를 바라보며 그녀는 미리 전화하지 않은 걸 후회했다.

시동을 끄지 않고 운전석 문도 열어둔 채 현관으로 다가갔다. 노크를 했지만 대답이 없었다. 핸드폰을 꺼내 레인에게 전화해봤다. 깜짝 방문은 끝났고 모든 게 들통났다. 두 시간 내내 운전한 로리는 맥주가 간절했다. 전화벨은 음성사서함으로 넘어갔다. 로리는 반바지 뒷주머니에 핸드폰을 꽂고 주변을 둘러보았다.

레인, 당신 대체 어디 있는 거야?

22장

레인이 맥 카터의 숙소에 도착한 것은 밤 9시가 다 된 시각이었다. 레인의 숙소로부터 페퍼밀을 가로질러 반대편에 위치한 곳이었다. 여름날의 긴 해는 마지막 힘을 쥐어짜 앞뜰의 단풍나무에 그림자를 드리웠다. 나무에 붙은 매미들이 윙윙거리는 소리가 여름밤의 습기와 뒤섞였다.

맥이 열쇠로 현관을 열었고 레인이 그를 따라 안으로 들어갔다.

"세팅을 제대로 해주었더라고요." 맥이 주방으로 향하며 말했다. "스튜디오 시설이 최고급입니다. 녹음과 코멘터리 작업 모두 여기서 하고 있어요."

주방을 지나 프렌치도어* 너머에 녹음 스튜디오가 있었다. 탁자 위에 컴퓨터가 여러 대 있고 각각의 컴퓨터 앞에 마이크와 헤드폰이 달려 있었다.

"여기서 모든 현장 녹음 파일을 재작업합니다. 여기서 못 하는 건 뉴욕에 있는 기술 팀이 맡아서 해주고요. 팟캐스트가 실시간으로 진행되는 거라 마감이 닥치면 뉴욕 팀이 투입됩니다."

맥이 유리컵을 꺼내 레인이 사 온 메이커스 마크 버번위스키를

* 양옆으로 열리는 유리문.

두 마디 정도 따랐다. 그들은 스튜디오로 들어가 자리에 앉아 헤드폰을 썼다. 맥이 녹음 파일을 틀었다. 버번을 홀짝이던 레인은 맥 카터와 테오 콤프턴의 대화에 금세 빠져들었다. 곧 맥이 덜덜 떨며 말하는 소리가 들렸다. 77번 도로를 달릴 때 녹음한 파일이었다. 마일표시판을 지나고, 갓길에 버려진 차를 발견하고, 버려진 사택으로 통하는 숲길을 반 마일 가고, 마침내 선로 옆에서 테오 콤프턴의 시신을 발견한 순간까지 모든 게 녹음되어 있었다.

무삭제 원본 파일을 들으며 레인은 기록을 시작했다. 그 시간 스튜디오 바깥 주방 탁자 위에서는 레인의 핸드폰 액정에 로리의 얼굴이 뜨며 벨소리가 울렸다. 전화벨 소리가 주방을 가득 채웠고 스튜디오 문이 열려 있었지만 두 사람 다 벨소리를 듣지 못했다. 성능이 뛰어난 소음방지 헤드폰 때문에 맥의 목소리 말고는 그 어떤 소리도 들을 수 없었다. 레인이 뭔가 잘못되었다고 느낀 것은 귀가 아닌 다른 감각이었다. 오디오 파일에 빠져 있던 그가 처음 감지한 것은 가스 냄새였다. 그다음은 폭발의 진동. 그때까지도 귀는 아무 소리도 듣지 못했다.

23장

로리는 차에 앉은 채 다시 전화 통화를 시도했다. 발신음이 몇 번 들리더니 음성사서함으로 넘어갔다. 할 수 없이 자신과 레인이 함께 깔아놓은 앱을 열었다. 핸드폰을 잃어버렸을 때 찾게 해주는 앱이었다. 레인의 이름을 누르자 그의 위치를 알리는 아이콘이 반짝이며 지도 위에 나타났다. 페퍼밀 반대편, 약 5킬로미터 떨어진 곳이었다. 곧바로 아이콘을 누르고 진입로를 빠져나와 내비게이션을 따라 운전했다.

그녀는 자신의 계획이 불러올 여파를 명확히 깨닫기 시작했다. 일단 연락도 없이 갑자기 나타나는 건 언제든 좋은 생각이 아니었다. 이런 식으로 레인을 놀래주는 게 로맨틱하다고 생각했다니, 택도 없었다. 핸들을 잡은 손에서 자꾸만 땀이 났다. 로리가 잘하는 건 엄청 많지만 그 목록에 스토킹은 없었다. 게다가 곧 그녀는 앱이 대략의 위치만 제공하고 정확한 주소는 알려주지 않는다는 걸 깨달았다. 레인을 찾겠다고 집집마다 문을 두드리며 다닐 수는 없었다. 무엇보다 그를 찾아냈다고 해도 그 이후가 문제였다. 팔을 활짝 벌리며 "찾았다!"라고 외치면 되는 건가?

양 손바닥을 반바지에 문질러 땀을 닦고 핸드폰과 도로를 번갈아 보며 경로를 파악했다. 기다란 길로 접어들며 속도를 늦추고,

자신과 레인을 가리키는 두 개의 아이콘이 서로 가까워질 때까지 차를 몰았다. 그런데 뭔가가 그녀의 주의를 끌었다. 핸드폰에서 시선을 떼고 고개를 들었다.

저 앞 막다른 골목 끝에 있는 단독주택이었다. 연기가 지붕 위로 뭉게뭉게 피어오르고, 창문으로 쏟아져 나오는 불길은 벽을 타고 치솟아 짙은 밤하늘을 밝히고 있었다.

24장

로리의 차가 도로변에서 미끄러지듯 멈췄다. 진입로에 있는 차 두 대 중 한 대가 레인 차였다. 로리는 운전석을 박차고 나가 진입로로 뛰어들었다. 뛸 때마다 군화에서 달그락거리는 소리가 났다. 현관문이 잠겨 있었다. 옆 창에 두 손을 대고 오무려 안을 들여다보았다. 집안에서 불길과 연기가 치솟고 있었다. 혹시나 해서 현관문을 차보았지만 꿈쩍도 하지 않았다. 몸무게가 50킬로그램밖에 안 되는 마당에 다시 한 번 시도한다고 해도 소용없을 것 같았다. 그녀는 집 뒤쪽으로 뛰어갔다.

노란빛을 머금은 검은 연기가 1층 창문을 통해 피어오르더니 벽을 타고 어두운 밤하늘로 사라졌다. 뒷문으로 가서 문손잡이를 돌려보았다. 다행히 문은 열렸지만 거대한 연기 기둥이 그녀를 집어삼킬 듯 쏟아져 나왔다. 그녀는 쪼그려 앉았다. 머리 위에서 연기가 빙글빙글 돌며 살아 있는 생물처럼 미끄러지듯 밖으로 빠져나왔다. 집안을 살피니 주방으로 향하는 문이 보였다.

"레인!"

대답을 기다렸지만 들리는 건 오직 불이 만들어내는 이상한 소음뿐이었다. 타닥타닥, 쉬익쉬익, 윙윙대는 소리들. 그녀는 고개를 돌려 신선한 공기를 한껏 들이마신 뒤 불이 타오르는 집안으로 뛰어들었다. 입구에 가득 찬 연기를 지나치고 나니 포복자세만 유지하면 시야가 웬만큼 확보됐다. 집안을 메운 불길과 연기는 천장 높이였다. 목이 따끔거렸고, 폐가 버틸 수 있는 시간은 고작 일 분 남짓이었다. 1층을 재빨리 둘러보고 주방을 지나 앞쪽 현관까지 주변을 확인했다. 열린 뒷문과 문밖의 자유는 그녀가 놓치고 싶지 않은 구명보트였다.

연기로 몽롱한 중에 주방으로 되돌아오는데 오른쪽에 프렌치도어가 보였다. 유리문 너머 바닥에 사람이 있는 것 같았다. 그녀는 자신의 셔츠를 들어올려 코와 입을 막았다. 폐는 타는 듯했고 눈물이 계속 쏟아져 나왔다. 점점 짙어지는 연기를 뚫고 무릎으로 기어갔다. 의식을 잃고 바닥에 쓰러져 있는 사람은 바로 레인이었다. 그의 목에 손을 대고 맥박을 확인했지만 그녀의 심장이 너무 쿵쾅대는 탓에 감지하기가 어려웠다. 그녀는 그의 겨드랑이로 팔을 넣어 질질 끌기 시작했다. 스튜디오를 나와 주방을 지나 뒷문으로 빠져나왔다. 마치 연기가 그들을 집밖으로 토해내는 듯했다. 밖으로 나오자 8월의 열기와 습도에도 엄청 시원하게 느껴졌다.

로리는 식수대에서 물을 마시듯 상쾌한 공기를 양껏 들이마셨다. 그리고 계속해서 뒷걸음질로 이동했다. 레인을 집에서 멀리 떨어진 뒷마당 잔디에 눕히고 난 후에야 무거운 다리와 불타는 듯한 허벅지의 고통이 느껴졌다. 그녀는 무릎을 꿇고 앉아 그의 얼굴을 쓰다듬었다. 끈적끈적하게 응고된 피가 만져졌다. 집을 활활 태우는 밝은 불길에 비춰보니 머리에서 난 피였다.

마침내 그가 숨 쉬는 게 느껴졌다. 그녀는 다시 집으로 시선을 돌렸다. 집안에 사람이 한 명 더 있었다. 하지만 불길이 더 거세진 상태였다. 이제 뒷문은 불과 연기를 뿜어내는 용의 입 같았다.

25장

동트기 직전이었다. 의자에서 몸을 일으킨 로리는 굳은 몸을 풀고 레인을 내려다보았다. 그의 코와 입을 덮은 산소마스크가 폐로 산소를 들여보내고 있었다. 의사들이 말하길 몇 분만 늦었어도 질식되어 죽었을 거라고 했다. 그을음으로 폐가 손상되고 호흡기에 염증이 있긴 하지만, 이것은 머리에 난 상처에 비하면 큰일이 아니었다. 폭발 때문에 생긴 파편에 맞아 두개골에 가늘게 골절이 생겼고 뇌출혈까지 있어 지속적인 모니터링이 필요한 상태였다. 부기가 가라앉고 혈액이 다시 돌아야 고비를 넘긴 거라며 며칠 걸릴 거라고 했다. 길면 일주일. 그의 몸속에서 스테로이드와 이뇨제가 어떻게 반응하느냐에 달렸다.

로리는 자신이 이곳에 오지 않았다면 무슨 일이 생겼을지 곱씹으며 밤을 지새웠다. 이기심이 알알이 박힌 파도가 엄습해왔다. 레인마저 죽으면 자신은 진짜 외톨이가 되어 세상에 혼자 남게 될 거라 생각하니 온몸이 가렵고 불편했다. 가벼운 노크 소리에 고개를 들자 문가에 한 여자가 서 있었다.

"안녕하세요? 방해한 건 아닌가 모르겠네요."

안경을 고쳐 쓰려던 로리는 어젯밤 레인 곁에 앉으며 안경을 벗어두었다는 사실을 떠올렸다. 그녀는 안경 대신 머리를 만지며 비니모자가 자신을 지켜주기를 바랐다.

"저는 라이더 힐리어라고 해요. 맥 카터와 알던 사이죠." 여자가 말했다.

응급실 의사가 레인의 상태에 대해 중상이지만 안정되었다고 말한 후 제복 경찰관이 와서 몇 가지 질문하고 간 터였다. 경찰들은 어리고 미숙해 보였고 형식적인 질문만 늘어놓았다. 정확히 원칙대로, 그러나 관련 정보를 얻는 데는 전혀 도움 안 되는 질문들을. 질문에 대답하며 로리는 불난 집 진입로에 있던 다른 차량이 맥 카터의 것이고, 레인 옆에 있던 시신이 바로 맥이었다는 사실을 알게 됐다. 맥은 현장에서 사망 선고가 내려졌다. 로리는 불이 너무 거세서 다시 들어가지 않았다고 진술했다. 경찰관은 옳은 결정이라고 말했지만 별로 위안이 되는 말은 아니었다.

"카터 씨 돌아가신 거 유감이에요." 로리가 말했다.

"그리 가까운 사이는 아니었어요. 팟캐스트 하면서 잠깐 같이 일한 정도였죠. 저는 기자입니다."

라이더 힐리어.

이름을 듣자 누군지 기억났다. 학생이 기차에 몸을 던진 지 몇 시간 만에 동영상을 인터넷에 올린 범죄사건 전문기자다.

"괜찮으실까요?" 라이더가 레인 필립스를 바라보며 물었다.

"그럴 거라고 하더군요." 로리가 끄덕였다.

"필립스 박사님이 전문지식으로 범인을 밝혀내려고 팟캐스트에 합류하셨다고 들었어요."

로리는 라이더의 이마 어딘가에 초점을 맞추고 아무 대답도 하지 않았다.

라이더가 말을 이었다. "맥 카터의 팟캐스트에 대해 얼마나 알고 계신지 모르겠지만, 아무래도 그 폭발은…… 그의 죽음은…… 모든 게 너무 수상쩍어요."

라이더 힐리어 뒤로 남자 두 명이 나타났다. 로리는 그들의 옷차림과 태도를 보고 형사임을 직감했다.

"실례합니다. 필립스 박사님과 대화 좀 나누려고 왔습니다."

"저는 이만 가볼게요." 라이더가 말했다. 그녀 또한 경찰을 알아보고 빨리 자리를 뜨려는 눈치였다. 그녀는 구급차를 쫓아다니며 소송을 유도하고 다니는 변호사처럼 재빨리 명함을 꺼내 로리에게 건넸다. "필립스 박사님께 전화 부탁드린다고 말씀 좀 전해주세요."

로리가 명함을 받자 라이더가 형사들 뒤로 사라졌다. 로리가 배낭 앞주머니에 명함을 넣고 안경을 찾아 썼다. 아주 약간 몸을 숨긴 느낌이 들었다.

"저는 오트 형사라고 합니다." 나이 든 남자가 말했다. "이쪽은 제 파트너 모리스 형사고요."

로리는 그들을 보자마자 바로 간파했다. 활성화된 생각들이 여러 가능성 사이를 휘몰아쳐 다니다가 가장 정확한 쪽에 정착하는 식이었다. 오트 형사는 예순 살쯤 된 것 같았다. 눈 밑에 처진 피부로 나이와 경력이 느껴졌다. 어쩌면 술을 많이 마셔서 그런 것일 수도 있고. 은퇴하기까지 2, 3년 정도 남았을 것이다. 모리스 형사는 서른 살 정도로 보였다. 얼굴에 주름이라곤 거의 없고, 쏘아보는 시선을 보니 자신을 증명하고 싶어 안달이 난 신참 같았다.

"전 로리 무어입니다." 그녀가 말했다.

"필립스 박사님은 좀 어떠십니까?"

"안정된 상태예요. 연기 흡입으로 머리 부상이 심하지만요."

“혹시 대화는 좀 해보셨나요?” 젊은 형사가 감정의 변화 없이 물었다.

“아직요. 진정제를 투여했거든요. 머리 부은 게 가라앉고 출혈이 멈춰야 깨울 수 있을 거예요.”

“안심하셔도 됩니다. 이곳 의사들 실력이 좋거든요.” 오트 형사가 말했다.

로리가 고개를 끄덕이며 감사를 표했다. 이곳 병원의 실력을 몰라서 시카고로 옮기는 게 나을지 고민하던 차였다. 하지만 의사들이 초반 48시간 동안 무척 신중하게 처리해준 덕에 레인은 많이 진정되었다. 만약 차도를 보이지 않으면 헬리콥터를 이용해서라도 상급 외상센터로 이송해줄 수 있다는 말도 들었다.

오트 형사가 주머니에서 명함을 꺼냈다. “필립스 박사님이 깨어나시면 연락 주실 수 있을까요?”

“그렇게 전해드릴게요.”

오트 형사가 재킷 앞주머니에서 수첩을 꺼내 들었다.

“무슨 일이 있었는지 여쭤보고 싶은데, 시간 괜찮으신가요?”

진짜 궁금해서 물은 게 아니어서 로리는 대답하지 않았다.

“현장에 제일 처음 도착하셨죠. 무슨 일인지 설명 좀 해주시죠.”

“네.” 로리는 자신이 시카고에서 이곳까지 즉흥 여행을 한 이유와 맥 카터의 숙소를 찾아낸 방법에 대해 간단히 설명했다. 뒷문을 통해 안으로 들어간 것, 그리고 주방 옆 스튜디오 바닥에서 레인을 찾은 것까지.

“필립스 박사님과 두 분이 페퍼밀에서 뭘 하고 계신 겁니까?”

“레인은 맥 카터가 진행하는 웨스트몬트고 관련 팟캐스트 방송에 합류한 거고요, 저는 그냥 같이 와준 거예요.”

형사가 수첩에 기록하는 동안 침묵이 흘렀다.

"소방국에 따르면 가스 누출이 폭발의 원인이라고 합니다. 집을 보시면 아시겠지만, 거기서 살아나온 건 운이 정말 좋았던 거죠. 저희는 지금 가스 누출 원인을 찾고 있습니다. 곧 결과가 나올 겁니다." 오트 형사가 말했다.

"지문 채취를 부탁드립니다." 모리스는 능숙하고 권위 있어 보이려 애썼지만, 오히려 그 반대로 보이는 역효과만 낳았다.

"편한 시간에 하시면 됩니다." 오트가 수첩을 내려다봤다. "그 집에 도착한 게 몇 시였습니까? 주변에 다른 차량은 못 보셨나요? 아니면 어슬렁거리는 사람은 없었습니까?"

"못 봤어요. 불길을 보자마자 뛰어가서요. 현관은 잠겨 있었어요. 발로 차보고 안 돼서 뒤로 돌아갔어요." 그녀가 모리스를 바라보았다. "문에 제 족적이 남아 있을 거예요. 매든걸 엘로이즈 컴뱃 부츠 7사이즈예요. 그거 때문이라면 과학수사대를 안 부르셔도 돼요."

그 말에 오트가 입술을 움찔했다.

그렇게 10분 동안 질문이 이어졌다. 그녀는 진실을 말하고 있는데도 어깻죽지 쪽이 근질거려 손톱으로 벅벅 긁고 싶은 심정이었다. 하지만 참았다. 아무것도 숨기는 게 없는데 몸이 다르게 반응했다. 그녀는 원래도 수상쩍은 사람이었다. 그러니 질문을 받는 동안 이상하게 행동하거나 시선을 피해서 오해를 살까 봐 걱정됐다.

"그럼 로리 무어 씨는 어디서 묵으실 예정입니까?" 질문을 마치며 오트가 물었다.

좋은 질문이었다. 그녀 자신도 생각해보지 않은 질문. "아마 레인의 숙소에서 머물 것 같아요."

그녀는 주소와 핸드폰 번호를 알려주었다. 형사들이 떠나자 그녀는 병원 침대 옆에 섰다. 침대 옆 의자에 앉아 잠깐씩 존 것을 제외하면 마이애미 경매 이후 거의 24시간을 깨어 있는 상태였다. 이른 시간이지만 다크로드 맥주 한 잔이 간절했다. 그리고 샤워도. 그녀는 레인의 손을 꼭 쥐고 난 뒤 병실 문을 나섰다. 그는 반응이 없었다.

26장

이른 아침 햇살이 페퍼밀 거리 위에서 흔들리고 있었다. 로리는 즐비하게 늘어선 상점과 식당을 지나쳐 윈스턴 거리로 들어섰다. 열두 시간 전 그녀의 암흑이 시작된 곳. 막다른 골목 양쪽에는 작은 집들이 늘어서 있었다. 그녀는 진입로에 차를 세우고 현관으로 갔다. 그리고 간호사가 봉투에 담아준 레인의 옷 주머니에서 꺼내온 열쇠로 문을 열고 들어갔다.

거실 테이블에 있는 스탠드만 켜고 집을 휘 둘러봤다. 배가 꼬르륵거려 냉장고 문을 여니 맨 위칸에 다크로드 여섯 병만 열 맞춰 서 있었다. 마치 로리 자신이 정리해둔 것처럼 하나같이 상표를 내보인 채. 얼굴에 슬며시 미소가 번졌다. 레인은 그녀가 오리란 걸 진즉에 알았다.

다크로드 한 병을 꺼내 유리잔에 따르자 거품이 풍성하게 올라왔다. 그녀는 맥주잔을 들고 다니며 집안을 둘러봤다. 집 뒤쪽에 삼면이 통창으로 된 유리온실이 보였다. 그 앞에서 걸음을 멈추고 책상 위를 보았다. 그녀가 인형을 복구할 때 쓰는 파스텔이 나란히 놓여 있었다. 붓과 면봉도 있었다. 실제 복구할 때 쓰는 도구는 이보다 훨씬 많았지만, 로리는 레인의 노력에 감동했다. 나머지 도구는 그녀의 차 안에도 있으니 괜찮다. 물론 새로 산 키디조이 인형도 있고. 외딴곳에 임시변통으로 만들어진 작업실, 통창을 통해 호수가 보이고 이른 아침의 은은한 햇살이 비치는 이곳은 집에 있는 작업실만큼이나 마음을 설레게 했다.

책상 위에 놓인 선물 상자가 눈에 띄었다. 상자를 돌려보는데 그녀의 이름이 적힌 꼬리표가 보였다. 레인의 글씨였다. 포장지를 뜯자 소설책 양장본 크기의 나무 상자가 나왔다. 상자 안에는 폴저그루덴Foldger-Gruden 붓 세트가 있었다. 수년 전부터 생산이 중단된 제품. 로리가 지금 쓰고 있는 건 고모할머니가 물려준 것이다. 그 붓을 쓰는 건 실용성보다는 감상에 기인한 것이었다. 대부분은 몇 년씩 사용해서 더 이상 쓸 수 없는 상태였다. 완전 새것 같은 붓 세트를 보고 있자니 가슴이 두근거렸다. 당장 차로 달려가 인형을 꺼내 와서 붓을 대고 싶었다. 그녀는 완충 스펀지에서 붓 하나를 꺼냈다. 상자처럼 붓대도 소나무 재질이었다. 한쪽 끝에는 흑담비 털로 만든 붓털이 달려 있었다. 손등에 두드려 부드러움을 느껴보았다. 다른 쪽 끝은 바늘처럼 뾰족하게 모서리가 깎여 있었다. 조각을 위한 거였다. 로리는 굵기 순서로 나란히 놓여 있는 붓 세트를 한참 바라보았다. 키디조이 인형을 복원하기에 완벽한 도구였다.

레인이 그녀를 위해 마련해놓은 작업대만큼 그녀의 마음을 빼앗은 게 또 있었다. 반대편 벽 이젤에 놓인 커다란 코르크판이었다. 로리의 서재에 있는 것과 똑같았다. 시카고 집에 있는 무자비한 코르크판은 구멍이 수백 개에 달했다. 몇 년 동안 그녀가 해결한 모든 사건의 피해자 사진이 꽂혀 있던 자리였다. 일단 그녀가 압정으로 사진을 꽂으면 피해자들의 이미지가 머릿속에 박혔고, 사건을 해결하기 전까지는 절대 사라지지 않았다. 그렇게 로리와 죽은 이들 사이에서 내밀한 관계가 형성되었다. 왜 이런 일이 생기는 건지는 설명할 수 없지만, 이게 로리의 머리가 작동하는 방식이자 그녀가 미해결 사건을 풀어내는 방식이었다. 그녀는 인생에서 만나본 그 누구보다도 사건으로 알게 된 희생자들을 더 가깝게 느꼈다.

맥주잔을 들고 방을 가로질러 코르크판으로 다가갔다. 최근에 자살한 테오 콤프턴의 사진 아래 다른 학생들의 사진이 있었다. 다섯 명의 얼굴을 보고 있자니 그들도 그녀를 빤히 바라보는 것 같았다. 그녀는 이 사건에 대해 이미 조사를 했었다. 레인이 웨스트몬트고 사건을 처음 거론한 그날, 다음 날의 비행기 탑승에 대한 불안감을 떨치고 싶은 마음에 밤 새워 인터넷으로 알아봤다.

다섯 개의 사진 중 두 개는 사건 당일 죽임을 당한 두 학생의 사진이었다. 나머지 셋은 당시에는 살아남았지만 다시 그곳으로 돌아가 자살한 학생들이었다. 로리는 그 앞에 서서 각각의 사진을 유심히 살폈다. 자신을 마주보는 눈빛에 홀린 기분이었다. 마지막으로 코르크판 옆에 있는 탁자로 눈을 돌렸다. 5×7 크기의 유광 사진 한 장이 놓여 있었다. 사진 속 인물의 눈빛이 최면을 거는 듯했다. 사진을 잠시 들여다본 후 그것을 코르크판 맨 위, 다른 사진보다 더 위에 압정으로 고정했다. 학생 두 명을 죽이고 그중 한 명을 철창에 꽂은 화학교사 찰스 고먼의 사진이었다.

로리는 그 모든 걸 한눈에 보기 위해 한 발 뒤로 물러섰다. 떠오르는 햇살로 공간은 점점 밝아지고 있었다. 웨스트몬트고의 비밀을 간직한 사진 속 얼굴을 바라보며 코르크판 앞에 앉은 지금은 오전 6시쯤이었다. 그녀는 맥주잔을 들어 다크로드를 한 모금 마셨다. 그 사택에는 뭔가 불길한 것이 숨겨져 있다. 그것이 무엇이든 간에 맥 카터는 정확한 지점을 판 거였다. 설사 정확하지 않았다고 해도 뭔가를 묻어두려 하는 사람을 제대로 건드린 것만은 분명했다.

로리는 사건을 재구성하고 숨겨진 진실을 찾아내는 데 선수였다. 단지 범행방법뿐 아니라 동기까지 찾아냈다. 인디애나 페퍼밀에 위치한 작은 집에 앉아 있자니 웨스트몬트고 사건보다 그녀의 적성에 더 맞는 사건을 떠올리는 건 힘들어 보였다. 그녀는 의자에 몸을 묻고 앞에 보이는 얼굴들을 꼼꼼히 뜯어보았다. 한때 교정을 거닐었으나 지금은 숲의 유령이 된 학생들. 그리고 그들을 공격한 교사.

다크로드를 한 모금 더 마시며 생각에 잠겼다. 대체 학교에서 무슨 일이 있었기에 사람들이 이렇게 연달아 죽음에 이르는 것일까?

웨스트몬트 사립고등학교

2019년 여름

세 번째 상담
일기 제목 : 달갑지 않은 공모

나는 열쇠 구멍으로 내다봤다. 아빠가 분풀이를 끝내자 오랜 시간 침묵이 내려앉았다. 집은 고요하고 조용했다. 열쇠 구멍으로 보이는 거라곤 텅 빈 주방과 아빠가 모든 걸 내동댕이쳐서 아무것도 없는 식탁뿐이었다. 나는 방을 나갈까 생각했다. 엄마에게 달려가 괜찮은지 확인하고 싶었다. 부어오른 입술에 얼음을 대주고 싶었다. 내가 그렇게 할 때마다 엄마는 바로 이래서 나를 사랑한다고 했다. 하지만 오늘의 폭력은 달랐다. 아빠가 뭐에 씐 듯 그렇게 행동한 건 처음이었다. 분노에 쌓인 아빠에게 깨진 가로등은 그저 촉매일 뿐이었다.

무서워서 방에 있고 싶었다. 아빠가 날 때릴 거라는 것보다 엄마가 날 지키겠다고 나설까 봐 두려웠다. 예전에도 그런 적이 있었는데, 그날 아빠는 자신에게 남아 있는 분노를 모두 엄마에게 쏟아부었다. 열쇠 구멍으로 보는 것도 쉽지 않은 일이었지만, 눈앞에서 엄마가 아빠에게 맞는 걸 보는 것만큼 나 자신이 무력하게 느껴졌던 적도 없었다. 그나마 열쇠 구멍으로 볼 때는 익명으로 남을 수 있었다. 하지만 밖에서는 그게 안 됐다. 밖에 있으면 매 맞는 엄마와 자꾸 눈이 마주쳤다. 그러는 내내 한쪽 구석에서 맥없이 서 있을 때면 나는 인간 이하의 존재가 된 것만 같았다. 그러니 그냥 내 방의 닫힌 문 뒤에서 작은 구멍으로 내다보며 기다리는 게 훨씬 나았다.

열쇠 구멍을 들여다본 지 한 시간이 지나고 나서야 아빠가 주방에 나타났다. 왠지 급히 서두르는 모습으로 바닥에 떨어진 물건들을 식탁 위에 올려 정리해나갔다. 행동이 부자연스러웠고 뭔가 이상하다는 느낌이 들었다. 그동안 보지 못했던 모습이었다. 정리를 마친 아빠가 이리저리 서성였다. 불현듯 느낌이 왔다. 뭐가 그리 이상했는지 깨달았다. 아빠는 불안해하고 있었다. 퇴근한 아빠가 집에 올 때쯤이면 엄마의 얼굴에서 보이던 표정이 이번엔 아빠의 얼굴에서 보였다.

생각지도 못한 역할 전환에 당황스러워하던 그때 사이렌 소리가 들렸다. 빨갛고 파란 불빛이 내 침실 벽을 물들였다. 문이 쾅 닫히는 소리, 누군가 말하는 소리, 그리고 불안해하는 아빠 모습. 고약한 얼굴과 오만한 태도는 감쪽같이 사라졌다. 이번에 아빠는 다른 날보다 심하게 엄마를 때렸고, 도움을 청하려고 구급차를 부른 것이다.

나는 벌떡 일어나 방문을 벌컥 열었다. 복도로 뛰쳐나가 주방을 지나 현관에 가니 아빠가 문을 열고 서 있었다. 층계참에는 두 명의 구급대원이 들것을 들고 있었다.

“여깁니다. 층계 앞이에요. 굴러떨어진 것 같습니다.” 아빠가 말했다.

구급대원들이 조용히 집으로 들어와 현장으로 향했다. 나는 방에서 뛰쳐나올 때와는 달리 천천히 계단을 향해 걸어갔다. 한 발 한 발 머뭇거리며. 조심스럽게 주방을 지나자 계단 입구가 보였다. 엄마가 계단 아래에 웅크리고 있었다. 눈을 감은 모습이 잠든 것 같았지만, 몸이 이상하게 비틀려 있었다. 한 팔은 얼굴 위에, 다른 팔은 몸 아래에 깔려 있었다. 다리 하나는 곧게 펴졌지만 다른 쪽 다리는 2루로 미끄러지는 사람처럼 무릎이 꺾여 있었다.

“괜찮다.” 아빠가 나에게 말했다.

아빠가 나한테 말을 건 게 얼마 만인지 기억도 나지 않았다.

"엄마가 사고를 당했어. 발견했을 때 이 상태였는데, 혹시 엄마 떨어지는 거 못 봤어?"

나는 텅 빈 눈으로 아빠를 바라보았다. 그리고 아무 대답도 하지 않았다. 구급대원 한 명이 나를 쳐다보았고 나머지 대원은 엄마에게 향했다. "아무 소리 못 들었니? 엄마 떨어지는 소리 못 들었어?" 그가 물었다.

왜 그랬는지 모르겠지만 나는 "들었어요"라고 대답했다. "무슨 소린지는 몰랐어요. 숙제하느라 방에 있었거든요."

"괜찮다. 구급대원 아저씨들이 오셨잖니. 엄마를 잘 보살펴주실 거야." 아빠가 말했다.

구급대원들이 꿈쩍도 않는 엄마를 들것으로 옮기고 구급차에 실었다. 몇몇 이웃이 마당에 나와 구급차의 빨간 불빛을 맞으며 서 있었다. 그들은 엄마가 구급차로 옮겨지는 모습을 지켜봤다. 엄마는 단 한 번도 움직이지 않았고, 눈을 뜨지도 않았다.

그때 누군가의 시선을 느꼈다. 아빠였다. 그가 말없이 나를 노려보고 있었다. 그 시선만으로 나는 그가 뭘 말하고 싶은지 알 수 있었다. 마침내 그가 엄마와 함께 병원으로 가기 위해 구급차로 향했다. 옆집에 사는 피터슨 아줌마가 마당에서 아빠와 몇 마디 나누더니 우리 집 현관으로 다가왔다. 오늘밤 나와 함께 있어주시겠지.

현관문을 닫으려는 찰나 아빠가 나를 보며 고개를 끄덕이는 게 보였다. 우리가 공범이라는 듯이. 내가 눈치껏 그의 비밀을 묻어주었다는 듯이. 엄마가 어떻게 죽었는지 아는 건 오직 우리 둘뿐이어야 한다는 듯이. 그는 내가 방에 숨어서 열쇠 구멍으로 밖을 내다보는 겁 많고 나약하고 무력한 아이라고 믿었다. 하지만 틀렸다. 그 아이는 사라졌다. 엄마가 구급차에 실려 다시는 돌아오지 못하게 된 순간, 그 아이는 죽었다.

그렇지만 그거 하나는 맞았다. 나는 누구에게도 아빠가 한 짓을 말하지 않았다. 바로 다음 날 아빠를 죽였으니 사실 얘기할 필요도 없었다.

나는 술이 달린 가름끈을 책장 사이에 끼우고 일기장을 덮었다. 고개를 들자 우리의 시선이 마주쳤다. 그녀는 아무 말도 하지 않았다. 지금까지 나는 일기를 읽고 나면 이해를 받고 싶었다. 하지만 오늘 상담 이후 아무 말도 필요치 않았다. 우리의 관계는 특이했다. 누군가는 부적절하다고 하겠지만 우리한테는 이게 잘 맞았다. 적어도 나한테는. 나는 그녀 없이는 더 이상 견딜 수 없다.

우리는 서로를 바라보았고, 오랫동안 눈을 맞췄다. 오늘은, 그것만으로도 충분했다.

27장

토요일 오후였다. 친구 여섯이서 미적지근한 버드와이저를 마시며 알쏭달쏭한 초대에 대해 대화를 나눈 게 어제였다. 그웬이 개빈의 기숙사 방에서 편지 더미를 들춰보다가 말했다.

"너네 엄마한테서 온 거다."

개빈이 눈을 부릅떴다. "엄마 아니라니까!"

"미안, 깜박했어."

신입생 때부터 사귄 사이지만 그웬은 개빈의 가정사에 대해 제대로 들은 적이 없었다. 왜 개빈의 이모와 이모부가 그의 양육권을 전적으로 갖고 있는 건지 알지 못했다. 아는 거라곤 그의 형이 몇 년 전 사고로 죽었다는 점, 그로 인해 가족 모두 상처를 안고 산다는 점이었다. 개빈에게 들은 건 그게 다였다. 그웬은 개빈의 학교 밖 생활에 대해 좀 더 파헤치려고 몇 번 시도했지만, 개빈은 가족에 대해 어떤 말도 하지 않았다. 이모 부부에 대해서도. 그게 개빈의 방식이었다. 받아들이든가, 싫으면 떠나라는 식이었다.

그웬은 개빈의 벽을 뚫고 들어갈 수 없었다. 그저 이러한 상황을 일기에 쓰거나 상담시간에 캐스퍼 박사에게 털어놓을 뿐이었다.

"다른 방식으론 나와 대화할 생각이 없는 거지. 우체국 통해서 편지 보내는 게 다야." 개빈이 말했다.

"편지라니 재밌네. 난 한 번도 받아본 적 없는데. 읽어봐도 돼?"

"그러든지 말든지. 내용은 뻔해. 작년 여름이랑 똑같겠지. 그래서 뜯지도 않은 거고."

그웬이 봉투를 뜯어 삼단으로 접힌 편지지 한 장을 꺼냈다. 그녀는 목소리를 가다듬어 아이에게 나쁜 소식을 전하는 엄마처럼 과하게 우아한 어조로 편지를 읽었다.

"개빈 보아라. 이 편지가 네게 잘 도착하길 바란다." 편지지 상단을 본 그웬의 눈이 이모티콘에 나오는 눈처럼 휘둥그레졌다. "세상에!"

"무슨 로봇 같지? 편지를 매번 그렇게 시작해."

그웬이 다시 편지를 읽었다.

"이 편지가 네게 잘 도착하길 바란다. 너는 바쁘겠지. 지난 학기 성적은 뛰어나더구나. 네가 아주 자랑스럽다. 그래서 말인데, 이번 여름에는 학교 선행학습 프로그램에 참가하는 게 좋겠다는 생각이다. 우리도 그러고 싶지 않지만, 이걸 통해 네가 목표에 한발 더 가까이 다가갈 수 있을 것 같구나. 등록비가 말도 안 되게 비싸구나. 경제적으로도 힘들지만 너와 떨어지는 건 감정적으로도 힘든 일이지. 우리에게도 쉽지 않지만, 돈이 아깝지 않을 거라 생각한다. 우리도 너와 여름을 함께 보내고 싶지만, 네가 이번 여름을 거기서 보낸다면 더 좋은 미래가 보장될 거다. 여름 동안 힘내렴. 물론 또 연락하겠지만. 사랑을 담아."

그웬이 다시 고개를 들고 어깨를 으쓱했다. "무슨 영화 오프닝 내레이션 같은 시작만 빼면 괜찮은 편지 같은데."

"그렇게 생각하든가."

"삐죽거리는 건 해노버 선생님 앞에서 하라고. 너도 이번 여름 집에 가기 싫었잖아."

잠시 침묵이 흘렀다. 그웬이 불안한 마음으로 다음 질문을 던졌다.

"해노버 선생님은 어때?"

개빈이 어깨를 으쓱했다. "괜찮아."

개빈의 상담 내용에 대해 자세히 듣지 못하는 것도 그웬에겐 익숙했다. 그래서 더 캐묻지 않았다. 대신 침대로 뛰어올라 개빈의 품을 파고들며 목에 입을 맞췄다. "아주 나쁘진 않을 거야. 여름 내내 우리 같이 있을 수 있잖아. 그건 좋지?"

"맞아. 좋은 거지." 개빈은 딴생각을 하는 듯 담담하게 말했다.

"오늘 뭐 할까?" 그웬이 개빈의 팔을 베고 똑바로 누운 채 핸드폰을 보며 물었다.

"어두울 때까지 기다렸다가 빠져나가자."

"버려진 사택에 가본 적 있어?"

"아니." 개빈이 고개를 저었다.

"너 거기 무서워?"

"그러는 너는?"

그웬이 몸을 돌려 개빈을 바라보았다. "무서워."

28장

"거기서 누구든 나 건드리기만 하면, 아니면 때리기라도 하면 나도 가만 안 둬." 개빈이 친구들과 함께 어두운 교정을 걸으며 말했다.

그들은 학교 표어가 번지르르하게 드러난 고딕식 도서관 건물을 지났다. 매년 게이트 데이 때마다 학생들이 서 있는 곳이었다.

"말이 되는 소리를 해. 누가 우릴 때린다고 그래? 그런 거 법으로 금지됐어." 그웬이 말했다.

"앤드루 그로스와 양아치 군단이잖아. 우리한테 무슨 짓을 할지 모른다고."

"대꾸해주지 마." 그웬이 테오와 대니엘에게 말했다. "행오버* 선생님이랑 상담하고 와서 계속 저래. 그분은……."

"만나기만 하면 지독한 두통이 생기지." 대니엘이 그웬의 말을 이어 문장을 완성했다. "그런데 상담선생님이 왜 바뀐 거야? 해노버 선생님은 4학년만 맡으시잖아."

"선생님 쪽에서 좀 더 일찍 맡겠다고 요청하셨대." 그웬이 말했다.

* 해노버(Hanover) 선생님의 이름을 발음이 비슷한 단어 '행오버(hangover, 숙취)'로 바꿔서 말장난한 것이다.

"아하! 선생님이 봐도 너 정말 맛이 가 보였나 보다."

"내가 좀 많이 월등하니까." 개빈이 말했다.

"나중에 나도 선생님 바뀌면 어쩌지?" 그웬이 말했다. "내 인생을 모조리 알고 계신 분은 캐스퍼 선생님인데. 해노버 선생님한텐 그 중 반도 얘기하기 싫어."

"상담이라고 해서 모든 걸 얘기할 필요는 없어. 일기 얘기만 하면 되잖아." 개빈이 말했다.

다 같이 코웃음을 쳤다. 일기 작성은 웨스트몬트고의 주요 산물로, 학생들은 상담시간 때마다 일기 한 토막을 읽어야 했다.

"오늘 일은 절대 일기에 남기지 말자." 테오가 말하고 손가락으로 앞쪽을 가리켰다. "저기다."

네 명 모두 숲으로 이어지는 길목에 다다르자 발걸음을 멈췄다. 그리고 잠시 조용한 교정을 둘러보았다. 어둡고 텅 빈 건물들이 여름 학기가 시작될 월요일을 기다리고 있었다. 땅에 박힌 조명이 건물을 향해 빛을 쏘았고, 삼각형으로 넓게 퍼지는 빛 속에서 담쟁이덩굴로 뒤덮인 외관이 눈에 들어왔다. 저물어가는 태양은 처마 돌출부에 그림자를 드리워 마치 지붕 꼭대기에 가시로 만든 왕관이 놓인 것처럼 보였다. 끊이지 않는 매미 울음소리만이 밤을 채웠고, 그들 모두 적막 속에서 아무 소리도 보태지 않았다.

마침내 테오가 입을 뗐다. "우리 태너랑 브리짓 기다려야 돼?"

"걔네 77번 도로 쪽으로 갈 거라고 하던데. 거기서 만나면 돼." 개빈이 말했다.

그들 모두 말없이 서로를 보며 끄덕였다. 다들 망설이고 있었고, 누군가가 그만하자고 말해주기를 바라고 있었다. 하지만 아무도 말을 않자 결국 모두 숲속으로 걸어 들어갔다. 넓고 잘 다져진 길이었다. 나뭇잎이 무성해 황혼의 어스름한 빛마저 새어 들어오지 못했다. 모두 핸드폰 플래시를 켜서 길을 밝혔다. 곧 3학년이 될 이들은 더 이상 하급생이 아니었다. 먹이사슬 꼭대기에 가까워지고 있었다. 이들은 버려진 사택에 초대받은 자들이었다. 학생들 중에 이 집에 대해 아는 사람은 많았지만, 무슨 일이 벌어지는지 아는 사람은 거의 없었다. 그리고 설사 맨인더미러에 대해 들어봤다고 해도(소문이란 건 원래 과장되어 빨리 퍼지기 마련이고, 이 얘기는 워낙 유명했기에) 구체적인 내용을 아는 사람은 몇몇뿐이었다. 아무나 이 동아리 회원이 될 수 없었고, 회원이 된다 해도 비밀 유지 엄수를 비롯해 많은 것을 수행해야 했다.

숲속으로 한 걸음씩 발을 뗄 때마다 두려움과 호기심이 스멀스멀 피어났다. 그들 위에는 이제 4학년뿐이고, 여름은 금방 지나갈 것이다. 그러니 이제 남은 일은 동아리 가입뿐이었다.

29장

흙길을 따라가자 2차선 도로로 이어지는 공터가 나왔다. 77번 도로였다. 오른쪽으로 꺾어 어두운 갓길을 따라 걸었다. 발아래에서 자박자박 자갈 밟는 소리가 났다.

"저기 있다." 그웬이 앞을 가리키며 말했다.

13이라고 써진 마일표시판이 앞에 있었다. 사방이 어두웠지만 숫자 1과 3이 달빛을 받아 식별이 가능했다.

"*13-3-5.*" 그들 모두 표시판에 도착하자 테오가 말했다.

"이제 3분의 1마일만 더 가면 되네."

"너무 무섭다." 대니엘이 말했다.

개빈이 손을 흔들었다. "빨리 와. 차라도 한 대 지나가면 딱 걸리는 거야. 우리 통금 어긴 거잖아."

그들은 한 줄로 서서 좁은 갓길을 따라 걸었다. 3분의 1마일 정도 지나자 숲으로 들어가는 통로가 나왔다. 반으로 갈라진 덤불 속에 숲으로 난 블랙홀이 있었다. 그들은 제방 아래로 내려가 입구로 향했다.

"왁!"

갑작스런 소리에 다들 깜짝 놀라 움찔했다. 여자애들은 소리를 질렀다. 그때 숲가에서 태너 랜딩이 웃으며 걸어 나왔다.

"태너, 너 정말 짜증 나는 놈이야." 그웬이 말했다.

태너가 지난밤처럼 허리를 잡고 아이들에게 손가락질하며 웃어댔다. "방금 너희들 얼굴을 찍어놨어야 했는데. 동영상 찍어서 올렸으면 대박 났겠다."

"미안해." 브리짓이 태너를 따라 숲에서 모습으로 드러내며 말했다. "얘가 여기서 너네 기다리면 재밌을 거라고 하길래."

"엄청 재밌지." 개빈이 과하게 흥분된 목소리로 말했다. "난 너희가 여기서 기다려줘서 너무 기뻐. 너희가 여기 있다는 게 너무너무 좋다고. 너네 없었으면 우린 아무것도 못 했을 거야."

태너가 몸을 펴더니 천천히 웃음을 멈췄다. "네 여자친구는 그 성격을 어떻게 참아주는 거야?"

"그러는 네 여자친구는 너 재수없는 거 어떻게 참아주는 건데?"

다른 친구들이 끼득거리며 웃기 시작했다.

"미안해." 개빈이 브리짓에게 사과했다.

"그러지 마." 브리짓이 말했다. "얘 재수없는 거 맞으니까. 근데 얜 신경도 안 써."

그들은 나머지 반 마일을 걷기 위해 숲으로 향했다. 무성한 나무 아래 흙길을 걸으며 거리를 가늠하기 위해 애썼다. 마침내 숲이 끝나갈 즈음 말뚝 두 개에 체인으로 연결된 '사유지' 표지판이 나왔다. 그 너머에는 말로만 듣던 사택이 있었다. 그늘이 내려앉은 그 집 창문에서는 이상하고도 우울한 불빛이 흘러나와 바깥으로 내려앉고 있었다. 가만히 보니 창문에 까만색 스프레이 페인트가 덧발라져 있었다.

외관은 교정에 있는 건물과 똑같은 스타일이었다. 인디애나산 석회석으로 지은 건물에 담쟁이덩굴. 하지만 이곳은 뭔가 지저분한 느낌이 들었다. 제멋대로 뻗은 담쟁이덩굴이 창문을 타고 올라가 지붕까지 닿았다. 몇 번의 계절이 지나는 동안 떨어진 낙엽들은 사택 건물과 옆 나무 아래에 쌓여 있었다. 앞마당에 있는 거대한 떡갈나무는 튼튼한 가지를 가로 방향으로 뻗어내 십자가처럼 보였다.

"이제 어떡하지?" 그웬이 물었다.

대니엘이 핸드폰을 꺼내 문자로 받은 초대장을 찾아냈다. *"맨인더미러가 너희들을 소환한다. 13-3-5."* 그녀가 문자를 계속 읽었다. *"도착하면 앞마당으로 나와 이후의 지시를 기다려라."*

"이거 해야 할지, 말아야 할지 잘 모르겠어." 그웬이 말했다.

태너가 미소를 지었다. "해야 해. 그동안의 뜬소문을 같이 확인해야지."

30장

다 같이 숲에서 나와 사택 앞 공터로 들어섰다. 사택을 둘러싼 게이트를 통과해 앞마당에 도착했다. 어둠 속에 있던 형체들이 하나씩 천천히 모습을 드러냈다. 마치 벽을 타고 오르던 담쟁이덩굴 그림자가 유령으로 모습을 바꾼 것 같았다. 모자 달린 망토에 몸을 숨긴 형체들이 현관을 통해 쏟아져 나왔다. 사택을 둘러싼 숲에서 튀어나온 마법사처럼. 눈 깜짝할 사이에 나타난 그들은 부드러운 나일론 천으로 그웬의 눈을 가리고 머리 뒤쪽에서 묶었다. 그웬은 아무것도 볼 수 없었다.

"여기 버려진 이 집은……." 누군가 그녀 뒤에서 말을 시작했다.

목소리를 들으니 앤드루 그로스였다. 4학년 남학생으로 모두가 이 초대의 배후라고 여겨온 인물이었다. 그가 맨인더미러와 관련되었다는 소문은 오래전부터 학생들 입에 오르내렸다.

"너희가 여기 오게 된 건 너희 결정이 아니다. 너희는 선택받았다. 너희 모두는 소규모 회원제 동아리인 맨인더미러에 초대되었다. 너희가 회원으로 가입될지 말지는 아직 결정된 것이 아니다."

누군가 그웬의 팔꿈치를 잡고 풀밭을 지나 자갈길로 데려갔다. 그 잠깐의 시간 동안 그웬은 이미 방향감각을 잃었다. 그웬이 땅바닥에 주저앉자 그녀의 팔꿈치를 잡은 손에 힘이 들어가더니 그녀를 일으켜 세웠다. 잠시 후 팔꿈치에 있던 손이 그녀의 어깨를 내리눌렀다. 힘이 이끄는 대로 앉자 딱딱한 나무 의자가 느껴졌다.

"너희 모두 맨인더미러 가입 절차에 대해 들어봤을 것이다. 이번 여름 몇 차례 도전이 이어질 것이고, 오늘밤이 그 첫 관문이다. 아주 간단해. 그냥 너희가 있는 그 자리에 앉아 있으면 된다. 그게 다다. 제일 먼저 의자에서 일어나는 자는 탈락이다. 그리고 잘 들어라. 패배자가 되는 건 달갑지 않을 것이다."

그웬의 귀에 사람들이 자갈과 낙엽을 밟으며 걷는 소리가 들렸다. 앤드루와 4학년 학생들이 철수하는 소리였다. 마침내 발소리가 사라졌고, 들리는 건 매미 소리뿐이었다. 침묵을 깬 사람은 그웬이었다.

"개빈?"

그웬은 자신이 왜 속삭여 말하는지 알 수 없었다. 하지만 모두가 속삭였다.

"나 여깄어. 너 바로 옆인 거 같아." 개빈이 말했다.

개빈의 팔이 그웬의 어깨에 닿았다. 깜짝 놀란 그웬이 곧장 그의 손을 꽉 쥐었다.

"이거 진짜 제대로 망했다. 우리 밤새 계속 이러고 있어야 돼?" 테오가 말했다.

"바로 그거지. 필요하다면 난 일주일이라도 있을 거야. 나가고 싶은 사람은 누구든 편히 가라." 태너가 대답했다.

아무도 대꾸하지 않았다.

"아무도 안 가?" 태너가 물었다.

그웬은 태너가 1학년 게이트 데이 때부터 사람들 사이에 끼어들기 위해 안간힘을 썼다는 걸 알았다. 그는 출세주의자로 이 사람저 사람 옮겨다니다가 도움이 될 만한 사람이라면 누구에게든 달라붙어 인정받으려고 애썼다. 자기네와 같이 어울리다가 소문이 무성한 비밀 동아리에 초대받았다는 것은 그 자체로 인맥과 인기를 얻는 표를 따낸 것이었다. 그러니 방금 태너가 내뱉은 말은 결코 허풍이 아니었다. 4학년 선배들이 자기네 동아리에 들여보내 주기만 한다면 그는 정말 밤새 여기에 앉아 있을 사람이었다.

"아무도 안 가냐고!" 태너가 다시 말했다.

"태너, 입 좀 다물어. 너 정말 할 수 있겠어?" 개빈이 말했다.

바로 그때 저멀리서 소음이 들려오기 시작했다. 매미 울음소리를 막는 낮은 경적 소리였다.

"무슨 소리지?" 그웬이 물었다. 그녀가 개빈의 손을 더 세게 잡았다. 소리가 한 번 더 들렸다. 이번엔 더 컸다.

"나가야 하는 거 아냐?" 그녀가 물었다.

"모르겠어." 개빈이 대답했다.

더 큰 경적 소리가 울리더니 우르릉 소리가 뒤따랐다. 그들이 앉은 의자가 덜덜 떨리기 시작했다. 마침내 기차 엔진 소리가 점점 다가왔다. 안대를 하고 아무것도 안 보이는 상태에서 기차의 방향을 가늠하는 건 불가능했다.

"개빈?" 그웬이 불렀다.

"엿 먹으라 그래. 나가자!" 개빈이 말했다.

그웬이 안대를 벗었다. 여섯 명 모두 기차선로 바로 옆에 줄지어 있었고, 의자 등받이는 위험할 정도로 선로와 가까웠다. 왼쪽을 보자 전조등을 켠 기차가 그들을 향해 질주해오고 있었다. 그녀가 내지르는 비명을 듣고 나머지 모두 안대를 벗었다. 그들은 거의 동시에 일어나 제방으로 뛰어 내려갔고, 기차는 돌진하며 지나갔다.

태너의 발뒤꿈치에 걸린 의자가 뒤로 넘어갔다. 그러자 기차가 지나가며 의자를 덮쳐 산산조각을 냈다.

그들 모두 얕은 도랑에 서서 시야를 흐리며 지나가는 기차를 바라보았다. 충격과 아드레날린으로 숨결은 거칠었고, 쇠붙이끼리 닿으며 나는 우레 같은 소리에 귀는 멍했다. 태너가 앉았던 의자 잔해가 기차를 맞고 튀어나와 그의 발 앞에 떨어졌다. 모두가 그것을 바라보았다.

6월 8일이었다. 그들 뒤에 있는 사택에서 잔혹한 살해가 일어날 때까지 13일이 남아 있었다.

31장

마크 매커보이는 계획이 있었다. 그는 6월 21일 페퍼밀로 갈 것이다. 77번 국도를 탈 것이다. 반 친구들이 그토록 여러 번 얘기했던 *13-3-5*를 따라 버려진 사택을 찾을 것이다. 그리고 고3 때 했어야 했던 그 일을 이번에 할 것이다. 이 반발심은 예전에 표출했어야 했다. 그가 원하는 건 엄선된 소수의 패거리가 나머지 학생들보다 더 대단한 존재가 아니라는 걸 증명하는 거였다.

만약 고3 때 오늘만큼의 용기가 있었다면 분노와 호기심은 상당히 사그라들었을 것이다. 그러나 스물다섯 살인 지금, 그는 여전히 거부받았다는 상처로 인정 욕구에 시달리고 있었다. 오래전 자신을 밀어낸 무리에 속하고 말겠다고 어거지를 피우고 있었다.

페퍼밀 여행은 비밀에 부쳐야 한다. 이 일에 대해 아무것도 모를 아내에게는 출장 핑계를 댈 것이다. 필요한 건 단 하루지만 그래도 아내에게 말은 해줄 것이다. 공항으로 차를 몰고 가서 장거리 통근용 주차장에 주차하고, 영수증을 챙기는 것도 잊지 않을 것이다. 거기서부터는 사우스쇼어 기차를 타고 갈 것이다. 사우스벤드 공항에서는 허드슨 호수와 캐롤 대로의 두 정거장만 지나면 페퍼밀이 있는 미시간 호수 정거장에 이를 것이다. 아내가 가계부를 맡아 정리하니 신용카드 추적을 피해 현금만 사용해야 한다. 페퍼밀에 도착하면 골목 어귀에 있는 펍에 가서 한잔하며 시간을 좀 때우다가 77번 도로를 찾아 예전에 했어야 했던 여정을 시작할 것이다. 그리하여 수많은 소문의 실체가 무엇인지 마침내 두 눈으로 확인할 것이다. 어둠 속에 숨은 채. 누구의 눈에도 띄지 않은 채.

물론 실망할 가능성도 있었다. 웨스트몬트고 시절 맨인더미러 가입 관문을 실체보다 훨씬 부풀려서 받아들였는지도 모른다. 거의 10년이나 지난 지금, 버려진 사택에서 뭔가 발견한다고 해도 기대에 못 미칠 수도 있었다. 매년 여름 하지 자정에 검은 숲속에서 일어날 거라고 믿어온 일이 그의 착각일 수도 있었다. 모든 여정을 마치고도 그의 판타지가 충족되지 않을지도 몰랐다. 하지만 결과가 어떻든 적어도 시도는 할 수 있었다. 그 판타지가 실현되든 않든 말이다. 그는 이제 더 이상 겁먹은 십 대가 아니었다. 그를 속박하는 규칙이란 이제 없다. 그곳에 도착만 한다면 원하던 일을 할 수 있다.

6월 8일이었다. 그의 계획이 실현되기까지 13일이 남았다.

4부

2020년 8월

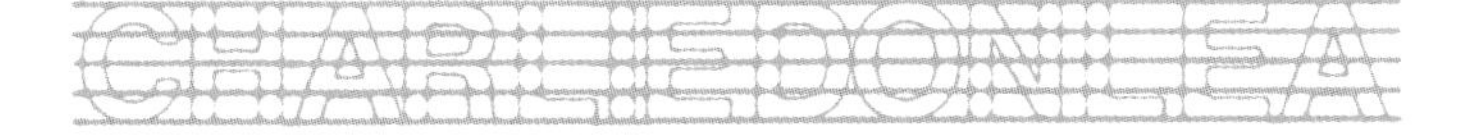

32장

병실 침대 옆 의자는 돌덩이 같았다. 로리는 어쩔 수 없이 밖으로 돌출된 퇴창의 넓은 틀에 몸을 대자로 뻗고 누웠다. 적어도 거기엔 쿠션이 있었다. 벽에 등을 기대고 신발을 신은 채 다리를 앞으로 쭉 뻗어 오른다리를 왼다리에 얹었다. 언제나 오른다리를 왼다리에. 반대로 한 적은 없었다. 마음이 내키지 않으니까. 그녀의 왼편 창문 4층 아래로 연못과 호수가 보였지만 그녀는 오로지 읽는 일에만 몰두했다. 무릎 위에는 레인이 웨스트몬트고 사건에 대해 정리해놓은 노트가 있었다. 그 안에 찰스 고먼의 프로파일 초안과, 학생 둘을 살해할 만한 인물의 특성을 나열해놓은 프로파일이 담겨 있었다.

화학이 전문인 과학교사 고먼은 내성적인 인물로 묘사되었다. 교실 밖에서는 수줍음이 많고, 늘 규칙을 준수했으며, 웨스트몬트고와 이전에 10년 넘게 재직했던 공립학교에서도 단 한 점의 오점을 남기지 않은 내향적 인물이었다. 그는 평범한 가족 출신으로 부모가 여전히 결혼생활을 유지하고 있었다. 두 분 다 교직에서 물러나 자식 셋을 길러낸 오하이오의 집에 여전히 머물며 연금생활 중이었다. 고먼은 셋 중 둘째였는데(레인의 조사 결과) 주변인들 말로는 평범한 어린 시절을 보냈다고 했다. 초등, 고등, 대학 기간에 걸쳐 어떠한 폭력사건도 없었다. 자칫하면 폭발할 만한, 혹은 참혹한 살인사건을 꾸밀 만한 어떠한 징조도 보이지 않았다.

'관계'라는 단어에는 밑줄 두 줄이 그어져 있고 빨간색 별표까지 세 개 그려져 있었다. 고먼이 혼자 살았다는 점에 레인은 관심을 두었던 모양이다. 고먼이 이전 학교에서 사귀었던 여성은 시민학 교사로, 8개월의 연인관계가 끝난 후 그를 인사부에 신고했다. 고먼이 계속 자기를 따라다니며 다시 잘해보자고 고집 부리는 통에 '불편함'을 느꼈다는 게 신고 이유였다. 그러나 노조 대표, 인사부와 면담을 마친 후 그 일은 종결되었고, 둘 사이에는 더 이상 아무 일도 일어나지 않았다.

고먼은 학기를 마치자마자 학교를 사임하고 다음해 웨스트몬트고에서 근무를 시작했다. 옛 애인의 이름은 에이드리언 팽이었다. 레인은 그녀의 이름에도 밑줄 두 개를 쳐놓았다. 찰스 고먼의 프로파일을 완성하기 위해 나중에 그녀와 면담할 예정이라는 의미였다. 레인이 면담 목록에 적어놓은 이름에는 고먼의 부모님과 가족도 있었다.

페이지 하단에는 그랜트빌 정신병원에 있는 레인의 지인 연락처가 적혀 있었다. 현재 고먼이 입원한 병원이었다. 로리는 종이 끝을 접어 표시한 후 페이지를 넘겼다.

다음 장 맨 위에는 굵은 글씨로 '사택 살육'이라고 적혀 있었다. 그 밑에는 레인이 생각하는 살인범의 특징이 나열돼 있었다. 초동수사에 따르면, 현장에 증거가 거의 없는 것으로 보아 계획된 살인이라고 했다. 범인은 시체를 제외하고 지문이나 섬유조직, 족적 같은 어떠한 증거도 남기지 않았다. 만일 우발적 살인이라면 현장에 증거가 널려 있는 게 보통이다. 또는 어설프게 증거인멸을 시도한 흔적이 남곤 한다. 레인은 사택에서 발생한 살육이 사전 계획에 의해 교묘하고도 조심스레 자행된 것으로 추측하고 있었다.

모든 것이 연출된 사건 현장에서 범인이 놓친 게 있다면, 그것은 두 명의 피해자 중 누구와도 일치하지 않는 미량의 혈흔이 나왔다는 점이었다. 찰스 고먼을 비롯한 모든 교직원과 학생들을 대상으로 DNA 검사를 했지만 일치하는 사람은 나오지 않았다.

누구의 피일까? 레인이 굵은 글씨로 적어놓은 문장이 보였다.

신중하게 설계된 계획살인이라는 이론하에 각각의 학생을 살해한 수법도 눈여겨봐야 했다. 한 명은 오른쪽 목을 칼로 단번에 그어 정맥이 끊긴 상태였고, 다른 학생은 목에 난 상처로 기도가 끊겨 질식에 이르렀다. 둘 다 손이나 팔에 아무런 방어흔이 없는 것으로 보아 기습적인 공격으로 보였다. 먼저 사택에서 공격한 후 밖으로 질질 끌고 나와 게이트 창살에 꽂은 거였다. 레인은 이것이 보복행위를 상징한다고 보았다.

범인은 아마도 어린 시절 학대를 당했거나 결손가정에서 자랐을 거라는 문장도 적혀 있었다. 여학생은 아무도 다치지 않았다는 사실로 보아 범인은 남성에 대한 악감정이 있을 것이고, 그것은 아버지 때문일 확률이 높다는 내용이 덧붙어 있었다. 여학생도 현장에 있었지만 상해를 입지 않았다는 사실은, 범인이 어머니와 친밀했거나 어머니 영향을 강하게 받았기 때문이라는 이론에 힘을 실어주었다. 레인은 여기서 두 가지 결론을 도출해냈다. 첫째, 범인은 성인이 되어서도 어머니와 함께 생활했거나 비정상적으로 친밀한 관계를 형성해서 독신으로 살았을 가능성이 있다. 둘째, 어린 나이에 어머니를 잃은 충격으로 기억이 왜곡되어 어머니를 다른 여자들과는 비교할 수 없는 존재, 마치 여신처럼 여겼을 가능성도 있다.

범인의 과거에서 빼놓을 수 없는 건 폭력이었다. 폭력은 그 자신이나, 혹은 그가 사랑하는 사람에게 가해졌을 것이다. 마음 깊이 자리 잡은 폭력에 대한 트라우마가 훗날 다른 이들에게 표출되었을 것이다. 웨스트몬트고 학생들이 첫 번째 희생자가 아닐 수도 있었다. 이전에도 살인을 저질렀을 확률이 있었다. 또한 범인은 70킬로그램이 넘는 십 대 학생을 철창에 꽂을 만큼 신체적으로 강한 사람이다. 그러니 남성일 가능성이 높았다.

페이지를 넘기자 레인이 그려놓은 벤다이어그램이 나왔다. 찰스 고먼과 살인자를 따로 프로파일링해 만든 거였다. 두 개의 원 중간에 타원형으로 겹친 교집합은 그다지 크지 않았다. 교집합이라 해봤자 사택에 대해 알고 있었다는 점, 그리고 그날 학생들이 거기 있을 것을 알고 있었다는 점뿐이었다. 범인은 학생들과 아는 사이로, 자존감은 낮지만 지능은 평균 이상일 확률이 높았다.

로리는 고개를 들어 창밖으로 시선을 옮겼다. 조바심에 마음이 들끓었고, 머리를 열심히 굴려 사건의 조각을 짜맞추고 싶어 미칠 지경이었다. 레인이 작성한 범인의 프로파일에 찰스 고먼이 일치하는 비율은 웨스트몬트고의 어느 교사를 갖다놔도 비슷할 것 같았다. 불안한 기운이 그녀의 혈관을 타고 흐르기 시작했다.

퇴창에서 몸을 일으켜 레인의 침대로 다가갔다. 그의 이마에 손을 얹고 귓가에 입술을 가져다 대며 말했다.

"당신이 필요해. 그러니까 이제 좀 깨어나면 안 될까?"

33장

라이더 힐리어가 〈인디애나폴리스 스타〉 신문사로 출근하는 건 흔치 않은 일이었다. 그녀는 업무를 대부분 이메일로 해결하고 기사도 온라인으로 보냈다. 반드시 출석해야 하는 건 한 달에 두 번 있는 직원회의뿐이었다. 주로 혼자서 사건을 쫓아다니다가 마음에 드는 걸 골라 편집장의 승낙을 받고 기사를 쓰면 됐다. 그녀의 수고는 대개 열렬한 찬사로 이어졌고, 좋은 실적 덕에 자유를 보장받았다. 그렇지만 오늘은 편집장의 압박이 느껴졌다.

오늘의 출근은 직원회의가 있어서도, 마감일을 늦춰달라고 부탁하기 위해서도 아니었다. 바로 개떡 같은 세상 때문이었다.

테오 콤프턴의 영상을 인터넷에 올린 건 잘못된 생각이었다. 그것도 좋게 얘기했을 때 그 정도고, 사실 라이더는 이 특종으로 맥 카터를 묵사발 만들 수 있다는 생각에 판단력이 흐려진 거였다. 영상을 올린 것은 자신의 승리를 세상에 보여주기 위해서였다. 그렇지만 오히려 엄청난 역효과를 낳았다. 그녀가 그날 밤 맥 카터를 부른 것은, 만약 뭔가 특별한 일이 생긴다면 그가 어쩔 수 없이 그녀를 팟캐스트에 참여시킬 것 같아서였다. 물론 라이더는 거기서 무슨 일이 생길지 짐작도 못 했다. 학생의 시신을 목도할 거라고는 꿈에도 몰랐다. 그러나 시신을 목격한 순간, 웨스트몬트고 사건의 미스터리는 생각보다 훨씬 깊다는 것을 깨달았다. 학생들이 자살하는 데는 어떤 이유가 숨겨져 있는 게 분명하고, 라이더는 그 이유를 밝혀내고 싶었다.

경찰에게 진술을 마친 그날 새벽 2시 25분, 자신의 유튜브 채널에 영상을 올린 건 그 때문이었다. 어떤 파장이 생길지 짐작도 못 한 채. 그저 자신이 맥 카터보다 앞설 수 있다는 생각뿐이었다. 어쨌거나 효과가 있긴 했다. 오전 6시쯤 조회수가 10만을 넘어섰다. 팬들이 공유를 시작하자 조회수는 수십만을 넘어 마침내 100만에 이르렀다. 그리고 곧 영상이 차단됐다. 그녀의 유튜브 채널도 마찬가지였다.

만약 라이더가 맥 카터만큼 보호를 받았다면 상황은 지금보다 훨씬 좋았을 것이다. 맥 카터에게는 영향력 있는 방송국과 변호사가 있었다. 아마 윗선에서는 그에게 가능한 한 테오 콤프턴의 영상과 멀리 떨어지라고 지시했을 것이다. 그러면서도 동시에 뭔가 다른 각도로 접근하라고 했을 것이다. 그는 지시를 따랐고, 놀랄 만한 성공을 거뒀다. 그가 팟캐스트에서 직접적으로 테오 콤프턴의 영상을 언급한 적은 없었지만, '익명의 신고'를 받고 버려진 사택으로 달려간 여정만큼은 빈틈없이 들려주었다. 물론 라이더와의 전화 통화는 삭제된 상태였다. 그래서 맥 자신이 테오의 댓글을 보고 *13-3-5*의 장소로 간 것 같은 인상을 주었다. 그곳에 다른 기자(심지어 '아마추어 탐정'이라고 표현했다)가 와 있었던 것은 순전히 운이었다는 듯이. 아마추어 탐정이 선로 옆에서 발견한 시신을 촬영해 자신을 사지로 몬 것은 순전히 그 탐정, 즉 라이더 힐리어의 책임이라는 듯이. 맥은 깔끔하게 빠져나왔다. 깔끔한 정도가 아니었다. 이전보다 더 많은 인기를 얻었다. 팟캐스트 네 번째 에피소드는 수백만 번이나 다운로드됐다. 맥 카터가 벌인 일 중 가장 영리한 것은 그 자신이 영상과 상관없다는 것을 말하기 위해 영상의 존재를 거론했다는 점이었다. 그것도 계속 반복해서.

그는 자신이 그렇게 흉악한 영상을 올린 '아마추어 탐정'을 비난할 때마다 청취자들이 동영상을 찾아다닐 거라는 사실을 알았다. 그가 직접 라이더의 블로그와 유튜브 링크를 알려준 적은 없었다. 하지만 사이트 트래픽이 계속 증가한 것으로 보아 라이더는 맥의 청취자들이 동영상을 찾고 있다는 걸 알 수 있었다. 맥은 법적으로 어떠한 책임도 지지 않고 그 영상으로 수혜를 얻고 있었다. 라이더는 인정해야 했다. 그는 마케팅의 천재였다.

"그거 내리게." 편집장이 마주앉은 라이더에게 말했다.

"이미 폐쇄됐어요. 유튜브 측에서 영상을 차단하고 다 삭제했어요. 제 채널도 폐쇄됐고요. 설사 다시 열린다고 해도 광고부적합 채널이 될 확률이 높죠."

"그 영상만 말하는 거 아닐세. 다 내려. 전부 다. 웨스트몬트고 보도는 그만하게."

"신문사랑 상관없이 하던 일인데요."

그 말이 맞았다. 그녀가 웨스트몬트고 살인사건에 매료되어 조사를 벌인 건 혼자만의 일이었다. 블로그나 유튜브 채널 또한 단독으로 진행하던 프로젝트였고, 그 일과 관련해 한 푼이라도 신문사 돈을 쓴 적도, 마감을 어긴 적도 없었다.

"앞으로도 쭉 그렇게 하면 되겠군." 편집장이 말했다. "내 말은 맥 카터의 죽음에 대해서도 쓰지 말라는 거야."

"맥에 대해서 기사를 써야 할 사람이 있다면 그건 바로 저예요. 그가 죽기 며칠 전에 같이 있었던 사람이 바로 저라고요. 그는 웨스트몬트고 사건 때문에 죽은 게 분명해요."

"그 사건에서 발 빼게, 라이더. 그 사건은 이미 다른 기자에게 할당됐어. 그리고 앞으로 여기서 계속 일하고 싶다면 곁가지 일은 그만두게. 일단 자네가 어디까지 법적책임을 져야 하는지 확실해질 때까지 그 일은 정지야. 만약 무슨 죄목으로든 공식 기소되고 유죄 판결을 받는다면 물론 신문사와도 작별을 해야겠지. 일단 지금은 그냥 납작 엎드려서 일이나 하게. 이 난리가 잠잠해질 때까진 자네 이름을 단 기사는 금지야."

"기사를 쓰지 말라고요? 칼럼도요?"

"중단해."

"제 말 좀 들어보세요." 라이더는 분위기를 누그러뜨려 보려고 노력했다. "맥 카터가 페퍼밀에 와서 일 년이나 된 사건을 이리저리 들쑤시고 다녔어요. 그러다 죽었고요. 돌아가는 상황이 너무 수상쩍잖아요. 그 사건에 대해 제일 많이 아는 사람이 전데 저더러 물러서라고요? 제 기사로 신문사가 대박 날 수 있잖아요. 그리고 〈스타〉 신문사가 저를 믿어주지 않는다 해도 어딘가 다른 데선 믿어주겠죠. 편집장님은 지금까지 기사에서 손을 떼라 마라 하신 적 없잖아요!"

"신문사가 고소당할까 봐 걱정될 때는 얘기가 다르지. 회사 측 변호사 말로는 우리가 지금까지 고소당하지 않은 건 단지 회사와 웨스트몬트고 이야기에 확실한 연결고리가 없어서라고 하더군. 그런데 그 사이에 자네가 있으니 언제든 기회만 되면 신문사는 공격을 받겠지. 난 일이 그렇게 되도록 내버려두지 않을 걸세. 공식적인 정직 처분이야. 더 이상 이러쿵저러쿵하지 말게."

그가 컴퓨터를 보며 종이에 뭔가 갈겨쓰더니 그 종이를 그녀 앞에 떨어뜨렸다. 이름과 주소가 적힌 목록이었다.

“조사할 건들이네. 에반스빌 소녀 실종사건, 카멜 편의점 강도사건, 인디애나 대학교 미식축구 프리시즌 게임 난투극, 노트르담 대학교 성폭행 고발.” 그가 컴퓨터를 다시 들여다보았다. “아, 그리고 여든 살 노부인 집에 침입했다가 엉덩이에 총 맞은 사내도 있군. 노부인과 인터뷰해보게. 지역 소식 일면에 넣으면 좋겠군.”

라이더가 고개를 숙여 내용을 확인했다. 목록 맨 끝에 일 년 전 사우스벤드에서 실종된 남성의 이름이 있었다. 그 이름을 손가락으로 톡톡 치며 그녀가 말했다. “사우스벤드 남성은 제가 이미 조사했었어요. 어떻게 실종된 건지 아는 사람이 아무도 없어요. 지루한 미해결 사건이에요.”

“그럼 안 지루하게 만들어봐.” 편집장이 손짓으로 나가라는 표시를 했다. “그걸로 뭔가 재밌는 것 좀 만들어 오라고. 그럼 며칠은 정신없이 바쁠 걸세.”

“그러고 나면요? 이거 조사하고 나면 그다음엔 어쩔 건데요? 기사도 쓰지 말라면서요?”

“그렇지. 당분간은 기사 작성 금지야. 조사 내용 작성해서 가져오면 다른 기자가 쓸 거야.”

“너무하시는 거 아니에요?”

“자네가 자처한 거라고, 라이더. 여기서 기사 다시 쓰고 싶으면 법적인 골칫거리가 사라질 때까지 나가서 일을 하게. 안 잘린 걸 다행으로 알아. 지금 자네를 받아줄 곳은 없을 테니까.”

라이더가 종이를 집어 들며 자리에서 일어났다. 그 종이를 손으로 구기며 사무실을 빠져나갔다.

34장

로리는 자신이 어쩌다 도자기 인형 복원에 강박적으로 매료된 것인지 오랫동안 헤아려본 적이 있었다. 그녀는 일상에서 느껴지는 답답하고 쓸모없는 생각들이 자신을 압박할 때마다 뭔가에 강박적으로 매달리는 습성이 있었다. 어린 시절 자신의 고통을 다스릴 때도 마찬가지였다. 성인이 되어 인형 복원에 몰두한 건 고모할머니 그레타와 연결되고 싶은 마음에서였다. 애초에 로리에게 도자기 인형 복원을 취미로 권한 사람이 고모할머니였다. 이 취미 덕분에 자기파괴적인 삶을 멈출 수 있었다. 누가 봐도 정당하고 쓸모 있는 취미였지만 로리는 늘 의구심이 들었다. 혹시 자신의 망가진 내면을 어쩌지 못해서 대신 도자기 인형을 복원하며 위안을 삼는 건 아닐까? 인형 복원을 통해 자신의 망가진 내면을 완전히 바로잡을 순 없었지만 조금이나마 온전한 기분을 느낄 수 있었다. 한편으론 자신의 결점과 결핍이 인형의 결함을 고치는 도구가 된다는 것이 모순처럼 느껴졌다. 경증의 자폐증과 강박증이 인형을 완벽하게 복원하는 데 유용하게 작용한다니!

그녀는 레인이 마련해놓은 작업실에 앉아 종이 반죽 한 덩이를 만들었다. 냄새만 맡아도 그레타 고모할머니의 농장에서 보낸 어린 시절이 떠올랐다. 어릴 적 여름이면 그곳에 가서 노부인의 비밀

스런 제조법과 남들은 모르는 기술을 배우곤 했다. 배운 대로만 하면 다 부서진 골동품 독일 인형을 걸작으로 만들 수 있었다.

종이 반죽 농도가 딱 맞게 되자 조금 떼어내 인형의 귀를 복구했다. 이전에 복원했던 인형들도 대부분 이 부분에 금이 가 구멍이 나 있었다. 기초를 단단하게 마무리한 후 전열 기구로 반죽을 건조시켰다. 그런 다음 진공 팩에 담긴 차가운 고령토를 한 덩이 떼어내 종이 반죽 바른 곳에 덧붙이고 모양을 잡아나갔다. 도구를 사용해 새로운 귀와 뺨을 만들고 열기를 쏘아 고령토를 굳혔다. 그리고 레인이 사준 폴저그루덴 붓 하나를 꺼내 손가락으로 만져보았다. 조각가들이 쓰는 도구처럼 자루 부분이 소나무 재질로 된 더블팁 형식의 붓이었다. 붓털이 뭉툭한지 날카로운지에 따라 자루의 굵기도 달랐다. 로리는 붓털이 뭉툭한 굵은 붓을 골랐다. 고령토로 하는 초반 작업에 적합한 굵기였다. 나중에 귀, 뺨, 왼쪽 눈의 가장자리처럼 세밀한 작업을 할 때는 바늘같이 좀 더 날카로운 붓을 집어 들어야 할 것이다.

그녀는 켜켜이 쌓인 걱정거리를 내려놓고, 계속해서 이어지는 울적한 생각을 몰아내며, 조금 전에 한 행동을 계속해서 반복하고 싶다는 충동을 떨쳐버리면서 두 시간을 쉬지 않고 작업했다. 작업이 끝나자 키디조이 인형을 여행용 상자에 다시 넣었다. 작업한 부분이 망가지지 않도록 조심스럽게. 그러고는 몇 시간 전보다 가뿐해진 기분으로 집을 나섰다.

병실로 들어서자 레인이 눈을 떴다. 링거를 통해 들어가는 약물 때문인지 핏발이 선 눈이 촉촉했다.

"안녕?" 로리가 말했다.

"이러라고 자기 오라고 한 건 아닌데."

로리가 그의 뺨에 손을 갖다 댔다. "얼마나 놀랐는지 몰라."

"엉망진창이지." 레인이 얼굴을 찡그렸다.

로리가 침대 옆에 있는 일회용 컵을 건네주자 그가 빨대로 물을 마셨다.

"목안에 자갈이 있는 것 같아."

"의사들이 뭐래?"

"아직 못 봤어. 눈 떴을 때 의사는 없고 형사 두 명이 있던데?"

"응, 벌써 얘기 나눴어."

"난 목소리가 안 나와서 대화를 별로 못 했어. 궁금한 게 있었는데 물어보지도 못하고. 세상에! 로리, 무슨 일이 있었던 거야?"

"병원 침대에서 깨어났으니 궁금한 게 많겠지."

로리는 마이애미로 가서 경매에 참여한 것, 페퍼밀에 오기로 결심한 것, 레인을 추적해 맥 카터의 숙소로 가서 화재 현장을 보게 된 것까지 다 설명해주었다. 맥 카터는 폭발과 화재 때문에 숨졌고, 오트와 모리스 형사가 이 상황을 미심쩍어한다는 것도.

"그날 자기가 죽어버리면 엄청 혼낼 생각이었다고."

"내가 사랑하는 여자는 역시 온화하고 보송보송하지." 레인이 이렇게 말하고 물을 마셨다.

"머리는 좀 어때?"

"아파."

"사용 가능해?"

레인이 끄덕였다.

"좋아. 내가 웨스트몬트고 살해범에 대한 프로파일을 읽어봤거든. 우리 얘기 좀 해."

35장

레인은 의식이 돌아오고 하루 지난 햇살 좋은 일요일 오후 퇴원 수속을 밟았다. 경막하출혈도 멈췄고 폐 기능도 80퍼센트까지 돌아왔다. 그렇지만 뇌진탕 때문에 활동에는 제약이 많았다. 운전은 커녕 2, 3킬로미터 이상의 거리는 차량으로 이동하는 것도 금지였고, 컴퓨터 사용이나 독서도 금물이었다. 병원에서는 두통이 가실 때까지 조용하고 어두운 공간에서 지내는 게 좋을 거라고 했다. 레인은 모든 것에 동의하고 퇴원확인서에 사인했다. 병실만 벗어날 수 있다면 더한 것에도 사인할 태세였다. 윈스턴 거리에 있는 숙소 앞에 도착하자 레인이 차창에 비친 자신의 모습을 보았다. 머리에 하얀 붕대가 칭칭 감겨 있었다.

"맙소사, 나 무슨 피니어스 게이지* 같잖아."

로리가 그의 어깨에 팔을 둘렀다. "머리에서 철심만 뽑으면 붕대 풀 거야. 우리가 페퍼밀에 갇힌 게 차라리 다행이다. 자기를 관리하기가 좀 더 쉬울 테니까."

로리는 발을 끌며 걷는 레인을 부축하고 현관을 향해 걸어갔다.

* 1848년 피니어스 게이지가 철도 공사 사고로 대뇌 전두엽에 손상을 입었다. 그 후 성격과 행동에 변화를 보였고, 이것은 19세기 신경과학 분야에 큰 반향을 일으켰다.

"여기 마음에 들어? 내가 이 집 귀엽다고 했잖아." 레인이 말했다.

"냉장고에 있는 다크로드는 맘에 들더라. 그걸 다 어떻게 구했대?"

"먼스터*에 들러서 킵이랑 대화 좀 했지. 다크로드를 몇 병이라도 구할 수 있다면 거금을 쓸 용의가 있다고 했거든. 머리가 점점 지끈거린다. 아무래도 한 병 마셔야 괜찮아질 것 같은데."

"절대 안 돼."

로리는 그를 소파에 앉혔다. 아까 전에 인형 복구하느라 쓴 폴저그루덴 붓이 셔츠 앞주머니에서 삐져나왔다.

"그 붓 봤구나." 레인이 소파에 몸을 파묻으며 말했다.

"응. 이것도 돈 꽤 들었을 텐데. 단종된 지 20년이나 됐잖아."

"인터넷에선 뭐든 찾을 수 있어. 돈을 얼마까지 쓰느냐가 문제지." 레인이 자세를 고쳐 앉았다. "속이 빤히 들여다보이는 수법이긴 하지만 당신을 여기 하루이틀 머물게 했으니 돈이 전혀 아깝지 않은데."

"하루이틀 가지고는 안 될 거 같습니다, 필립스 박사님. 난 당신이 운전 가능할 때까지 여기 묶여 있는 거나 다름없다고. 차로 이동하는 것도 금지니까. 의사 말로는 적어도 2주는 기다려야 한대."

레인이 소파 쿠션에 머리를 기대고 눈을 감았다. "당신이 떠나고 싶었다면 병원에서 날 태우고 시카고로 돌진했겠지. 도로가 파였든 말든. 우리가 지시사항 따르면서 여기 머무는 이유는 자기가 웨스트몬트고 사건에 관심이 있어서 그런 거 같은데?"

로리가 그의 옆에 앉았다. "코르크판을 보니까 확실히 혹하긴

* 다크로드 제조사인 스리플로이즈가 위치한 인디애나주의 지역 명.

하더라고."

"물론 내가 병원에서 평화롭게 잠들어 있는 동안 범인 프로파일도 읽었겠지. 어떤 거 같아?"

로리가 고개를 저었다. "뭔가 느낌이 안 좋아."

레인이 눈을 뜨고 고개를 살짝 들었다. "계속해봐."

"처음 든 생각이 뭐냐면 찰스 고먼이랑 범인 프로파일이랑 겹치는 부분이 없다는 거야. 학생에 대한 기본 정보나 사택 위치 같은 것도 교사라면 누구나 알 수 있잖아. 당신이 범인한테 있을 법한 특징들 적어놓은 거 보니까 고먼이랑은 안 맞는 것 같더라고."

"그럼 정리 좀 해보자." 레인이 붕대가 감긴 머리를 가리켰다. "머리가 맑지 않아서."

"범죄 현장에 대해 말해봐." 로리가 말했다.

"외딴곳이고 어두워. 사택을 잘 아는 사람이라면 쉽게 제어하기 좋은 환경이야." 레인이 대답했다.

"범인과 마주친 게 결코 우연이 아니었다는 얘기지." 로리가 말했다.

이것이 두 사람이 함께 일하는 방식이었다. 자유롭게 물 흐르듯 생각을 주고받다가 종종 서로의 문장을 대신 마무리하기도 했다.

"숲에 있었던 학생들 빼고는 목격자가 있을 확률도 없어." 로리가 덧붙였다.

"그렇지. 폐쇄회로에 뭔가 찍혔을 가능성도 없고. 아주 제대로 통제된 현장이지. 어딘가에서 잠복하고 있었을 거야. 피해자들에게 방어흔이 없다는 건 기습당했다는 뜻이고. 두 학생이 왔을 때 범인은 이미 사택에 있었던 거지."

"체계적이네. 계획적이고. 장소, 방법, 무기를 다 선택했어."

둘은 잠시 입을 다물었다.

"살인자에 대해 설명해봐. 그자의 사고방식이 어떤지, 그리고 이런 종류의 폭력을 저지르는 이유도." 로리가 말했다.

"일단, 피해자에 대해 아는 것부터 정리를 하자. 둘 다 남학생이야. 한 명은 3학년, 다른 한 명은 4학년이 될 예정이었어. 둘 다 체내에서 검출된 약물은 없었고. 뭔가 이유가 있어서 죽인 거야. 무작위로 고른 게 아니고 계획적이었지. 대체 어떤 사람이면 십 대 남학생을 둘이나 죽이려 할까? 과거에 문제가 있었던 사람 같아. 남성에 대한 응어리가 있는 사람. 현장에 있던 여학생은 안 다쳤거든. 여학생들이 범인과 마주쳤는데도 살아남았다고 가정하면 범인은 모친과 친밀한 관계일 확률이 높아."

"그래, 모친과의 유대감이 강한 사람."

레인이 끄덕였다. "강하면서도 한편으론 분열된 느낌이야. 그 유대감이란 게 부자연스러워. 사랑에 기반을 둔 건 맞지만, 뭔가 건강하지 않게 기형적으로 변한 거지. 부친과의 관계 형성은 없었거나, 있었더라도 악영향만 받은 거 같고. 만약 전자라면 평생 거절감을 느끼며 살았을 수 있고, 후자라면 폭력에 시달렸거나 모욕감, 억울함 등을 느꼈을 거야. 우린 피해자에 대해 더 많이 알아내야 해. 평판이 좋은 편이었는지, 학교폭력 가해자는 아니었는지, 혹시 피해자들 때문에 범인이 부친에 대한 기억을 떠올리게 된 건 아닌지 등등."

이런저런 경우의 수를 머릿속에서 따져보자니 두 사람 주위에 또다시 침묵이 내려앉았다.

"정리하면." 레인이 입을 뗐다. "우리는 어떤 일이 생겼는지 알아. 학생 두 명이 버려진 사택 건물에서 살해됨. 그 일이 어떻게 일어났는지도 알지. 매복해 있다가 피해자들 목을 그었음."

"이제 알아내야 할 것은 누가, 왜 범행했느냐야. 여기저기 많이 파봐야겠는걸."

로리의 시선이 코르크판에 꽂힌 피해자 사진으로 향했다. 범인이 살해한 학생 두 명과 자살한 세 명의 사진. 그녀는 더 가까이 가서 사진을 보고 싶었다. 길 잃은 영혼들과 친밀감을 느끼고 마법을 부리듯 사건 현장을 재구성하고 싶었다.

"자살한 학생들 말인데." 로리가 말했다. "고통에서 벗어나기 위해 그런 거 같아. 죄책감 때문에 범죄 현장에 돌아온 거지. 죽음만이 탈출구라고 느낀 거야."

"뭐 때문에 죄책감을 느꼈지?"

로리는 코르크판에서 시선을 떼지 않았다. "뭔가 비밀이 있나? 비밀이라는 건 사람을 산 채로 잡아먹잖아."

"하긴 테오 콤프턴이라는 학생도 맥 카터에게 가슴속에 있는 뭔가를 털어놓고 싶어 했던 것 같아."

"그럼, 살인자 프로파일이 찰스 고먼과 일치하지 않는다는 걸 전제로, 학생들이 경찰한테 진술한 내용보다 더 많은 걸 알고 있다고 가정한다면, 논리적으로 봤을 때 학생들이 사건 당일 버려진 사택에서 발생한 일 때문에 죄책감을 느꼈다는 결론이 나와. 그래서 자꾸 거기로 되돌아가서 선로에 몸을 던져 생을 마치는 거야."

36장

개빈 함스가 학교 정문으로 이어지는 대로를 따라 걸었다. 여름 학기는 거의 끝났고 그는 곧 4학년이 될 예정이었다. 교정이 텅 비어 있었다. 여름 학기를 위해 학교에 남은 학생들은 기말시험 준비로 기숙사 방이나 도서관에 틀어박혀 있었다. 여름인 걸 감안해도 학교는 유난히 잠잠했다. 살인사건 이후 여름 학기 등록이 중단되어 이렇게 축소된 규모는 학교 역사상 처음이었다. 웨스트몬트 사립고는 원래 한도를 정해야 할 정도로 수강 인원이 늘 넘쳐났고, 등록에 실패한 학생들은 혹시나 하는 마음에 긴긴 대기자 명단에 이름을 올렸다. 그렇지만 지난여름 살인사건이 일어나자 많은 학생들이 가을 학기를 포기하고 학교에 돌아오지 않았다. 지체 없이 학교를 떠난 학생들 때문에 여름 학기 수강생이 눈에 띄게 줄어들었다. 사건이 일어난 지 일 년이 지나 다시 6월이 되었다. 올해 여름 학기를 수강하는 학생은 개빈을 포함해 스무 명 남짓이었다. 개빈은 이모 부부가 여름을 맞아 집에 왔다 가라고 할 일은 없을 거라고 생각했다.

학교의 명문 도서관 건물에는 난간에 일정한 간격으로 박혀 있는 기둥이 삼각형 박공벽을 받치고 있었다. 그 벽에는 학교 표어가 쓰여 있었다. *혼자 와서 함께 떠나다*. 개빈은 단 한 번도 그 말을 믿은 적이 없었다. 순진했던 1학년 때는 물론이고 졸업을 9개월 앞둔 지금도. 그 어느 때보다 지금 그는 자신이 혼자라고 느꼈다. 사실 그 감정은 작년에 내린 결정 때문이었다. 그가 마음속에 감추고 있는 비밀 때문이었다. 이제 더는 숨길 수 없을 것 같은 그 비밀. 그는 비밀이 수면 위로 떠오르지 않도록 자신이 할 수 있는 건 다 했다. 그는 후회할 짓을 했고, 되돌려놓고 싶은 짓을 저질러버렸다.

혼자 와서 함께 떠나다.

개빈은 자신이 그웬과 이곳을 함께 떠날 수 있을까 의구심이 들었다. 각자 따로, 다른 곳을 향해 떠날 수도 있었다. 그는 배낭 끈을 바짝 잡아당기고 도서관을 지나 기숙사로 향했다. 기숙사에 들어가 문을 잠그고 노트북을 꺼내 라이더 힐리어의 블로그를 살펴봤다. 맥 카터의 팟캐스트 방송이 중단된 후로 소식을 찾아볼 수 있는 창구는 오직 라이더의 사이트뿐이었다. 듣기로는 그녀가 선로에 있던 테오의 시신 영상을 사이트에 올리는 바람에 큰 곤경에 처했다고 한다. 테오의 부모님이 그녀를 고소했다고 하니, 운이 좋다면 이 사이트도 곧 폐쇄될 가능성이 있었다. 그럼 사건은 세상으로부터 멀어질 테고, 어쩌면 과거에 일어난 모든 일이 기억 속에서 사라질 수도 있다. 인디애나 페퍼밀을 향한 전국적인 관심이 줄어들어야만 한다. 개빈이 할 일은 폭풍을 견뎌내고 4학년을 무사히 마친 후 그저 이곳을 떠나면 되는 것이다. 그렇게 되면 모든 게 한결 나아질 것이다.

하지만 라이더의 블로그가 계속 운영되는 이상은 그것을 정보수집 창구로 사용할 계획이었다. 오늘은 새로운 정보가 하나도 없었다. 게시판에는 사택, 그 옆을 지나는 기차, 맨인더미러, 그리고 학생들의 연이은 자살과 관련한 갖가지 음모설이 넘쳐났다. 범죄사건 마니아들이 두 학생의 죽음에 대해 최근 제기한 내용은 다음과 같았다. 한 명이 다른 학생을 살해해 게이트 철창에 꽂고, 버려진 사택으로 돌아가 자신의 목을 그었다. 훗날 자살한 다른 학생들은 남겨진 암호문을 따른 것이다. 그러나 이 주장은 둘 중 누구도 스스로 목을 그은 게 아니라는 검시관의 보고서로 뭉개졌다. 그런데도 범죄사건에 미친 자들은 계속 그 주장을 밀고 나가며 경찰이 뭔가를 은폐하고 있다고 주장했다.

이렇게 열을 내며 말도 안 되는 음모론을 펼치는 것은 사건 자체가 너무 급하게 종결되었기 때문이다. 경찰은 사건 발생 며칠 만에 고먼에 대한 확고한 증거를 확보했지만, 대중은 그날 무슨 일이 일어난 건지 자세한 정보를 접하지 못했다. 사람들이 들은 내용이라곤 한 교사가 정신이 돌아서 가학적인 공상을 나열한 살인 계획서를 쓴 후 학생 둘을 살해했으며, 그 후 경찰이 수사망을 좁혀오자 사건 현장에서 자살을 시도했다는 것뿐이었다. 범죄사건 마니아들이 제멋대로 상상하기에 딱 좋을 만큼 빈약한 정보였다.

개빈은 중단된 맥 카터의 팟캐스트 방송 대신 라이더의 블로그를 자주 확인했다. 혹시 누군가 어쩌다 진실에 가까운 주장을 제기하지나 않을까 하고. 지금까지 그런 사람은 없었다. 물론 개빈도 경찰이 어디까지 밝혀냈는지 수사 상황에 대해 아는 바가 거의 없었다. 지금까지 경찰 당국은 고먼이 범인이며 초기에 결론지은 그의 동기에 만족하는 것 같았다. 하지만 테오의 자살 이후 경찰은 자신들이 무엇을 놓쳤는지 찾기 위해 다시 움직이기 시작했다. 개빈은 그들이 진상을 파헤칠까 봐 두려웠다.

그때 노크 소리가 들렸다. 개빈은 재빨리 라이더의 블로그를 닫고 노트북을 덮었다. 문을 열자 그웬이 서 있었다. 개빈은 아직도 그녀의 외모가 낯설었다. 원래도 왜소한 체격이었던 그웬은 사건 이후 지난 일 년 동안 7킬로그램 가까이 살이 빠졌다. 뺨이 수척했고 어깨는 뼈가 두드러졌다. 또 태어날 때부터 A학점만 받았던 그녀가 3학년 내내 평점이 곤두박질쳤다. 게다가 외모나 성적보다 더 걱정스러운 것은 그녀의 무신경함이었다. 그웬은 학업에 대해 흥미를 잃은 것뿐만 아니라 인생 전반에 대한 관심을 거뒀다. 개빈과의 관계에 대해서도 마찬가지였다. 이게 가장 위험한 부분이었다. 그웬이 그에게서 멀어질수록 그녀의 행동을 유추하기가 힘들어질 테니까. 그 어느 때보다 지금 그들은 더욱 뭉쳐야 했다. 그리고 잠자코 있어야 했다. 딱 일 년만 더. 고등학교를 졸업하고 대학에 갈 때까지만. 그러면 상황이 나아질 것이다. 그날 밤의 이미지는 점점 옅어질 것이다. 양심의 가책도 사라질 것이다. 다 잊게 될 것이다. 비밀을 뒤로한 채 정상적인 삶으로 돌아갈 것이다.

사건 발생 후 처음 6개월 동안 개빈은 그웬과의 관계를 개선하기 위해 노력했다. 그렇지만 모든 것이 손가락 사이로 빠져나가는 느낌이었다. 대니엘이 자살하자 상황은 바닥을 쳤고, 이제 개빈과 그웬은 필요할 때만 대화하는 지경에 이르렀다. 그 대화라는 것도 대부분 오늘밤처럼 그웬을 진정시키며 잠자코 있으라고 달래는 것에 불과했다.

개빈은 들어오라고 손짓한 후 복도로 고개를 내밀고 누가 없나 살폈다.

"기분 어때?" 개빈이 문을 닫으며 물었다.

"엉망이야."

"그웬, 너 정말 뭐 좀 먹어야 해."

"테오네 엄마한테 문자받았어."

"뭐래?"

"너랑 연락이 안 된다면서 우리랑 얘기하고 싶대."

"연락하지 마." 개빈이 황급히 말을 뱉었다.

"개빈, 그분은 아들을 잃었어. 궁금하신 게 많을 텐데, 우리랑 얘기하고 싶은 건 당연하잖아."

"그래서 뭐라고 말하게? 그분은 무슨 일이 있었는지 알고 싶으실 거야. 최근뿐만 아니라 작년 일도. 우리가 입을 열다 보면 하지 말아야 할 얘기까지 해버릴 수 있다고. 그러고 싶어? 또 경찰이랑 얘기하고 싶은 거냐고! 너 작년에 했던 얘기 하나부터 열까지 다 기억해? 경찰은 기억하거든. 일 년 뒤에 네가 다른 얘기를 하면 경찰은 의심하기 시작할 거야. 단 하나라도 실수하면 경찰은 다시 들쑤시고 다닐 거라고. 너 수사가 다시 시작되길 원해?"

그웬이 고개를 가로저었다.

"그럼 아무한테도 입 뻥긋하지 마. 알았지?"

"응. 너 라이더 힐리어 쪽은 확인해봤어?"

"했지. 새로운 건 없더라."

그웬의 눈에서 눈물이 샘솟았다. "이렇게 얼마나 더 버틸 수 있을지 모르겠어."

개빈이 그웬의 머리를 쓰다듬으며 얼굴을 바라보았다. 올해를 못 넘길 것 같아 걱정이 되었다.

"일단 진정해. 내가 어떻게든 해볼게."

웨스트몬트 사립고등학교

2019년 여름

네 번째 상담
일기 제목 : 자살 방조

구급차가 엄마를 싣고 간 후 나는 계속 내 방에 있었다. 피터슨 아줌마는 내가 괜찮은지 몇 번이나 확인하러 오셨지만, 그때마다 나는 조용히 문에 기대앉아 아줌마가 돌아설 때까지 기다렸다. 한밤중에 돌아온 아빠가 피터슨 아줌마와 짧은 대화를 나눴다. 나는 대화 내용을 들으려고 안간힘을 썼지만 잘 들리지 않았다. 현관문이 닫히고 피터슨 아줌마가 떠나자 나는 급히 이불 속으로 몸을 숨겼다. 아빠가 와서 소식을 전해주길 기대했지만 아빠는 그러지 않았다. 그냥 계단을 올라 침실로 가버렸다.

나는 다시 문으로 가서 아빠가 자는 게 확실해질 때까지 열쇠 구멍으로 내다보았다. 엄마 상태가 어떤지 얘기도 안 해주다니. 나를 무시했다는 생각에 가슴이 부글부글 끓어올랐다. 내 안에 끓고 있던 무언가에 아빠의 무시가 기름을 부었다. 그리고 잠시 후 내가 사랑하는 엄마가 영영 떠났다는 것을 깨달았을 때 그 불꽃은 걷잡을 수 없이 커졌고 다시 사그라들지 않았다.

방문을 열자 끼익하는 소리가 났다. 나는 이 순간 필요한 게 무엇인지, 그게 어디 있는지 정확히 알았다. 머릿속으로 계획을 세운 적은 수없이 많았지만, 그동안 행동으로 옮길 용기는 내지 못했다. 처음 계획을 세웠을 때만 해도 엄마가 위험에 처하면 바로 실행하자는 마음이었다. 하지만 그건 나 자신에게 반복하는 뻔한 거짓말에 불과했다. 나는 아빠가 엄마를 위협하는 순간 나서서 그를 끝장내는 상상만 할 뿐이었다. 사실 그건 내 인생을 지배해온 비겁함을 모른 척하기 위한 것이었다. 그렇게 하면 열쇠 구멍으로 엄마가 맞는 걸 볼 때마다 느꼈던 무력감을 잊을 수 있었다. 잠시 동안은 통했다. 아니, 너무 오래 통했다. 그래서 아빠가 엄마에게 마지막까지 폭력을 가하게 된 거였다.

마침내 방을 나와 지하실 계단으로 살금살금 내려갔다. 필요한 건 지하실 뒤쪽에 있었다. 원래 계획대로라면 엄마가 있을 때 했어야 했지만, 엄마가 없는 지금이 훨씬 나을 수도 있었다. 나는 위층으로 올라가 복도에서 잠시 멈췄다. 왼쪽엔 방문이 활짝 열린 내 방이, 오른쪽에는 아빠가 엄마를 식탁 위로 끌어당긴 장소가 있었다. 나는 식탁을 지나쳤고 구급차가 왔을 때 엄마가 쓰러져 있던 계단으로 걸어갔다. 계단을 한 단 한 단 밟고 올라갔다. 열네 살인 내 몸무게에도 작게 삐걱거리는 소리가 났지만 더 이상 겁나지 않았다. 장갑을 낀 손에 굵은 밧줄을 들고 있자니 어떤 목적의식이 나를 채웠다. 아빠가 깨어 있다고 해도 계획한 일을 마쳐야 한다는 결의가 솟았다. 그 무엇도 나를 막을 순 없었다.

침실 문을 열자 잠든 아빠의 몸 위로 복도 불빛이 비스듬하게 내려앉았다. 아빠는 술을 마시면 꼭 저렇게 코를 골았다. 그는 똑바로 누워 있었고, 나는 조금도 지체하지 않았다. 조심스럽게 그의 목 위에 밧줄을 올렸다. 그러자 그가 코 고는 걸 멈추고 침을 삼켰다. 나는 그가 다시 코를 골 때까지 잠자코 서 있다가 침대 아래로 기어 들어갔다. 복도의 불빛이 닿지 않는 곳이라 보이는 거라곤 암흑뿐이었다. 나는 더듬더듬 밧줄 양끝을 찾아 내 귀 양옆에 오게 조금 잡아당겼다. 그리고 양손으로 조심스레 밧줄을 감았다. 밧줄에 손이 다칠까 봐 지하실에 있는 정원용 장갑을 끼고 온 터였다. 나는 똑바로 누운 채 무릎을 접어 가슴 앞으로 당겼다. 틈 하나 없을 만큼 딱 맞았다. 지렛대 효과를 위해 무릎으로 매트리스를 살짝 밀어냈다. 그러자 그가 몸을 움직였다. 잠에서 깰까 봐 두려웠다. 제대로 위치를 잡고 말고 할 시간이 없었다.

나는 밧줄 양쪽을 한꺼번에 잡아당겼다. 동시에 몸을 마룻바닥에 밀착하고 무릎으로 매트리스를 단단하게 밀어냈다. 그가 기침하며 몸을 꿈틀대기 시작했다. 나는 눈을 감았다. 귀도 막고 싶었지만 그가 죽는 소리를 들어야 했다. 확실히 처리해야 했다. 그가 몸부림치자 매트리스가 걷잡을 수 없이 날뛰었다. 나는 온 힘을 다해 버텼다. 5분 내내. 팔에서 쥐가 나고 등이 불타듯 아플 때까지. 다리에 감각이 없어지고 결국엔 아빠가 움직이는 걸 멈출 때까지. 그러고도 나는 밧줄을 바짝 잡은 채 5분을 더 버텼다.

마침내 밧줄을 놓았다. 긴장하고 수축된 근육이 이완되지 않았고, 무릎을 펴자 타는 듯한 고통이 훑고 지나갔다. 조금 더 기다려보았지만 들리는 건 내 숨소리뿐이었다. 침대 밖으로 빠져나가 아빠를 흘끗 보았다. 그가 죽었다는 걸 알 수 있었다. 확인할 필요도 없었다. 나는 밧줄 양끝을 침대 머리맡 나무판에 묶고 생기가 느껴지지 않는 아빠의 몸을 침대 발치로 끌어내 밧줄이 아빠의 목을 조르게 만들었다. 마지막으로 이 방에 내가 왔다 간 흔적이 없는 것을 확인하고 지하실로 내려가 정원용 장갑을 제자리에 놓았다. 그리고 내 방으로 올라와 문을 닫았다. 짙은 어둠이 여명으로 바뀔 때까지 열쇠 구멍으로 내내 밖을 내다보았다. 다시는 아빠가 열쇠 구멍에 나타나지 않았다. 새로운 날이 시작되었다.

나는 가름끈을 책장 사이에 끼우고 일기를 덮었다.

"이때는 어려서 그 당시 느꼈던 감정이 뭔지 몰랐는데, 상담 덕분에 이제 알 것 같아요. 바로 혐오감이었어요. 저는 그날 깨달았어요. 이 땅에 약자가 설 자리는 없고, 그들을 잡아먹는 사람들도 사라져야 마땅하다는 걸요."

우리는 서로를 바라보았다. 내가 일기를 다 읽고 나면 항상 그랬던 것처럼.

"제 생각이 틀렸나요?" 마침내 내가 물어보았다.

그녀가 고개를 가로저었다. "전혀."

"좋아요. 그럼 이제 학교에서 계획 중인 일을 말씀드릴게요. 한심할 정도로 나약한 인간과 그런 사람을 이용해먹는 나쁜 놈들을 한꺼번에 처리할 거예요. 이걸 이해해줄 수 있는 사람은 당신뿐이에요. 상담시간에 오고 간 대화는 아무한테도 말씀하실 수 없을 테니 제 비밀 지켜주시리라 믿어요."

37장

웨스트몬트고의 유구한 역사 속에 퇴학생은 단 한 명도 없었다. 학교 측은 입학생 모두를 지도해 그들의 인생을 개조하는 것에 매우 열정적이었다. 그것은 규율, 체계, 상담이 있었기에 가능했다. 특히 셀 수 없이 많은 상담이.

웨스트몬트고에서 상담을 맡은 교사는 가브리엘라 해노버와 크리스천 캐스퍼였다. 캐스퍼 박사는 정신의학 학위도 있고 청소년 심리치료 분야로 펠로십 과정을 마친 사람이었다. 그와 해노버 박사의 감독 아래 사회복지사들은 학생들이 인격 형성기를 잘 보낼 수 있도록 최선을 다했다. 그래서 입학생 대부분이 인생이라는 도전에 맞서는 것을 두려워하지 않는, 더 나은 사람이 되어 학교를 떠날 수 있도록 이끌었다.

다른 교사들과 마찬가지로 캐스퍼 박사도 학교에서 거주했다. 그는 지난 10년 동안 미국사 수업을 맡아온 전임교사이자 상담치료사로, 교사 거리 주택단지 18호에 살면서 그곳을 사무실로 이용했다. 지금 그는 맞은편에 앉은 그웬 몽고메리의 상담을 막 마치려는 참이었다.

"요즘은 일기를 안 갖고 오는구나. 일기를 쓰기는 하니?" 캐스퍼 박사가 물었다.

"예전만큼은 안 써요."

캐스퍼 박사는 이 말에 아무런 대꾸를 하지 않았다. 그웬은 그간의 상담을 통해 캐스퍼 박사가 자신의 대답을 탐탁잖게 여긴다는 걸 알았다.

"요즘엔 생각을 잘 안 하거든요. 그러니까, 저에 대한 생각요. 이번 한 주 계속 정신이 없었어요."

"뭐 때문에?"

그웬이 어깨를 으쓱했다. "3학년 되니까 적응도 해야 하고 할 일도 많아서요."

"3학년 되면 뭐가 달라지는데?"

"상급반이잖아요."

"그러니까 보자, 그 버려진 사택에 가는 거 말하는구나."

그웬이 눈을 피하자 캐스퍼 박사가 웃음을 터뜨렸다.

"웨스트몬트고의 공공연한 비밀이지. 상급생이 되면 숲속 낡은 집에 가서 맥주도 마시고 어리석은 짓도 저지르고 하는 거. 너 입학하기 전에도 오랫동안 있었던 일이고 너 졸업하고도 계속될 거다. 적어도 그 처량한 건물을 허물 때까지는. 내년에 4학년 되면 너도 순진한 3학년들한테 똑같이 할걸."

"뭘요?"

캐스퍼 박사가 노트북을 열었다. "애들 괴롭히는 거. 4학년이 3학년 가지고 장난치는 거 전통이잖아."

그웬은 캐스퍼 박사가 말하는 '장난'이라는 것에 눈가리개 두르고 기차선로에 나란히 서 있는 것도 포함되는지 궁금했다. 선생님은 학생들이 버려진 사택에서 논다는 걸 안다고 쳐도 거기서 무슨 일이 벌어지는지는 손톱만큼도 모르는 게 분명했다. 사실 그웬도 이제야 알아가는 중이었다.

“일기를 쓰도록 해. 네가 경험한 것들, 신경 쓰이는 부분들. 그걸로 다음 시간에 같이 얘기하자. 알았지?”

그웬이 고개를 끄덕였다.

캐스퍼 박사가 노트북 키보드를 두드렸다. “처방전 더 필요하니?”

그웬은 아무 대답이 없었다.

캐스퍼 박사가 고개를 들어 바라보자 그녀가 고개를 끄덕였다.

“네, 필요해요.”

“지금 전송하면 내일 양호실에서 받아갈 수 있을 거다.”

그웬은 캐스퍼 박사가 컴퓨터 입력을 멈추고 다시 그녀를 쳐다볼 때까지 아무 말도 하지 않았다.

“여름이잖아. 규칙 같은 거 좀 어기고 그래야지. 안 그러는 게 더 이상한 거야. 너무 휩쓸리지만 말거라.” 캐스퍼 박사가 말했다.

38장

여름 학기 첫 주가 시작되었다. 고작 단 하루 수업했을 뿐인데 상황은 예상대로 끔찍했다. 학생들은 창밖을 내다보며 자신들이 놓친 여름날에 대해 공상을 펼치는가 하면, 여름 학기에서 해방된 친구들이 긴긴 낮 동안 해변에서 마음껏 햇볕을 즐기다가 밤이면 모닥불을 둘러싸고 웃음을 터뜨리는 장면을 상상했다. 단 하나 좋은 점이라곤 시간표가 빡빡하지 않아서 수업을 두 과목만 들으면 된다는 거였다. 개빈과 그웬은 같은 수업을 듣기로 전략을 짰다. 고먼 선생님의 화학과 캐스퍼 선생님의 미국사 수업이었다.

고먼의 화학 수업은 월, 수, 금 교실 수업에다 화, 목의 세 시간짜리 실험 수업으로 이루어졌다. 부담스러웠지만 여름 동안 학교에 어쩔 수 없이 묶여 있다고 말할 수 있으려면 이 수업을 선택해야 했다.

그웬과 개빈이 실험실에 나란히 서 있었다. 보호안경, 시험관, 비커가 그들 앞에 놓여 있었다. 맞은편에는 테오와 대니엘이, 옆에는 태너 랜딩과 브리짓 매슈스가, 그 옆에는 앤드루 그로스와 또 다른 4학년생이 있었다. 고먼 선생님은 이제 실험할 화학반응에 대해 웅얼웅얼 설명했다.

"조만간 주말에 시카고에 가서 시카고 컵스 게임 볼 사람?" 4학년인 앤드루가 물었다.

"물론 가야죠!" 태너가 침이라도 흘릴 듯 좋아하며 대답했다.

"좋아." 앤드루가 웃음 지으며 말했다. "리글리 구장까지 바로 가는 기차가 있대. 좌석을 구할 수 있는지 한번 볼게."

그 옆에 있던 다른 4학년 학생들이 웃음을 터뜨렸다.

"이번 의자는 안 쪼개져야 할 텐데."

태너는 어쩔 줄 몰라 그냥 웃고만 있었다. 그의 뺨이 벌게졌다.

고먼 선생님이 그웬 몽고메리의 실험대로 다가왔다. "먼저 몽고메리 양이 어떻게 하는지 보여줄 거다. 그러면 각자 실험대에서 그대로 따라 하도록. 모여봐."

실험실에는 학생 열두 명이 네 명씩 세 팀으로 나뉘어 있었다. 그들 모두 그웬의 실험대로 모이자 그웬이 비커에 있는 분홍색 용액을 실험용 플라스크에 따랐다. 개빈이 죔쇠로 플라스크 목 부분을 고정해 들고 있었고, 플라스크 아래에는 분젠버너 불꽃이 타오르고 있었다. 플라스크의 용액이 끓자 결정체가 빙빙 돌기 시작했다. 그웬이 작은 관 하나를 들어 끓고 있는 분홍색 용액에 한 방울 떨어뜨렸다. 그러자 요란한 거품 소리가 나더니 하얀색 기체가 플라스크를 자욱하게 채웠다. 플라스크 속 연기가 점점 늘어나다가 결국 밖으로 흘러내렸다.

"랜딩 군, 증기가 왜 위로 올라가지 않고 플라스크 밖에서 흐르는지 설명해줄 수 있겠나?"

"분홍색 물질 때문에 그런 거 아닌가요?" 태너 랜딩이 대답했다.

고먼 선생님이 주변을 둘러보았다. "몽고메리 양?"

"요오드 증기는 공기보다 밀도가 높기 때문입니다. 그러니까 무거워서 가라앉는 겁니다." 그웬 몽고메리가 대답했다.

"그거다. 랜딩 군, 다시 한 번 해보지. 암모니아와 요오드 사이에서 일어나는 반응을 설명해봐. 지금 들리는 이 소리는 왜 나는 거지?"

태너 랜딩이 끓어오르는 분홍색 용액을 다시 바라보았다. 쉬익쉬익 소리를 내며 증기를 뿜어내고 있었다.

"음, 폭발하려는 건가요?"

"퍽이나 귀여운 대답이군. 화학적으로 무슨 일이 일어나는지 설명해줄 수 있겠나?"

"음, 뭔가 화끈하게 반응하는 거 같은데요."

"몽고메리 양?"

"요오드화질소는 불안정하기 때문입니다." 그웬이 대답했다. "질소와 요오드는 원자 크기가 다르거든요. 결합이 깨지면서 터지는 소리가 나는 겁니다. 이온 결합이 깨져서 연기나 증기를 발산하는 거고요."

"잘 대답했다, 몽고메리 양. 이제 보니 랜딩 군은 책도 안 폈군. 몽고메리 양이 랜딩 군에게 교과서 어디에 이 내용이 나오는지 알려줘야 할 것 같은데. 자, 이제 연기 나는 플라스크에 다른 물질을 첨가해볼까?"

그웬이 두 번째 실험관을 들어 개빈이 들고 있는 플라스크 안으로 몇 방울 떨어뜨렸다. 그 용액이 플라스크 속 용액과 만나자마자 연기가 싹 사라졌다.

"기분 확 잡치네요. 이거 마시면 어떻게 될까요?" 태너 랜딩이 멍청한 웃음을 지으며 말했다.

그러자 4학년생들이 킥킥거렸다.

"그러면 랜딩 군 머리에 뇌세포라는 게 남아나지 않을 텐데?"

고먼 선생님의 말에 모두가 웃음을 터뜨렸다. 개빈은 플라스크를 엎지르지 않기 위해 두 손으로 잡고 크게 웃었다.

"자, 진정하고! 각자 실험대로 가서 직접 해봐라. 다 하면 공기배출기 아래에 있는 개수대에 버리도록. 수업 끝날 때까지 실험기록 작성해서 내고 가라."

고먼 선생님이 실험실 앞 교탁에 앉아 종이를 넘겨 보았다.

"오늘밤 *13-3-5*. 11시." 앤드루가 그웬의 실험대를 떠나지 않고 입을 뗐다.

그웬과 개빈이 눈을 마주치더니 다른 친구들 쪽으로 시선을 돌렸다.

"평일이잖아요. 통금 9시인데." 그웬이 말했다.

앤드루가 빙긋 웃었다. "그럼 안 걸리게 하면 되지."

39장

사우스벤드에서 페퍼밀까지는 차로 한 시간이 채 안 걸렸다. 회사에서 오전 시간을 바쁘게 보낸 마크 매커보이가 길을 나섰다. 의뢰인과 점심 약속이 있다는 핑계를 댔다. 그러나 오늘은 '정찰'의 날이었다. 사우스벤드를 나와 인디애나 2번 국도를 타고 서쪽으로 달렸다. 페퍼밀까지 한 시간쯤 직진하니 메트라 철도역 주차장이 나왔다. 주차 후 기차가 도착할 때까지 5분간 기다렸다가 직장인들이 기차에서 내려 플랫폼을 밟고 흩어지는 것을 바라봤다.

그러고 나서 그랜드 대로에 있는 '모텔식스'로 차를 몰았다. 주행계로 확인하니 기차역에서 1킬로미터가 채 안 됐다. 쉽게 걸을 수 있는 거리였다. 그 후 77번 국도가 나올 때까지 북쪽으로 향했다. 거기서부터 거리는 약 1.5킬로미터라 필요하다면 역시 걸을 수 있었다. 마침내 그가 오른쪽에 늘어선 나무를 주시하며 시속 30킬로로 달려 13이라고 써진 마일표시판에 도착했다. 숲길로 들어가는 자리도 찾아냈다. 거기서부터는 반 마일만 가면 됐다.

기차역부터 거리를 모두 합하고 보니 그는 맨인더미러의 밤에 약 4킬로미터를 걸어야 했다. 문제없었다.

경로를 확실하게 하기 위해 유턴을 해서 모텔식스까지 다시 운전했다. 어두운 밤에 당황하는 일은 없어야 했다.

40장

화요일 밤 10시, 그들은 지난 토요일에 받은 *13-3-5*라는 지시를 따라 숲가에 도착했다. 늘어진 체인에 '사유지' 표지판이 매달려 있고, 저 앞에 사택이 보였다. 건물 내부 불빛이 페인트칠이 된 창문을 뚫지 못하고 보일 듯 말 듯 흘러나와 칠흑 같은 밤 속으로 사라졌다.

앤드루 그로스가 현관으로 걸어 나와 층계참에 섰다.

"여섯 명 다 왔네." 그가 어깨를 으쓱했다. "기차선로에서 그 일을 겪고도 다들 왔다니 놀랍군. 걱정은 마. 여름은 기니까."

앤드루가 현관을 통해 다시 안으로 사라졌다. 그웬과 친구들은 조금 기다리다가 사택 쪽으로 걸어갔다. 계단을 오르면서도 지금 이 순간이 믿기지 않았다. 여기에 대해 너무 오랫동안 얘기를 들어왔던 터라 마치 꿈만 같았다. 내부에는 전기가 들어왔지만 천장 전구는 나간 지 오래된 것 같았고, 천장이 너무 높아서 전구를 교체하기도 부담스러워 보였다. 그래서인지 계단과 입구 천장이 어두웠다. 건설 현장에서 쓰는 노란 사각형 조명이 큰 방을 비추고 있었다. 방 구석구석에 빈 맥주병, 버려진 티토스 보드카 병이 수북이 쌓여 있었고 그 옆에는 술에 섞어 먹는 음료 캔이 찌그러져 있었다.

앤드루가 방에서 기다리고 있던 4학년생들 앞에 가서 섰다. 4학년 무리와 3학년 무리가 서로 마주하게 됐다.

"웨스트몬트고의 담벼락 안에는 사조직이 존재한다. 들어본 사람이야 많겠지만 정확히 아는 사람은 드물다. 학교 측은 사조직의 존재를 부정하고, 외부에선 몇 년간이나 이 비밀을 캐겠다고 노력해왔다. 지금 너희는 4학년 회원들을 보고 있다. 오직 선별된 3학년만이 초대받을 수 있고 1, 2학년은 자격이 안 된다. 이번에 초대받은 건 너희 여섯 명이 전부다. 우리 조직의 정회원이 되기 위해선 몇 가지 미션을 완수해야한다. 실패하면 조직에서 추방될 것이다. 미션 도전 마지막 날은 알다시피 신입회원들이 맨인더미러를 마주하는 날이다. 여름 중 해가 가장 긴 하지, 6월 21일에 시행할 것이다. 그건 웨스트몬트고가 1937년 개교한 이래 이어져온 전통이다. 이 사택에서 벌어지는 일은 오직 우리 회원들만을 위한 것이며, 외부엔 절대 비밀이다. 비밀 엄수는 조직의 생명과도 같다."

앤드루가 계속해서 말했다.

"매년 우리는 새로운 회원의 타깃이 될 선생을 한 명 골랐다. 작년 여름은 라스무센 선생이었다. 당시 3학년이었던 우리가 그녀를 타깃으로 몇 가지 미션을 수행했다. 그 선생이 졸업 연설 할 때 연막탄 터진 거 기억하나? 책상 서랍에서 죽은 라쿤이 나온 건? 욕실에 갇혀서 소방대원이 구조해줬던 건? 교사 거리에 있는 숙소가 뚫려 집안이 파손된 건? 경찰이 오고 학생들은 심문을 당했다."

앤드루는 자기 뒤에 있는 무리를 가리키듯 팔을 폈다.

"하지만 그중 어떤 사건에서도 우린 의심받지 않았다. 비밀 엄수라는 맹세 때문이었지. 너희도 이번 여름 비슷한 미션을 완수해야 한다. 타깃이 이 공격을 예상하지 못하게 해라. 누구 짓인지 절대 눈치채지 못하게 해야 해. 우리는 어둠 속에서 행동한다. 어떤 사건이 일어나 사람들이 우리 조직을 떠올린다 해도, 우리 각자는 절대 의심받지 않아야 한다. 혹시라도 너희 중 누가 미션 수행 중 걸리면 비밀 엄수를 위해 혼자 책임을 떠맡아야 할 것이다."

앤드루가 후배들 앞으로 다가왔다. "규칙을 모두 이해했나?"

그웬과 친구들이 고개를 끄덕였다. 그들은 무엇에 대해 고개를 끄덕인 건지 완전히 이해하지 못한 채 자신들이 그 유명한 사택 내부에 있다는 현실 때문에 여전히 어리둥절한 상태였다.

"좋다. 이번 너희 목표물은 찰스 고먼 선생이다. 분명하게 말하지만, 그가 이번 여름을 아주 불쾌하게 보내도록 만들어라. 태너 랜딩, 지금 내가 하는 말 네 뇌세포로 이해가 가능하냐?"

앤드루 뒤에 있던 4학년 몇 명이 키득거렸다.

"미션에서 성공하면 정회원이 될 기회를 얻는다. 그 기회라는 건 너희 모두가 숲에 모이는 6월 21일 맨인더미러의 밤을 말한다. 너희들은 하지에 무슨 일이 일어나는지 들어봤을 것이다. 그렇지만 내 말을 믿어라. 너희가 들은 게 무엇이든 간에 실제에 비하면 아무것도 아니다. 가입 의식 절차를 완수한 사람은 평생회원이 될 것이다." 앤드루가 여섯 명과 차례차례 눈을 마주쳤다. "질문 있나?"

질문이 있었다고 해도 물어볼 시간이 없었다. 앤드루가 말을 마치자마자 기차 경적 소리가 멀리서 들리기 시작했다.

"기차다!" 4학년 중 누군가가 외쳤다.

앤드루가 미소를 지었다. "움직일 시간이네."

포효하는 기차 소리가 가까워오자 벽이 덜커덩거렸다.

"창문 열어! 뭐든 다 열어!" 앤드루가 3학년을 보며 말했다.

4학년들이 재빨리 페인트칠이 된 창문을 떼어냈다. 그리고 온 집안을 돌아다니며 똑같이 했다. 모든 방의 문이 활짝 열렸다. 주방에 있는 서랍장과 식기장도 모두 열렸다.

그웬은 이 미신에 대해 알고 있었다. 사택 옆을 지나는 기차에는 맨인더미러에 의해 목숨을 잃은 사람들의 영혼이 타고 있다는 거였다. 영혼들은 집으로 들어올 수는 있지만 문이나 창문이 닫혀 있어야만 머물 수 있다고 했다. 벽장, 화장대, 서랍장 등 닫힌 공간이라면 어디든 들어가 머물 수 있었다.

그웬이 자리를 떴다. 그녀는 자신이 느끼는 감정이 두려움인지, 아니면 자신이 1, 2학년 때 수없이 들어온 전설의 한 부분이 된다는 것에 대한 흥분인지 알 수 없었다. 그녀가 대니엘과 함께 계단으로 뛰어 올라갔다. 제일 먼저 보이는 침실로 들어가 창문을 열었다. 다 열고 나자 으르렁거리는 화물열차 소리가 더욱 커졌다. 그들은 벽장문, 욕실 수납장, 구석의 오래된 상자까지 모두 열었다. 그리고 모든 문이 열려 있는지 방마다 뛰어다니며 확인했다.

아래층으로 내려가자 집안 곳곳으로 흩어졌던 사람들이 다시 모여들었다. 앤드루는 방수포로 전신거울을 덮고 있었다. 그웬이 들은 바로는 거울에 아무것도 덮어놓지 않으면 영혼이 거기에 머문다고 했다. 그리고 기차가 완전히 지나갈 때까지는 거울 속 자신의 모습을 봐선 절대 안 된다고 들었다.

앤드루가 거울을 가리자마자 기차의 경적이 울렸다. 그웬은 거울이 완전히 가려지기 전 찰나의 순간 거울을 흘낏 보고 말았다. 각도가 맞지 않아 자신의 모습이 보이진 않았지만, 태너의 모습은 분명히 보였다. 태너 또한 거울의 같은 곳을 바라보고 있었다. 그웬이 눈을 질끈 감았다.

6월 11일이었다. 열흘 후면 앤드루 그로스는 그 방에서 죽게 될 것이고, 태너 랜딩은 바깥에 있는 게이트 창살에 꽂힐 것이었다.

5부

2020년 8월

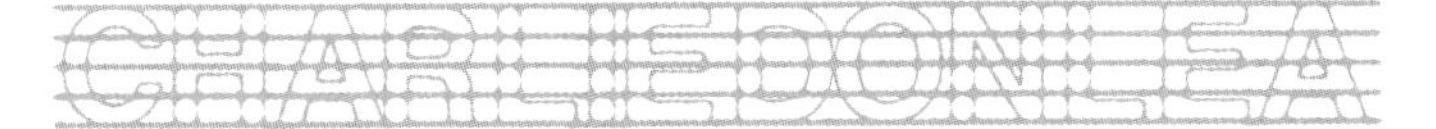

41장

초인종이 울린 건 밤이었다. 오후 내내 로리와 아이디어를 주고받은 레인은 탈진 상태였다. 그는 소파에 앉아 머리를 쿠션에 기대고 있었다. 로리가 창밖을 내다보자 암행순찰차 한 대가 진입로에 있는 자신의 차 뒤에 주차하고 있었다.

"형사가 왔나 봐." 로리가 본능적으로 안경을 고쳐 쓰며 말했다. "대화할 수 있겠어?"

"일요일에 왔다면 더 좋았으련만, 우리한텐 선택권이 없으니."

로리 무어는 비니를 이마까지 내려쓰고 현관문을 열었다.

"무어 씨." 오트 형사가 인사했다.

"형사님, 들어오세요."

로리는 형사가 들어올 수 있게 옆으로 물러섰다. 레인 필립스가 아슬아슬하게 서서 오트와 악수를 나눴다.

"필립스 박사님, 저는 헨리 오트라고 합니다."

"만나서 반갑습니다, 형사님."

"사실 저희는 한 번 본 적이 있습니다. 박사님께서 정신이 없으실 때였지만요."

"그랬죠. 머리가 아직도 울려서 그러는데, 저 좀 앉아도 되겠습니까?"

"물론입니다. 간단하게 하겠습니다. 아니면 컨디션이 좀 더 좋을 때 하셔도 되고요."

"그냥 빨리 해치웁시다." 레인이 답했다.

그들이 응접실 탁자에 둘러앉았다. 로리와 레인이 소파에, 형사는 가까운 의자에 자리를 잡았다. 레인은 오트 형사에게 자신이 페퍼밀에 온 이유, 팟캐스트 내용, 맥 카터와 함께 일하게 된 사유에 대해 말해주었다. 페퍼밀에서 머문 3일 동안의 일에 대해서도 차근차근 설명했고, 테오 콤프턴의 인터뷰 파일을 듣기 위해 맥의 숙소에 갔었다는 것으로 말을 마쳤다.

오트 형사가 유심히 들으며 중간 중간 질문을 했다. 그리고 로리에게 혹시 첫 만남 때 못 한 얘기가 없는지 물었다. 로리가 다시 진술을 했다. 숨길 것도 없고 완벽한 기억력 덕분에 이번 진술 역시 첫 번째와 한 치의 오차도 없이 똑같았다. 이것은 그녀가 솔직하다는 증거가 되든지, 아니면 의심을 사게 할 빌미가 될 수 있었다.

"메모 안 하시는 형사님은 처음 보는 것 같네요." 레인이 말했다.

오트 형사는 불편한 얘기를 시작하려는 듯 자세를 고쳐 앉았다.

"네. 왜냐하면 제가 오늘은 일로 온 게 아니라서 그렇습니다. 오늘의 대화는 문제의 소지가 있으니 기록을 안 남기는 게 좋을 것 같습니다."

레인이 고개를 끄덕였다. "하려던 말씀 해보시죠."

"공식적으로 웨스트몬트고 살인사건이 종결된 지 일 년이 됐습니다. 찰스 고먼이 기소되었고, 실제로 법정에서 유죄선고를 받은 건 아니지만 그가 범인임은 확실합니다. 그 사람은 자신이 저지른 일을 인지했고, 거기서 벗어나기 위해 기차에 몸을 던졌습니다. 우리는 그를 잡아다 병원에 입원시켰지만 그는 코마에 빠지고 말았고요. 아마도 재판을 받을 가능성은 없을 겁니다만, 어쨌거나 공식적으로 범인은 그 사람입니다."

"공식적으로." 로리가 단어를 반복했다.

오트 형사가 턱에 난 수염을 손바닥으로 문질렀다.

"네, 공식적으로 그 사건은 종결됐죠. 하지만 비공식적으로 말씀드리자면, 이건 말이 안 됩니다. 사건 직후 골프 카트를 타고 숲을 지나 참혹한 현장에 도착한 순간부터, 모든 것이 완벽하게 딱 맞아떨어지더군요. 너무 완벽하게요. 오해는 마십시오. 사건이 종결되어 다행이고, 증거는 모두 고먼을 지목하니까요. 하지만 학생이 하나씩 자살할 때마다 사건에 대해 의구심이 드는 게 사실입니다."

"예를 들면요?" 로리가 물었다. 그녀는 자세가 달라져 있었다. 더 이상 쿠션에 몸을 숨기지도, 소파 속으로 파고들지도 않았다. 초롱초롱한 얼굴로 허리를 꼿꼿하게 편 자세였다. 그녀의 머리는 오직 말이 안 된다는 부분에만 생각을 몰고 가는 중이었다. 사람들 대부분이 혼란과 혼동을 기피한다. 반면에 로리는 그런 것에 끌렸다. 불빛에 달려드는 불나방처럼 불가사의하고 설명하기 힘든 일에 흥미를 느꼈다.

"그러니까, 가장 궁금한 건 이겁니다. 과연 범인을 제대로 찾은 걸까? 아니면 그날 뭔가 다른 일이 있었던 것은 아닐까? 혹은 지금도 뭔가가 벌어지고 있는 건 아닐까?"

"그게 바로 맥 카터가 알아내려고 했던 겁니다." 레인이 말했다.

"뭐, 그건, 문화 콘텐츠였지요." 오트가 손을 내저었다. "텔레비전 유명인사가 청취율, 수익, 명성을 좇아 혹할 만한 팟캐스트 채널을 만든 거잖아요. 그래서 제가 그 사람 질문에 대답을 안 한 겁니다. 저는 조용하게 일하고 싶거든요. 사건을 추적하는 제 행적이나 증거가 낱낱이 공개되는 게 싫습니다. 그 증거를 따라다니는 시민 탐정단 같은 건 말할 것도 없고요." 오트가 고개를 설레설레 저었다. "그런데 소방관 측에 따르면 맥을 사망에 이르게 한 폭발 원인은 고의적인 가스 노출이라 하더군요."

로리와 레인이 서로를 바라보았다. 맥 카터의 집에서 벌어진 일 때문에 두려움을 느꼈지만 둘 다 그걸 말로 표현한 적은 없었다. 하지만 그동안 억눌러왔던 질문이 비로소 그들 사이에 떠올랐다.

"그럼 누군가가 사건 조사를 막으려고 맥 카터를 죽였다는 거네요?" 로리가 물었다.

"아주 중요한 질문입니다." 오트가 대답했다.

"마지막에 자살한 테오 콤프턴 말입니다." 레인이 말했다. "그 학생은 맥과 인터뷰했었죠. 인터뷰 일부가 팟캐스트로 방송되었고요. 몇몇 학생이 그날의 사건에 대해 뭔가 알고 있지만 숨기고 있다는 느낌의 발언이었습니다. 그리고 그 애들을 죽인 건 고먼이 아니랬어요. 정확히 말하진 않았지만 어쨌든 그런 암시가 담겨 있었죠."

"만약 그렇다면, 애들이 입을 굳게 다물고 있는 거네요. 저는 학생 모두와 대화를 나눴습니다. 두 번 이상 만난 학생들도 있고요. 그렇지만 다들 별말 없었습니다. 만약 애들이 뭔가 숨겼던 거라면 앞으로도 계속 침묵할 겁니다." 오트가 말했다.

"아니면 자살하거나." 로리가 말했다.

짧은 침묵이 내려앉았다. 마침내 오트가 로리를 바라보며 말했다. "그래서 제가 오늘 여기 온 겁니다."

"뭔가 다른 가설이 있으신가요?"

"아니요. 학생들이 자살할 때마다 사건을 되짚어봤는데요, 증거

대부분이 찰스 고먼을 범인으로 지목합니다."

"애초에 찰스 고먼을 지목한 건 무슨 경위였죠? 제가 본 바에 의하면 사건 현장에는 그와 관련된 증거가 하나도 없었거든요." 레인이 물었다.

"네, 없었습니다. 대신 정황 증거가 많았죠."

"아까 말씀에 증거 대부분이 고먼을 범인으로 지목한다고 하셨죠. 예외는 무엇인가요?" 로리가 물었다.

오트가 무릎에 팔꿈치를 올리며 몸을 앞으로 당겨 앉았다. "가장 큰 문제가 그겁니다." 그가 레인을 바라봤다. "뭐 마실 것 좀 있습니까?"

"변변한 건 없습니다. 여기 머문 지 며칠 안 돼서요."

"맥주 있어요." 로리가 말했다.

"하나 마셔도 되겠습니까?"

"물론이죠." 로리가 침착하려고 애쓰며 대답했다.

하지만 주방에서 다크로드를 따르는 그녀의 손이 떨리기 시작했다. 로리는 앞으로 듣게 될 얘기가 몹시 궁금했다.

42장

"제가 사택에 도착한 건 이른 새벽이었습니다." 오트 형사가 다크로드가 담긴 맥주잔을 들고 의자에 기대며 말을 시작했다. "3시인가 4시쯤이었을 거예요. 학생 둘이 사망한 사건이었죠. 한 명은 게이트 창살에 꽂혀 있었고, 다른 한 명은 사택 안 본인 피웅덩이에 쓰러져 있었어요. 현장에는 그웬 몽고메리라는 여학생도 있었는데, 충격을 받아 게이트 옆 땅바닥에 앉아 있었죠. 피가 묻어 있어서 여학생이 다친 줄 알았는데, 알고 보니 그 피는 태너 랜딩 것이었죠." 오트가 숨을 깊이 들이마셨다. "그웬 말로는 태너 랜딩을 게이트에서 끌어내리려 해봤지만 소용없었답니다. 아주 제대로 박혀 있었거든요. 그래서 주저앉아 신고전화를 한 거래요. 응급차가 도착해보니 그웬이 그 자리에 앉아 몸을 앞뒤로 흔들고 있었다네요. 완전히 넋이 나간 거죠. 그래서 그냥 땅바닥에 앉아 있게 내버려둔 겁니다. 그때 제가 도착한 거고요."

오트가 자리에서 일어나 고개를 저으며 아랫입술을 깨물더니 로리를 바라보았다.

"이 여학생, 앞뒤가 안 맞는다는 부분이 바로 이 여학생입니다." 오트가 맥주를 한 모금 길게 마셨다. "손이랑 가슴 쪽에 피가 묻어 있었거든요. 대부분은 태너 랜딩의 피였어요. 그런데 주인을 알 수 없는 피가 조금 섞여 있었습니다. 그게 누구 피인지 저희는 짐작도 못 하는 상황이고요."

"그 여학생은 뭐라던가요?" 레인이 물었다. 그 역시 자세를 바로 하고 앉아 형사 쪽으로 몸을 기울이고 있었다.

"친구들과 사택에서 모이기로 약속돼 있어서 숲을 뚫고 갔는데, 도착한 순간 태너 랜딩이 게이트 창살에 꽂혀 있는 걸 목격했대요. 그 친구를 창살에서 빼서 내려주려고 했는데 그 과정에 피가 묻었고, 사택 안에는 들어가지도 않았답니다. 신원미상의 피는 태너 랜딩의 몸에서도 검출됐는데 아주 소량이었죠. 그에 비해 현장은 피바다였습니다. 도살장 같았다니까요. 태너 랜딩은 게이트 창살에 턱이랑 얼굴이 뚫렸는데 피는 거의 그 학생 거였습니다."

"그러니까 신원미상의 피 주인은 범인일 확률이 높겠네요?" 로리가 물었다.

"그럴 수 있죠, 네."

"그런데 찰스 고먼의 피와 일치하지 않는다는 거죠?"

오트가 한 번 더 맥주를 들이켰다. "아무하고도 안 맞았어요. 찰스 고먼, 그웬 몽고메리, 그 밖의 학생 그 누구하고도요. 교직원도 모두 검사했는데 하나도 안 맞았죠."

"전부 검사하신 거 맞아요? 직원, 관리인, 아르바이트생도요?"

"학교 안에 발을 들이는 사람이라면 누구든 다 했습니다. 모조리 꽝이었어요."

"그렇다면 그렇게 빨리 고먼을 지목하게 된 연유는 무엇이죠?"

"제가 먼저 현장을 둘러보고 이어서 과학수사대가 사진과 영상으로 증거 수집을 시작했습니다. 사택, 시신, 숲, 선로에 대해서요. 그러는 동안 저는 교정에서 수사에 착수했죠. 그때가 새벽 대여섯

시쯤이었는데 학교 전체가 이미 들썩이고 있었어요. 다들 사택에서 일어난 일을 수군거리고 있었죠. 저는 교장 가브리엘라 해노버의 안내를 받아 기숙사로 갔습니다. 일단 무슨 일인지 감을 잡으려고 오전 내내 속전속결로 학생 모두와 간단한 인터뷰를 했어요. 대부분은 무슨 일인지 모르더군요. 그런데 현장에 있었다고 진술한 학생이 몇 있었죠. 숲을 지나 거기에 갔는데 게이트에서 태너 랜딩을 보고 놀라 학교로 달려가 도움을 청했대요. 신고전화 시간도 진술과 맞아떨어집니다. 몽고메리 학생이 맨 처음 전화했고, 그다음에 전화가 몇 통 더 이어졌거든요. 신고전화 녹취록과 녹음 파일만 봐도 십 대 아이들이 공포에 벌벌 떠는 게 느껴질 정도였죠."

오트가 말을 이었다.

"학생들 말에는 의심 가는 부분이 한 군데도 없었고, 제가 봐도 앞뒤가 꽤 들어맞았습니다. 수상한 사람도 전혀 없었고요. 그날 인터뷰를 못 한 사람은 그웬 몽고메리 한 명이었어요. 응급차로 병원에 실려가 다음 날 밤에야 퇴원했거든요. 그때는 저도 본격적으로 수사에 착수해 이미 고먼을 추적하던 중이었죠. 사건 당일 오전에 학생들과 인터뷰하고 나서 교직원과도 대화를 나눴는데, 교감 크리스천 캐스퍼와 교사 두어 명도 거기 포함됐습니다. 여름이라 대부분 집으로 가고 남아 있는 사람이 몇 없었거든요. 그때만 해도 이상한 점은 없었습니다. 제가 14호에 들어가기 전까진 말이죠."

"고먼의 집이군요." 레인이 끼어들었다.

"그가 문을 열어주는데 낌새가 이상했습니다. 매우 초조해 보였고 대답을 얼버무렸죠. 전날 밤 누구랑 뭘 했는지 진술하는데 일관성이 없었고요. 그래서 그를 주목하게 된 거고 상관에게도 그렇게 보고한 겁니다. 그리고 태너 랜딩을 철창에서 내려 영안실로 보낸 그날 오후 태너의 핸드폰을 입수했는데, 거기에 누군가의 침실을 몰래 찍은 영상이 있었습니다. 바로 찰스 고먼의 침실이었죠……."

오트가 로리를 흘끗 바라보더니 맥주를 마셨다.

"그러니까…… 그는 관계를 가지며 무아지경에 빠져 있었죠."

"섹스 중이었다고요?" 레인이 물었다.

"네. 그건 고먼이 침실에서 섹스하는 영상이었어요. 그리고……." 오트가 천장을 보며 단어를 골랐다. "그건 사생활 침해였습니다. 보는 사람이 당혹스러울 정도였죠. 알고 보니 랜딩이 그걸 인터넷에 올렸더군요. 죽기 바로 몇 시간 전에요."

로리와 레인이 눈을 마주쳤다. 15년간 함께 일했고 연인이 된 지 10년이 넘은 지금, 그들은 눈만 봐도 상대의 생각을 알아챘다. 태너 랜딩의 머리를 게이트 철장에 꽂은 살인자의 보복 행위는 레인이 작성한 범인의 프로파일과도 맞아떨어졌다. 이 소식으로 고먼과 살인범 사이의 교집합이 조금 더 커졌다.

"다음 날 저는 수색영장을 발부받았습니다. 교장, 교감 선생님과 동행해 고먼의 숙소에 들어갔는데 그는 사라진 후였죠. 곧바로 수색을 시작해 서재 벽장에 있던 살인 계획서를 발견하게 된 겁니다."

"살인 계획서요?" 로리가 물었다.

"태너 랜딩과 앤드루 그로스에게 저지를 일을 상세히 적은, 손으로 쓴 세 장짜리 서류였습니다. 그야말로 사건 현장을 글로 써놓은 거였죠. 피해자들 이름과 그 둘을 어떻게 죽일지까지. 나중에 알고 보니 그 둘이 고먼을 타깃으로 못살게 굴고 있었어요. 그러다 영상 때문에 터진 겁니다. 고먼을 잡아들일 이유는 살인 계획서만으로도 충분했습니다. 문제는 그가 사라졌다는 거였죠. 우리는 지명수배도 내리고 도주한 그를 백방으로 찾아다녔죠."

"어디서 찾으셨나요?"

"우리 쪽 경관 하나가 사건 현장인 버려진 사택에 있었거든요. 증거 수집 중이었죠. 주변을 훑어보다가 기차선로 쪽에 쓰러져 있는 고먼을 발견한 겁니다. 기차로 뛰어들었던 거죠. 처음엔 그가 죽은 줄 알았답니다. 근데 아니었죠. 구급차로 병원에 실려가서 안정을 찾긴 했지만 몇 주간 코마에 빠졌다가 깨어났어요. 하지만 찰스 고먼은 정말로 돌아온 게 아니었습니다. 정신이 돌아오지 않았거든요. 심각한 뇌손상 때문에 식물인간 상태로 지내야 한답니다."

"뇌사로군요." 레인이 말했다.

오트 형사가 끄덕였다. "결국 그랜트빌 정신병원으로 이송됐습니다. 14개월간 그는 말 한마디 못 했어요. 의사들은 앞으로도 그럴 거라고 하더군요. 저는 이따금 그를 찾아갑니다. 자신을 잡아넣은 사람이 저라는 걸 확실히 주지시키고 싶어서요. 그런데 요즘 드는 생각은, 혹시라도 그가 깨어나면 사람 잘못 잡았다고 말할 것 같은 거예요. 제가 병실에 있어도 눈도 깜빡하지 못하는 사람인데 말이죠. 고먼의 자살시도 후 저는 사건을 제대로 마무리짓기 위해 몇 가지 단서를 더 쫓았습니다. 하지만 모두 허사였어요. 고먼이 범인이었다는 문장에 마침표가 찍힌 거죠."

로리가 안경을 고쳐 썼다. "정황증거로 따지면 매우 확실해 보이는데요. 복수심에 불타 자백이나 다름없는 살인 계획서를 쓴 남자."

"그래서 고먼도 자기 처지를 알고 자살을 시도한 것 같습니다."

"그럼 이상한 점은 그 신원미상의 피뿐인가요?"

오트 형사가 머리를 뒤로 젖히며 남은 맥주를 모두 마셨다. "그리고 자꾸 기차로 뛰어드는 학생들요."

43장

로리가 오트 형사의 빈 잔을 주방으로 갖고 가 다크로드를 더 붓고 자신의 잔도 채웠다.

그녀는 거품을 풍성히 따라낸 흑맥주를 오트에게 건넸다.

"감사합니다." 오트가 말했다.

"아무래도 형사님 오늘 여기 오신 목적이 레인과의 대화가 아닌 거 같은데요."

"맞습니다. 다른 일 때문에 온 겁니다. 그래서 혼자 온 거죠."

로리는 사람들이 자신에게 눈맞춤을 시도할 때마다 그러듯 고개를 돌리고 싶었다. 하지만 오늘은 그러지 않았다. 형사가 온 이유를 알게 된 이상 오늘만큼은 그 시선을 마주하고 싶었다.

"그렇군요. 사냥개를 대동하지 않으셔서 뭔가 있겠다 싶었어요."

"모리스는 좋은 형사입니다. 다만 아직 풋내기라 원칙대로만 하려고 하죠."

"그러면 당신은 규칙을 어긴다는 말씀인가요?" 레인이 물었다.

"필요하다면요." 오트가 계속 로리만 보며 말했다. "까놓고 말씀드리죠. 그날 병원에서 대화한 후 당신 이름이 낯익어 조사를 좀 했습니다. 시카고에 있는 당신 상관과도 통화했고요. 저도 예전에 론 데이비슨과 같이 일한 적이 있거든요. 당신 업무 능력에 대해 확신에 차 있더군요. 그리고 저는 두 분께서 살인사건연구 프로젝트에서 일할 때 함께 참여했던 사람들도 좀 압니다."

살인사건연구 프로젝트란 레인이 연쇄살인범을 찾기 위해 만든 기관이었다. 레인이 개발한 알고리듬으로 전국에서 일어나는 살인사건의 고유한 특성이나 공통점을 찾아 추적할 수 있었다. 특정 표식이 쌓이면 프로그램이 활성화되고 분석이 시작된다. 그러면 알고리듬이 발견한 표식으로 살인을 저지른 사람을 찾을 수 있었다. 지금까지 살인사건연구 프로젝트는 약 스무 명의 연쇄살인범을 찾아냈고, 개선된 소프트웨어는 미국 전역의 경찰서에서 사용 중이었다.

"그동안 범죄 재구성 전문가로 해결하신 사건들이 대단하던데요. 그리고 솔직히 말씀드리면, 저도 도움을 좀 받고 싶습니다. 이 사건을 새로운 시각으로 봐줄 사람이 필요합니다. 다른 사람들이 놓친 조각을 찾아 그림을 맞춰줄 사람이요." 오트가 가슴을 열며 어깨를 활짝 폈다. "저는 형사라는 직업에 자부심이 있고 나름 유능합니다. 웨스트몬트고 사건에 대해 제가 할 수 있는 모든 걸 했고요. 하지만 앞으로 한 명이라도 더 기차에 뛰어든다면 저는 무너지고 말 겁니다."

로리는 폐에게 일을 하라고 명령을 내려야 했다. 뒷목에서 땀이 배어나고 숨 막히는 기분이 드는 중이었다.

"기록을 모두 볼 수 있게 해주세요." 로리는 자신이 이렇게 말할 거라곤 꿈에도 몰랐다. "모든 걸 확인해봐야 도와드릴 수 있어요."

오트는 이 사안을 이미 생각해뒀다는 듯이 곧 고개를 끄덕였다.

"그리고 현장에 접근하게 해주세요. 직접 그곳에 가서 두 발로 걸어보고 싶어요."

로리가 거론하지 않은 점이 있었다. 바로 그녀가 망자들의 발자취를 따라 걸을 때면 사건을 해결해주길 바라는 희생자와 연결된다는 것. 그녀는 자신만의 방법과 철학으로 살인사건을 풀었고, 누구에게도 그것을 말하지 않았다. 그렇게 해서 다른 사람들과 똑같은 것을 보고도 그들이 보지 못한 것을 찾아냈다.

오트가 고개를 끄덕였다. "그렇게 해드릴 수 있습니다."

"사건 파일도 필요합니다. 보여주고 싶은 것만 골라서 주시면 안 되고요. 공개 가능한 것만 주시는 것도 안 돼요. 모두가 놓친 걸 제가 찾아내길 원하신다면 갖고 있는 걸 몽땅 내주셔야 합니다. 학교, 학생, 고먼에 대한 거, 전부 다요. 숨기는 거 없이요."

오트는 입안에서 혀를 굴려 볼을 볼록하게 하며 생각에 잠겼다.

"공식적으로 보면 범인은 잡힌 셈입니다. 맥 카터에 대해 수사하다가 다른 결과가 나온다 해도 어쩔 수 없죠. 어쨌거나 현재 웨스트몬트고 사건은 종결된 상태입니다. 카터 사건은 의문사로 분류돼 관련 단서를 살펴보고 있는 중이고요. 상사가 시키는 대로 하고 있는 건데, 저도 이해가 안 가는 건 아닙니다. 만약 정식으로 웨스트몬트고 사건 수사를 재개하면 도미노처럼 모든 게 무너질 테니까요. 살인범이 아직 잡히지 않았다고 하면 사람들이 두려움에 떨게 되고 법적 문제도 생길 겁니다. 피해자 가족들이 소송을 제기할 수도 있어요. 고먼 가족들이 소송을 걸 수도 있고요. 여러 명의 목까지 날아갈 텐데 저도 그중 하나가 될 겁니다. 그렇지만 비공식적으로 말해볼까요? 이 사건에서 뭔가 냄새가 납니다. 그게 뭔지 알아내려면 도움이 필요하고요."

로리는 레인이 함께하려는지 보려고 그를 쳐다봤다. 하지만 눈이 마주치기도 전에 그가 참여하리란 걸 깨달았다. 그래서 페퍼밀에 온 것이고, 그래서 처음부터 로리에게 같이 가자고 한 것이다. 그래서 냉장고를 다크로드로 채우고, 그래서 숙소를 로리의 작업실과 똑같이 만들어놓은 것이다.

"맥의 팟캐스트를 듣던 범죄사건 마니아들도 이제 나름의 이론을 갖게 되겠네요." 레인이 말했다.

"그렇죠. 뭐, 요즘 범죄에 관심 있는 사람들은 얼마 없는 정보를 갖고도 자기들이 형사보다 두 배는 유능하다고 생각하죠. 바보 같은 아마추어들이 맘대로 추측해봤자 그들 이론의 3분의 2는 아예 틀리고, 나머지 3분의 1에도 오류가 있는데 말입니다."

"그렇다 해도." 레인이 말을 받았다. "맥의 팟캐스트에는 구독자가 엄청났습니다. 사람들이 떠들어대기 시작할 겁니다. 특히 지금이라면 더 그럴 테죠. 어쩌면 맥이 시작한 것을 끝내겠다고 다른 기자들이 나타날지도 모르죠."

"제가 오늘 여기에 온 것도 그것 때문입니다. 제가 전면에 나서 보려고요. 무슨 일이 있었던 건지 알아내야겠습니다. 사람들이 나타나 이 모든 걸 망쳐버리기 전에요. 두 분 합류하시는 겁니까?"

안경을 고쳐 쓰는 로리의 오른쪽 다리가 떨렸다. 신발에 달린 작은 버클까지 달가닥거렸다.

"파일은 언제 받을 수 있죠?" 로리가 물었다.

44장

거지같은 월요일 아침이었다. 라이더 힐리어는 사우스벤드로 가서 어느 집 근처의 연석에 차를 댔다. 남편이 일 년 넘게 실종 상태인 한 부인을 만나러 온 것이었다. 지난 금요일 편집자가 던져준 개똥같은 명단에 포함된 사건이었다. 예전에 조사한 적이 있어서 이미 내용을 아는 사건이었다. 두 아이 아빠가 출장을 갔다가 돌아오지 않은 기이한 사건. 라이더가 블로그에 흔적 없이 사라져버린 남성 운운하며 이 사건에 대해 쓴 건 작년이었다. 그녀의 블로그에 딱 맞는 소재였다. 그녀의 블로그 구독자들은 경찰과 형사들이 포기한 단서를 가지고 미해결 사건에 뛰어드는 것에 열광했다. 시민 탐정들은 작은 단서가 하나만 나와도 이미 사건을 해결했다는 듯이 흥분했다.

그러나 웨스트몬트고 살인사건이 인디애나주 모든 신문의 일면을 덮자 사우스벤드 실종사건에 대한 관심은 곧바로 사라졌다. 학교의 범죄 현장이 얼마나 참혹했는지 알려지자 사람들의 호기심이 증가했고, 급기야 온 국민이 사건에 관심을 갖기 시작했다. 24시간 송출되는 케이블 뉴스가 웨스트몬트고 이야기로 채워진 데는 단 이틀이 걸렸다. 가장 잘나가는 아침 프로그램 진행자, 아침 방송의 여왕이라 불리는 단테 캠벨은 하이힐을 신고 한때 무명에 가까웠던 도시 페퍼밀에 직접 행차하기도 했다.

방송 매체가 이러쿵저러쿵 떠들어대는 와중에 사태는 급변했다. 버려진 사택을 무대로 한 살육의 세부사항이 적힌 살인 계획서가 교사의 벽장 금고에서 발견되었기 때문이다. 뉴스는 삽시간에 퍼져나갔다. 그 후 교사, 즉 찰스 고먼이 자살을 시도하자 방송은 처음부터 끝까지 웨스트몬트고 살인으로 채워졌다. 사우스벤드에서 실종된 두 아이 아버지는 그렇게 잊혀졌다. 그의 행방에 대한 관심은 존재했다가 사라지고 말았다. 마치 그 당사자처럼.

라이더는 다른 기자들만큼이나 이 일에 책임에 있었다. 그녀도 그들과 마찬가지로 시류에 편승해 웨스트몬트고 사건으로 갈아탔기 때문이었다. 하지만 라이더에게는 다른 점이 있었는데, 그것은 웨스트몬트고 사건과 관련해 경찰이 내놓은 사건 경위를 쉽게 받아들이지 않았다는 점이다. 단테 캠벨과 뉴스의 제왕들이 새로 등장한 잔학 행위로 발길을 옮길 때도 라이더는 페퍼밀에서 내내 머뭇거렸다. 그녀와 블로그 구독자들은 뭔가 더 있을 거라 생각했고, 라이더는 거의 일 년 내내 사건에 숨겨진 모순을 찾기 위해 단서를 따라다녔다. 그러나 이러한 고생은 맥 카터가 팟캐스트 채널을 개설해 그녀의 아이디어를 훔치는 결과로 이어졌다. 맥 카터뿐만 아니라 그의 팟캐스트까지 사라진 지금, 라이더가 웨스트몬트고 사건에 대해 뭔가 더 밝혀낼 수 있는 기회 또한 사라지고 말았다.

라이더는 자신의 좌천과 관련해 어떻게 대응하는 게 좋을지 오랜 시간 고민했다. 처음 생각난 건 그만두는 거였다. 여전히 유튜브 수입에 기댈 수 있었다면 상사 입에서 좌천 얘기가 나오자마자 꺼지라고 했을 것이다. 하지만 유튜브 채널은 폐쇄되어 거기서 한 푼이라도 더 나올 가능성은 없었다. 먹고살려면 신문사 일이 필요했다. 테오 콤프턴 부모님의 소송 때문에 경제적으로 더 힘들어질 것 같았고, 얼마나 더 힘들어질지 예상할 수도 없었다. 자신의 생각과 상관없이 지금은 그저 다른 기자들을 위해 끙끙대며 일해야 했다. 그 일환의 하나로 맡은 일은 작은 마을 사우스벤드에서 일어난 실종사건으로, 사라진 남성의 이름은 마크 매커보이였다.

45장

웨스트몬트고 사건에서 어쩔 수 없이 손을 뗀 라이더 힐리어는 마크 매커보이 실종사건 등 다른 사건에 집중했다. 스물다섯 살인 마크는 두 아이 아버지로 어느 날 오후 출장을 떠났다가 아직까지 돌아오지 않았다. 그의 차는 사우스벤드 국제공항에서 발견되었지만, 그를 본 사람은 아무도 없었다. 라이더는 자신의 블로그에는 물론이고 〈스타〉 신문에도 이 미스터리에 대한 기사를 썼다. 기사라고 해봤자 더 이상 진행되지 않는 사건에 대한 간략한 업데이트가 대부분이고 획기적인 내용이란 전혀 없었다. 애초에 이 사건에는 수사할 거리가 없었다. 한 남성이 그냥 사라져버린 일이니까.

자세한 내용이 없을수록 소문은 쏟아지기 마련이었다. 마크 매커보이가 실패한 결혼생활로부터 도망쳤다는 소문부터 내연녀와 달아났다거나, 아니면 부인이 그를 죽이고 시신을 없앤 거라는 소문까지 다양한 소문이 쏟아져 나왔다. 하지만 치정범죄가 아니고서야 여자가 남자를 죽이는 경우는 드문 일이었다. 지금까지도 남자 쪽이 바람을 피웠다는 증거는 없었다. 교외 거주민이 살인을 저지르는 경우 단서를 하나도 남기지 않고 솜씨 좋게 빠져나가는 일도 드물었다. 몇 년 전 여름 콜로라도에서 아내와 두 아이를 죽인 미친놈의 경우는 TV에 출연해 가족에게 집으로 돌아오라고 애원한 직후 체포됐다. 그는 최악의 포커선수도 눈치챌 만큼 머뭇거리는 눈빛에 말을 심하게 더듬었다. TV에 등장한 그를 보고 범인임을 직감한 경찰이 그의 집을 수색했고 집에서 쏟아져 나온 증거로 그를 즉시 체포했다. 로버트 더스트• 같은 사악한 살인마조차 이웃집 남성을 죽인 후 시신 처리과정에서 형편없는 실수를 저지르지 않았는가. 그는 시신을 훼손해 갤버스턴만灣에 빠뜨렸지만 검은색 비닐봉지에 담긴 사지가 부패하면서 가스가 발생했고, 사체 유기 후 얼마 지나지 않아 빵빵해진 봉지들이 물가로 떠올랐다. 지나가던 행인이 무심코 봉지를 열어보기까지는 오랜 시간이 걸리지 않았다. 그다음 날 더스트는 바로 체포되었다. 그러니 초등학교 교사이자 교회 성가대 대원인 마크 매커보이의 부인이 살인을 저지르고 시신을 일 년 넘게 감쪽같이 숨겼을 거란 가설은 가능성이 희박했다. 그래서 라이더는 마크 매커보이가 어딘가에 살아 있다는 가정하에 취재를 진행했다. 그를 찾아만 낸다면 자신의 경력을 되살릴 수 있었다.

진짜 뉴스라고 할 만한 것은 마크 매커보이의 부인이 100만 달러의 사망보험금을 수령하려고 시도했다는 소식이었다(라이더는 이걸 단서로 치지도 않았지만). 많은 돈은 아니었지만 조사해볼 만한 내용이었다. 라이더는 계단을 올라 문을 두드렸다. 잠시 후 한 여성이 문을 열어주었다.

"브리아나 매커보이 씨인가요?"

"그런데요?"

• 1982년 부인 살해를 시작으로, 2000년과 2003년에 각각 친구와 이웃까지 살해했다.

"저는 라이더 힐리어라고 합니다. 〈인디애나폴리스 스타〉 기자예요. 남편분 관련해서 몇 가지 문의하고 싶어서요."

브리아나 매커보이가 팔짱을 꼈다. "뭘 알고 싶으신 건데요?"

"저는 남편분 사건에 대해 후속 기사를 쓰고 있는데, 경찰이 생명보험 증권을 공개해서요."

브리아나는 어이없다는 듯 눈을 치켜떴다. "저는 어린 딸 둘을 혼자 키우느라 아등바등하고 있어요. 애들이 아빠를 찾을 때마다 뭐라고 대답해줘야 할지도 모르겠고요. 그런데 사람들이 생명보험 증권에 대해 뭐라고 생각하든 제가 신경이나 쓸 것 같나요? 남편이 보험을 든 건 3년 전이에요. 새로운 뉴스도 아니죠. 제 교사 봉급으론 입에 풀칠하기 힘들어서 수령하려고 했던 거라고요."

부인은 한 발 걸어 나와 라이더의 눈을 바라보았다.

"동네 학교에서 애들 가르치고 자식 둘을 키우는 엄마가 생명보험금 때문에 애들 아빠를 죽이는 게 말이 된다고 생각하세요? 제가 드리고 싶은 말씀은, 경찰이든 당신들 기자들이든 TV 좀 그만 보고 내 남편에게 무슨 일이 있었는지를 알아내라는 거라고요!"

부인이 문을 쾅하고 닫자 라이더의 얼굴에 찬바람이 느껴졌다. 단서를 따라다니는 일은 힘들고 지루한 작업이었고, 그래서 싫었다. 그녀가 명함을 문틈에 끼우고 차로 돌아왔다. 사건 목록이 적힌 종이가 구겨진 채 조수석에 놓여 있었다. 라이더는 눈을 감고 손가락으로 콧대를 지그시 눌렀다. 엉망진창이었다. 며칠 전만 해도 인디애나의 잘나가는 기자라고 만족하며 살았는데. 범죄사건 블로그도 유명했고, 유튜브 채널도 수익이 꽤 됐는데. 이제 그녀의 경력은 끝장나고 말았다. 지금은 실마리 없는 단서를 쫓는 중이고, 그나마 쓸 만한 뭔가가 나오더라도 동료 기자들에게 넘겨

줘야 했다.

그녀의 전화가 진동음을 울렸다. 모르는 번호였다.

"라이더 힐리어입니다."

상대방은 아무 말 하지 않았다.

"여보세요? 말씀하세요."

한 여성이 목소리를 가다듬고 말했다. "저는 페이지 콤프턴이에요. 테오 엄마요."

라이더의 눈이 번쩍 뜨였다. 그녀는 뭔가 죄를 짓다 걸린 사람처럼 주변을 둘러보았다. "안녕하세요."

"드릴 말씀이 있어서요."

"콤프턴 부인, 아드님 영상을 찍은 거 사과드립니다. 그걸 인터넷에 올린 건 무책임하고 너무나 부적절한 행동이었어요. 제가 생각이 짧았어요."

한참 동안의 정적에 라이더는 전화가 끊어진 줄 알았다. 핸드폰을 보니 여전히 연결된 상태였다.

"그리고." 라이더가 말을 이었다. "확실히 말씀드리고 싶은 건 신문사는 그 일과 전혀 관계가……."

"그 영상 신경 안 써요." 콤프턴 부인이 끼어들었다. "소송하겠다는 것도 제 생각이 아니었어요. 변호사 생각이었죠. 제가 신문사를 물고 늘어지면 법정에 안 가고 협의할 가능성이 높다고 하더군요. 일단은 당신을 노려야 한다고요. 하지만 저는 그런 건 관심 없어요. 돈이 아무리 많아도 테오가 살아 돌아올 리 없잖아요. 만약 저를 도와주신다면 소송을 취하할 용의가 있어요."

라이더가 핸드폰을 귀에 더 바짝 갖다 댔다. "뭘 도와드리면 되죠?"

또 한 번 긴 침묵이 흘렀다.

"콤프턴 부인? 뭘 도와드리면 될까요?"

"테오가…… 죽기 전날 밤 저에게 전화를 했었어요. 조심하라고 하더라고요."

라이더가 몸을 앞으로 구부리며 계기판에 초점을 맞췄다. "뭘 조심하래요?"

"테오가 친구들이랑 곤경에 빠졌다고 했어요."

"어떤 곤경에요?"

콤프턴 부인이 목을 가다듬었다. "전화로는 말씀드리고 싶지 않아요. 직접 만나뵐 수 있을까요?"

"언제가 좋으세요?" 라이더는 곧바로 물었다.

"지금요. 여기까지 얼마나 걸리실까요?"

"부인, 여기라는 게 어디를 말씀하시는 거죠?"

"신시내티요."

신시내티는 차로 네 시간 거리였다. 라이더는 일자리를 지키기 위해 지켜야 할 마감 목록을 떠올렸다. 테오 콤프턴과 웨스트몬트 고 살인사건을 쫓아다니는 일은 그 목록에 없었다.

"이번 주말에 갈 수 있어요. 금요일에요." 라이더가 말했다.

그녀는 취재 목록이 적힌 종이에 재빨리 주소를 받아 적고 주소 아래 밑줄을 그었다. 그 밑줄이 마크 매커보이의 이름을 지웠다.

46장

그웬 몽고메리의 다리가 씰룩거렸다. 꿈을 꾸고 있었다. 검은 숲을 지나려고 애썼지만 발이 진창에 빠져 한 발 내딛는 것도 힘들었다. 겨우 땅에 발을 들인 그녀가 마지막 남은 발을 진창에서 빼자 소리가 크게 났다. 이제 달려야 했다. 그렇지만 발에 무게를 싣자마자 물렁한 땅으로 빨려들기 시작했다. 괴로울 정도로 천천히 앞으로 걸어가 결국은 숲가에 도달했다. 거기에 사택이 있었다. 손과 가슴에 묻은 피가 끈적끈적해 안에 들어가 씻어내고 싶었다. 주방 싱크대 수도에서 손을 씻고 그 피를 배수구로 흘려보내고 싶었다. 그렇게 사라지고 나면 피의 출처에 대해 다시는 생각하지 않아도 될 것 같았다.

갑자기 발이 가벼워진 그웬이 사택을 향해 뛰었다. 그리고 게이트 철창에 꽂힌 시신에 시선을 빼앗겼다. 흉하게 망가지고 부은 태너 랜딩의 얼굴 위로 달빛이 쏟아졌다. 반쯤 감긴 그의 눈이 멍하니 죽음을 응시했고, 철창은 그의 머리를 관통한 상태였다. 그웬이 절규하며 달려가 게이트에서 그를 내리려고 안간힘 썼다. 그의 몸은 축축했다. 자신의 손을 보자 숲을 빠져나왔을 때보다 더 많은 피로 뒤덮여 있었다.

그웬은 개빈의 이름을 불렀다. 대답이 없었다. 그녀는 개빈을 부르고 또 불렀다. 그렇게 불러대다 꿈에서 깨어났다. 그녀가 침대에 앉았다. 또 시작이었다. 가슴이 두근거렸고, 목과 등은 땀범벅이었다. 일상적인 자극에도 통제가 불가능해져서 기숙사 복도를 지나는 두 학우의 웃음소리에 흠칫할 정도였다. 침대에서 일어나 바닥을 밟고 서는 것만으로도 호흡이 가빴고 힘겨웠다. 금방이라도 공황발작이 올 것 같았다. 개빈과 대화해볼까 생각했다. 그는 악몽에 대해 알고 있었다. 개빈은 모든 걸 알고 있었다. 그렇지만 사람을 안심하게 하는 그의 목소리도 빛을 잃은 지 몇 달이 되었다. 이제 남은 건 둘, 그들은 너무 깊은 어둠에 빠져버렸다. 사실 그웬은 아직까지도 여기서 빠져나갈 수 있을지 확신이 안 섰다. 자신이 진정으로 빠져나가길 원하는 건지도 확실치 않았다. 지금 와서 경로가 바뀐다고 해도 과연 그게 기쁜 일일까? 지금보다 더 어둡고 불길한 길로 접어들 수 있었다. 그렇지만 지금 서 있는 이 길, 그들이 그날 밤 내디딘 이 길은 유해할 뿐 아니라 위험한 길임이 확실했다.

그녀가 청바지에 탱크톱을 입고 머리를 하나로 묶었다. 마저리 홀 기숙사를 나와 교정을 가로질러 교사 거리로 향했다. 4호실 문을 두드리자 잠시 후 해노버 박사가 나왔다.

"그웬, 무슨 일이니?"

작년 6월 21일 이후, 그러니까 태너와 앤드루가 살해당한 후 웨스트몬트고 학생들은 모두가 세심한 보호를 받았다. 브리짓 매슈스가 선로로 뛰어들자 그녀의 친구들은 더 엄중하게 보호되었다. 그웬은 행동이 불안정했고, 간간이 우울증을 앓았고, 체중이 빠지고 공황발작까지 생겨 그 누구보다 세심하게 다뤄졌다. 해노버 박사는 그웬의 부모님과 캐스퍼 박사를 불러 모아 앞으로는 자신이 그웬을 맡겠다고 선언했다. 웨스트몬트고 교장으로서 가브리엘라 해노버 박사는 더 이상의 비극을 원치 않았다. 그러나 해노버 박사와 캐스퍼 박사의 노력이 무색하게도 브리짓을 뒤따라 대니엘과 테오가 목숨을 끊었다. 그 후 그웬의 상태는 더욱 나빠졌다.

그웬이 해노버 박사의 집 앞에 서서 가슴을 두드렸다. "숨을 못 쉬겠어요. 아무 생각도 안 나요. 너무 무서워요."

"들어와라. 다 괜찮아질 거야." 해노버 박사가 옆으로 물러서며 말했다.

사무실에 들어온 그웬이 해노버 박사 맞은편, 자신이 늘 앉던 자리에 앉았다.

"숨을 깊게 들이마시고 무슨 문제인지 말해보렴." 해노버 박사가 부드러운 목소리로 말했다.

"또 꿈을 꿨어요. 공황발작이 왔는데 신경안정제가 떨어졌어요."

"신경안정제는 초반에만 쓰는 목발 같은 거라고 했잖아. 우리 계획은 네가 약물의 도움 없이 불안을 이겨내는 거였어. 꿈에 대해 말해보렴."

그웬이 고개를 저었다. 이곳에 오면 늘 조심해야 했다. 그녀는 해노버 박사가 불편했고 캐스퍼 박사에게 하듯 마음을 여는 게 불가능했다.

"숲에 있었어요. 버려진 사택 뒤 숲에요. 저는 태너가…… 게이트에 있는 걸 봤어요."

"회상 장면이 선명하게 떠오르는 건 자연스러운 일이야. 특히 수면 중에는 더욱 그렇지. 이게 다 과정이란다. 네 마음이 그 생각을 지우고 있는 거야. 처음에는 네가 차단해버렸지만 이제는 몰아내는 작업을 하는 거란다. 일기는 쓰고 있니?"

그웬이 고개를 저었다.

"걱정거리를 늘어놓아도 되는 곳이 바로 일기야." 해노버 박사가 말했다. "일기 쓰면서 스트레스받는 건 괜찮은 거야. 너의 모든 불안과 분노, 두려움을 일기장에 쏟아내 보렴. 일기장을 덮으면 그 모든 것들이 거기에 갇혀 네 일상을 해치지 못하게 되지."

하지만 해칠걸요. 그웬은 알고 있었다. 일기장에 불안을 쏟아내는 것은 그것을 실재하게 만들 뿐이었다. 없었던 일인 척해왔던 게 일기장 속에서 되살아난다. 그들이 저지른 일의 실체가 끊임없이 괴롭히는 지금 같은 순간이 올 때마다 그녀가 비밀을 노출할 위험은 더 커졌다. 그웬은 일 년 내내 자신의 비밀이 수면으로 떠오르지 않도록 누르느라 애를 써왔다.

"네." 그녀가 마침내 대답했다. 목소리에는 생기도, 설득력도 없었다. "해볼게요."

"좋아. 꿈 내용을 처음부터 끝까지 다 적어보렴. 기억할 수 있는 건 다 쓰는 거야. 오늘 저녁에 보자. 그때 꿈에 대해 얘기해보자."

그웬이 끄덕인 후 문으로 향했다.

"그웬." 해노버 박사가 불렀다.

그웬이 문 앞에서 뒤를 돌아봤다.

"일기가 얼마나 쓸모 있는지 보면 놀랄 거다. 우리 학생 모두가 득을 보고 있어."

그웬이 다시 고개를 끄덕이고 문을 나섰다. 밖에 나온 그녀는 깊은 숨을 내뱉었다. 그리고 서둘러 18호로 가서 초인종을 눌렀다. 잠시 후 캐스퍼 박사가 문을 열었다.

"그웬! 어떤 일로 여기까지 왕림을? 오래간만이구나."

"얘기 좀 할 수 있을까요?"

캐스퍼 박사가 걱정스러운 표정으로 눈을 가늘게 떴다. "물론이지. 어쩐 일이니?"

그웬이 아랫입술을 깨물고 뭐라 말할지 잠시 생각했다. "작년 여름에 일어난 일요."

캐스퍼 박사의 눈이 커다래졌다. "해노버 박사님이랑 얘기한 거 아니었어? 그 일 이후 우리 모두 해노버 박사님이 너를 담당하는 게 좋겠다고 결정했잖아."

"모두는 아니었어요. 해노버 박사님이랑 우리 부모님이 그렇게 결정한 거죠. 선생님도 거기에 찬성하셨고요. 저는 아무 말도 안 했다고요."

캐스퍼 박사가 자신의 옛 환자를 바라보며 온화한 표정을 지었다. "그래도, 그웬. 결정이 그렇게 났으니 따르는 게 좋지 않을까. 해노버 박사님과 상담해보렴. 실력이 아주 좋으신 분이야."

"그분한테는 말을 다 못 하겠어요."

캐스퍼 박사가 눈을 가늘게 떴다. "예를 들면?"

거북한 침묵이 둘 사이를 채웠다.

"우린 경찰한테 그날 밤에 대해 모든 걸 얘기하지 않았어요."

"우리 누구?"

"저랑 제 친구들요." 그웬이 손을 올려 묶은 머리를 쓰다듬었다. "들어가서 얘기해도 돼요?" 그녀가 마침내 물었다.

캐스퍼 박사는 잠시 망설이더니 고개를 끄덕였고, 그웬이 그를 따라 안으로 들어갔다.

웨스트몬트 사립고등학교

2019년 여름

다섯 번째 상담
일기 제목 : 나약한 인간들

그들이 아빠에 대해 쏟아내는 질문에 나는 모두 대답했다. 그때 나는 어렸고 쇼크 상태였다. 엄마가 떠났고 아빠마저 생을 마감했으니 얼마나 끔찍한 비극인가. 모두가 나를 측은해했고 불쌍히 여겼다. 이렇게 어린 나이에 맞은 비극이라니, 내 인생은 여기서 끝장났다고 다들 생각했다. 나는 그들의 동정과 측은해함을 받아들였지만 그들의 감정의 실체는 나약함과 두려움이라는 걸 알고 있었다. 경찰, 사회복지사, 국선변호사 모두가 나를 주시했다. 하루아침에 부모를 잃은 아이를 바라보는 그들의 나약한 시선에 신물이 났다.

그들은 자신의 나약함과 두려움을 숨기고 그걸 연민으로 바꾸려 했다. 하지만 그들의 슬픈 미소와 침통한 눈빛 속엔 두려움이 있었다. 나와 함께 있는 것은 나병 환자와 있는 것과 같았다. 너무 가까이 오면 내 인생을 건드렸던 저주가 그들에게 옮겨갈 수 있었다. 나는 내 앞에서 두려움에 떠는 그들의 나약함을 즉시 감지해냈다. 나도 나약함 때문에 괴로웠던 적이 있었다. 그러나 나는 더 이상 휩쓸리지 않겠다고 다짐했다. 다시는 열쇠 구멍으로 밖을 내다보던 겁쟁이가 되지 않을 것이다. 다시는 그 모든 것에 굴하지 않을 것이다. 나는 새로운 시각으로 세상을 바라보고, 아무리 어려워도 상황을 바로잡겠다고 맹세했다.

내 삶을 건드린 건 저주가 아니라 깨우침이었다. 이걸 깨닫는 데는 시간이 좀 걸렸다. 하지만 일단 깨닫고 나자 내 삶은 정리가 되었다. 그리고 웨스트몬트고에 왔다. 그 후 당신을 찾아냈다.

나는 가름끈을 일기장 사이에 놓았다. 그녀가 좀 더 읽어달라는 듯 나를 쳐다보았다.

"엄마가 떠난 후 나는 아빠를 죽였어요. 세상에 혼자만 남았죠. 그러다 당신을 찾아낸 거예요. 그때부터 당신은 나를 인도해주셨어요. 내 결정을 이끌어주셨고요. 모든 결정에서요."

나는 그녀를 오랫동안 바라보았다. 더 이상 말이 필요 없었다. 그녀는 나를 이해하고 있었다. 그녀 자신이 내 인생을 빚어냈다는 것을 잘 알고 있었다.

"이런 제가 부끄러워요?" 내가 물었다.

그녀가 나를 바라보며 한참을 가만히 있었다. 그러더니 마침내 눈을 깜빡이며 말했다.

"전혀."

47장

고먼 선생님의 실험 수업시간, 학생들이 각자 실험대에서 핸드폰으로 문자 메시지를 확인하거나 게임을 하고 있었다. 학기 중에는 교실에 핸드폰 반입이 금지되어 기껏해야 기숙사 밖에서 쓰는 게 다였지만 여름 학기는 달랐다. 여름에는 규율이 좀 느슨했다. 실험 과제를 앞둔 학생들은 고먼 선생님이 오기만을 기다렸다.

앤드루 그로스가 그웬의 실험대로 다가왔다.

"자." 앤드루가 실험대 위로 종이 봉지 하나를 던졌다. 그웬과 친구들이 봉지를 쳐다봤다.

"고먼 선생 오기 전에 서두르는 게 좋을걸." 앤드루가 말했다.

그웬이 봉지를 열어 안을 들여다보고는 내용물을 실험대 위로 쏟았다. 나무 재질의 싸구려 쥐덫과 박스테이프 하나가 굴러 나왔다.

앤드루가 내용물을 가리켰다. "누가 됐든 너희 중 하나가 화장실 전등 스위치에 이 덫을 붙이도록. 고먼 선생은 실험 때마다 화장실을 쓰니까 그 사람 오줌 싸러 가면 우리 모두 듣게 될 거다."

그웬이 고개를 저었다. "벽에 붙이라고요?"

앤드루가 끄덕였다.

"절대 안 돼요." 그웬이 말했다.

"안 되고말고." 개빈 또한 고개를 저으며 말했다.

테오와 대니엘이 어색하게 웃으며 뒤로 한발 물러났다. 테오도 고개를 저었다. "싫은데요."

"내가 하지." 태너가 쥐덫으로 손을 뻗으며 말했다.

브리짓이 그의 손목을 잡았다. "그러지 마. 그러다 너 난리 난다."

앤드루가 미소를 지으며 멀어졌다. "너희끼리 알아서 해. 미션 완수하지 못하면 무슨 일이 생기는지는 잘 알고 있겠지."

앤드루가 이쪽을 바라보는 4학년 무리로 합류했다.

"내가 한다니까." 태너가 말했다.

그웬이 고개를 저었다. "선생님 손가락 부러질걸."

"싸구려 쥐덫이야. 손가락 부러뜨릴 정도는 아니라고. 너휜 날 말릴 게 아니라 고마워해야지." 태너가 친구들과 눈을 마주치며 말했다. "나 아니면 누가 하겠냐? 그럴 배짱은 나밖에 없는데."

태너가 쥐덫과 박스테이프를 들고 주변을 둘러보다가 복도로 나갔다. 일 분 후 변기 물 내리는 소리가 들리더니 태너가 실없는 웃음을 지으며 실험실로 돌아왔다. 그가 실험대에 도착하자마자 고먼 선생님이 실험실에 들어왔다.

"각자 실험대로 가라." 선생님이 말했다.

실험실이 순식간에 고요해졌다. 학생들은 짓궂은 미소를 지으며 웃음을 참았다. 개빈이 그웬을 바라봤다.

그녀는 고개를 젓고 있었다. "이거 좀 아닌 거 같은데."

고먼이 실험실 앞 자신의 책상에 소지품을 올려놨다. 그는 몸에 안 맞는 반팔 셔츠를 입고 있었다. 가늘고 털 많은 팔이 소매에 매달린 것처럼 보였고, 얇은 셔츠 위로 젖꼭지가 비쳐 보였으며, 넥타이는 비뚤게 매여 있었다.

"오늘은 브릭스 라우셔 반응을 보여주는 화학실험을 진행할 거다." 고먼 선생님이 커다란 보호안경을 쓰며 말을 이었다. "늘 그렇듯 눈 보호에 항상 신경 쓰고 환기구도 최대로 틀어놓도록."

고먼 선생님은 15분 동안 칠판에 실험 설명을 갈겨쓰고, 10분을 할애해 각 실험대에 재료가 제대로 비치되었는지 확인했다. 학생들이 재료를 가열하기 위해 플라스크를 분젠버너 위에 고정했다. 고먼 선생님은 온도계를 보며 끓는점을 확인하라면서 학생들에게 10분의 시간을 주었다. 학생들이 실험에 몰두하자 선생님은 막간의 틈을 타 복도로 빠져나갔다. 그 모습을 그웬이 바라보았다.

태너가 아랫입술을 깨물고 미소를 지었다.

"짱이다." 그가 속삭이듯 말했다.

불안한 기운이 실험실을 채웠다. 화장실 문 경첩이 끼익하더니 바로 탁하는 소리가 크게 났다.

"제기랄!"

고먼 선생님의 목소리가 텅 빈 복도로 울려 퍼졌다. 학생들이 웃음소리를 죽이느라 안간힘 쓰는 사이 태너는 결국 웃음을 터뜨리고 말았다. 고먼 선생님이 오른손을 겨드랑이에 끼우고 왼손에는 쥐덫을 든 채 실험실로 돌아왔다.

"도대체 누구 짓이야?" 선생님이 소리쳤다.

그쯤 되자 학생들이 어느 정도 정신을 차렸다. 하지만 태너는 예외였다. 그웬은 겁이 났고, 다른 아이들도 놀란 기색이었다. 태너가 웃음을 참으며 입술을 앙다물었다.

"누가 한 거냐고!" 선생님이 다시 소리쳤다.

그웬이 한발 앞으로 나왔다. "뭐 때문에 그러시는데요?"

"누가 이걸 스위치에 붙여놓았다."

"잠깐 볼게요." 그웬이 말했다.

고먼 선생님이 그녀를 바라보았다.

"저희가 그런 거 아니에요." 그웬이 선생님과 눈을 마주한 채 말했다. "저희 다 들어오자마자 선생님이 오셨는걸요." 그웬이 끄덕이며 말했다. "어떻게 됐는데요?"

고먼 선생님이 손을 뻗었다. 검지와 약지가 부어 있었고 손가락마디 위로 빨간 선이 뚜렷하게 보였다.

그웬이 그의 손가락을 살짝 건드렸다. "부러진 것 같으세요?"

고먼 선생님이 슬그머니 손을 거두고 손가락을 굽혀보았다. "실험대로 가거라."

그웬이 끄덕이고 개빈 옆으로 가서 섰다.

고먼 선생님은 힘겹게 침을 한 번 삼키고 학생들을 쳐다보았다. "플라스크가 끓기 시작하면 2단계로 넘어가라." 그는 교탁 옆에 있는 쓰레기통으로 쥐덫을 던져버렸다.

태너가 헛기침을 했다. 웃음을 참으려고 용을 쓰면서.

6월 13일이었다.

48장

다음 날 찰스 고먼이 교직원 식당으로 들어섰다. 쟁반을 하나 들고 뷔페식으로 차려진 음식에서 로스트 치킨과 채소, 초콜릿 푸딩, 청량음료를 점심으로 골랐다. 그리고 가브리엘라 해노버와 크리스천 캐스퍼가 있는 탁자로 갔다.

"손이 왜 그래요?" 가브리엘라가 물었다.

찰스는 어제 실험 수업을 마치자마자 약국으로 가서 욱신거리는 손가락에 부목을 대놓았다. 스펀지 달린 철사로 검지와 약지를 각각 고정하고 하얀색 외과용 테이프로 둘둘 감아놓은 상태였다.

찰스가 쟁반을 내려놓으며 자리에 앉았다.

"여름 학기 장난이 또 시작됐어요."

"누군데요?" 가브리엘라가 물었다.

"아마 태너 랜딩 같아요. 앤드루 그로스가 부추겼을 거고요."

"작년에 진 라스무센 선생이 당했을 때 앤드루랑 분명히 얘기를 끝냈는데. 서랍에서 죽은 라쿤 나온 거랑 도서관에 속옷 걸어놨던 그때요. 애한테 경고도 하고 부모님과도 오래 상담했거든요."

찰스가 어깨를 으쓱였다. "그런데 아직도 정신을 못 차렸나 보네요."

"무슨 일인데요?" 크리스천 캐스퍼가 물었다. "이 정도라면 심각하게 받아들여야 하는 거 아닌가요?"

찰스 고먼이 고개를 저었다. "죽어도 인정 안 할 겁니다. 저 녀석들 제가 아무것도 증명하지 못하리란 걸 알고 저러는 거예요."

"어떻게 된 겁니까?" 크리스천 캐스퍼가 다시 물었다.

"화장실 전등 스위치에 쥐덫을 붙여놓았더군요."

"겁없는 녀석들 같으니라고." 가브리엘라 해노버가 말했다.

"다는 아닌 것 같고요. 한 명 아니면 두 명 같습니다."

"그렇다 해도요. 그냥 둬선 안 되겠어요. 여름 가기 전에 학생들 모두 불러놓고 경고를 줘야겠네요." 가브리엘라가 말했다.

2020년 8월

CHARLIE DONLEA

49장

오트 형사가 차를 세우고 시동을 껐다. 전조등 빛이 사라지자 가로등 빛만이 주차장을 밝혔다. 페퍼밀 관할 경찰서는 어두웠다. 야간조 몇 명만 근무 중이었고, 교대한 지 한참 지난 시각이니 순찰경관들은 순찰차로 밖을 돌고 있을 것이다. 사무실에는 담당 경사만 있을 테고, 출동 담당관은 새벽 1시에 형사가 들어와도 이상하게 여기지 않을 거였다.

오트는 이 시간에 경찰서에 온 진짜 이유를 아무에게도 말할 수 없었고, 누구라도 마주친다면 그럴듯한 변명을 내세울 준비가 돼 있었다. 앞뒤를 따져보니 근무시간에는 이런 도둑질이 불가능했다. 낮 시간에는 경찰서에 사람이 너무 많고, 그를 그림자처럼 따라다니는 젊은 후배도 있었다. 반면에 야간에는 눈에 띄지 않게 다닐 수 있었다.

오트는 차문을 열고 한밤의 습도에 발을 내딛었다. 뒷좌석 고리에 걸어둔 양복 재킷을 꺼내 입고는 경찰서 정문을 향해 걸었다. ID 카드를 대자 로비가 열렸다. 안내데스크의 야간 경비원이 나른한 미소를 지으며 손을 흔들었다.

“형사님!”

“어떻게 지내는가, 도니?”

"꿈만 같죠 뭐."

"나도 자네랑 똑같아. 우리 둘 다 꿈속에서 사는구먼."

오트 형사는 자신 말고도 열두 명의 형사가 소속된 페퍼밀 경찰 수사팀의 참호로 들어갔다. 일회용 컵에 커피를 따르고 설탕을 저으며 주변을 둘러보았다. 진 노튼 형사가 남아서 일을 하고 있었다. 컴퓨터에 매달려 자판을 두드리는 걸 보니 보고서 마감이 얼마 남지 않은 모양이었다. 경찰서에서 컴퓨터를 제일 싫어하는 사람이 노튼이었고, 보고서를 쓸 때면 다른 사람보다 시간이 두 배나 더 걸렸다.

오트가 자기 자리에 앉아 현재 조사 중인 사건 파일을 열었다. 밤늦게 사무실에 온 핑계를 만들어두려는 것이었다. 그는 오전에 한 일을 파일에 입력하고 보고서 작성을 시작했다. 진 노튼보다 컴퓨터를 잘 다루는 그는 10분 만에 작성을 마치고 파일을 열어둔 채 자리에서 일어났다. 노튼은 여전히 컴퓨터에 매달려 있었다. 언제나처럼 누가 자판을 바꿔놓았다며 욕을 내뱉으면서. 언젠가 동료들이 그의 자판을 바꿔놓은 이래로 내내 하는 소리였다.

오트는 사무실에서 나와 증거보관실로 향했다. ID 카드를 찍고 들어가 현재 작업 중인 사건의 증거 상자를 꺼냈다. 그리고 또 다른 상자를 꺼내 두 개 모두 사무실 책상으로 가져왔다. 그는 자리에 앉아 노튼이 욕하며 자판 치는 소리를 들으며 잠시 기다렸다. 마침내 두 번째 상자를 들고 복사기로 갔다. 복사기 자동급지 장치에 서류 한 뭉치를 꼼꼼하게 올려놓았다. 복사기가 놀랄 만큼 시끄럽게, 그리고 재빨리 일을 하는 동안 그는 태연한 척하며 기다렸다. 복사가 끝나자 복사본을 새로운 상자에 넣고 원본은 제자리에 넣었다. 이어서 두 번째 뭉치를 넣고 복사를 시작했다. 상자 속 서류를 다 복사하는 데 22분이 걸렸다. 그때 진 노튼이 자기 자리에서 고개를 들었다. 오트는 그를 향해 턱을 까딱해 보였다.

"보고서 짜증나. 자판이 또 말썽인데 누구 짓인지 아나?" 노튼이 물었다.

"난 아니야." 오트가 답했다.

노튼이 다시 고개를 숙이자 오트는 마지막 뭉치를 복사기에 올렸다. 5분 후 원본이 있는 상자와 복사본이 있는 상자를 모두 들고 책상으로 왔다. 복사본 상자는 책상에 둔 채 아까 가지고 나온 상자 두 개를 다시 증거보관실로 갖고 가 제자리에 올려놨다.

그는 노튼에게 인사도 없이 사무실을 나섰고, 도니에게 고개를 끄덕여 보이며 밖으로 나왔다. 주차장을 빠져나오는 그의 차 뒷좌석에는 복사본 상자가 놓여 있었다. 바로 지난여름 새벽 3시에 그를 깨운 사건 파일. 지금까지도 잠을 설치게 만드는 그 사건.

과연 상황이 달라질까? 그는 궁금했다.

50장

로리가 유리온실에 앉아 있었다. 스탠드 불빛이 책상 위에 놓인 키디조이 인형의 얼굴을 비췄다. 종이 반죽과 고령토로 능숙하게 복구해낸 귀와 뺨 부분은 이제 조각이 가능할 정도로 굳었다. 그녀가 폴저그루덴 붓을 들고 작업을 시작했다. 붓 반대편 끝으로 작은 홈을 파서 귀 연골을 만들었다. 참고용 사진 같은 건 필요 없었다. 인형 조사를 시작할 때부터 필요한 이미지는 모두 그녀 마음에 저장되어 있었다. 마치 간직하고 싶은 이미지를 이젤 위에 올리고 그 부분에만 환한 조명을 켜둔 것처럼.

뭉툭한 붓에서 뾰족한 붓으로 옮겨가며 작업을 진행했고, 마지막엔 바늘같이 뾰족한 끝을 사용해 세밀한 조각을 했다. 눈을 깜박이는 것도 잊을 정도로 작업에 집중했다. 미세하게 홈을 파는 작업에는 예술가의 정확성과 외과의사의 집중력이 필요했다. 평소에 마음 깊이 숨겨두는 반복과 완벽에 대한 강박이 인형 작업을 통해 정화되곤 했다. 이곳에서만큼은 그런 극단적인 성격이 유용했다.

귀를 만들어낸 후에는 입가에 완벽한 경계선을 만들었다. 마지막으로 왼쪽 눈꼬리 부분을 복구하기 시작했다. 이것은 몇 시간이나 걸리는 정밀 작업이었다.

마침내 마지막 선을 그은 다음 남은 가루를 입으로 후 불며 상의 앞주머니에 붓을 꽂아 넣었다. 로리는 의자에 기대앉았다. 영화가 끝난 극장 객석이 점차 밝아지듯 그녀의 시야가 넓어졌다. 구조상으로는 인형 복구가 마무리되었다. 이제는 복구한 부분을 매끈하게 사포질하고 에폭시로 광택제를 발라 격자무늬로 갈라진 틈을 지우며 질감과 색감을 손볼 차례였다. 색감과 광택을 얻으면 인형은 고유의 아름다움을 되찾게 될 것이다. 아직 할 일이 많이 남았지만 그녀는 세 번의 작업만으로도 이미 대단한 진전을 이뤄냈다.

차문 닫히는 소리에 집중력이 흩어졌다. 초인종 소리에 시계를 확인하니 오후 1시였다. 아무런 방해 없이 시간 가는 줄 모르고 세 시간이나 작업한 거였다. 그녀는 스탠드의 목을 꺾어 옆으로 밀어내고 키디조이 인형을 여행용 상자에 넣었다. 더듬거리며 안경을 찾아 쓰고 청바지에 잘 어울리는 회색 바람막이를 입었다. 바람막이 지퍼를 목 끝까지 올리고 비니를 썼다. 군화가 발을 감싸고 있었고, 전투 복장은 완성되었다.

현관으로 나가는 길에 배낭을 들어 어깨에 멨다. 레인은 위층에서 낮잠을 자는 중이었다. 뇌진탕에서 회복하는 동안 잠이 쏟아질 거라고 의사는 말했다. 로리는 레인의 잠을 방해하지 않고 조용히 문을 열었다. 오트 형사가 현관 앞에서 기다리고 있었다.

"준비되셨습니까?" 형사가 물었다.

로리가 고개를 끄덕였다. 범죄 현장에, 즉 작년 두 명의 학생이 살해된 버려진 사택에 가볼 예정이었다. 로리는 무슨 일이 생길지 알고 있었다. 거기서 누가 자신을 기다릴지도 이미 알았다. 그녀가 조사했던 사건 현장에는 어김없이 그녀를 기다리는 존재가 있었다. 바로 목숨을 잃은 자들의 영혼이었다. 로리는 그들을 느끼고, 그들과 연결되고 싶었다. 자신만의 방법으로 소통하고 싶었다. 그녀와 희생자와의 관계는 손에 잡히지 않았고, 의사소통 또한 언어로 이루어지는 게 아니었다. 하지만 로리는 길 잃은 영혼들에게 약속한 게 하나 있었다. 그것은 바로 그들을 제자리로, 평화와 평온이 있는 휴식의 장소로 데려다주는 것.

범죄 재구성 전문가로 살아온 지금까지 로리는 단 한 번도 그 약속을 깬 적이 없었다.

51장

조수석에 로리를 태운 오트 형사의 차가 페퍼밀 거리를 달렸다. 로리는 경찰이든 누구든 낯선 사람과 함께 있는 게 늘 불편했다. 자동차나 비행기를 탈 때가 특히 불안했다. 폐소공포증 때문이기도 했지만, 비좁은 장소에 누군가와 함께 있다는 것 자체가 힘든 일이었다. 그러던 몇 년 전 레인이 그녀 마음의 벽을 재빨리 허물었고, 그는 그녀가 아버지 외에 신체 접촉을 허락한 단 한 사람이 되었다. 차 안에 갇힌 지금 로리의 가슴에는 익숙한 떨림이 느껴졌다. 이것은 방울방울 떨어져 순환계로 주입되는 불안이라는 링거의 속도가 빨라졌다는 신호였다.

“가는 방법은 두 가지입니다.” 오트가 말했다. “77번 국도를 통해 뒤로 돌아가는 길이 있는데, 사람들은 잘 모르는 길입니다. 6월 21일에 학생들이 간 게 이 길이죠. 또 하나는 그냥 바로 웨스트몬트고 정문을 통해 가는 길입니다. 제가 이 일로 직업을 잃어버려선 안 되니 그냥 보이는 길로 갑시다. 교장선생님께 사택과 그 옆 선로를 보고 싶다고 말씀드려놨습니다. 테오 콤프턴의 자살과 관련해서 조사할 게 있다고 했거든요. 그분이 안내를 맡아 주실 겁니다.”

로리가 끄덕이며 말했다. “그렇게 하는 게 좋겠네요.”

챔피언 대로로 접어든 차가 거대한 게이트를 지탱하는 두 벽돌 기둥 사이에서 멈췄다. 벽돌 기둥 위의 아치형 콘크리트에는 '웨스트몬트 사립고등학교'라고 새겨져 있었다.

오트 형사가 스피커폰 가까이 차를 세우고 버튼을 누른 후 화면 쪽으로 배지를 들어 보였다.

"웨스트몬트고입니다." 스피커에서 여성의 목소리가 흘러나왔다.

"오트 형사라고 합니다. 해노버 박사님과 약속이 있습니다."

잠시 후 게이트가 열렸다. 마치 두 팔이 그들을 환영하며 안아주는 것 같았다. 오트가 방문자 주차장에 차를 대고 본관을 향해 걷자 로리는 안경과 비니를 고쳐 쓰고 그의 뒤를 따랐다. 본관 건물의 고딕식 기둥 네 개가 오후 햇빛을 받으며 굳건하게 서 있었다. 여자와 남자가 계단 아래에서 기다리고 있었다. 로리는 그들이 학교 책임자인 가브리엘라 해노버와 크리스천 캐스퍼일 거라 짐작했다. 그들 옆에는 골프 카트가 서 있었다.

"해노버 박사님, 다시 뵈어 반갑습니다." 오트가 인사했다.

"저도요, 형사님."

오트는 해노버 박사, 캐스퍼 박사와 악수를 나눴다.

"캐스퍼 박사님, 이쪽은 로리 무어입니다. 오늘 저를 도와주실 자문위원입니다."

해노버 박사가 손을 내밀어 악수하려 했지만 로리는 그 손을 잡지 않았다. 낯선 이와 악수하는 건 그녀에게 불가능한 일이었다. 아니, 누구와도 불가능했다. 그녀의 뇌가 허용하지 않았다. 청결에 대한 강박증이 있는 것도 아니고 질병 혐오가 있는 것도 아니었다. 악수를 꺼리는 건 헨리 오트의 차에 올라 문을 닫자마자 등이 땀으로 젖은 것과 똑같은 이유였다. 인간과의 상호작용에서 느껴지는 불편함. 로리는 이런 자신을 설명하거나 사람들의 이해를 구할 방법이 없었다. 그렇게 40년을 살아왔으니 이제 와서 바꾸는 것도 불가능했다. 변화를 하려면 동기와 방법이 있어야 한다. 하지만 둘 다 없었다. 그래서 내키지 않는 악수를 하고 머릿속이 복잡해지는 것보다 악수를 거절하고 어색해지는 쪽을 택한 것이다. 그 대신 로리는 안경을 고쳐 쓰고 해노버 박사와 잠깐 눈을 마주친 후 고개 숙여 인사했다. 해노버 박사는 결국 손을 거뒀다. 눈치를 챈 캐스퍼 박사는 손을 내밀지 않았다.

"이쪽으로 오시죠. 걷기엔 멉니다." 해노버 박사가 골프 카트를 가리키며 말했다.

해노버 박사가 운전석에, 캐스퍼 박사는 조수석에, 오트 형사와 로리는 뒷좌석에 자리를 잡았다. 그들은 담쟁이덩굴로 덮인 건물을 지나 교정을 거쳐 높다랗게 서 있는 붉은 벽돌담에 도착했다. 백 미터쯤 길게 이어진 담벼락을 따라가자 숲을 군건히 가로막은 철문이 나타났다.

캐스퍼 박사가 카트에서 내려 벽돌담 연결통로의 자물쇠를 열쇠로 열었다. 해노버 박사가 카트를 몰아 입구를 통과하자 캐스퍼 박사가 다시 문을 걸어 잠갔다. 뒤쪽에서 문이 닫힌 순간 로리는 두려움에 몸이 떨렸다. 마치 불길한 숲이 내뿜는 위험을 막아줄 학교의 보호막이 사라지기라도 한 듯.

캐스퍼 박사가 다시 카트에 올라탔다. 그들을 실은 카트가 덜컹거리며 숲을 가로지르는 긴 오솔길을 따라 달렸다. 몇 분 후 숲을 벗어나자 전면에 서 있는 사택 건물이 보였다. 담쟁이덩굴에 덮이지 않은 부분 사이로 석회암으로 된 건물 외관이 보였다. 덩굴이 무성하게 자란 부분은 장식이라기보다는 군대용 위장 같았다.

"괜찮으시다면 저희는 여기서 기다리겠습니다." 해노버 박사가 말했다.

"그러시죠." 오트가 대답하고 로리와 함께 카트에서 내렸다.

로리는 오트 형사의 안내를 기다리지 않았다. 곧바로 사택을 향해 걸으며 주변을 둘러보았고, 두 눈으로 모든 장면을 녹화하듯 현장의 모습을 받아들였다. 물론 그녀는 모든 장면을 머릿속에 저장하고 있었다. 그녀의 의식이 이 모든 정보를 처리하는 데는 시간이 걸리겠지만, 지금 목격하는 현장 이미지의 분류는 즉각적으로 이뤄졌다. 그녀는 태너 랜딩이 꽂혀 있던 게이트로 다가갔다. 게이트 철창은 땅에서 약 2미터 높이에 있었다. 게이트를 지나 앞마당으로 간 그녀는 발을 돌려 다른 각도로 주변을 보기 시작했다.

오트 형사가 파일철에서 사진 하나를 꺼내 로리에게 건넸다. 8×10 크기의 사진에는 철창에 꽂힌 태너 랜딩의 생기 없는 몸이 찍혀 있었다. 로리는 소름 끼치는 사진에서 시선을 들어 게이트 창살의 뾰족한 끝부분을 바라보았다. 게이트 높이는 158센티미터 키의 로리보다 30센티미터쯤 더 높았다. 70킬로그램이 넘는 남학생을 게이트에 꽂으려면 키도 커야 하고 힘도 세야 했다. 그리고 시간도 필요했다. 살인자는 그리 급박한 상황은 아니라는 걸 알고 있었다. 즉 사택과 이 주변에 대해 잘 아는 사람이 저지른 짓이다. 그날 밤 학생들이 여기에 나타나리란 걸 알았던 사람.

"현장에 도착했을 때 보니." 오트 형사가 로리에게 말했다. "누군가 태너 랜딩을 사택 안에서부터 끌고 나온 게 확실했습니다. 입구 계단에 핏자국이 있었고, 계단 아래부터 여기까지 끌린 자국에도 혈흔이 있었거든요."

"공격이 처음 일어난 게 사택 안이라는 의미네요.

"네, 현관에서 멀리 떨어진 방입니다."

오트 형사가 로리에게 또 다른 현장사진을 건넸다. 현관 근처 나무 바닥에 누군가 끌려가며 남긴 피가 얼룩져 있었다.

"피웅덩이나 땅바닥에 족적은 없었나요?" 로리가 물었다.

"전혀요. 섬유조직이 남은 걸로 보아 살인자는 신발에 헝겊 신을 씌웠던 것 같습니다. 집안 공사 같은 거 할 때 덧신는 헝겊 신요. 그래서 쓸 만한 족적은 없었습니다."

"계획적이네요." 로리가 사진을 들여다보며 속삭였다.

그녀는 게이트 철창으로 시선을 돌렸다.

"시간에 대해 설명해주세요. 범행이 얼마나 빨리 일어난 건가요?"

오트가 그녀에게 다른 사진을 건넸다. 부검대 위에 놓인 태너 랜딩의 시신이었다.

"검시관의 보고서를 보면 게이트 철창이 희생자의 턱 바로 아래를 뚫고 들어갔다고 나옵니다. 얼굴뼈를 지나 뇌의 전면부, 전두엽을 거쳐 이마로 빠져나갔고요. 이 상처들은 죽기 직전 생긴 거라고 밝혀졌습니다."

로리가 부검 사진을 뚫어지게 보았다. "랜딩이라는 남학생은 목에 난 상처로 죽어가고 있었지만 게이트에 꽂혀 있을 때도 여전히 살아 있었다는 거군요."

"그렇습니다."

"범행이 순식간에 일어난 거네요. 살인자는 공격을 개시하자마자 의식처럼 교수형을 실시했어요. 레인 말로 이건 의식적인 행위라고 하더군요. 복수를 위한 의식요. 죽이는 걸로는 부족했던 거죠. 그래서 벌을 준 거예요."

"뇌가 거의 절단될 정도였습니다."

“지금까지 내용을 정리해보면.” 로리가 오트 형사에게 사진을 돌려주며 말했다. “찰스 고먼은 키가 190센티미터니까 키도 되고 힘도 있고 동기도 있어요.”

로리가 게이트에서 시선을 돌려 사택을 바라보았다. 창문을 타고 오른 붉은색 담쟁이덩굴이 어수선해 보였다.

“여기서 뭘 하고 있었던 걸까요? 그 학생들 말이에요. 그 밤에 여기 왜 온 걸까요?” 로리가 물었다.

“지금까지 상황을 종합해보면 아이들은 맨인더미러라는 게임을 하고 있었습니다. 제가 조사를 좀 해봤는데, 사이비 종교 의식 같은 게임이었어요. 세계 곳곳에서 하더라고요. 보통 십 대들이 하는 게임이지만 성인들도 많이 합니다. 주로 해외에서요.”

“어떤 종교 의식인데요?” 로리가 물었다.

“영혼, 저주, 뭐 그런 것과 관련된 거예요. 일 년에 두 번, 하지와 동지 때 영혼이 거울 속에 들어간다는 건데, 그러면 그들의 힘을 얻을 수 있다는, 뭐 그런 거랍니다.”

“살인이 일어난 게 작년 6월이었죠?”

“맞습니다. 6월 21일, 연중 낮이 가장 긴 날이었죠.”

“그래서 그날 뭘 어떻게 하는 게임이죠?”

“게임 참가자들이 숲을 지나 빈집으로 갑니다. 맨 처음 도착한 사람이 지정된 거울을 찾아 덮개를 벗긴 다음 거울에 비친 자기 모습을 보면서 맨인더미러라고 말하는 겁니다. 그렇게 하면 맨인더미러의 영혼과 잘 지내며 그해를 평화롭게 보낼 수 있다는 거죠. 자정 전에 열쇠를 못 찾거나 거울에 대고 말하는 걸 못 하면 일 년 동안 저주가 내린답니다.”

“세상에! 오싹한 얘기네요.”

"제가 좀 파봤는데요." 오트가 말했다. "이 게임은 새로운 게 아닙니다. 버전이 다양하더라고요. 그런데 웨스트몬트고의 경우는 차원이 다릅니다. 제가 어렸을 땐 묘지에서 귀신 놀이 하는 게 다였는데, 그거랑은 완전히 달랐어요."

로리는 계속해서 사택을 바라보고 있었다.

"사건이 일어난 방으로 안내해주시겠어요?"

"네, 따라오시죠." 오트가 허리춤에서 열쇠를 꺼내며 말했다.

52장

로리가 버려진 사택 안으로 들어갔다. 현관 입구에서 보니 천장이 높았고, 2층으로 올라가는 계단이 있었다. 계단 난간은 군데군데 부서지고 기둥이 빠진 상태였다.

“옛날엔 말입니다.” 오트의 목소리가 빈집에 울려 퍼졌다. “상주 교사들이 여기 살았습니다. 이 중에서 방 여덟 개는 욕조를 갖춘 화장실로 개조됐고요. 사람들이 다니는 길이랑 떨어져 있어서 사생활이 보장된 곳이었습니다.”

그가 오른쪽에 보이는 큰 방을 가리켰다.

“여기가 공용 식당이었고, 집 뒤쪽에 커다란 주방이 있고, 그리고 저기…….” 그가 왼쪽으로 난 짧은 복도 끝 방문을 가리켰다. “도서관으로 쓰던 저곳이 앤드루 그로스의 시신이 발견된 장소입니다.”

로리가 오트를 따라 복도를 지나 방으로 들어갔다. 오트가 파일철에서 또 다른 사진을 꺼내 그녀에게 건넸다. 사진을 보니 방 한가운데 서 있는 거울 표면에 핏방울이 흩뿌려져 있고, 바닥에는 방수포가 한데 뭉쳐 있었다. 거울 앞에는 앤드루 그로스의 시신이 있었는데, 새까맣게 굳은 피웅덩이가 그를 둘러싸고 있었다.

“앤드루 그로스를 둘러싼 피는 아무도 건드리지 않았네요. 피를 흘리는 내내 여기 아무도 없었다는 의미죠.” 그녀가 말했다. “범인은 랜딩을 재빨리 끌고 나가 게이트까지 갔어요. 누가 더 올 거라는 걸 알았던 거죠. 그래서 서두른 거고요."

"랜딩만 철창에 꽂은 이유는 뭘까요? 둘 다 꽂지 않고요."

"시간이 부족했다, 아니면 복수의 화살은 오직 태너 랜딩만을 향했다. 이렇게 되면 찰스 고먼이 범인이라는 주장에 힘이 실리네요." 로리는 계속해서 사진을 바라봤다. "방수포는 왜 있는 거죠?"

"게임의 일부입니다. 맨인더미러가 소환될 때까지 거울을 가려놔야 하거든요."

로리가 고개를 저으며 창문으로 다가갔다. 스프레이 페인트가 뿌려진 창문에서는 태너 랜딩이 꽂혔던 게이트가 보이지 않았다.

"그날 여기 다른 사람은 없었나요?" 그녀가 물었다.

"우리가 알기론 그렇습니다. 다른 학생들은 숲을 나와 게이트 앞에서 살해 현장을 목격하고 곧바로 학교로 뛰어갔습니다."

"그 방에 다른 DNA는 없었나요?"

"없었습니다. 앤드루 그로스와 태너 랜딩의 피뿐이었습니다."

"그 신원미상의 피요, 안에는 없었다는 거죠?"

"그렇습니다." 오트가 말했다.

"여학생의 손과 가슴, 그리고 태너 랜딩의 몸에서만 검출됐다는 얘기네요?"

"그렇습니다. 태너 랜딩의 피가 그웬 몽고메리한테 묻은 건, 게이트에 꽂힌 그를 발견해서 정신없이 끌어내렸다는 진술과 일치합니다. 그런데 신원을 확인할 수 없는 피 역시 소량 검출된 거죠."

로리가 창가에서 몸을 돌리며 물었다. "아니, 그런데 형사님은 어떻게 신원미상의 피에 대해 신경 쓰지 않으셨던 거죠?"

"전 그런 적 없습니다."

53장

숙소 뒤에 연결된 어둑한 유리온실 안, 탁자 위에는 다크로드 한 병이 놓여 있었다. 빛을 발하는 것은 탁상용 스탠드뿐이었다. 오트 형사가 넘겨준 파일을 읽기에 적당한 밝기였다. 오트 형사와 사택을 둘러보고 찰스 고먼이 자살을 시도한 선로 주변까지 조사를 마친 후였다. 세 명의 학생 또한 같은 장소에서 생을 마쳤다고 했다. 정신없는 하루를 보낸 탓에 여전히 얼떨떨했지만, 로리의 무의식은 그날 보고 들은 모든 것을 분류, 정리하고 있었다. 그녀는 집에 오자마자 레인을 앉혀놓고 그날의 외출에 대해 요약해주었고, 그러면서 머릿속으로 다시 한 번 정리할 수 있었다.

집안은 어둡고 조용했다. 자정을 넘긴 시각. 로리의 생산력이 극대화되는 시간이 그녀 앞에 놓여 있었다.

그녀는 맥주를 한 모금 마셨다. 한 시간 동안 오트 형사와 경찰이 작성한 파일을 읽은 참이었다. 마흔다섯 살의 화학교사 고먼에 대해 조사한 자료로, 웨스트몬트고에서 재직한 8년은 물론 그전의 인생도 담겨 있었다. 오트 형사가 수색영장 발부를 위해 사용했던 증거에 대한 내용도 있었다. 바로 오트가 고먼의 벽장 금고에서 발견한 살인 계획서였다. 손글씨로 쓴 세 장의 계획서에는 고먼이 태너 랜딩과 앤드루 그로스에게 저지른 일이 생생하고 자세하게 기록되어 있었다. 뼛속 깊이 전율하게 만들 만큼 충격적인 내용이었다. 로리는 이번 사건과 관련해 수많은 현장사진을 보았다. 이날 낮에 오트가 건네줬던 사진, 그리고 살인 계획서를 포함한 파일 속 사진까지. 고먼의 살인 계획서에서 묘사된 내용이 그대로 담긴 사진을 하나씩 펼쳐놓는 것 자체가 오싹한 일이었다. 필체 분석가의 보고에 따르면 살인 계획서에 갈겨쓴 글자는 찰스 고먼의 필체 샘플과 일치한다고 했다.

마지막으로 읽은 내용은 기차선로에서 자살을 시도한 찰스 고먼이 목숨이 끊어지지 않은 채 발견됐다는 것이었다. 뭔가 꺼림칙한 생각이 마음을 떠나지 않았다. 만약 고먼이 결백하다면 왜 자살을 시도한 걸까? 오트 형사가 범인을 제대로 검거한 게 맞았다는 생각이 들기 시작했다. 자신이 읽고 있는 이 파일에는 아무런 비밀도 없으며, 모든 것이 제대로 파헤쳐진 걸 수도 있었다.

그런데도 뭔가 빠진 것 같다는 경고가 느껴졌다. 일단 신원미상의 피부터 이상했다. 자살로 생을 마감한 학생들도 그렇고. 그녀는 맥주를 한 모금 마시고 고먼의 파일을 상자에 넣었다. 그리고 브리짓 매슈스의 파일을 꺼냈다. 브리짓은 처음으로 찰스 고먼을 따라 똑같은 곳에서 생을 마감한 여학생이었다.

로리는 웨스트몬트고 살인사건의 비밀은 바로 자살한 학생들에게 있다고 확신했다.

54장

로리는 오트 형사가 작성한 브리짓 매슈스 파일을 읽었다. 태너 랜딩이 죽은 날 브리짓이 진술한 내용, 브리짓의 자살 이후 그녀의 부모와 나눈 대화 내용이 담겨 있었다. 어딜 봐도 브리짓은 전형적인 십 대 소녀였다. 부유한 집안 출신으로 부모와는 약간 삐걱댔지만, 연중 10개월간 기숙학교에서 지내는 학생에게 그 정도는 이상하다고 볼 수 없었다.

사건에 대한 브리짓의 진술은 다른 학생들과 정확히 들어맞았다. 그들 모두 진실을 말하고 있거나, 아니면 미리 말을 맞춘 것이었다. 내용은 이랬다.

우선 아이들은 학교 남쪽 끝인 77번 국도 옆을 약속 장소로 정했다. 이 길은 학생들이 버려진 사택에 갈 때 선호하는 경로로, 인적이 드문 뒷길이라 교정을 가로지르지 않아도 됐다. 6월 21일 밤 그들은 맨인더미러 게임을 위해 77번 국도에서 만났다. 그날 밤의 미션은 그들 각자가 사택을 둘러싼 숲에 들어가 4학년이 숨긴 열쇠를 찾는 거였다. 그 열쇠로 사택의 '세이프룸'에 들어가야 했다. 데드라인은 자정이었다.

참여한 학생은 3학년 다섯 명으로 브리짓 매슈스, 그웬 몽고메리, 개빈 함스, 테오 콤프턴, 대니엘 랜드리였다. 브리짓의 남자친구인 태너 랜딩은 다른 아이들보다 일찍 출발했다. 태너 혼자 먼저 간 것에 대해서는 나머지 학생들의 진술이 모두 일치했다. 가장 열정적으로 게임에 몰두했던 그가 일등으로 열쇠를 찾아 미션을 완수하겠다며 일찍 떠났다는 것이다. 일등이 되면 신입회원 리더를 거쳐 다음해에는 전체 리더가 된다고 했다. 그러면 당시의 앤드루 그로스처럼 3학년 후배들을 이끌 수 있다는 거였다.

77번 국도 옆에서 만난 그들은 숲으로 향했다. 한 시간 동안 수색한 결과 그들 모두 각자 열쇠를 찾았고, 약간의 시간차를 두고 사택으로 달리기 시작했다. 그러나 숲을 빠져나오며 처음으로 본 것은 바로 게이트에 꽂혀 있는 태너 랜딩의 시신이었다. 두려움에 사로잡힌 학생들은 모두 학교로 뛰어갔다. 딱 한 사람만 빼고 모두. 그웬 몽고메리는 뒤에 남아 태너를 내리려고 애썼다. 하지만 결국은 바닥에 주저앉아 도움의 손길을 기다리는 처지가 되었다.

로리는 다크로드를 마시며 검은 숲을 지나가는 십 대 아이들을 상상했다. 대중들에게 이렇게 자세한 내용은 알려지지 않았다. 오트의 말에 의하면, 경찰은 고먼을 추격하면서도 일부러 컬트적인 게임 내용은 비밀에 부쳤다고 했다. 1980년대 사탄숭배 현상이 지금 다시 반복되면 수사에 혼선이 생길 수 있기 때문이었다.

로리는 브리짓 매슈스의 진료기록을 꺼내 꼼꼼히 읽어보았다. 크리스천 캐스퍼 박사와의 상담 내용도 포함돼 있었다. 2019년 여름 이전만 해도 남자친구, 친한 친구들, 학업 스트레스, 대학 진로 등 십 대 소녀가 걱정할 만한 내용뿐이었다. 그러나 사건 후에는 태너의 죽음이 몰고 온 슬픔과 비탄이 가득했다. 캐스퍼 박사가 브리짓의 부모에게 보낸 편지도 있었다. 브리짓의 정신 상태를 걱정하는 내용이었다. 자살 충동을 알리는 적신호에 대한 설명과 함께,

브리짓이 위험해 보이니 상담 및 의료적 치료를 제안하고 있었다. 그러나 너무 늦었다. 살인사건이 일어나고 약 석 달이 지난 2019년 9월 28일 밤 10시 30분, 브리짓 매슈스는 캐나다국유 화물열차로 뛰어들었다.

다음으로 꺼내 든 건 브리짓의 부검 보고서였다. 그녀는 파일을 열어보기 전 마음을 진정시키기 위해 맥주 한 모금을 마셨다. 브리짓의 조그마한 사진이 파일 왼쪽 덮개 상단에 붙어 있었다. 예쁘고, 어리고, 아무 잘못 없는, 자신 앞에 놓인 기나긴 생을 채 살지 못하고 간 소녀. 사진을 본 순간 로리는 마음이 끌리는 걸 느꼈다. 희생자들의 죽음을 파헤칠 때마다 느끼는 거였다. 마치 브리짓이 삶과 죽음의 깊은 틈 사이로 갈고리를 던져 로리의 영혼을 사로잡은 것만 같았다. 로리는 해답을 찾아 사건을 해결할 때까지 자신을 옭아맨 갈고리가 끝나지 않는 줄다리기를 하며 사라지지 않으리란 걸 알았다. 로리는 죽은 자의 영혼이 고이 잠들었다고 확신할 때까지 그들에 대한 아주 작은 것도 잊을 수 없었다. 이런 무방비 상태는 그녀를 늘 막막하게 했다. 그녀가 그토록 까다롭게 사건을 고른 건 바로 이런 이유에서였다. 희생자들과의 관계에서 그녀는 큰 부담과 동시에 막대한 책임감을 느꼈다.

그렇지만 웨스트몬트고 사건은 로리가 고른 게 아니었다. 제멋대로 흘러가는 상황에서 자신도 모르게 끌려 들어간 거였다. 로리가 주저한 데는 더 이상 파헤칠 내용이 없을 것 같다는 이유도 있었지만, 피해자가 여럿이라는 이유도 한몫했다. 학생 다섯 명이 목숨을 잃었다. 둘은 잔혹하게 살해당했고, 나머지 셋은 자살했다. 이렇게 많은 희생자와 마주하면 그녀의 감각이 완전히 사로잡혀 남들이 놓친 것을 찾아내는 그녀만의 능력이 무뎌질 수 있었다. 하지만 선택의 여지가 없었다. 망자의 속삭임은 이미 시작됐으니 목소리를 잠재우기 위해서는 사건을 해결해야 했다.

로리는 한 시간 동안 다크로드 반병을 홀짝이며 브리짓 매슈스의 부검 보고서를 읽었다. 한 줄씩 정성껏 모든 사항을 꼼꼼하게 확인했다. 처참하게도 브리짓은 기차에 뛰어들어 자살했다. 엄청난 두부 손상과 몸통 부상으로 죽음에 이르렀다는 게 검시관의 소견이었다. 로리는 부검 사진을 흘끗 보기만 하고 시선을 고정하지는 않았다. 브리짓의 체내에서 술이나 약물의 흔적은 발견되지 않았다. 보고서 마지막은 다음과 같이 마무리되었다. *사망 원인: 다발성외상. 사망 방식: 자살.*

마지막 쪽까지 모두 읽고 나서야 파일을 덮었다. 이어서 다음 학생 파일을 꺼내려고 하는 찰나, 무언가 그녀를 가로막고 소리치는 느낌이 들었다. 부검 보고서를 다시 열어 마지막 쪽을 살펴보았다. 손가락으로 훑으며 재빨리 눈으로 따라 읽었다. 그녀가 놓칠 뻔한 정보였으니 다른 사람들이 지나친 것은 당연했다. 하지만 로리 무어는 모든 걸 다 보는 사람이었다. 한눈에 결정적인 부분을 찾아내지 못한다 해도 그녀의 머리는 한 번 본 정보를 끝도 없이 스크롤되는 컴퓨터 화면에 저장했고, 그녀의 의식이 알아차릴 때까지 끊임없이 신호를 내보냈다. 눈부실 정도의 신호에 그녀는 촉각을 곤두세웠다. 브리짓 매슈스의 부검 보고서에는 뭔가가 있었다. 그것은 증거품이 아니라, 검시관이 부검을 진행하며 브리짓이 지녔던 소지품 목록을 정리한 내용이었다.

브리짓의 청바지 주머니에는 세 가지 물품이 있었다. *챕스틱, 현금인출 카드, 동전 하나*. 그 목록란에는 그녀가 놓칠 뻔한, 하지만 놓치지 않은 동전에 대한 설명이 있었다. 검시관이 써놓은 것은 다음과 같았다. *"납작하고 매끈하다."*

로리의 정신에 불이 붙었다. 그녀의 기억회로가 합선된 듯 불꽃을 터뜨렸고, 머릿속 컴퓨터 화면을 스크롤해서 필요한 정보를 정확히 찾아냈다. 그녀는 의자를 뒤로 밀어내 무릎을 꿇고 앉아 증거 상자를 휙휙 들추며 찰스 고먼의 파일을 찾았다. 그 파일을 책상 위에 놓인 브리짓의 부검 보고서 위에 얹어놓았다. 평소 같으면 하지 않을 행동이었다. 파일을 정리하지 않고 그렇게 두 개를 겹쳐 놓는 건 받아들일 수 없는 행동이었다. 하지만 곧 끊어질 것 같은 미미한 실마리를 놓치지 않으려는 지금, 파일을 제대로 정리하고 말고 할 여유가 없었다.

그녀는 검지에 침을 묻히고 한 장 한 장 넘겨가며 고먼의 파일을 살폈다. 그리고 그가 자살을 시도했던 장소에서 나온 증거품 목록을 찾아냈다. 현장사진 속 노란색 증거표시판 옆에 있는 72번 증거. 고먼이 쓰러진 곳에서 고작 1미터 떨어진 곳에 납작하고 매끈한 동전이 있었다. 동전 표면에 선명하게 찍힌 지문은 찰스 고먼의 것임이 판명되었다. 그가 기차에 뛰어들 당시 손에 쥐고 있었다는 의미였다. 동전 분석 결과는 다음과 같았다. 선로 위에 동전을 올려놓고 그 위로 기차가 지나가면 이렇게 이상한 모양의 동전이 된다는 것이었다.

55장

브리짓과 찰스 고먼의 사건 현장에서 특이하게 변형된 동전이 발견됐다는 사실은 한밤중의 토론을 이끌어낼 만했다. 로리는 목숨을 끊은 다른 학생들의 부검 보고서도 곧바로 살펴보았다. 대니엘 랜드리와 테오 콤프턴의 소지품 목록에도 납작하고 매끈한 동전이 포함되어 있었다. 이것은 그들을 묶어주는 연결고리였고 우연이라고 하기엔 너무 이상했다.

레인이 주방 탁자를 사이에 두고 로리와 마주앉았다. 새벽 3시 30분이었다.

“이게 뭘 의미할까?” 레인이 물었다.

“나도 모르겠어. 모두가 이 특이한 물건에 연결돼 있다는 것 말고는.”

“그런 물건이야 많지. 그래도 이상하긴 하네. 선로에 동전 올려놓고 납작하게 만드는 건 애들이나 하는 짓인데. 어쩌면 깊은 뜻은 없을지도 몰라. 버려진 사택에서 오래 놀다 보니 옆에 있는 선로에서도 놀게 된 거고, 그러다 동전으로 장난을 친 건지도 모르지.”

“그러면 고먼한테서도 동전이 나온 게 설명이 안 돼.”

로리가 다크로드가 담긴 유리잔을 돌리며 생각에 잠겼다. 잠시 후 마침내 레인을 쳐다보았다.

"살인사건연구 프로젝트 데이터베이스에 넣고 돌려보자. 알고리듬으로 뭔가 건질 수도 있잖아."

그 제안에 레인이 고개를 끄덕였다. 살인사건연구 프로젝트 알고리듬은 납작한 동전보다 더 이상한 연결고리도 찾아낸 적이 있었다.

"검색어는 뭘로 하지? 동전?" 레인이 물었다.

"동전, 납작한 동전, 기차선로."

"'기차선로'를 넣으면 결과가 감당이 안 될 텐데. 어쨌든 일단 넣어보고 결과가 어떻게 나오는지 봐야겠다. 정보 찾고 검색을 세분화하는 데 하루이틀 걸릴 거야."

로리가 남은 맥주를 모두 마셨다.

"만약 이 동전을 찰스 고먼에게 보여주면 무슨 일이 일어날까?"

그 질문에 레인이 눈썹을 추켜올리더니 붕대가 감긴 머리를 한 손으로 쓸어내렸다. 로리의 머리는 잠시도 쉬는 법이 없었다. 일을 하며 밤을 지새우는 것도 문제없었다. 그러나 레인은 여덟 시간의 수면이 필요하고, 커피를 한 주전자는 들이부어야 뉴런에 불이 켜지는 사람이었다. 새벽 시간인 지금, 뇌진탕의 여파 때문에 그의 뉴런은 혼미한 상태였다.

"오트 형사 말로는 고먼이 코마에서 깨어나긴 했지만 아직 말을 못 한대." 레인이 말했다. "신경과 전문의들은 그가 정상으로 돌아오지 못할 거라고 보더라고. 뇌전도에도 반응이 없어. 하지만 뇌라는 건 불가사의하니까, 뭐에 자극을 받을지는 알 수 없지. 논문 쓰다 알게 된 친구들이 그랜트빌 정신병원에 있어. 내일 전화해서 뭘 할 수 있는지 알아볼게."

56장

41호 병실에 들어온 간호사가 거울 앞의 환자를 발견했다. 환자는 세면대 앞에서 칫솔을 들고 거울을 뚫어지게 바라보고 있었다. 자주 있는 일이었다. 이 환자는 뭔가 활동을 시작했다가도 목적을 잃은 채 중간 어딘가에 갇혀 있곤 했다. 그동안 많은 환자들을 봐왔지만, 유독 41호실 환자가 이런 모습을 자주 보였다. 때로는 화장실에 간 목적을 잊은 채 화장실 문 옆에 서 있었고, 식탁에 앉아 손에 포크를 쥐고는 밥 먹는 걸 잊기도 했다. 오늘은 거울 앞에서 자신의 손에 쥐여진 치약을 보고 혼란스러워하고 있었다.

간호사가 다가갔다. 모든 사람은 어떤 상태에 있든지 연민과 존중을 받을 자격이 있다. 30년 경력의 이 간호사는 뇌손상을 겪은 환자라도 사람과의 접촉을 통해 현실로 되돌아올 수 있다는 걸 알았다. 어깨를 살짝 건드리거나, 팔뚝에 손을 가볍게 댄다거나 하는 아무리 작은 교류라도 도움이 됐다. 간호사는 환자가 놀라지 않도록 늘 천천히 조심스럽게 접촉했다. 그리고 눈을 맞췄다. 바로 지금처럼.

"양치질하시려던 거예요. 기억나세요?"

몇 초가 지나자 마침내 환자가 고개를 끄덕였다. 얼굴 표정은 절대 변하는 법이 없었다. 언제나 무심한 듯 냉담한 표정. 하지만 머리를 끄덕인다는 것은 좋은 징조였다. 간호사가 보기에는 이 정도도 성공이었다. 이렇게 반응을 보이다니, 더 이상을 바라는 건 욕심이었다. 항상 그래왔고, 간호사의 생각으로는 앞으로도 계속 그럴 것이었다. 그러나 딱 한 번 이 환자가 병원에서 인지기능을 보인 적이 있었다. 방문객이 찾아왔을 때였다. 일주일에 한 번 시계태엽처럼 정확하게 나타나는 방문객.

환자가 천천히 칫솔을 들어올렸다. 방향이 빗나가 있었다. 간호사가 환자의 입 쪽으로 칫솔 방향을 돌리고 칫솔질을 도와주었다.

57장

목요일 늦은 오후였다. 어제 로리는 자살한 학생들이 동전으로 연결되어 있다는 사실을 발견했다. 정말 알 수 없는 건 찰스 고먼 역시 동전을 갖고 있었다는 것이었다. 그야말로 수수께끼였다. 레인은 살인사건연구 프로젝트 데이터베이스에 검색어(동전, 납작한 동전, 기차, 기차선로)를 넣고 다른 살인사건과 일치하는 점은 없는지 검색을 시작했다. 광범위한 검색이라 알고리듬이 결과를 내려면 오래 기다려야 했다. 1차 결과를 기다리는 동안 레인과 로리는 숙소 응접실에 펴놓은 레인의 노트북에 시선을 고정했다. 노트북 USB 포트에는 메모리가 꽂혀 있었고, 화면에는 수사관들이 기록한 앤드루 그로스와 태너 랜딩의 살해 현장 영상이 떠 있었다.

사건 현장을 다룰 때는 엄격한 서열이 존재하는데, 살인사건의 경우 특히 그랬다. 응급구조대가 살인사건 발생을 확인하면, 상관에게 보고가 되고 지휘계통 작동이 시작된다. 형사가 급파되고, CSI 요원이 소집되고, 현장을 드나드는 모든 이들이 기록에 남는다. 응급구조대 이후 현장에 먼저 발을 들이는 사람들은 CSI 요원이었다. 그들의 업무는 모든 것을 사진과 영상으로 기록하는 것으로, 다른 사람이 현장에 들어와 족적, 지문, DNA를 남기기 전에 작업을 마무리해야 했다. 지금 보는 현장 사진과 영상은 헨리 오트가 로리에게 넘긴 것으로, 증거품 상자 속 USB 메모리에 담긴 파일이었다. 덕분에 레인과 로리는 버려진 사택의 모습을 확인할 수 있었다. 화면 아래에 날짜와 시간이 찍혀 있었다. *2019년 6월 22일 토요일 오전 12:55.*

조명등 빛이 검은 숲을 떠다니는 거품 같았다. 사택 뒤에서 시작해 전면 입구까지 걸어오며 찍은 동영상은 마구 흔들렸다. 조명등이 환하게 켜진 사택 내부로 들어가자 카메라 렌즈를 통해 빛이 과하게 들어왔다.

카메라가 명암을 바로잡고 나니 주방으로 이어진 좁은 복도가 보였다. 레인이 영상을 멈추고 모니터를 가리켰다.

"식기장이 왜 다 열려 있지?"

"오트 형사가 그러는데 그게 맨인더미러라는 게임 방식의 하나래. 사건 당일 밤 학생들이 하던 게임이 그거였어. 전설 속 인물이 유령 같은 존재를 데리고 오는데, 어디든 닫혀 있으면 거기 들어가 은신한다는 거야. 식기장, 서랍, 옷장, 방 등 어디든 영혼들이 은신하지 못하도록 전부 열어놔야 저주를 받지 않는대."

"대단한데. 병 돌리기 게임* 같은 건 이제 안 하나 봐?"

"아." 로리가 영상을 다시 재생하며 말했다. "병 돌리기 게임은 이거랑 상대가 안 돼."

카메라가 주방과 1층을 훑자 문이란 문이 모조리 열려 있는 게 보였다. 카메라가 흔들거리며 향한 곳은 한때 도서관으로 사용했던 방, 이틀 전 로리가 오트 형사와 갔던 방이었다. 전신거울 앞에

* 여러 사람이 둥그렇게 둘러앉으면 술래가 그 한가운데서 병을 굴린 후 병이 멈추며 가리키는 사람에게 키스하는 게임이다.

초들이 일렬로 세워져 있고, 그 옆에는 흩어진 성냥들이, 그 앞에는 앤드루 그로스의 시신이 누워 있었다. 시신은 사후경직이 시작되지 않아 마치 쪼그라든 듯 보였다. 사지를 채우고 있던 바람을 빼고 바닥에 내동댕이친 것 같았다. 검고 끈적끈적한 피웅덩이가 시신 주위에 뚜렷한 경계를 만들고 있었다. 촬영 각도를 바꾸느라 카메라가 움직이는 사이, 거울에 현장 풍경이 비치며 산 자와 죽은 자 사이에 묘한 대비를 만들어냈다. 거울 표면에는 피가 흩뿌려져 있었고, 그 뒤 벽도 마찬가지였다. 텅 빈 방의 열린 창으로 붉은 담쟁이덩굴이 가지를 뻗었고 밤바람에 휩쓸린 벚꽃잎이 창을 통해 안으로 날아들었다. 카메라가 창문에서 방향을 꺾어 방문 쪽을 찍었다. 문간 바닥에 태너 랜딩이 끌려가며 만든 핏자국이 보였다.

이 방 촬영은 여기서 끝난 건지, 바깥에서 찍은 화면이 바로 이어졌다. 머리 위에 설치된 키보다 큰 조명이 주변을 환히 비췄다. 조명에 전력을 공급하는 발전기에서 웅웅 소리가 났다. 카메라가 앞마당을 지나며 태너 랜딩의 시신이 끌릴 때 난 자국과 혈흔을 기록했다. 그리고 천천히, 카메라의 시선이 땅에서부터 게이트로 옮겨갔다. 태너 랜딩의 시신이 나오자 로리는 저도 모르게 몸을 뒤로 빼 화면에서 멀어졌다. 헨리 오트가 사건 현장을 '살육 현장'이라고 표현했던 게 기억났다. 창살이 학생의 턱을 찌르고 들어가 머리를 뚫고 나온 걸 보니 그보다 더 알맞은 단어는 없어 보였다.

로리가 영상을 멈추고 화면에 눈을 고정한 채 말했다. "방 안에 저항한 흔적이 없었어. 피해자 둘 다 방어흔이 없었고. 범인이 몰래 침입한 줄 알았는데 그게 아닌 것 같아. 어쩌면 범인이 그들 중 하나일 수 있어. 범인이 그들과 함께 있었던 거지."

"다른 학생?"

"그럴 수 있어. 그랬다면 이 둘은 방심했을 거야. 방심한 이유는 범인이 자기들을 해칠 거라곤 상상도 못 한 인물이었기 때문이지."

레인이 사택 내부를 보기 위해 영상을 뒤로 돌렸다. "거울을 봐. 피가 흩뿌려져 있지. 범인이 뒤에서 공격한 거야. 피가 전방으로 튀었잖아. 두 학생 모두 목이 그어졌어. 거울의 핏자국으로 유추해보면 둘 다 거울을 향해 서 있었고 범인은 그들 뒤에 있었던 거 같아."

로리가 고개를 끄덕였다. "오트 형사 말도 그렇고 내가 인터넷에서 찾아본 정보도 그랬어. 게임에는 거울을 보며 맨인더미러라고 반복해서 말하는 게 있거든. 아마 그러던 중에 살해당한 것 같아."

레인이 고개를 끄덕이며 앞으로 바짝 당겨 앉았다. "그러니까 학생들이 거울 앞에 섰을 때 살인범은 잠복 중이었거나 같이 있었던 거야. 범인이 아이들 목을 긋고 한 명은 바닥에 피 흘리며 죽게 내버려두고 다른 한 명은 밖으로 끌어내 게이트에 꽂은 거지. 아마 자신의 우월함을 과시하거나 복수를 하고 싶었던 거야. 하지만 72킬로그램이나 되는 남학생을 끌고 나와 게이트 위에 꽂는 건 시간이 걸리는 일이지. 살해 후 적어도 5분은 필요할 거야. 즉 범인은 이곳을 아는 사람이야. 서두를 필요가 없었어. 침착했지. 완벽하게 조직적이고 계획적이었어. 뜬금없이 일어난 일이 아니야. 피가 낭자한 현장만 봐도 그래. 고먼이 폭발해서 벌인 짓이라는 가설과는 어긋나. 우발적 살인이라기엔 너무 계획적이고 복잡한 사건이야."

그는 붕대가 감긴 머리를 손으로 지그시 누르며 생각에 잠겼다. "설령 자제력을 잃고 우발적으로 저질렀다 해도 의식을 치르듯 희생자를 게이트 위에 꽂다니, 이건 말이 안 돼. 의도적으로 계획한 거야. 애들이 고먼을 어떻게 괴롭혔는진 몰라도, 이 사람의 프로파일에 따르면 고먼은 자제력을 잃을 사람이 아니야. 이런 식으로 살인을 저지를 사람이 아니지. 아니, 살인 자체를 못 하는 사람이야."

"하지만 사건 현장은 고먼의 살인 계획서랑 완전히 똑같았잖아. 목을 긋는 거, 사람을 게이트 철창에 꽂는 것까지. 그건 계획범죄라는 당신 분석이랑도 일치해. 사전에 신중하게 계획한 거니까." 로리가 다시 한 번 모니터를 보다가 이윽고 레인을 향해 돌아앉았다. "웨스트몬트고 학생들은 일주일에 한 번씩 상담을 받아. 브리짓 매슈스와 대니엘 랜드리의 상담기록을 봤는데, 마음속 생각을 일기로 표현하라는 조언을 받았더라고. 두려움이나 불안, 깊이 묻어둔 생각 같은 거 말이야."

"심리치료에서 흔하게 쓰는 방법이지."

"어쩌면 고먼의 살인 계획서라는 게 그거 아니었을까? 저 깊이 묻어둔 생각을 종이에 적고 떨쳐내는 거. 치료의 일환으로."

레인이 고개를 갸우뚱했다. "그렇다면……."

"고먼의 일기를 읽은 다른 누군가가 현장을 그 내용이랑 똑같이 연출한 거지." 로리가 말했다.

레인은 그 가설에 흥미를 보이며 자세를 고쳐 앉았다. "환자에 대한 비밀보장 의무에 의거해 그 일기에 접근 가능한 사람은 딱 하나야."

"그렇지."

"고먼의 파일에 상담에 대한 내용도 있었어?"

"응."

"담당의사 이름도?"

로리가 끄덕이며 말했다. "가브리엘라 해노버."

웨스트몬트 사립고등학교

2019년 여름

58장

그들은 자정이 되길 기다렸다가 도서관 건물의 고딕식 박공벽 아래에서 모였다. 땅에 박혀 건물을 비추는 조명이 '베니암 솔룸, 레린쿠아티스 에트'라는 표어에 닿아 그림자를 만들어냈다. 이렇게 모이긴 했지만 내켜서 나온 사람은 없었다. 고먼 선생님의 집에 숨어 들어가 개인 물품을 하나 훔쳐 오는 게 앤드루 그로스가 내준 마지막 미션이었다. 지난번 사택에서는 그들 모두 밀러 라이트 맥주를 마셨다. 술이 오른 앤드루는 자신이 미션을 수행했던 작년, 3학년 회원들과 작당해 라스무센 선생님 서랍에 있던 브라를 몽땅 훔쳤다며 뻐겨댔다. 당시 절도사건이 알려지자 교내에는 이게 맨인더미러 미션이라는 소문이 퍼졌다. 그리고 며칠 후 라스무센 선생님의 브라가 나타났다. 도서관 건물 처마 밑 학교 표어 아래 한 줄로 나란히 걸린 채로. 이번 신입들은 앤드루의 전설을 능가할 가능성이 거의 없었고, 고먼 선생님의 속옷 서랍 근처에 갈 의향도 전혀 없었다. 다만 태너는 자신들이 4학년의 관심과 인정을 받기 위해 뭔가를 해야 하지 않겠느냐며 단호한 모습을 보였다.

앤드루가 건넨 열쇠는 교사 거리에 있는 집들의 뒷문을 모두 열 수 있는 마스터키 같았다. 사용 가능 여부는 도착해야 알 수 있을 것이다. 그웬의 말로는 작년 라스무센 선생님의 브라가 없어진 뒤로 교사 거리 집들의 모든 잠금장치가 바뀌었다고 했다. 그녀는 또한 쥐덫 사건 이후 또다시 일이 터지면 무사히 넘어가지 못할 거라고 말했다. 사실 그들은 교사들의 주시를 받는 중이었다. 태너와 앤드루는 해노버 박사, 캐스퍼 박사와 면담하는 중에 작년 여름과 같은 불상사가 생긴다면 더 이상 용인하지 않을 거라는 경고를 받았다. 그리고 웨스트몬트고 행동수칙에 대한 연설이 이어졌다. 그 수칙에 무단침입은 포함되어 있지 않았다.

그런데도 이들은 어둠에 몸을 감추고 슬금슬금 교사 거리로 향했다. 다들 각자의 이유로 여기에 왔다. 남들과 어울리며 인정을 받는 것에 필사적인 태너는 친구들을 제치고 큰 관심을 끌 수만 있다면 뭐든 할 태세였다. 그웬과 다른 친구들은 웨스트몬트고의 비밀 동아리에 가입하고 싶은 마음이 어느 정도 있었다. 이 말에 반박할 사람은 아무도 없었다. 그렇지만 그들을 움직이는 건 그게 다가 아니었다. 바로 두려움이었다. 웨스트몬트고의 순진한 신입생들은 입학하는 날부터 맨인더미러라는 신화를 쫓아다녔다. 거의 모든 학생들이 그랬다. 교내에 널리 퍼진 그 이야기의 유혹을 뿌리치는 학생은 손에 꼽을 정도였다. 그리고 지금, 이유가 무엇이든 간에 이들 여섯은 그 전설에 참여할 기회를 거머쥐었다. 몇몇 학생들이 따라 만든 시시한 짝퉁 모임이 아니었다. 6월 21일에 하는 진짜배기였다. 하지만 맨인더미러의 미션을 완수해 특권을 얻기 위해서는 관문을 먼저 통과해야 했다. 그들은 오늘밤 어두운 교정에서 태너의 뒤를 따라갈 만큼 그 신화를 믿고 있었다.

다만 그 누구도 자신들의 삶에 큰 변화가 닥치리라는 걸 알지 못했다.

59장

원래 계획은 태너 랜딩이 고먼 선생님 집 뒷문으로 들어가 주방에서 아무거나 잡히는 대로 가지고 나오는 거였다. 찰스 고먼의 소지품이라면 뭐가 됐든 상관없었다. 재빨리 문을 잠그고 어둠 속으로 사라지면 하지 미션으로 향하는 마지막 관문을 통과하게 되는 거였다.

그들은 어둠 속에 몸을 숨겼다가 교사 거리로 향했다. 현관 등이 켜져 있는 집은 몇 없었다. 대부분의 집이 어둡고 고요했다. 그들은 14호로 다가가 집 뒤로 돌아갔다. 모두가 살금살금 걸었지만 발소리를 한데 모으니 육군 부대가 지나가는 느낌이었다. 집 뒤편에 도착하자 창문 하나가 노란 조명으로 빛나는 게 보였다.

"젠장, 아직 안 자나 본데?" 태너가 말했다.

"그냥 여기서 그만두자." 그웬이 말했다.

"절대로 안 되지. 미션을 실패할 순 없어."

"그러다 들키면 퇴학당해. 해노버 선생님이랑 캐스퍼 선생님이 우릴 주시하고 있다고."

"그럼 넌 가든가. 나랑 브리짓은 계속할 거야." 태너가 나머지 친구들을 바라보며 물었다. "할 거야, 말 거야?"

"일단 한번 가보지 뭐." 개빈이 말했다. "하지만 선생님이 깨어 있으면 몰래 들어가는 건 불가능해. 다른 날 다시 와야 해."

태너가 무리에서 떨어져나가 몸을 숙이고 뒤쪽 창으로 다가갔다. 집 벽에 그림자를 만들며 불이 밝혀진 창문까지 기어갔다. 그리고 몸을 구부려 안을 들여다보았다. 다른 아이들은 잠자코 그를 지켜보았다. 모두가 숨을 멈췄다. 만약 뒷문이 열리거나 커튼이라도 움직인다면 당장 어둠 속으로 뛰어들 태세였다. 그때 태너의 검은 그림자가 빨리 이리 오라는 듯 미친듯이 손을 흔들어댔다.

"빨리 오라고! 빨리!" 그가 다급히 속삭였다.

그웬과 개빈이 서로 마주본 후 천천히 창문 쪽으로 갔다. 태너는 심장마비라도 온 듯 가슴을 움켜쥐고 키득거리고 있었다. 그가 창문 안을 가리켰다.

"고먼 선생님이 그거 한다."

그웬과 개빈이 안을 들여다보려고 창문틀 안쪽으로 몸을 기울였다. 테오, 대니엘, 브리짓이 똑같이 따라하자 창문을 통해 새어나온 노르스름한 불빛이 그들의 얼굴을 비췄다. 안쪽을 보니 침실 스탠드에서 흘러나오는 빛이 리드미컬한 박자로 엉덩이를 움직이는 찰스 고먼의 나체 위에 그림자를 드리우고 있었다. 날씬한 다리가 그의 허리를 감싸고 있었다. 그들 모두 화학 선생님이 엉덩이에 힘을 줬다 풀었다 하는 뒷모습을 관음증적 시선으로 바라보았다.

"맙소사!" 개빈이 재빨리 창문에서 몸을 멀리 떨어뜨렸다. 나머지도 물러서며 웃음을 삼켰다.

"그냥 가자. 오늘은 못 해." 개빈이 말했다.

"이걸 놓칠 순 없지." 태너가 핸드폰을 꺼내며 말했다.

그는 핸드폰 카메라를 동영상으로 바꾸고 창문 너머 벌어지는 장면을 녹화하기 시작했다. 고먼 선생님이 자세를 바꿔 팔굽혀펴기하듯 움직이더니, 고개를 옆으로 돌려 쾌감의 숨을 뱉어낸 후 마지막으로 엉덩이를 밀어넣으며 몸을 떨었다.

나머지 아이들이 유혹에 못 이겨 창문으로 시선을 돌렸다. 자동차 사고 장면을 보고 얼이 빠진 목격자들 같았다. 고먼 선생님이 고개를 돌려 얼굴을 보이자 그들 모두 창틀 아래로 몸을 수그렸다. 태너는 몇 초라도 더 찍겠다고 핸드폰을 창턱 위로 내밀고 있었다.

"가자." 그웬이 말했다.

"거의 다 됐어." 태너가 핸드폰을 내려 주머니에 넣었다.

그가 핸드폰을 넣은 주머니에서 휴대용 경적을 꺼냈다. 그리고 바닥에 붙어 뒷문으로 기어갔다. 나머지 아이들은 방금 본 장면에 얼떨떨해서 태너가 뭘 하려고 저러는지 짐작도 못 한 채 그를 바라봤다. 곧 고먼 선생님 집 뒷문이 가볍게 끼익하며 열리는 소리가 났다. 태너가 잠시 안으로 사라지더니 가죽 장정의 일기장을 손에 든 채 나타났다.

"제일 처음 눈에 띈 게 이거였어." 태너가 아드레날린에 취해 숨을 헐떡이며 말했다.

"너 진짜 미쳤구나." 개빈이 말했다. 그리고 그웬의 손을 낚아챘다. "빨리 여기 뜨자."

그들은 열린 문을 뒤로하고 조용히 도망치기 시작했다. 바로 그때 경적 소리가 났다. 빵하고 고막이 찢어질 듯한 소리가 세 번 연속 울리며 고요한 밤을 산산이 조각냈다.

"야, 뛰어!" 태너가 소리치며 뛰어나갔다. 고먼 선생님의 집 문은 아직도 활짝 열려 있었다.

두근거리는 심장을 느끼며 그들 모두 어둠 속으로 사라졌다.

60장

찰스 고먼이 숨을 헐떡이며 여자 위로 쓰러졌다. 여자의 손톱이 자신의 등을 따라 움직이는 게 느껴졌다.

"자고 가." 찰스가 그녀의 귀에 대고 속삭였다.

"그럴 수 없다는 거 알잖아."

찰스는 제안만 할 뿐 절대 강요하지 않았다. 두 사람은 말없이 서로 엉킨 채 누워 있었다. 들리는 건 숨소리뿐이었다. 그때 빵하는 날카로운 소리가 온 집안을 울렸다. 그러더니 한 번 더, 그리고 한 번 더. 세 번이나 이어진 빵 소리에 둘은 깜짝 놀랐다.

"대체 뭐야!" 찰스가 소리치며 일어나다가 침대에서 바닥으로 쿵 떨어졌다. 마치 방금 전의 빵 소리가 그를 들어올렸다가 내동댕이 친 것같이.

여자가 이불을 끌어당겨 벗은 몸을 가렸다. 찰스의 귀에 웃음소리와 우르르 몰려가는 발소리가 들렸다. 그가 속옷을 입고 침실을 뛰쳐나가 복도를 지나 주방으로 갔다. 뒷문이 활짝 열려 있었다. 불을 켜고 주변을 둘러봤다. 집안에는 아무도 없었다. 재빨리 밖으로 나가 이쪽저쪽 살펴본 후 다시 안으로 돌아왔다. 누군가의 발소리가 왼쪽으로 멀어지더니 어둠 속으로 사라졌다. 그 방향으로 몇 걸음 다가가 귀 기울였지만 여치 소리만 들릴 뿐이었다. 그는 어둠 속으로 뛰어들어 발소리를 뒤쫓고 싶었다. 따라잡을 수 있다는 확신이 있었다. 녀석들은 기숙사 쪽으로 뛰어가고 있을 터였다. 하지만 찰스는 하얀색 속옷 차림이었다. 어쩔 수 없이 방향을 돌려 안으로 들어왔다. 침실로 가자 가브리엘라 해노버가 이미 옷을 입고 있었다. 그녀가 벌벌 떠는 게 눈에 보였다.

"빌어먹을 녀석들! 여름만 되면 자기들 세상인 줄 안다니까."

찰스의 말에 가브리엘라가 떨리는 손으로 입을 틀어막고 뺨을 가렸다. "누구였어?"

"누군지는 못 봤지만, 앤드루 그로스와 태너 랜딩이 분명해."

"걔들이 우리 봤을까?"

"우릴 어떻게 봐?"

"걔들 집안에 있었잖아, 찰스! 우리 본 거 아냐?"

"아니. 멍청하게 장난치고 간 거야. 문 열고 경적 울리는 장난. 집안까지 들어올 배짱은 없는 애들이야. 신물나는 놈들 같으니라고."

"우리 들켰다간 큰일나. 우리가 한 일은 규칙에 위배된다고."

"아무도 모를 거야, 가브리엘라. 아무도 우리 못 봤다니까. 멍청한 애들이 장난치고 간 거라고."

"나는 당신 상관이야, 찰스. 이게 알려지면 내 판단력이 의심받게 된다고. 알려지는 즉시 학교 이사회는 날 해고할 거야. 내가 담당 환자랑 자는 사이라는 게 문제라는 건 말할 것도 없고. 자격증을 박탈당할 수도 있어, 찰스!"

찰스가 다가가 위로하려 했지만 그녀가 밀어냈다.

"나 가야겠어. 내일 얘기해."

가브리엘라가 서둘러 뒷문으로 나갔다. 고먼은 주방에 서서 그녀가 떠나는 것을 바라보았다. 그리고 문을 쾅하고 닫았다.

7부

2020년 8월

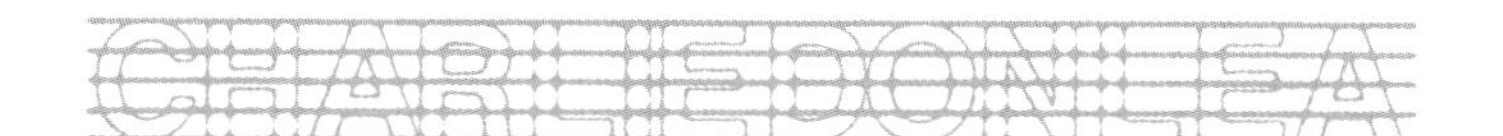

61장

구릿빛 여명이 흐릿하게 창틀을 채운 금요일 새벽, 잠에서 깬 로리는 레인을 바라봤다. 그는 숨을 내쉴 때마다 작게 꺽꺽거리며 여전히 힘들어했다. 연기 흡입으로 인한 증상이 아직 남아 있었다. 침대 맡 시계를 보니 5시 12분. 늘 선잠을 자는 로리를 깨운 건 아주 작은 소음이었다. 일단 잠에서 깨면 다시 잠드는 게 너무 힘들었다. 그녀가 눈을 뜬다는 건 컴퓨터를 켜는 것과 같았다. 뇌가 회전하며 작업을 위해 가동을 시작하는 것. 사건을 맡고 있을 때는 더욱 그랬다.

로리는 침대를 빠져나와 탱크톱과 반바지만 입고 복도로 나가 플란넬 셔츠를 걸쳤다. 집안에는 칠흑 같은 어둠이 깔려 있었다. 조용조용 아래층으로 내려가 냉장고에서 다이어트 콜라를 꺼내 들고 유리온실로 향했다. 책상에 앉아 스탠드를 켰다. 아르망 마르세유 키디조이 인형이 여행용 상자 안에 있었다. 그 인형을 들고 지난번에 작업했던 귀와 뺨 부분을 살펴보았다. 유약을 바르고 에폭시로 광택을 내놓은 덕에 격자 모양 흠집은 보이지 않았다. 그녀는 보드카와 주방세제로 만든 그레타 고모할머니표 비밀 용액으로 인형과 어울리지 않는 색깔을 오래도록 벗겨냈다. 이어서 도자기를 부드럽게 사포질하는 작업에 들어갔다. 사포지는 손가락 끝에서 돌기가 거의 느껴지지 않을 정도로 입자가 고운 것이어야 했다. 사포질이야말로 오랫동안 꼼꼼하게 해야 하는 지루한 작업이었다. 복원한 부분이 다른 부분과 들어맞을 때까지 과하다 싶을 만큼 계속 문질러야 했다.

두 시간 후 눈을 감고 손가락으로 인형 얼굴을 만져보았다. 눈에 보이지 않는 결함을 찾는 것이었다. 결함은 한 군데도 느껴지지 않았다. 다음 과정은 도자기에 색을 입혀 본연의 색으로 되돌리는 일이었다. 로리는 경매에서 얻은 사진과 인터넷에서 구한 사진을 참조했다. 책상 앞 이젤에 놓인 독일 인형 카탈로그의, 귀퉁이가 접힌 페이지에는 마르세유 키디조이 인형의 본래 모습이 담겨 있었다. 창백하게 흰 피부에 두 뺨이 마치 로제와인 같은 색을 띤 인형.

로리는 폴저그루덴 붓 세트에서 붓털 폭이 2센티미터가 넘는 가장 넓은 붓을 꺼냈다. 이 붓으로 밑칠용 프라이머를 바르자 인형 얼굴이 노란기 있는 연한 복숭아 색으로 변했다. 인형에 열선총으로 열을 가하고 푸른 자외선을 쏘았다. 그리고 프라이머를 한 겹 덧발랐다. 색을 칠하고 말리는 과정에서 로리는 셔츠 앞주머니에 있는 붓을 꺼냈다 넣었다 하며 재빠르게 움직였고, 꼼꼼하게 작업하며 머리를 비웠다.

두 시간이 지나자 허리가 쑤시는 게 느껴졌다. 인형을 옆으로 눕히고 자리에서 일어나 뻣뻣하게 굳은 근육을 풀었다. 거의 마지막 단계였다. 속눈썹 마무리, 볼터치, 콧구멍 어둡게 하기, 입술 칠하기만 하면 끝이었다. 갑자기 로리의 머릿속이 앞으로 남은 붓질에 대한 생각으로 가득 찼다. 차례차례 수천 번이나 세심하게 해야 하는 이 마지막 작업이 하고 싶어 근질근질했다. 그녀가 복원 작업 중에서 가장 좋아하는 단계였다. 하지만 먼저 도자기부터 말려야 했다. 그래야 은은한 색조가 제대로 나온다.

냉장고에서 다이어트 콜라를 하나 더 가져오는데, 위층에서 의자가 바닥에 미끄러지는 소리가 들렸다. 레인이 선로 위 동전, 자살과 관련된 연관성을 찾기 위해 컴퓨터에 앉아 살인사건연구 프로젝트 데이터베이스에 접속한 모양이다. 레인은 어제 오후 대부분을 데이터베이스가 뱉어내는 검색 결과를 분류하고 이해하려고 애쓰면서, 로리가 찾아낸 단서, 즉 동전에 매달려 시간을 보냈다. 그리고 밤늦게 뭔가 괜찮은 단서를 찾은 것 같다고 했다. 로리는 얘기를 듣고 싶어 안달이 났지만, 그녀 자신이 그렇듯 레인에게도 그만의 별난 점이 있었다. 한창 일에 빠져 있을 때면 따로 떨어져 있기를 원한다는 것. 그래서 로리는 그가 자신이 알아낸 것에 대해 스스로 입을 열 때까지 늘 거리를 두고 기다렸다.

거의 10시가 다 된 시각, 그녀는 유리온실에 있는 책상에 자리를 잡아 증거품 상자로 관심을 돌렸다. 맞은편에 있는 코르크판에는 웨스트몬트고 학생들의 얼굴 사진과 그들을 살해한 것으로 기소된 남자의 사진이 붙어 있었다. 그녀는 테오 콤프턴의 파일을 꺼냈다. 오트 형사가 파일 상자를 준 날 이미 읽어본 파일이었다. 그렇지만 다시 읽기 시작했다. 처음 읽었을 때 이미 모든 게 머릿속에 기록됐지만, 뭔가 다른 생각이 수면 위로 끓어오르던 참이었다. 마치 그녀 자신이 알아채거나 인지하지 못한 무언가를 무의식이 먼저 눈치채기라도 한 것처럼. 이제 이 숨겨진 생각을 수면 위로 꺼내기만 하면 된다. 만약 이걸 무시하고 의미를 캐내지 못한다면 그녀의 마음 한구석은 자신이 놓친 것을 찾아 방황할 게 분명했다. 이것은 집착으로 이어질 것이고, 집착을 누르지 못하면 곧 강박이 찾아올 것이다. 로리는 일생 동안 이 고통과 싸워왔다. 그녀의 사고

방식은 고약한 질병처럼 그녀의 삶을 무너뜨렸다. 그렇지만 일에서만큼은 오히려 질병의 고삐를 쥐고 별난 점을 이용해 남들이 다 놓치는 부분을 찾아낼 수 있었다.

테오 콤프턴의 파일에서 사진 몇 장을 꺼내 책상 위에 올려놓았다. 기차선로, 테오 콤프턴의 시신, 족적, 주변 환경이 찍힌 8×10 사이즈의 큰 사진들이었다. 그녀가 파일을 처음 받았을 때 주의 깊게 살펴본 게 있었다. 바로 기차에 몸을 던진 테오의 주머니에 있던 납작하고 매끈한 동전. 그 동전엔 뭔가 있다. 뭔가 있다는 걸 알아챈 건 그녀의 잠재의식이었다. 이제 그것이 무엇인지만 밝혀내면 된다.

사진을 찍은 사람은 라포트 카운티 검시소의 법의학자였고, 맥 카터의 신고전화로 현장에 온 구조대가 테오를 되살리기 위해 노력한 후 찍은 거였다. 문제는 소생 시도 과정에서 테오 콤프턴 시신의 위치가 바뀌었다는 점인데, 사망 선고를 내리고 나서야 검시소 직원이 도착했기에 어쩔 수 없었다.

테오 콤프턴의 사진을 바라보는 로리의 뇌리에 다른 모습이 함께 떠올랐다. 현장에 법의학자, 검시관, 구조대가 도착하기 전의 이미지가 그녀의 기억 속에서 깜빡이고 있었다. 그건 바로 맥 카터가 테오의 시신을 발견한 순간이었다. 로리는 그 영상을 봤었다. 칠흑 같은 어둠 속, 라이더 힐리어가 핸드폰 플래시에 의지해 찍은 그 영상은 이리저리 흔들리는 데다 화면이 자글자글했고 화질도 좋지 않았다. 그렇지만 엉망인 영상에서 본 뭔가가 로리를 붙들고 있었다. 그 뭔가가 그녀의 머릿속, 손이 닿지 않는 곳에서 잠을 자고 있었다. 하지만 오늘밤, 테오 콤프턴의 시신이 찍힌 현장사진을 보는 지금, 다시 그 이미지가 살아 움직이기 시작했다. 뭔가가 그녀의 뇌를 할퀴고 머릿속 시냅스에 불을 붙이고 있었다. 로리는 이미지를 떠올리려 애쓰며 거슬리는 점이 무엇인지 알아내려 했다. 하지만 도통 손에 닿지 않았다.

그녀는 영상을 다시 보기 위해 노트북으로 라이더 힐리어 블로그에 접속했다. 제한이 걸려 있었다. 기자의 유튜브 채널도 확인해 봤지만 마찬가지였다. 인터넷 검색을 해보니 그 영상이 있던 모든 사이트가 막혀 있었다. 링크를 클릭하자 '이 영상은 더 이상 사용할 수 없습니다'라는 문구가 떴다. 영상이 사라졌다.

그녀는 의자에 기대앉았다. 지금 보고 있는 사진은 사라진 영상과 다른 점이 있었다. 그녀는 그 영상을 봤던 때로 되돌아가고 싶었다. 눈을 감고 머릿속 화면의 스크롤을 내리기 시작했다. 분명히 머릿속에 이미지가 있는데 아무리 노력해도 떠오르지 않았다. 이제 확실한 건 그 이미지 때문에 그녀 또한 다른 사람들처럼 의혹을 제기하게 됐다는 점이었다.

만약 학생들이 자살한 게 아니라면? 만약 살해당한 거라면?

책상에서 일어나 배낭 앞주머니를 열고 병원에서 받은 라이더 힐리어의 명함을 꺼냈다. 그리고 핸드폰으로 전화를 걸었다.

62장

주방 식탁을 사이에 두고 라이더 힐리어와 테오 콤프턴의 어머니가 마주앉았다. 오전 10시를 막 넘긴 지금, 라이더는 금요일 이른 아침 네 시간 동안 운전해 신시내티까지 와서 콤프턴 부인의 커피 제안을 받아들인 참이었다. 페이지 콤프턴이 건네준 머그잔에서 뜨거운 김이 피어올랐다.

"여기까지 와주셔서 감사합니다." 콤프턴 부인이 말했다.

"당연히 와야죠. 불러주셔서 감사한걸요. 대화를 시작하기 전에, 그보다 먼저 아드님 영상을 인터넷에 올린 거 매우 죄송하다는 말씀 드리고 싶어요. 진심으로 후회하고 있습니다." 라이더가 말했다.

"그렇게 말씀해주시니 감사하네요. 하지만 기자님께서 영상을 안 올렸다고 해도 제 아들이 살아 돌아오지는 않을 테니까요. 말씀해주세요. 테오가 그날 밤 버려진 사택에 있다는 건 어떻게 아셨죠?"

라이더는 손을 어디다 둬야 할지 몰라 뜨거운 머그잔을 움켜쥐었다. 자신이 테오네 집 주방에 앉아 있다는 게 여전히 꺼림칙했다. 첫 번째 이유는 페이지 콤프턴이 자신을 상대로 제기한 소송 때문이었고, 두 번째는 이 사건을 파헤치고 있다는 사실이 편집장 귀에 들어가는 날에는 그 자리에서 바로 해고될 수 있기 때문이었다.

“테오가 맥 카터의 팟캐스트 방송 사이트에 댓글을 남겼어요. 댓글로 그날 밤 거기 있을 거라고 알려준 거예요.”

“거기서 뭘 한 거예요?”

“저도 댓글을 볼 때까지만 해도 뭔지 몰랐어요.”

“뭐라고 적혀 있었는데요?”

“경찰한테 아무 말 못 들으셨어요?”

“경찰하고는 말도 거의 못 해봤어요. 경찰은 테오가 자살했다고 알려준 이후로 저나 남편에게는 관심도 없던데요. 저희가 이렇게 먼 데 살다 보니까 메시지를 남기고 회신 전화를 기다리는 것 말고는 할 수 있는 게 없었어요.”

“테오가 남긴 댓글을 보고 싶으세요? 핸드폰으로 보여드릴 수 있어요.”

콤프턴 부인이 촉촉하게 젖은 눈으로 고개를 끄덕였다.

라이더가 핸드폰으로 〈수어사이드 하우스〉 웹페이지를 열었다. 맥 카터의 죽음으로 마지막 에피소드가 방송된 지 2주가 지났는데도 수많은 청취자들이 다음 회차가 올라오기를 바라고 있었다. 라이더는 테오가 남긴 암호 같은 댓글을 찾기 위해 게시판을 스크롤했다.

“여깄네요. *‘MC! 오늘밤 13-3-5. 진실을 말하겠습니다. 될 대로 되라는 심정입니다. 뒷감당할 준비가 되어 있습니다’*라고 적혀 있네요.”

콤프턴 부인이 라이더가 내민 핸드폰을 받아 들었다.

“이 번호는 무슨 뜻이죠?” 콤프턴 부인이 댓글을 보며 물었다.

“좌표 같은 거예요. 뒷길을 통해 버려진 사택에 가는 길을 알려주는 좌표요.”

"기자님은 이걸 어떻게 아신 거예요?"

"작년 여름 살인사건이 일어난 이래로 계속 조사하면서 블로그에 글을 썼거든요. 암호문은 조사 중에 졸업생 한 명과 인터뷰를 진행하다가 단서를 받았어요. 그 학교 학생이라면 누구나 숫자의 의미를 아는 것 같더라고요. 게임 규칙에는 미신이 얽혀 있고, 사택에서 무슨 일이 일어나는지에 대해 소문과 추측이 자자하죠."

"아이들이 하던 게임과 관련 있나요?"

라이더가 어깨를 으쓱하고는 고개를 저었다. "저도 정확히는 몰라요. 제가 아는 거라곤 테오가 맥 카터에게 사택에서 만나자고 댓글로 적은 것뿐이죠. 그래서 간 거예요. 저는 특종을 쫓고 있었거든요. 이야깃거리를 찾아내 최초로 기사를 쓰고 싶었어요."

"무슨 특종을 찾을 거라고 생각하셨던 거예요?"

"딱히 확신을 갖고 간 건 아니에요. 아드님이 팟캐스트에 나왔던 건 아시죠? 테오가 맥 카터와 인터뷰하면서 뭔가를 말하려다가 마지막에 마음을 바꿨거든요. 웨스트몬트고 사건에는 뭔가가 있는 것 같아서, 어쩌면 아드님이 그걸 알고 있을 거라 생각했던 것뿐이에요. 그때만 해도 제가 테오를 그런 식으로 발견하게 될 거라고는 짐작도 못 했어요. 믿어주세요."

콤프턴 부인이 핸드폰을 응시한 채 가만히 있다가 고개를 들어 라이더의 눈을 바라보았다. "우리 테오가 취재기자를, 그것도 본인 학교에서 일어난 살인사건에 대해 팟캐스트 방송을 하던 기자를 사건 현장으로 불러냈어요. 그런데 기자가 도착하기도 전에 자살을 했다니 이상하지 않아요?"

너무나 직설적이고 직접적인 질문에 라이더는 당황해서 눈을 깜빡였다. "저는…… 모르겠어요." 그녀가 대답할 수 있는 말은 이게 다였다.

"테오는 살인사건에 대해 얘기를 잘 안 했어요. 살해당한 두 남학생에 대해서는 입도 뻥긋 안 했고요. 거기에 대해서는 말을 잘 못 하겠다면서, 다행히 학교 상담선생님들이 이 비극을 헤쳐나갈 수 있게 도와주고 있다고 했어요. 저는 한 번도 몰아붙이지 않았죠. 제가 닦달하지 않아도 잘 이겨낼 거라고 믿었거든요. 그런데 테오가 전화를 걸어왔어요. 죽기 전날 밤에요. 걱정이 된다면서요."

"뭐가 걱정이라고 하던가요?"

"자신이 하고 있는 생각이요."

라이더가 몸을 당겨 앉았다. 커피에서 올라오는 김이 그녀의 턱에 닿았다. "무슨 생각을 하고 있었는데요?"

"그날 밤 숲에서 생긴 일, 그리고 사건 이후에 있었던 일을 기자한테 털어놓을 거라고 했어요."

"사건 이후에 있었던 일이라뇨?"

"테오는 학교에 친한 친구들이 있었어요. 1학년 때부터 친했던 애들인데, 그 친구들이 사건에 대해 경찰과 얘기하고 싶어 한다고, 테오도 마음에서 털어낼 준비가 됐다는 말을 하더라고요."

"그게 뭔데요?"

콤프턴 부인이 고개를 저었다. "말해주지 않았어요. 앞으로 자기가 곤란하게 될 거라는 경고 같은 전화였거든요. 더 이상 숨길 수 없다고 했어요. 화학 선생님에 대해 뭔가를 아는 것 같았고요. 아이들을 죽인 사람 말이에요."

"고먼 씨요? 테오가 뭘 알던가요?"

"그것 역시 말해주지 않았어요. 그 애는 누군가에게 털어놓으려 했는데, 그게 맥 카터 씨였던 거예요. 그런데 털어놓기도 전에……."

콤프턴 부인이 울기 시작했다.

"털어놓기도 전에……." 라이더가 침착하게 말을 받았다. "테오가 자살을 했다는 말씀이죠?"

부인이 고개를 저었다. "테오는 아니에요. 그럴 애가 아니에요."

라이더는 부인의 말에 담긴 암시가 명확해질 때까지 가만히 있었다. 그러나 부인이 자신과 같은 생각을 하고 있는지 확인해야 했다.

"그렇다면, 만약 테오가 자살한 게 아니라면……."

콤프턴 부인이 고개를 들자 눈물이 뺨을 타고 흘러내렸다. "누군가가 애를 죽인 거예요. 테오가 그날 밤 친구들하고 있었던 일을 발설하지 못하도록요."

라이더가 의자를 앞으로 당겨 앉았다. "이 얘기 경찰하고 하신 적 있으세요?"

"얘기하려고 했죠. 저희는 계속 테오가 자살할 애가 아니라고 말했어요. 가족한테 그런 상처를 줄 애가 아니라고요. 하지만 내 말을 들으려고도 하지 않더군요. 그저 아들의 자살을 받아들이지 못해 슬퍼하는 엄마라고 생각하는 거 같았어요. 그래서 기자님께 전화를 건 거예요. 앞으로도 경찰은 제 아들의 죽음에 신경 쓰지 않을 거예요. 하지만 기자님은 신경 쓰시잖아요. 기자님 도움이 필요해요. 테오가 마음에서 털어버리려고 했던 게 무엇인지, 맥 카터 씨한테 말하려고 했던 게 무엇인지 밝혀주세요."

너무도 많은 것들이 라이더의 머릿속을 채웠다. 웨스트몬트고 사건은 아직 끝나지 않았다. 그녀는 불현듯 새로운 관점, 다른 시각으로 사건을 바라보기 시작했다. 그녀에겐 누구도 상상하지 못한 가설이 생겼다. 똑같은 증거라도 새로운 시각으로 바라보면 미해결 사건을 풀 수 있었다.

"좋아요." 라이더가 마침내 마음을 가다듬고 대답했다. "부인을 위해서 조사를 하겠습니다. 뭐라도 해볼게요. 하지만 노력은 하겠지만 결과에 대한 약속은 못 드려요. 우선 테오의 친구부터 만나봐야겠네요."

"그게 문제예요. 단 두 명 남았는데, 제가 알기론 테오가 그 둘을 두려워했어요."

라이더가 질문을 하려는 찰나 부인의 전화가 울리기 시작했다.

63장

그웬 몽고메리가 도서관 맨 위층까지 올라갔다. 오래된 학술지와 백과사전이 꽂힌 책장 사이로 견고한 나무 책상 여섯 개가 줄지어 있었다. 여기는 조용한 자리를 찾는 학생들이 오는 곳이었다. 대열람실에서처럼 대화하거나 웃는 게 아니라 정말로 공부하려는 학생들만 왔다. 그래서 학생이 많이 없는 여름 학기에는 늘 비어 있었다. 그웬과 개빈이 만나기에 딱 좋은 장소였다. 기숙사 방에서 대화하는 건 너무 위험했다.

그웬은 학교 정문이 내려다보이는 창문으로 다가갔다. 창밖으로 거대한 벽돌 기둥과, 게이트 데이 때마다 학생들을 가두는 게이트가 우뚝 서 있는 게 보였다. 그녀는 자신이 서 있는 창문이 도서관 박공벽에 새겨진 문구 바로 아래에 있다는 걸 알았다. 이곳에 혼자 오더라도 떠날 때는 함께라는 것을 알려주는 문구. 그웬은 자신이 혼자든 아니든 과연 이곳을 떠날 수나 있을까 의구심이 들었다.

"야." 개빈이 뒤에서 속삭여 불렀다.

그웬이 깜짝 놀라 창문에서 몸을 돌렸다.

"무슨 일이야?"

이 물음에 그웬은 짜증이 와락 솟았다. 지금 둘이 어떤 처지에 있는지 빌어먹을 만큼 잘 알고 있으면서 개빈은 아랑곳도 하지 않는다는 점이 그녀를 언짢게 했다. 특히 지난 몇 주간은 더 그랬다. 그들의 행동 때문에 너무 많은 사람들이 영향을 받았다.

"우린 지금 상황이 어떻게 돌아가는지 전혀 모르고 있잖아." 그웬이 말했다. "누가 뭘 알고 있는지도 모르고. 팟캐스트도 라이더 힐리어 사이트도 다 날아가서 뭘 알 수가 없다고."

"그게 좋은 거야." 개빈이 다가오며 말했다. "팟캐스트 방송 처음 나올 때 너 완전 쫄아 있던 거 기억 안 나? 쑤시고 다니는 사람들이 줄어들수록 우리한텐 좋은 거야."

"그땐 상황 파악이라도 했지. 수사 진행 상황을 알 수도 있었고. 그런데 지금은 아무것도 모른다고."

"아무도 우리한테 말을 안 걸고 있잖아. 지금 우리가 신경 쓸 건 그게 다야. 너 사람들이 쑤시고 다니는 게 좋아? 테오가 모조리 털어놨다면 무슨 일이 생겼을지 어떻게 알아?"

"세상에, 개빈! 너 테오가 자살해서 다행이라는 듯이 말하고 있잖아."

"빌어먹을, 당연히 비극이지! 하지만 걔가 맥 카터한테 다 말했다면 상황은 더 나빠졌을 거야. 젠장, 그웬. 여기서 제대로 머리를 굴리는 사람은 나밖에 없다고. 이걸로 날 비난하면 안 되지. 내가 널 붙들어주지 않았다면 우리 지금 어디 있을 거 같은데?"

그녀는 대답하지 않았다.

"내 말 좀 들어봐." 개빈이 부드럽게 말했다. "어렵다는 거 나도 알아. 하지만 우리한텐 선택권이 없어. 선택이 가능했던 때가 있긴 했지만, 그때 우린 나름의 결정을 내린 거야. 그러니 이제 이겨내야 해. 뭉쳐야 한다고. 이제 우리 둘밖에 안 남았어, 그웬. 너랑 나뿐이야.”

그웬이 고개를 끄덕이다가 이내 저었다. 그녀는 자기 자신을 안아주듯 뼈만 앙상히 남은 어깨에 팔을 둘렀다.

“난 그냥 수사 진행 상황을 알았으면 좋을 것 같아서 그랬어. 그러면 그들이 뭘 아는지 알 수 있으니까.”

“아직 모르겠어? 정보가 없다는 게 좋은 거라니까. 그 사람들도 아무것도 모른다는 뜻이야. 너랑 나랑 꽁꽁 뭉쳐 있는 한 앞으로도 계속 그럴 거야.”

개빈이 다가와서 그웬을 안아주었다. 하지만 그의 손길에서는 더 이상 위로가 느껴지지 않았다. 그에 대한 애정이 많이 사라져버렸다. 작년 이후 개빈은 딴사람이 된 듯 너무 많이 변해버렸다.

64장

그웬이 눈물을 닦으며 도서관에서 돌아왔다. 부담감이 그녀를 무너뜨리기 시작했다. 사실 무너뜨리기 시작한 정도가 아니었다. 그녀를 좀먹고 있었다. 작년 여름부터 어깨 위에 거대한 바위를 얹고 후들거리는 다리로 삶을 헤쳐나가는 것만 같다. 14개월이 지난 지금, 더 이상은 견딜 수가 없었다. 개빈의 말도 이제는 위로가 되지 않았다. 시간이 지나면 상처가 아물고 죄책감이 사라질 거라는 그의 말을 더 이상 믿을 수 없었다. 문제의 중심에는 개빈도 있기 때문이었다. 아니, 어찌 보면 이 모든 문제의 원인을 제공한 게 바로 개빈이었다. 다 개빈의 생각이었으니까.

그웬은 개빈 말고 자신을 인도해줄 다른 누군가가 필요했다. 부모님께 돌아갈 순 없었다. 지금 그럴 순 없다. 이렇게 오랜 시간이 지난 지금 결코 그럴 순 없었다. 해노버 박사님의 노력도 별 도움이 되지 못했다. 오직 단 한 사람만이 그녀의 고통을 줄여줄 수 있었다. 오직 단 한 사람만이 그녀의 죄책감을 가라앉힐 수 있었다. 그는 그웬이 자신의 인생을 걸고 믿을 수 있는 사람이었다. 달리 의지할 사람이 없는 상황에서 그웬은 그에게 모든 것을 털어놓기로 결심했다.

학교를 지나 교사 거리에 도착했다. 14호를 지나면서도 그날 밤 친구들과 함께 벌였던 난동의 기억이 떠오를까 봐 그쪽은 쳐다보지도 않았다. 그날 밤부터 그웬의 인생은 송두리째 바뀌었다. 만약 그날 고먼 선생님 집에 가지 않았다면 어땠을까? 양떼처럼 고분고분 태너 랜딩을 따라가지 않고 그 영상도 찍지 않았다면, 오늘 그녀의 삶은 어떻게 달라졌을까? 그웬은 그날의 기억과 '만약'이라는 단어를 마음속에서 밀어냈다. 안 그래도 시간을 돌리고 싶다고, 시곗바늘을 거꾸로 돌려 그날의 선택을 되돌리고 싶다는 생각으로 자신을 혹사시켜온 터였다.

캐스퍼 박사의 집 계단을 올라가 문을 두드렸다. 현관문이 열렸다. 이번에는 선생님에게 틈을 주지 않았다. 선생님이 그녀에게 질문할 틈을. 도와달라는 그녀의 요청을 물리칠 기회도 주지 않았다.

"저 드릴 말씀이 있어요." 그웬은 이렇고 말하고 사무실로 쓰는 응접실로 그를 지나쳐 들어갔다. 그리고 등받이 높은 안락의자에 가서 앉았다. 살인사건 때문에 상담교사가 해노버 박사님으로 바뀌기 전까지 그녀가 매번 앉던 자리였다.

캐스퍼 박사는 시간이 좀 지난 뒤에야 나타났다. 그웬은 선생님이 자신을 걱정하고 있는 게 느껴졌다. 마치 그녀가 이제 곧 인생을 바꿀 발언을 하리란 걸 아는 것처럼 보였다. 마치 그녀가 너무도 연약해서 금방이라도 무너지리란 걸 아는 것처럼. 캐스퍼 박사는 언제나 그렇듯 그녀에게 도움을 주는 사람이었다. 그녀가 어떤 끔찍한 일을 저질렀다고 해도 절대 외면하지 않을 사람.

"어쩐 일이니?" 캐스퍼 박사가 신중한 말투로 천천히 입을 열었다.

그웬이 주먹을 입에 대고 문지르다가 끝을 살짝 깨물었다.

"태너와 앤드루가 살해된 날에 대해 얘기하고 싶어요."

캐스퍼 박사가 문 앞에서 바위처럼 단단하게 서 있었다. 그는 눈썹을 추켜올렸다. "그 얘기는 이미 경찰한테 다 하지 않았어?"

"아니에요. 그날 저랑 친구들한테 일이 좀 있었는데, 그 얘기는 아무한테도 안 했어요."

그녀가 고개를 숙이고 생각을 정리하다가 마침내 캐스퍼 박사를 올려다보았다.

"고먼 선생님과 관련된 얘기예요. 그 선생님은 태너와 앤드루 안 죽였어요."

캐스퍼 박사가 응접실 안으로 몇 발자국 다가왔다.

"그웬, 이 얘기는 나한테 하면 안 될 것 같구나."

"제가 얘기할 수 있는 사람은 오직 선생님뿐이에요."

웨스트몬트 사립고등학교

2019년 여름

65장

그들이 어두운 교정을 지나 14호 뒷문에 다녀온 지 며칠 지난 화요일 오전 9시, 실험실에 모인 학생들이 태너에게 달라붙어 있었다. 재밌는 영상이 있다는 소문이 학교 구석구석에 퍼진 터였다. 너도나도 그걸 보겠다고 아우성이었다. 그 영상을 찍은 태너는 이 기회를 이용해 그토록 바라던 관심을 끌어모았다. 태너에게 달라붙은 아이들은 몇 번이고 영상을 돌려 보았다. 이토록 야하고 재밌는 영상도 없었다. 벌거벗은 찰스 고먼이 토끼처럼 엉덩이를 찔러대다가 얼굴을 옆으로 돌리며 카메라 쪽으로 격렬하게 신음을 내뱉는 영상.

그웬은 눈으로 확인하지 않고도 이 순간 아이들이 어떤 장면을 보고 있는지 알 수 있었다. 웃음을 터뜨린 것을 보아하니 태너가 고먼 선생님 얼굴이 나오는 장면에서 멈춘 게 분명했다. 그웬은 안타까웠다. 그렇게 개인적인 삶의 영역이 도난당한 것도 모자라 관음증적 욕구를 지닌 사람들 앞에서 까발려지다니. 그것도 사생활 보호라는 기본원리보다 또래 친구들한테 인정받는 걸 더 중요하게 여기는 태너 때문에.

태너는 영상에서 가장 최고라고 여기는 부분을 편집해 짤방을 만들었다. 고먼 선생님의 엉덩이가 미친듯이 위아래로 움직이는 짤방으로 거기다 '잭 해머'•라는 제목까지 달았다. 또 다른 짤방 제목은 '고먼 씨의 화끈한 순간'으로, 어둡고 거친 화면 속에서 절정을 느끼는 고먼의 얼굴이 클로즈업된 장면이었다.

"저런 멍청이 같은 놈." 개빈이 내뱉었다. 개빈은 그웬, 테오, 대니엘과 함께 실험대 앞에 서 있었다. "재가 저거 누구한테라도 보내기라도 하면 인터넷에 뜨는 건 순식간이야. 그러면 우린 다 망하는 거지."

"가서 말 좀 해봐." 그웬이 개빈에게 말했다.

"했어. 저거 어젯밤에 만든 거거든. 그거 퍼지면 큰일이라고 경고했는데 들은 척도 않더라고. 재는 저걸로 앤드루 그로스의 환심을 살 거라 생각하거든. 작년 라스무센 선생님 속옷 사건보다 더 짱 먹을 거라고 말이야."

"모두 잘 있었니?" 찰스 고먼 선생님이 실험실로 들어왔다. "조용히 하고 조별로 모여라." 그가 실험실 뒤쪽에 모여 있는 아이들을 향해 말했다. "랜딩 군, 뭐가 그리 재밌나?"

"아닙니다." 태너 랜딩이 핸드폰을 주머니에 찔러 넣었다. 아이들 모두가 낄낄거리기 시작했다. "실험 준비를 하고 있었습니다." 태너가 덧붙였다.

"오, 그래? 그렇다면 반 친구들에게 설명할 수 있겠네?"

"어, 그럼요." 태너는 당장이라도 웃음을 터뜨릴 기세였다. 그가 맞은편에 있는 앤드루 그로스를 쳐다보았다. "오늘 실험에서는 천천히 달아올라 갑자기 분출하는 것을 만들 겁니다."

모두가 동시에 웃음을 터뜨렸다. 고먼 선생님은 조용해질 때까

• '소형 드릴'의 별칭.

지 기다렸다.

"실험 전에 볼 참고 영상이 있다." 고먼 선생님이 프로젝터 스크린을 아래로 내리고 실험실 불을 껐다. 프로젝터가 가동되자 사각형으로 된 파란 불빛이 스크린에 나타났다.

그 순간 그웬의 심장이 철렁했다. "오, 이런." 그녀가 개빈에게 속삭였다. "재들 설마 일 저지른 거 아니겠지?"

고먼 선생님이 영상을 틀었다. 파란빛이 사라지고, 잠시 후 '잭해머' 짤방이 나타났다. 고먼 선생님의 헐벗은 몸이 스크린에 나타나자 모두가 입을 다물었다. 마침내 찰스 고먼은 자신이 보는 게 무엇인지 이해했다. 그는 바로 프로젝터를 끄고 재빨리 실험실을 나갔다.

6월 18일이었다.

66장

찰스 고먼은 공황상태였다. 아이들이 자신을 촬영했다. 침실 창문을 통해 찍은 영상 같은데, 제대로 보기 전에 프로젝터를 꺼버려서 장담할 순 없었다. 머릿속에서 영상이 되풀이될 때마다 마음이 농간을 부리며 기억에 구멍을 만들어냈다. 이 증상은 영상을 떠올릴 때마다 점점 더 심해졌다. 엎친 데 덮친 격이라니, 그는 합리적으로 행동할 수 없었다.

그는 집 구석구석을 샅샅이 뒤져본 후 가브리엘라의 사무실로 급히 발걸음을 옮겼다. 문을 두드리는 그의 손에 저도 모르게 힘이 들어갔다. 잠시 후 가브리엘라가 문을 열었다.

"찰스." 그녀는 누가 볼세라 그의 어깨너머로 주변을 훑었다.

"얘기 좀 해."

"나 지금 회의 중인데……."

"그날 밤 얘기야."

가브리엘라가 목소리를 낮췄다. "찰스, 지금 그런 얘기 할 때가 아니야. 달라진 건 아무것도 없어. 그냥 우리끼리만 알고 있으면 되잖아."

"그게 불가능해졌어." 찰스가 그녀를 지나쳐 집안으로 들어갔다. 들어가서 보니 캐스퍼 박사가 의자에 앉아 있었다.

“아, 안녕하세요.” 크리스천 캐스퍼가 찰스 고먼에게 인사했다.

“찰스는 잠시 들른 거예요. 상의할 게 있어서…….” 문가에서 가브리엘라 해노버가 말했다.

“일기장이 사라졌어요.” 찰스가 말했다.

“뭐라고요?” 가브리엘라가 물었다.

“일기장이요. 아무리 봐도 없어요. 상담 때 한 얘기를 다 적어놨는데.”

“아무래도 저는 자리를 비켜드려야겠네요.” 크리스천 캐스퍼가 일어서며 말했다.

“아니에요. 캐스퍼 박사님도 아셔야 하는 내용이에요.” 찰스가 말했다.

“찰스, 지금 감정이 격해 있는 모양인데, 이 문제는 따로 의논하죠.” 가브리엘라가 말했다.

“그러기엔 이미 늦었다고 얘기했잖아. 애들이 우릴 찍었다고.”

크리스천 캐스퍼가 어색한지 침을 꿀꺽 삼켰다. “저는 나가보겠습니다.”

“애들이 뭘 했다고?” 가브리엘라가 물었다.

찰스가 숨을 깊이 들이마셨다. “그날 밤.” 그가 크리스천을 흘끗 보고 다시 가브리엘라를 보며 말했다. “그때 우리가 그…… 같이 있을 때. 애들이 창문으로 우릴 찍었어.”

가브리엘라가 손바닥으로 입을 가렸다. 벌어진 입이 다물어지지 않았다.

“지금 무슨 얘기를 하는 거죠? 애들이 뭘 찍었는데요?” 크리스천이 물었다.

찰스가 눈을 감았다. “가브리엘라와 저는 사귀는 사이입니다. 지난 토요일 우리가 같이 집에 있을 때 학생들이 뒷문을 열고 휴대용 경적을 울렸어요. 저는 그게 그냥 장난인 줄만 알았죠. 오늘까지는요. 근데 실험시간에 프로젝터를 켰더니 실험 영상 대신 우리 둘 영상이 나오더군요."

"맙소사!" 가브리엘라가 의자에 주저앉았다.

찰스가 그녀를 바라봤다. "혹시 내가 상담 마치고 일기장을 여기다 놓고 가지 않았어?"

가브리엘라가 고개를 저었다. "아니, 여기 없어."

찰스가 머리를 쓸어넘기며 힘들게 침을 삼켰다. 그도 자리에 주저앉았다. "애들이 가져갔어. 그 망할 놈의 녀석들이 내 일기장을 가져갔다고."

"무슨 내용을 쓰셨는데요?" 크리스천이 물었다.

"몽땅요." 찰스가 대답하며 가브리엘라를 보았다. "제 과거 몽땅요." 그가 턱을 제어하지 못하는 사람처럼 이를 꽉 다물었다. "태너 랜딩과 앤드루 그로스한테 하고 싶은 짓도 써놓았어요."

가브리엘라가 열이 난다는 듯 손으로 이마를 짚었다. "찰스, 도대체 뭘 쓴 거야?"

"당신한테 얘기한 거 다! 당신이 그런 생각은 밖으로 다 꺼내놔야 한다고 부추겼잖아."

"제발, 그만해." 가브리엘라가 말했다. 그리고 크리스천을 바라보았다. "잠시 저희끼리만 얘기해도 될까요?"

"박사님도 다 아셔, 가브리엘라. 내가 말씀드렸거든. 그러니 이걸 우리끼리만 알고 있자는 생각은 이제 안 통해. 만약 걔들이 내 일기를 읽었다면 난 망한 거야. 우리 관계 때문에 잘릴 거라는 말이 아니야. 법적으로 조치가 있을 거라는 얘기야. 이런 제길, 초등학생이

권총을 그리는 게 문제 행동이라면 내가 쓴 건…… 끔찍하다고. 섬뜩하고. 너무 자세히 썼어."

"내가 애들 부를게." 가브리엘라가 말을 이었다. "우리, 학생들과 면담하는 시간을 갖죠."

"좋습니다. 애들이 해도 너무했어요." 크리스천이 말했다.

"당신, 애들이 일기장 훔치고 영상 찍은 걸 순순히 인정할 거 같아?" 찰스 고먼이 말했다.

가브리엘라가 그를 바라보더니 간신히 입을 열었다. "그거 말고 우리가 할 수 있는 게 없잖아?"

"남은 수업은 취소해야 할 것 같습니다. 상황을 통제할 수 있을 때까지요." 크리스천이 말했다.

"그래야 할 것 같네요." 가브리엘라가 끄덕였다.

찰스 고먼이 흐린 눈빛으로 먼 곳을 응시했다. 그의 눈은 불안감으로 젖어 있었지만 얼굴은 냉정하고 초연했다.

2020년 8월

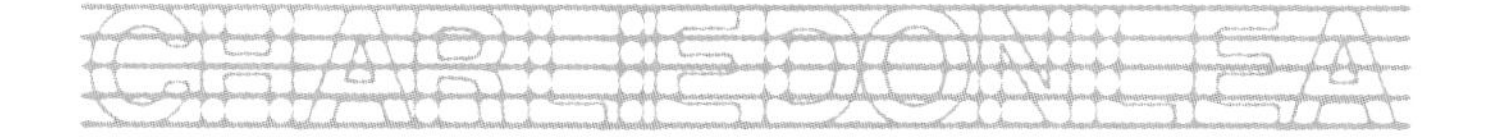

67장

레인이 처음에 넣은 검색어(기차, 선로, 철도 시스템, 자살, 온갖 종류의 기형 동전, 철로)로 알고리듬이 내놓은 결과는 수천 개였다. 결과를 보니 새삼 조차장*이 위험해 보였다. 결과지는 열 장에 달했고, 이걸 다 조사하자면 일개 부대가 필요할 정도였다. 시카고였다면 대학원생을 고용했겠지만, 이곳 페퍼밀에는 지끈거리는 머리를 가진 자신뿐이었다. 알고리듬이 감당할 만한 결과를 낼 때까지 검색의 폭을 좁히는 수밖에 없었다. 레인은 목요일 내내 일에 매달렸다. 그 결과 남은 목록 중 한 사건에 관심이 쏠렸다. 뉴욕에서 일어난 사건이었다. 그는 어제 오후부터 저녁, 금요일인 오늘 아침부터 정오까지 전화기에 매달린 결과 마침내 뉴욕경찰 중 도움이 될 만한 사람과 연결되었다.

"그분은 퇴직하셔서 플로리다에 계십니다."

"전화번호를 알 수 있을까요?" 레인이 물었다.

"물론이죠. 하지만 회신 전화를 못 받더라도 기분 나쁘게 생각하진 마십시오. 그분이 좀…… 그러시거든요. 얼마 동안 행방불명 상태였다니까요. 여기 있는 경찰과도 연락이 잘 안 되는 분입니

* 철도에서 열차를 잇거나 떼어내기 위해 머무는 정차장.

다." 상대가 말했다.

"그래도 번호를 받고 싶습니다. 괜찮으시다면요."

"물론이죠. 불러드릴게요. 행운을 빕니다."

레인이 번호를 받아 적고 감사의 말을 전했다. 그리고 막다른 길이 아니기를 간절히 바랐다.

68장

금요일 저녁, 퇴직 형사 거스 모렐리가 윈우드 양조장에서 나온 라루비아 블론드 에일 맥주를 챙겨 들고 아파트를 나섰다. 해변으로 향하는 그의 걸음은 절뚝거리고 있었다. 대개는 아파트 3층의 방충망 달린 베란다에서 석양을 구경했지만, 오늘은 머리에 바람을 쏘이고 싶었다. 세 들어 살고 있는 아파트는 해변에서 쉰 발자국 떨어져 있었다. 실제로 발걸음을 세어본 건데, 3년 전 암으로 오른다리를 잃은 후 생긴 버릇이었다. 그는 요즘 모든 것을 자신의 걸음수로 측정했다.

평지에서의 보행은 어느 정도 익숙해졌지만, 모래밭은 여전히 거지같았다. 그는 천천히 시간을 들여 해변으로 향했다. 아파트에 사는 다른 은퇴자들 중 그가 티타늄 보철물에 의지해 걷는다는 걸 아는 사람은 없었다. 플로리다의 뜨거운 열기와 높은 습도에도 그는 긴 바지를 입었고, 적당한 속도로 모래밭을 걸으며 사람들 눈을 속였다. 걸음걸이에서 뭔가 이상한 점을 눈치챈 사람들도 다리가 없다는 결론을 내리기 전에 수많은 추측을 거쳤다. 예를 들자면 수술 후 회복 중인 환자로 보일 수 있었다. 남부로 오고 나서 그는 플로리다에 사는 대부분의 노인이 지난해에 수술대에 올랐다는 사실을 알게 되었다. 수술방식을 비교하며 서로를 이겨먹으려는 게 마치 스포츠라도 되는 양. 그게 아니면 낙상사고로 다친 사람으로 보일 수도 있었다. 이 정도 나이가 되면 낙상사고는 취미가 된다. 술 취한 사람처럼 휘청대던 노인 대부분은 일 년에 한 번씩 부목이나 다리보조기를 뽐냈다.

거스 모렐리는 잠시 멈춰서 냉소가 모두 떠내려가기를 바라며 라루비아 맥주를 들이켰다. 화창한 새니벌섬도 노인에 대한 그의 경멸을 누그러뜨리지 못했다. 노인을 보면 몇 주 전 다리를 잃고 재활병원에 머물던 어두운 시기가 떠올랐다. 그는 거기서 몇 주 동안이나 무기력하고 처량한 사람들과 똑같은 취급을 받았다. 밥 먹는 것부터 오줌 누는 것까지 모든 것에서 간호사의 도움이 필요한 쇠약한 노인. 거스 모렐리는 다시는 그런 사람들과 동급으로 취급당하지 않겠다고 다짐했다. 나이 먹는 것은 통제 불능이지만, 사는 방식은 전적으로 그 자신에게 달려 있었다.

그가 조심조심 걷는 모습을 보고 은퇴한 사람이 파도와 모래를 즐기며 시간을 보내고 있다고 생각할 수도 있지 않을까. 아닐 확률이 높았다. 그 자신도 믿어지지 않았으니까. 무엇보다 지금, 과거의 사건 하나가 긴 잠에서 깨어나 그를 떠밀고 있었다. 오늘 밤 거스 모렐리가 해변으로 나온 것은 확인을 하기 위해서였다. 자신이 겨울잠에서 깨어나 화가 난 건지, 아니면 오히려 살아 있다고 느끼게 된 건지를.

그는 느릿느릿 모래밭을 걸으며 밟는 느낌이 더 좋은 파도 쪽으로 향했다. 그리고 맥주를 홀짝이며 바다를 바라보았다. 해가 수평선 아래로 가라앉고 있었다. 새니벌섬에 온 첫날 만난 노인이 떠올랐다. 그는 해가 수평선에 가라앉는 순간 초록색 섬광이 나타난다고 했다. 석 달이나 석양을 쳐다보고 난 뒤에야 거스는 그 노인이 허풍쟁이일 수도 있다는 생각이 들었다. 그런데도 거스는 눈을 가늘게 뜨고 수평선을 바라보며 태양이 바다 속으로 가라앉는 순간을 기다렸다. 지금 그의 머리를 꽉 채운 것은 그의 옛 사건이 궁금하다며 시카고의 법정심리학자가 걸어온 전화 한 통이었다. 석양과 바다 위에서 반짝이던 빛이 모두 사라지자 그의 생각은 십 대 소년이 선로 위에서 죽었던 뉴욕의 어느 가을날로 떠밀려갔다.

뉴욕 브롱크스

뉴욕을 지나 서쪽으로 가는 길목에 위치한 오크포인트 조차장은 화물열차의 안식처였다. 운반하는 화물에는 캐나다 목재, 공산품, 연료, 그리고 대서양을 건너온 수입품이 있었다. 쓰레기 열차도 이곳을 지나가고, 전기 선로 위에서 고속으로 달리는 전미철도여객공사의 두 노선도 마찬가지였다. 거스 모렐리가 현장에 도착했을 때는 이미 어둑해진 후였다. 그는 지역경찰이 쳐놓은 폴리스라인 아래로 몸을 수그려 들어간 뒤 선로로 향했다. 돌투성이 땅을 밟을 때마다 그의 체중에 눌린 돌들이 옆으로 밀려났다. 검시관이 그를 맞이했다.

"어떻습니까?" 거스가 물었다.

"완전 난리네요." 검시관이 답했다. 까만 청바지에 바람막이를 걸친 키 작은 여인이었다. "보행자가 고속열차에 치였어요. 보기 좋을 리 없죠. 열차는 시속 80킬로 정도로 달렸던 거 같아요. 피해자는 선도차량에 치인 후 선로를 따라 200미터쯤 끌려갔고요. 총 193미터를 끌려가다가 튕겨져 나갔어요. 화물열차 길이가 1.5킬로미터인데 기관사는 아이를 못 봤대요. 그래서 멈추지 않았죠."

"시신이 남아 있기는 합니까?"

"별로요."

"신고전화는 어떻게 들어온 거죠?" 거스가 물었다.

"피해자의 동생이 같이 있었어요. 선로에서 놀다가 그렇게 된 거래요. 동생이 집으로 달려가서 알렸고 신고는 부모님이 한 거예요."

"부모님이 여기 계신가요?"

검시관이 고개를 끄덕이고 한 무리의 사람들을 가리켰다. "저쪽에요. 시신 수습해서 정리할 건데 그전에 한번 보시겠어요?"

거스가 고개를 저었다. "아뇨. 여기 작업 마무리하면 사진으로 보겠습니다."

검시관이 몸을 돌려 팀원이 있는 곳으로 향했다.

"저기, 박사님?" 거스가 불러세웠다.

검시관이 뒤를 돌아보았다.

"아이가 193미터 끌려갔다고 했는데 그렇게 정확한 거리는 어떻게 나온 겁니까?"

"두 가지 방법으로요. 일단, 저희가 자갈 위에서 혈액이랑 두개골 조각을 발견했는데, 거기가 처음으로 충돌한 지점인 것 같고요. 거기서부터 시신이 있는 곳까지 시신 일부가 조금씩 떨어져 있었어요. 혈흔도 눈에 띄었고요."

거스가 끄덕였다. "근데 193미터는 너무 구체적이라서요. 1, 2미터 오차도 없다고 확신하십니까?"

"아이가 충돌한 정확한 지점을 알려준 게 있었거든요. 기차와 충돌할 때 아이 신발이 벗겨졌어요. 한쪽이요. 두개골 파편하고 혈액이 발견된 지점인데 신발은 아직 거기 있어요. 거기를 최초 충돌 지점으로 놓고 측정을 한 거죠."

"세상에!" 거스는 숨을 깊게 들이쉬고 죽은 아이의 부모 쪽으로 향했다. 그들은 경관과 대화 중이었다.

"저는 모렐리 형사입니다. 안타깝군요. 상심이 크시겠습니다."

부모님이 고개를 끄덕였다. "감사합니다." 여자는 눈물을 간신히 참고 있었다. 얼굴이 상기됐고 눈가가 빨갰다.

"윌리엄이 기차에 치였을 때 동생이 같이 있었다고 하던데요?" 거스 모렐리가 물었다.

여자가 끄덕였다. "둘째는 위탁아동이에요. 어쨌든 맞아요, 그 애가 윌리엄과 같이 있었어요."

"제가 그 애와 대화 좀 나눌 수 있을까요?"

여자가 또다시 끄덕였다. "지금 경관님과 같이 있어요."

거스가 여자를 따라 경관에게 다가갔다. 십 대 남자아이가 바닥에 앉아 있었다. "모렐리 형사님이셔." 여자가 말했다. "윌리엄에게 생긴 일 때문에 너랑 얘기하고 싶으시대."

남자아이가 올려다보았다. 눈동자가 또렷했고 엄마처럼 눈가가 빨갛지도 않았다. *엄마가 아니라 위탁모.* 거스가 머릿속으로 생각을 고쳤다.

"안녕?" 거스가 인사했다.

"안녕하세요?" 아이가 인사를 받아주었다.

"형이 그렇게 된 거 유감이다."

"감사합니다."

"잠깐 같이 걷자. 어때?"

아이가 어깨를 으쓱하더니 일어섰다. 거스는 아이 어깨에 손을 얹은 채 함께 경찰관을 지나 아이의 위탁부모로부터 멀어져갔다.

"무슨 일이 있었던 건지 얘기할 수 있겠니?" 거스가 물었다.

거스와 아이는 선로를 오른쪽에 두고 소란한 현장을 뒤로한 채 남쪽을 향해 걸었다. 거스가 아이를 조차장 밖으로 데리고 나와 암행순찰차가 있는 주차장으로 향했다.

"선로 위에서 놀고 있었어요. 항상 그랬거든요."

"항상 그랬다고?"

"네. 자주 왔거든요."

"뭘 하러?"

아이가 다시 어깨를 으쓱했다. "기차 지나가는 걸 보러요. 기차에 가까이 다가가서 노는 거죠. 가까이 있으면 바람에 몸이 흔들리는 게 느껴져요."

"위험할 것 같구나."

잠시 정적이 흘렀다.

"잘 모르겠어요. 그런 거 같기도 하고요."

"그래서 윌리엄이 그렇게 된 거니? 너무 가까이 다가가서?"

"비슷해요. 우린 동전을 펴고 있었거든요." 아이가 말했다.

거스가 눈썹을 추켜올렸다. "뭘 했다고?"

아이가 주머니에 손을 넣어서 동전 하나를 꺼냈다. 위로 길쭉한 모양으로 납작해진 동전이었다. "동전을 선로 위에 올리고 기차가 지나가면 이렇게 돼요."

거스가 동전을 받아 들었다. 얇게 늘어난 동전은 마치 컬러점토 같았다. 다만 이건 딱딱하고 단단했다. 동전 속 링컨 얼굴에 있던 홈과 테두리는 사라졌지만 그래도 얼굴은 여전히 알아볼 수 있었다. 그가 엄지손가락으로 동전 표면을 훑었다. 방금 사포질을 마친 나무처럼 매끈했다.

"선로에 자주 온다고 했지?"

아이가 끄덕였다.

이번에는 거스가 어깨를 으쓱하며 물었다. "그럼 동전이 더 있겠네?"

"그럼요. 한 무더기 있어요." 아이가 거침없이 대답했다.

"그래? 어디에?"

"제 방에요."

거스가 동전을 한 번 더 본 후 아이에게 돌려주었다.

"오늘 저녁 무슨 일이 있었던 거니? 윌리엄한테."

"저도 잘 모르겠어요. 형이 너무 가까이 다가갔던 것 같아요. 우리 둘 다 선로 위에 동전을 놨고, 곧바로 기차가 달려왔어요. 저는 좀 뒤로 물러섰는데 형은 그대로 있다가 기차가 그냥…… 정확한 건 저도 몰라요. 형이 그냥 없어졌어요."

"어느 지점에서 그랬는지 알려줄 수 있어? 너랑 윌리엄이 동전 올려놓은 곳 말이야."

아이가 이번에도 어깨를 으쓱했다. "그럼요."

주변에는 검은 밤이 내려앉았고, 조차장에는 거칠거칠한 조명이 빛나고 있었다. 거스가 아이를 따라 선로로 향했다.

69장

레인이 거울을 보며 붕대를 풀고 상처를 확인했다. 오른쪽 윗부분 머리카락이 깎여 있었고, 봉합된 상처 때문에 마치 돼지고기 안심 포장육을 뭉쳐놓은 것 같았다. 잠시 동안 혼자서 떼어낼까 고민했지만 그랬다간 뒤탈이 생길 것 같았다. 로리는 이 계획에 이미 반대를 표했다. 봉합을 일주일 일찍 떼어내면 사태가 악화될 것이라고. 레인은 봉합 부분은 내버려두고 거의 일주일 만에 처음으로 샤워를 했다. 두피에 쑤시는 느낌이 들긴 했지만 기분이 상쾌했다.

그는 수염을 깎고 옥스퍼드 셔츠와 재킷을 입었다. 텁수룩하게 긴 머리카락이 봉합 부위의 맨살을 가렸지만, 보는 사람의 기분을 생각해서 야구모자를 쓰기로 했다. 그는 아래층에 내려가 로리가 작업 중인 유리온실로 향했다.

"어때?"

파일을 읽던 그녀가 고개를 들었다.

"아, 다시 인간으로 돌아왔네. 근데 모자를 고른 게 신의 한 수야. 재킷하고 하나도 안 어울려. 기분 어때?"

"아주 좋아."

"다행이네. 그래도 며칠 더 쉬어야 하는 거 아닐까?"

레인이 고개를 저었다. "안 될 말이지. 형사님이 얘기하고 싶어 안달이신데, 걱정을 많이 하시더라고. 지금이 유일한 기회라고 생각하는 거 같아."

"전화로 얘기하면 되잖아. 플로리다까지 갔는데 막다른 골목이면 어쩌려고?"

"내 느낌에 뭔가 중요한 걸 알고 계신 것 같아. 전화는 싫고 직접 만나고 싶다고 하셨거든. 구닥다리 형사지. 모르는 사람한테 전화로 정보를 넘기진 않을 거야."

"진짜 이러고 싶은 거 맞아?"

"확실해."

"의사가 적어도 2주 동안은 운전하지 말라고 했잖아."

"그럴 거야. 운전대에는 손도 안 댈 거라고."

그가 말을 마치자마자 초인종이 울렸다.

"거봐. 기사가 왔잖아."

로리가 안경을 쓰고 책상에서 일어서며 말했다. "이것 때문에 여기까지 오게 하다니 좀 그렇다."

"괜찮아. 내 덕에 몇 년간 수억 벌었잖아. 게다가 애초에 날 끌어들인 게 저 사람이야. 나한테 빚을 졌다고."

레인은 현관으로 향했다. 그의 매니저 드와이트 코리가 현관 앞에 서 있었다. 몸에 꼭 맞는 회색 맞춤 바지에 밝은 갈색 신발, 그리고 주름 하나 없는 셔츠 차림으로.

"아니, 시카고에서부터 운전하고 온 사람이 셔츠에 어떻게 주름 하나 없어?" 레인이 물었다.

드와이트가 레인을 바라보며 미간을 잡았다. "꼴이 엉망이네. 재킷에 야구모자라니, 난 반댈세."

"머리에 붕대 감은 걸 보셨어야 했는데." 로리가 말했다.

드와이트가 레인의 어깨 너머로 로리를 보았다. "반가워요, 로리."

"저도요, 드와이트. 여기까지 오시게 해서 미안해요."

"천만에요. 최우수 고객이 잘 지내고 있는지 확인할 겸 왔어요."

"들어와." 레인이 말했다.

로리와 레인이 소파에, 드와이트가 옆 의자에 앉았다.

"농담은 이쯤하고, 정말 어때, 친구?" 드와이트가 물었다.

"괜찮아졌어. 계속 나아지고 있고." 레인이 답했다.

"다행이네. 자 들어봐. 일단 자네를 도와줄 수 있어서 좋은데, 내가 여기 온 건 그 때문만은 아니야. 사실 자네랑 로리 둘 다 관계 있는 일이야."

레인이 시계를 확인했다. "출발하기까지 30분 정도 여유 있어."

"본론으로 바로 들어갈게. NBC가 계속 연락을 해왔어. 그러니까⋯⋯ 맥 카터가 죽은 후에 말이야. 팟캐스트 때문에 곤란해졌나 봐. 구독자 수도 엄청나고 유명했잖아. 일단 무기한으로 중지했는데 물밑으로는 방송을 맡아줄 사람을 찾고 있었더라고. 그러니까 결론은 자네와 로리가 두 달에 걸쳐 여덟 편의 에피소드를 만들어 주면 어떻겠느냐는 거야. 일주일에 하나씩. 자네들이 뭔가를 찾아내서 조사를 하는 거지."

레인이 고개를 저었다. "우린 방송인이 아니야, 드와이트. 우리가 하면 팟캐스트 망칠걸. 현재 이렇다 할 단서도 없고. 여전히 실마리를 쫓는 중이라고."

"나랑 통화할 땐 페퍼밀 경찰서에 연줄이 있다며."

"맞아. 웨스트몬트고 사건을 맡은 형사가 파일을 들여다보게 해줬어. 오프더레코드였지만."

"정보원을 밝힐 필요는 없어. 방송국이 원하는 건 팟캐스트가 계속되는 거야. 자네들 둘이서 말이야. 제의 금액도 꽤 좋아."

레인이 재빨리 로리의 눈치를 살폈다. 로리는 그에게 자신의 생각을 말할 필요도 없었다. 그가 일어섰다. "플로리다로 가자고. 팟캐스트는 우리가 할 게 아니야, 드와이트. 고문 역할이야 해줄 수 있지만 진행이라니 그건 좀 아닌 것 같아."

"어쨌든 난 물어봐야 했어." 드와이트가 말했다.

레인이 가방을 어깨에 메고 로리에게 작별 키스를 했다. "내일 형사랑 얘기하고 나서 전화할게."

"이 사람 운전하게 두지 마세요." 로리가 드와이트에게 말했다.

"명심하겠습니다." 드와이트가 말했다.

"그리고 여덟 시간은 재우셔야 해요."

"제가 직접 이불을 덮어드리죠."

"술도 안 돼요."

"매의 눈으로 지켜보겠습니다." 드와이트가 그녀에게 윙크했다.

"쉰 살 먹은 남자에게 베이비시터라니." 레인이 밖으로 걸어나가며 말했다.

그가 드와이트의 랜드로버 조수석에 오르자 차는 곧 공항으로 향했다. 인디애나폴리스를 떠나는 저녁 7시 비행기를 타기 위해서였다.

로리의 날카로운 시선 덕에 미스터리가 가득했던 웨스트몬트고 사건에서 괜찮은 실마리를 찾아낼 수 있었다. 그리고 플로리다에 있는 은퇴 형사와 그가 몇 년 전 맡았던 사건에까지 닿게 되었다. 레인은 48시간 동안 진통제를 단 한 알도 삼키지 않았다. 상처는 욱신거렸지만, 머리가 맑아 생각을 정리할 수 있었다. 어서 빨리 일에 착수하고 싶었다. 그와 드와이트는 가벼운 기내용 가방 하나만 들고 무사히 보안검색대를 통과했다. 7시 반이 되자 비행기가 순항 고도에 이르렀다. 레인은 일등석 좌석을 뒤로 넘기고 모자로 눈을 가린 채 잠에 빠져들었다. 동부시간으로 밤 10시 52분이 되면 그들은 플로리다 포트마이어스에 도착할 것이다.

70장

지독한 8월의 열기에도 로리는 전투복 차림으로 무장했다. 도수 없는 뿔테안경에 비니를 눌러쓰고 회색 바람막이 점퍼는 지퍼를 끝까지 채웠다. 그리고 언제나처럼 배낭을 메고 매든걸 부츠를 신었다.

로리는 주로 혼자 사건을 맡았다. 레인과 공동작업할 때를 제외하면 미해결 사건에 투입되는 건 그녀 자신, 파일 상자, 그리고 발굴되기를 기다리는 증거뿐이었다. 하지만 실마리를 쫓다 보면 다른 사람과 교류해야 할 때가 있었다. 로리는 자신의 직업에서 이 점이 가장 달갑지 않았다. 이미 헨리 오트와 현장을 다녀왔고, 가브리엘라 해노버와의 어색함을 견뎌냈다. 그랬는데 지금, 그것도 금요일 밤에 테오 콤프턴 파일을 확인하기 위해 라이더 힐리어와 카페에서 만나기로 약속한 것이다. 그녀에게 이런 약속은 노동자 재해보상 프로그램이 처리해주지 않는 위험요소였다.

카페는 모퉁이에 위치해 있었다. 그곳에서 한 블록 떨어진 곳에 주차하고 카페로 향했다. 문을 열고 들어서자 혈중 카페인 농도를 올리며 노트북을 두드리는 젊은이들로 꽉 차 있었다. 라이더 힐리어는 뒤쪽 구석 테이블에 앉아 있었다. 병원에서 한 번 본 터라 얼굴을 알아볼 수 있었다. 로리는 마지막으로 안경을 고쳐 쓰고 숨을 깊게 들이마신 후 그쪽을 향해 걸어갔다.

"안녕하세요." 라이더가 인사했다. "제가 시간을 잘못 알았나 생각하던 중이었어요."

"죄송합니다. 뭘 하던 중이었는데 얼른 빠져나올 수가 없었어요." 로리가 말했다.

"그렇군요. 괜찮아요. 커피 드실래요?"

"아뇨, 괜찮습니다." 로리가 자리에 앉았다. "그렇게 갑자기 전화 드려서 죄송합니다. 그런데 제가…… 부탁드릴 게 좀 있어서요."

로리는 기자들에게 부탁할 때는 늘 대가가 따른다는 걸 알았다.

라이더가 끄덕였다. "말씀하세요."

로리는 라이더의 얼굴에 번지는 불안을 보았다.

"테오 콤프턴이 죽던 날 밤 기자님께서 찍으신 영상을 좀 보고 싶습니다. 인터넷에서 찾아봤는데 다 사라졌더라고요."

"소송 때문이죠. 원래 없던 것처럼 싹 쓸어버렸어요. 어쩌면 다행일지도 몰라요. 애초에 그걸 인터넷에 올리지 말았어야 했어요."

"그래도 원본 갖고 계신 거죠? 핸드폰에?"

라이더가 끄덕였다.

"그걸 좀 보고 싶어요."

"왜죠?"

"제가 단서를 하나 좇는 중이라서요."

"그 말씀은 웨스트몬트고 사건을 조사하고 있다는 거네요?"

로리가 잠시 잠자코 있다가 카페를 둘러봤다. "공식적으로는 아니에요. 조용히 진행하는 거죠."

"그래서 제가 얻는 건 뭐죠?" 라이더가 물었다.

"많진 않아요. 하지만 영상을 보고 제 생각이 맞는다는 게 확인

되면 제 생각을 말씀드릴게요. 부탁드리고 싶은 건, 기사로 쓰지 말아달라는 거예요. 적어도 지금은요."

"지금 신문사를 다닌다고 말하기도 뭐해요. 편집장님이 소송과 관련해 저랑 의견이 다르거든요." 라이더가 커피를 한 모금 마셨다. "먼저 영상에서 뭘 보고 싶으신 건지, 무슨 시나리오를 생각하고 계신지 말씀해주세요. 그러면 보여드릴게요. 〈스타〉 신문에는 아무것도 안 쓰겠지만 제 범죄사건 블로그에는 쓸 겁니다."

"왜 저한테 다른 시나리오가 있을 거라고 생각하시죠?"

"당신은 범죄사건 세계에서 전설과도 같은 분이잖아요. 당신 같은 분이 아무 일 없이 페퍼밀에서 일주일이나 머물 리가 없죠."

로리가 비니에 손을 뻗어 이마 쪽으로 푹 내려썼다. 늘 그렇듯이 그녀는 자신의 생각만큼 익명적인 존재가 아니었다.

그녀가 고개를 끄덕이며 입을 열었다. "블로그에 기사 쓰기 전 일주일 여유를 주신다고 약속하시면 지금까지 알게 된 걸 말씀드릴게요."

"좋아요." 라이더가 합의했다는 의미로 테이블 건너편으로 손을 뻗어 악수를 청했다.

로리는 고개를 저었다. "이런 거 없어도 됩니다. 그냥 두 여자가 서로를 돕기로 한 거예요."

라이더가 끄덕이며 손을 거뒀다.

"그럼 영상을 볼까요?" 로리가 말했다.

라이더가 핸드폰을 꺼내 액정을 몇 번 두드리고는 로리 옆으로 의자를 옮겼다. 영상이 재생됐다. 로리의 기억대로 화질이 좋지 않았다. 화면을 채우는 건 대부분 어두운 밤이었고 간혹 흔들리는 화면 속에서 숲을 채운 나뭇잎이 보였다. 그리고 버려진 사택도.

라이더가 그 옆을 지나는 중이었다. 핸드폰 스피커의 최대 음량에도 카페 소음 때문에 우르릉거리는 소리가 잘 들리지 않았다. 곧 오른쪽에서 왼쪽으로 기차가 흐릿하게 지나가며 화면을 채웠다. 끝도 없이 긴 기차였다. 그러다 갑자기 기차가 사라지고 시야가 어두워졌다. 흔들리는 화면 속에서 테오 콤프턴의 시신이 보였다.

"여기. 멈춰요." 로리가 말했다.

라이더가 화면을 눌러 영상을 멈췄다.

"뒤로 돌려주세요. 몇 프레임만요. 기차가 지나간 직후로요."

라이더는 달리는 기차가 나올 때까지 손가락으로 속도조절 바를 뒤로 밀었다가 마지막 차량이 프레임을 지날 때까지 천천히 앞으로 돌렸다. 그러자 자글거리는 화면 속 선로 반대편에서 테오 콤프턴의 시신이 나타났다.

"좀 더 앞으로." 로리가 말했다.

라이더는 1, 2초 정도 영상을 더 재생했다가 로리가 원할 때 멈췄다.

"여기요." 로리가 화면을 가리키며 말했다.

로리는 이전에 이 영상을 딱 한 번 봤고, 그 한 번만으로 테오 콤프턴 시신의 정확한 자세를 머리에 각인시켰다. 라이더 힐리어의 핸드폰을 바라보는 지금 그녀는 확실히 알게 됐다.

"아이 손을 보세요." 로리가 말했다.

라이더가 멈춰 있는 화면을 두 손가락으로 확대했다.

"뭘 보라는 거죠?"

"두 손 다 주머니에 넣고 있어요."

라이더가 봐도 그랬다. "그게 무슨 의미죠?"

"기차에 뛰어들어 자살하는 사람은 많아요. 자살방법 통계 중에서도 순위가 높은 편이죠. 그런데 제가 궁금했던 건 자신의 삶을 끝내려는 사람 중 얼마나 많은 사람이 기차가 달려오는 순간 양손을 주머니에 넣을 만큼 태연할까 하는 점이었어요."

라이더가 더 자세히 보았다. 테오 콤프턴의 시신은 두 손을 바지 주머니에 넣은 채 땅바닥에 등을 대고 누워 있었다.

"이건 검시관이 찍은 현장사진과 달라요. 현장사진에선 테오 콤프턴의 손이 주머니에 있지 않았어요." 로리가 말했다.

"우리가 그 애를 옮겼거든요. 맥과 제가요. 그 애가 죽은 줄 몰랐어요. 그래서 어떻게든 되살리려고 했죠. 구조대도 와서 똑같이 했어요. 하지만 결국 사망선고를 내리고 검시관을 불렀고요. 그러는 사이 주머니에서 손이 빠졌나 봐요." 라이더가 화면에서 시선을 들어 로리를 바라봤다. "오늘 아침에 테오 어머니와 얘기를 나눴어요. 테오는 자살할 애가 아니라고 단호하게 말씀하시더군요. 저는 그 말을 어떻게 받아들여야 할지 몰랐어요. 부모라면 당연히 그렇게 말할 테니까요. 그런데 그분이 맞는 것 같아요. 테오가 죽기 전날 밤 전화를 걸어 미리 알려줬다고 했거든요."

"뭐를요?"

"웨스트몬트고 사건에 대해 경찰에게 밝히지 않은 내용을 맥 카터에게 말하겠다고 했대요."

로리는 청바지 주머니에 손을 넣은 테오의 시신을 계속 바라보았다. "누가 밀었을 수도 있어요."

"누군가 테오를 밀었다면 다른 애들한테도 똑같이 한 거란 말이잖아요."

"어쩌면요. 찰스 고먼도 민 거죠." 로리가 말했다.

뉴욕 브롱크스

기차가 윌리엄 페더슨의 신발을 벗기고 그를 미식축구 경기장 두 개에 달하는 길이만큼 끌고 간 다음 날, 거스가 그 가족이 사는 이층집 근처 연석에 차를 세웠다. 그는 양복 재킷을 입고 계단을 올라 현관문을 두드렸다. 문을 열어준 사람은 페더슨 부인이었다. 전날 밤처럼 눈과 코 주변이 불그스레했다. 혹독한 밤을 보냈으리라. 거스는 전에도 아이 잃은 엄마를 본 적이 있었다. 경찰 일을 하면서 가장 힘든 게 이런 때였고, 그들을 어떻게 대하면 좋을지는 앞으로도 영영 알 수 없을 것 같았다.

"페더슨 부인, 아드님과 얘기 좀 해봐도 되겠습니까?" 거스가 물었다.

부인이 고개를 끄덕이며 망으로 된 문을 열어주었다. 집안으로 들어간 거스가 그녀를 따라 아이 방으로 갔다. 그녀는 거스를 방으로 들여보낸 후에도 문가에 서서 들어오지 않았다. 아이가 침대에 누워 한 팔을 뒤로 베고 다리를 꼬고 있었다. 가슴 위에는 《매드》*가 있었다.

"안녕, 친구?" 거스가 말했다.

* *MAD*. 1952년 창간된 미국의 유머 잡지.

아이는 거스를 보고도 아무 말이 없었다.

거스가 턱으로 잡지를 가리켰다. "나도 네 나이 때 그거 읽었어."

"윌리엄 형한테 많이 있어요. 형이 읽어도 된다고 했어요."

페더슨 부인이 들어와 아이의 손에서 잡지를 낚아챘다. "이거 만지지 말라고 했잖아. 윌리엄이 발행 순서대로 모아놔서 네가 건드리는 걸 좋아하지 않았어."

아이는 저항도 반항도 하지 않았다. 위탁엄마가 잡지를 낚아채는 순간에도 아무런 움직임이 없었다.

"형이 봐도 된다고 했단 말이에요. 형이 싫어한다고 생각했으면 안 봤을 거라고요."

거스가 페더슨 부인을 보다가 아이에게로 시선을 옮겼다.

"괜찮다면 어제 일에 대해 질문을 좀 하고 싶구나."

아이가 어제 그랬던 것처럼 어깨를 으쓱했다. "어제 많이 물어봤잖아요."

"그랬지. 근데 질문이 더 있어서 말이야."

아이는 아무 말 하지 않았다.

"너랑 윌리엄 형, 둘이 친했니?"

"모르겠어요. 가끔은요, 네."

"너 윌리엄 형이랑 선로에 자주 간다고 했잖아. 그랬지?"

아이가 또 한 번 어깨를 으쓱했다. "맞아요. 자주 갔어요."

"너희들 거기 가는 거 부모님이 아셨니?"

"초여름에 선로에 있다가 경찰한테 잡혀서 집까지 끌려온 적이 있어요." 페더슨 부인이 문가에 선 채 말했다.

거스도 사건 보고서를 본 터라 그 사실을 알고 있었다.

"그러니까 너랑 윌리엄은 선로에서 잡힌 적이 있었다는 거지? 그리고 거기 가면 안 된다는 말을 들은 거고. 맞지?"

"맞아요. 재한테 다시는 윌리엄 데리고 선로에 가지 말라고 했다고요." 페더슨 부인의 목소리에서 분노가 느껴졌다.

거스가 몸을 돌려 페더슨 부인을 보았다. "아이가 자기 입으로 직접 대답해줬으면 좋겠습니다."

그녀가 고개를 끄덕였다.

"부모님도 그렇고 경찰도 그렇고 선로에 가지 말라고 한 거네. 그게 맞니?"

아이가 끄덕였다.

"근데 그래도 간 거고."

또 한 번의 끄덕임.

"선로에 가면 뭐가 그리 재밌었니?"

아이가 으쓱해 보였다. "모르겠어요. 동전 납작하게 만드는 게 좋았어요. 윌리엄 형이 계속 가자고 했어요."

"전엔 윌리엄이 선로에 간 적이 없어요. 이게 문제가 된 건 지난 6개월뿐이에요." 페더슨 부인이 말했다.

6개월이라. 거스가 생각했다. 페더슨 부부가 이 아이를 위탁받아 키운 기간이 딱 그만큼이었다.

"모아놓은 것 좀 보여줄래? 납작해진 동전 모은다고 했잖아."

"동전 수집한 거요?"

"응. 너랑 윌리엄이랑 선로에서 납작하게 만든 동전 많다며. 그거 다 모아놨다고 어제 네가 말했잖아."

"그랬죠."

아이가 몸을 일으켜 책상으로 가더니 도자기 항아리를 갖고 와 거스에게 건넸다. 그 안에는 납작한 동전이 가득했다. 거스가 안으로 손가락을 넣어보았다. 동전이 도자기에 부딪혀 댕그랑거렸다. 동전 하나를 꺼내 들여다보니 아이가 전날 보여줬던 동전과 똑같아 보였다. 얇고 납작하고 매끄러운 동전.

"동전 많네. 얼마나 되니? 서른 개?"

"스물여덟 개요." 아이가 말했다.

"선로에 한 번 가면 동전 몇 개를 납작하게 만드는 거야?"

"모르겠어요. 어떨 때는 두 개, 어떨 때는 세 개요."

"어떻게 하는 건지 얘기 좀 해주렴. 동전을 선로에 올리고 기차가 지나가는 걸 보고 있으면 되니? 기차가 다 지나가면 동전을 다시 가져오고?"

"맞아요."

"근데 어제는 무슨 일이 있었니?"

"모르겠어요. 윌리엄 형이 너무 가까이 갔어요."

거스가 항아리를 들어올렸다. "하지만 그전에도 많이 해본 거잖아. 어제저녁엔 윌리엄이 뭘 다르게 했을까?"

아이가 거스에게 시선을 고정하고 말했다. "죽었죠."

*

거스 모렐리는 베란다에 앉아 있었다. 해변으로 몰려오는 파도 소리가 귀에 닿았다. 밤 10시가 지난 시각이었다. 구름 한 점 없는 밤하늘에 반달이 떠 있고, 달빛이 바다 위에서 파도를 따라 뛰놀다 해변으로 쏟아지며 근방을 잿빛으로 물들였다. 해가 지고 몇 시간이나 지난 지금, 거스는 전화 한 통으로 깨어난 옛 사건을 생각하며 여전히 이곳에 앉아 있었다. 라루비아 맥주를 홀짝이면서도 독한 술이 마시고 싶어 근질거렸다. 다리를 잃은 후 끊겠다고 맹세

했으니 망정이지, 집에 한 병 있었다면 두세 마디 따라 마셨을지도 모른다. 암이 그의 목숨을 노리기 전, 이미 독한 술이 그를 데려갈 뻔한 적이 있었다. 이제 그는 하루에 맥주 두 병 정도만 마셨다. 엄밀히 따지자면 아주 맨정신이라고 할 순 없지만, 거스 모렐리에게는 그 정도가 최선이었다.

그가 아이 방에 들어섰던 그날을 떠올렸다. 납작한 동전이 담긴 항아리에 손가락을 넣었을 때 들렸던 댕그랑 소리가 여전히 귀에 선했다. 지금도 그 소리가 귓가를 울리며 3층 아래서 올라오는 파도 소리를 잠재우고 있었다. 그가 맥주를 한 모금 마셨다. 오랫동안 잠자던 옛 사건이 깨어난 건 이번이 처음은 아니었다. 하지만 이번에는, 준비가 되어 있었다.

그는 맥주병을 들고 집안으로 들어왔다. 내일이 되기 전에 할 일이 있었다.

71장

통제 불능한 상황이었다. 느낌이 그랬다. 윌리엄 형이 죽은 날에도 이런 비슷한 느낌이었다. 그때 나는 내 계산이 틀렸을지도 모른다고 생각했다. 형이 나를 괴롭히며 내 손에서 《매드》를 잡아채갈 때마다 분노는 커져만 갔다. 그때마다 형은 우리 아빠 같았다. 형이 잡지를 들고 한 대 칠 듯 위협적으로 서서 침대에 가만있는 날 내려다볼 때면, 열쇠 구멍 밖에서 구타당하는 엄마를 돕지 못한 나약한 아이가 떠올랐다. 하지만 그 약하고 무기력한 아이는 이제 없다. 그 아이는 사라졌다. 이제는 오직 괴롭히는 인간과 그가 노리는 나약한 인간을 더 이상 용인하지 않는 사람만이 남아 있을 뿐이다.

난 그때 내가 세운 계획 덕분에 고비를 넘길 수 있었다. 세심한 준비로 형사의 압박을 모면할 수 있었다. 그때는 아무 탈 없었지만 이번에는 조금 부주의했다. 감정이 이성을 앞섰다. 신중하지 못했고 충동적이었다. 학교에서 벌어지는 일을 목격한 순간 행동에 돌입할 수밖에 없었다. 나는 계획대로 했다. 흠잡을 데 없이 차근차근. 실제로 완벽에 가까웠다. 일이 술술 풀렸다. 그런데 몇몇이 내가 제시한 현실을 받아들이지 못하고 해답을 찾겠다며 이리저리 파고 다녔다. 너무 깊이 파고든 사람들은 이제 모두 사라졌다. 하지만 또 다른 이들이 남아 있으니, 앞으로 그들의 압박까지 모두 피할 수 있다는 생각은 망상일 것이다. 가장 큰 문제는 그웬이었다. 그날 밤에 대해 아는 것을 말하겠다며 입을 다물려 하지 않았다. 이것만 봐도 끝이 가까워졌다는 것을 알 수 있었다. 하지만 내 여정이 끝난다는 건 다른 사람들도 끝난다는 의미다. 언제나 그렇듯이.

나는 평소처럼 절차를 거쳐 병원에 들어갔고 의사들의 출입이 거의 없는 동쪽 병동으로 향했다. 이곳은 어떤 약으로도 긍정적 효과를 보기 힘들 만큼 너무 멀리 간, 나락으로 떨어진 사람들을 위한 곳이다. 이들을 위해 해줄 수 있는 건 고통완화 처치가 다였다. 의사들은 환자들이 자신이나 타인에게 해를 입히지 못하게 엄청난 용량의 약을 처방했다. 현실과 동떨어져 이랬다저랬다 하는 환자들이 심연에 빠져 헤매는 것을 막는다는 이유로 마약 남용이 자행되었다. 하지만 그것은 그들을 심연에 가두기 위한 방법일 뿐이었다.

오늘밤 나는 환자를 보러 왔다. 방문 허가가 난 이래로 일주일에 한 번씩 보아온 환자. 이렇게 자주 오는 것은 환자가 차도를 보일 거라는 희망이 전혀 없기 때문이었다. 오늘밤에 온 이유도 바로 그거다. 모든 것이 무너져 내렸고, 병원 동쪽에 있는 이 환자는 내 몰락과 너무도 밀접하게 연관되어 있으니까.

고요한 병실에 들어섰다. 환자가 완전히 깬 상태로 이불을 덮고 누워 있었다. 허공을 헤매는 초점 없는 눈동자를 보니 마치 오늘밤 내가 온다는 것을 감지한 것만 같다. 늘 있는 일이다. 나는 매번 올 때마다 저렇게 빠져나올 수 없는 거품에 갇혀 바깥세상을 바라보는 삶이란 무엇일까 상상했다. 그렇지만 오늘밤은 탈출이

가능하다. 자유가 손에 잡히는 듯하다. 내가 이 세상을 떠난다면 이 사람도 나와 함께 가야 한다.

병실 문을 닫았다. 고군분투한 끝에 환자를 휠체어에 앉히는 데 성공했다. 잠시 후 휠체어를 밀며 간호데스크 앞을 지났고, 데스크 직원들은 웃으며 고개를 까닥여 인사했다. 우리는 휴게실에서 잠시 멈췄다. 환자들이 입을 벌린 채 음소거된 TV에 시선을 고정하고 있었다. 우린 사람들 속에 섞일 때까지 잠시 머물렀다. 간호데스크 쪽을 뒤돌아보니 그들 모두 컴퓨터를 보며 밤 근무의 긴 여정을 준비하고 있었다. 잠자코 앉아 소리도 안 나는 TV를 보는 환자들에게 관심을 두는 사람은 하나도 없었다.

나는 일어서서 아무렇지 않은 듯 승강기 쪽으로 방향을 틀어 하강 버튼을 눌렀다. 철컹하는 소리가 나더니 1층에 있던 승강기가 올라오기 시작했다. 나는 다시 휴게실로 돌아와 휠체어를 승강기 쪽으로 천천히 밀었다. 문이 열리자 안으로 들어가 1층 버튼을 누르고 기다렸다. 마침내 문이 닫히자 안에는 우리 둘만 남았다.

"오늘밤 우린 밖으로 나갑니다."

나는 휠체어 앞으로 몸을 숙여 허공을 헤매는 큰 눈을 들여다봤다. 병원 방문을 시작한 이래로 한 번도 변하지 않은 그 눈을. 자유가 이만큼이나 가까워진 순간에도 눈동자에는 아무런 변화가 없었다. 승강기 알림음이 1층 도착을 일깨웠다. 문이 열리자 나는 전혀 주저하지 않았다. 안내데스크를 지나 입구에 있는 유리 자동문까지 휠체어를 밀고 나갔다. 대단원에 도착한 우리를 환영하듯 문이 커튼처럼 열렸다. 우리는 문턱을 지나 어둠 속으로 사라졌다.

72장

다음 날 아침 7시, 간호사가 오전 근무를 시작했다. 교대하는 데 걸린 시간은 30분. 퇴근시간을 넘긴 밤 근무자들이 막 도착한 동료에게 간밤의 업무를 인계하는 시간이었다. 다행히 간밤엔 위급상황도, 긴급구조 요청전화도 없이 고요했다. 입원환자 중 사망자가 나오지 않은 지도 2주가 되었다. 병원 신기록이었다.

7시 30분, 환자 체크가 시작되었다. 간호사는 입원실마다 다니며 환자를 깨우고, 아침식사 주문을 받고, 병상에서 도움이 필요한 환자가 있는지 살펴보고, 아침 약을 준비하고, 정오까지 해야 할 긴 항목을 체크했다. 41호실을 확인할 차례였다. 간호사는 병상에 누워 있을 환자를 상상하며 41호실 문을 열었다. 침대가 비어 있었다. 비어 있는 침대보다 더 이상한 건 아무도 사용하지 않았던 것처럼 말끔한 침대였다. 화장실을 확인하려는데 명치에서 두려운 마음이 솟아났다. 환자가 거울 앞에서 어쩔 줄 몰라 허둥대고 있는 걸 목격한 적이 꽤 있었다. 지난번에는 칫솔을 어떻게 쓰는지 몰라 멍하니 서 있었고, 화장실에 들어간 이유를 잊고 바지에 대변을 지린 채 변기 앞에 서 있던 적도 있었다. 하지만 간호사가 화장실 문을 천천히 열어본 토요일 아침인 이 순간, 안에는 아무도 없었다.

간호사는 병실을 뛰쳐나가 식당을 들여다보고 TV가 있는 휴게실을 확인했다. 그리고 마침내 간호데스크에서 전화기를 집어 들었다.

"황색경보예요. 환자가 없어졌어요. 41호실요."

73장

지난여름의 사건 이후 가브리엘라 해노버 박사의 인생은 엄청난 격변기였다. 찰스 고먼과의 관계가 밝혀졌다면 결코 무사하지 못했을 것이다. 환자와 은밀한 남녀관계를 맺었다는 게 알려졌다면 교장직에서 해고되고 의사 경력도 날아갔을 것이다. 그녀는 잠자코 있는 것만이 최선이라고 굳게 믿었다. 특히 찰스를 범인으로 몰고 간 살인 계획서가 사실은 자신의 아이디어였다는 것에 대해. 그것이 의도를 가지고 쓴 선언이 아니라 그저 분노를 표출하는 데 쓰이는 심리학적 처치였다는 것에 대해. 지금 와서 밝혀진다고 해도 상황이 달라지진 않을 테니까.

토요일 아침, 가브리엘라가 그랜트빌 정신병원 방문자 주차장에 차를 세우고 안으로 들어갔다. 작년부터 이 과정을 꽤 여러 번, 그러니까 매주 거친 그녀에게 이것은 일상이었다. 그녀가 문병을 왔다 갈 때마다 환자가 놀랄 만큼 차도를 보인다고 간호사들이 말해주었다. 그래서 한 주도 빼먹지 않으려 노력했다.

그랜트빌은 다른 병원과 달랐다. 출입 절차가 필요한 곳이었다. 사진 등록, 방문자 신분증 발급은 물론이고, 무장한 경비원과 잠긴 문을 여러 개 통과해야 4층에 도달할 수 있었다. 그를 만날 수만 있다면 이런 복잡한 절차쯤은 별것 아니었다. 그는 더 이상 예전의 그가 아니었다. 그럼에도 그녀는 그를 보는 것만으로도 진정이 되었다. 그녀는 타인의 감정을 분석하고 이해하는 데는 도사였지만, 자신의 감정을 해독하는 방법은 알지 못했다. 그래서 여전히 작년에 대해 어떤 감정을 느끼고 있는지 들여다보는 것을 거부하고 있었다.

병실에 다가갈수록 온몸이 흥분으로 휩싸였다. 언제나 그랬다. 병실 문손잡이를 잡은 채 눈을 감고 숨을 깊이 들이마셨다. 이윽고 문을 열고 안으로 들어섰다.

그가 휠체어에 앉아 있었다. 그녀가 그 앞에 섰다. 그의 표정이 텅 비어 있었다. 몸을 숙여 눈을 맞춰도 아무런 변화가 없었다. 언제나 그랬다.

"찰스, 안녕? 잘 지냈어?"

그녀는 대답을 기대하지 않았다. 그는 단 한 번도 대답한 적이 없었다. 하지만 그 어느 때보다 오늘, 그의 침묵이 그녀를 흔들었다.

"오, 찰스. 일이 이렇게 될 줄 정말 몰랐어."

그녀가 아무것도 모른 채 눈만 깜빡이는 그의 뺨을 어루만졌다. 그리고 한숨을 길게 쉰 후 맞은편 의자에 앉았다.

웨스트몬트 사립고등학교

2019년 여름

74장

아침 일찍 마크 매커보이가 아내에게 키스하고 작은 가방을 차에 싣고 공항으로 향했다. 아내에게는 회의 때문에 휴스턴에 하루 머물러야 한다고 말해뒀다. 그는 공항에 차를 세우고 영수증을 챙겨 메트라 철도에 올랐다. 한 시간 뒤에는 짐 가방을 끌고 기차역을 빠져나와 그랜드 대로에 위치한 모텔식스 로비로 들어갔다.

"성함이 어떻게 되시죠?" 안내데스크의 젊은 여성이 물었다.

"존스, 마크 존스입니다."

"네, 여기 있네요. 하루만 묵으시나요?"

"그렇습니다."

"신용카드로 보증금을 내셔야 합니다."

마크가 웃어 보였다. "지금 제 신용카드에 문제가 있어서요. 신원을 도용당해서 카드가 다 정지됐거든요. 현금으로 내면 안 됩니까?"

"그런 일이 있었다니 안타깝네요. 음……." 여자가 키보드를 두드렸다. "네, 현금도 됩니다. 파손 대비 보증금이 200달러고요. 내일 체크아웃하실 때 방값 지불하고 나면 차액을 돌려드릴게요."

"좋습니다." 마크가 지갑에서 100달러짜리 두 장을 꺼냈다. "불편하게 해드려서 죄송합니다."

"아니에요."

여자가 모텔식스 봉투에 키카드를 끼워 넣고 앞면에 '201'이라고 썼다.

"여기 있습니다. 2층이고요, 승강기 내려서 바로 오른쪽이에요."

"감사합니다." 마크가 봉투를 받으며 말했다.

몇 분 후 그가 201호실 침대에 누웠다. 6월 21일 금요일 오후 4시였다. 이제 몇 시간만 있으면 살인이 시작될 것이다.

75장

드디어 맨인더미러 입회식이 열리는 날, 생각보다 더 두렵고 미심쩍은 기분이 들었다. 학교 외곽의 검은 숲에서 일어날 일에 대해 겁을 먹는 건 당연했다. 열쇠를 찾아 세이프룸으로 오라니, 기대감과 불안감이 동시에 일었다. 문을 열고 들어가 거울에 대고 속삭이는 순간을 상상하는 것도 마찬가지였다. 규칙에 따르면 그들은 각자 따로 떨어져 숲에서 열쇠를 찾아야 하고, 사택에 먼저 도착하기 위해 서로 경쟁해야 했다.

겉으로 티를 낸 사람은 없었지만 모두가 일등으로 도착하고 싶었다. 일등으로 숲에서 튀어나와 현관에서 기다리는 앤드루 그로스를 만나고 싶었다. 몇 주 전 앤드루의 설명을 들어보니 세이프룸에 일등으로 도착하는 게 정말 중요했다. 맨인더미러의 우승자가 되면 내년 4학년 때 먹이사슬의 맨 꼭대기로 올라가 순진한 3학년에게 초대장을 날릴 수 있다. 오늘밤의 우승자가 지금의 앤드루처럼 신입회원을 데리고 맨인더미러 행사를 이끌게 되는 것이다. 4학년 회원들 중 버려진 사택으로 오는 건 오직 앤드루뿐이었다. 그는 열쇠를 찾아 숲을 뚫고 온 회원을 도와줄 예정이었다. 자정에 도착하는 나머지 4학년생들은 그때서야 누가 성공했는지 알게 될 것이다. 그리고 그를 위한 성대한 의식이 벌어질 것이다.

하지만 지난주 사건으로 오늘밤에 대한 기대가 사그라든 게 사실이었다. 지난주 화요일 실험시간, 태너가 고먼 선생님의 영상을 프로젝터에 쏘는 바람에 그 주 나머지 수업이 모두 취소됐다. 학교 측은 수업 취소에 대해 함구했지만, 오래지 않아 학교 전체에 소문이 쫙 퍼졌다. 주말이 되자 모두가 태너의 장난질에 대해 알게 되었다. 월요일쯤 처벌을 받을 거라는 얘기가 돌았다.

그웬과 친구들은 오늘밤 입회식을 준비하면서도 자신을 보호해야 한다는 생각으로 머릿속이 복잡했다. 태너 빼고 모두가. 태너야 어찌되든 그들에겐 상관없었다. 태너가 빠져줘야 자신들의 계획을 실행할 수 있었다. 그 계획이란 버려진 사택에 가기 전 고먼 선생님의 일기장을 몰래 돌려주는 일이었다. 그들은 이 계획을 태너 모르게 진행했고, 오늘밤 약속 장소에 각자 가는 것에 의견을 모았다. *13-3-5*의 길을 따라 혼자서 숲으로 들어갈 것. 적자생존 방식으로.

그웬, 개빈, 테오, 대니엘, 브리짓이 그웬의 기숙사 방에 둥그렇게 모여 앉았다. 그들은 태너가 이미 버려진 사택으로 가고 있을 거라 확신했다. 지금쯤이면 숲속에서 열쇠를 찾는 중일 수도 있었다. 태너가 이겨도 어쩔 수 없었다. 곧 그를 뒤따라가겠지만, 일단 자신들의 미래를 안전하게 확보하기 위해서는 태너가 쏘아올린 불부터 꺼야 했다.

브리짓이 가방으로 손을 뻗었다.

"여깄어." 그녀가 고먼 선생님의 가죽 일기장을 꺼내 가운데 바닥에 놓았다. 아까 오후에 태너의 방에서 몰래 가져온 것이었다.

"이것도 들고 나왔어." 브리짓이 가방에서 지퍼백도 하나 꺼냈다.

지퍼백에는 마리화나 담배가 한 대 들어 있었다.

“좋은 생각인데. 나 지금 무서워 죽겠거든.” 그웬이 말했다.

브리짓이 라이터를 켜서 마리화나 끝에 불을 붙였다. 개빈이 창문을 열자 모두 한 모금씩 들이마시고 어둠 속으로 연기를 내뿜었다. 곧 머리가 뱅뱅 돌기 시작한 그들은 고먼 선생님의 일기를 빤히 쳐다보며 깔깔 웃기 시작했다.

“난 그 새끼가 경적을 울릴 줄 꿈에도 몰랐어.” 개빈이 말했다.

또다시 모두 웃음을 터뜨렸다.

“고먼 선생님 실험시간에 영상이 튀어나온 것도.” 테오가 말했다.

“난 똥을 지릴 뻔했다니까.” 개빈이 말했다.

그들이 계속 웃으며 마리화나를 피웠다.

“10시 반이야. 자정까지 도착하려면 지금 나가야 해. 열쇠 찾는데 얼마나 걸릴지 모르잖아.” 대니엘이 말했다.

그웬이 두 눈을 동그랗게 떴다. “나 좋은 생각이 났어. 완벽한 계획이야.”

모두가 그녀의 멀건 눈을 바라보았다.

“태너는 우리보다 30분 먼저 출발했잖아. 일단 우리는 계획대로 고먼 선생님 일기장을 갖다놓는 거야. 대신 걸어가지 말자. 내가 운전할게! 걸리는 시간이 4분의 1로 줄어들 거야. 태너를 따라잡을지도 몰라!”

학기 중 교내에서는 차량 이동이 금지였다. 하지만 여름 학기 동안은 규칙이 느슨해져 차량 이동도 허락되었다.

“그러자.” 개빈이 빙긋 웃으며 말했다.

그들은 마저리홀 기숙사를 빠져나와 어둠 속으로 향했다. 고먼 선생님 일기장과 차 열쇠가 그웬의 손에 들려 있었다. 그들은 교사거리에 몰래 침투했던 지난번처럼 어둠 속에서 잠시 머물렀다. 그렇지만 오늘은 마리화나 덕분에 느긋했고 자신감이 넘쳤다.

그들이 뒷길로 접어들어 14호로 향했다. 지난밤에 대한 기억이 떠올랐다. 그들은 뒷벽에서 몸을 낮췄다.

"줘봐. 내가 할게." 개빈이 말했다.

"현관 계단에 둬야 해." 그웬이 말하며 개빈에게 일기장을 넘겼다.

주방 쪽 창밖으로 빛이 새어 나오고 있었다.

"망 좀 봐줘. 괜찮아지면 말해." 개빈이 주방 창문을 가리키며 말했다.

그는 살금살금 집으로 다가가 신호를 기다렸다. 다른 아이들이 창턱 위로 천천히 머리를 들었다. 고먼 선생님이 보였다. 그는 등을 보인 채 레인지 위 냄비를 휘젓고 있었다. 그들은 재빨리 몸을 수그렸지만, 약에 취해서 들켜도 모를 정도였다. 그웬이 개빈을 향해 손을 흔들자 개빈은 건물을 돌아 현관 계단에 일기장을 놓고 초인종을 눌렀다.

찰스 고먼이 현관에 나갔을 때쯤 그웬과 친구들은 이미 차가 있는 학생 주차장 쪽으로 향한 뒤였다.

찰스 고먼이 레인지 앞에서 파스타를 끓이고 있었다. 냄비 안에 소금을 뿌리자마자 초인종이 울렸다. 그는 시계를 보고 혹시나 가브리엘라가 아닌가 생각했다. 월요일에 예정된 학생과 교직원 회의 때 전할 내용을 미리 알려주려고 온 걸까? 가브리엘라는 요즘 불안해하고 있었다.

그가 숟가락을 내려놓고 현관으로 향했다. 문을 열자 현관 밖에는 아무도 없었다. 밖으로 걸어나가 교사 거리를 둘러보았다. 여름밤을 밝히는 것은 다른 집의 현관 등뿐 도로는 텅 비어 있었다. 무심코 고개를 숙이는데 계단에 있는 뭔가가 눈에 들어왔다. 그의 일기장이었다. 재빨리 집어 들어 대충 훑어보았다. 그대로였다. 그는 안으로 들어오기 전 다시 한 번 거리를 살펴보았다.

레인지에서 파스타 냄비를 내리고 주방 탁자에 앉아 일기장을 확인했다. 10분간 꼼꼼히 본 끝에 아무것도 없어지지 않았다는 사실에 만족해하며 서재로 향했다. 그는 벽에 매달린 주기율표를 떼고 벽장 금고의 다이얼을 돌렸다. 일기장을 금고에 넣고 주기율표를 다시 걸었다. 그리고 가브리엘라에게 전화하기 위해 핸드폰을 들었다.

76장

그들 모두 어둠에 몸을 숨기고 학생 주차장에 도착했다. 개빈이 조수석에, 나머지는 뒷자석에 탔다. 그웬이 전조등을 끈 채 시동을 걸어 주차장을 빠져나왔다. 학교 정문을 지난 후에야 전조등을 켜 챔피언 대로를 밝히며 속도를 올렸다. 서두르면 태너를 따라잡을 수 있다.

5분 후 차는 77번 국도를 타기 위해 우회전을 했다. 상향등을 켜야 할 정도로 칠흑 같은 밤이었다. 그웬이 텅 빈 도로를 운전하는 동안 나머지는 초록색 마일표시판에 시선을 고정했다. 처음 본 것은 11이었다. 너무 빨리 지나가 흐릿했지만 자동차 상향등에 반사된 빛으로 알아볼 수 있었다. 일 분을 달리자 12라고 써진 마일표시판이 나왔다. 어두운 밤이 창을 채우는 시간, 그들은 13이라는 표시판이 나타나기를 고대했다. 이제 거의 다 왔다.

모두가 다음 표시판을 찾느라 집중한 그 순간, 뭔가 퍽 하는 소리가 들렸다. 물이 가득 찬 플라스틱 쓰레기통을 야구방망이로 내려치는 소리 같았다.

퍽!

그웬이 브레이크를 밟았다. 바퀴에서 끼익하는 소리가 났고, 차체가 좌우로 미끄러지다 멈췄다. 몇 초 동안 아무도 움직이지 않았다. 숨을 쉬는 사람도 없었다. 그러다 결국 천천히 몸을 돌려 뒷유리 너머 밖을 보았다. 갓길 근처에 뭔가 있는데 어두워서 제대로 보이지 않았다. 뚫어지게 보며 기다려봐도 움직일 기미가 보이지 않았다.

"뭐야?" 그웬이 핸들을 꽉 쥐고 떨리는 목소리로 내뱉었다. 그녀는 여전히 앞을 향한 채 차 뒤쪽으로 고개를 돌리려고도 하지 않았다.

개빈이 숨을 들이쉬었다. "아마 주머니쥐겠지."

"주머니쥐치곤 너무 큰데. 사슴인가?" 테오가 말했다.

마침내 그웬이 앞유리에서 시선을 돌려 개빈을 쳐다보았다. 둘 사이에 깊은 암흑이 내려앉았다. 그웬이 전진 후진을 반복하며 차를 돌리기 시작했다. 차가 천천히 그쪽으로 향했다. 다섯 명 모두 사슴이기를 바랐다. 뭐라도 좋으니 동물이기만 한다면……. 차가 가까이 다가가자 상향등 빛이 갓길에 있는 그것을 밝게 비췄다.

2020년 8월

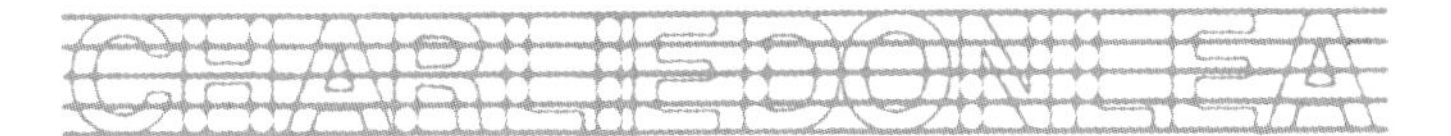

77장

브리아나 매커보이가 남편을 잃은 지 일 년이 되었다. 그녀는 남편이 죽었다고 생각하지 않았다. 그 생각만큼은 받아들일 수 없었다. 그렇지만 이쯤 되니 죽었을지도 모른다는 생각이 그녀를 괴롭히기 시작했다. 마크의 실종 초반 그녀는 정기적으로 형사를 만나 소식을 들었다. 그들은 마크가 텍사스 출장을 위해 사우스벤드 공항에 세워둔 차를 찾아냈다. 하지만 곧 회사가 그에게 텍사스든 어디로든 출장을 보낸 적이 없다는 사실이 밝혀졌다. 오히려 이틀 연차를 요구한 건 마크였다. 브리아나는 남편이 자신을 속였다는 것을 알고 망연자실했다.

형사들은 초반 몇 주 동안은 적극적인 자세를 보이더니, 일단 살인이 아니라는 결론이 나자 마크의 소재와 행적에 대해서 신경을 덜 쓰기 시작했다.

수사 초기만 해도 형사들과 통화하는 게 어렵지 않았다. 그러나 12개월이 지난 지금, 브리아나는 그들의 음성사서함을 꽉 채운 후에야 응답을 받을 수 있었다. 그러나 그 전화마저도 그녀의 가슴을 후벼팠다. 경찰은 마크가 얼마간의 빚이 있어 수금원으로부터 도망치려고 도시를 떠났다고 추측했다. 브리아나가 보기에 그건 말도 안 됐다. 마크가 내연녀와 도망쳤을 거라는 추측 역시 터무니없었다. 그는 원래 집과 회사밖에 모르는 사람이었고, 그가 다닌 회사는 남직원 셋과 육십 대 여직원 둘뿐인 작은 컨설턴트 회사였다.

현재는 나머스NamUs 사이트에 마크의 이름을 올려놓은 상태였다. 나머스는 한 해 동안 실종되는 수천수만의 미국인을 등록해 추적에 도움을 주는 국립 정보센터였다. 형사들은 마크에 대한 모든 정보와 브리아나가 제출한 마크의 DNA 샘플을 이곳에 등록했다. 그 이유를 브리아나에게 설명할 필요도 없었다. 그녀는 알고 있었다. 어디선가 신원미상의 시신이 발견되면 검시관이나 법의관이 DNA 테스트를 돌려 나머스 데이터베이스에서 일치하는 결과를 찾을 거라는 사실을.

브리아나는 형사들이 용의자와 상황에 맞게 체크리스트를 작성하고 사건을 조사한다는 걸 알았다. 만약 남편에 대해 모두 털어놨다면 수사에는 진척이 생겼을 수도 있었다. 하지만 지금 상황에서 보니 이건 솔직하다고 될 일이 아니고, 경찰이 도와줄 것 같지도 않았다.

그녀는 지하실로 내려가 마크의 야구카드가 있는 캐비닛을 열고 상자 세 개를 꺼내 바 위에 놓았다. 첫 번째 상자에서 꺼낸 바인더에는 4단으로 가지런히 정리된 야구카드가 있었다. 맨 윗단에 있는 종이 뭉치는 마크가 실종된 지 3개월째인 작년 겨울에 우연히 발견한 거였다. 종이에는 '맨인더미러'라고 쓰여 있었다. 종이 뭉치의 모든 기사는 웨스트몬트고에서 일 년에 두 번, 즉 연중 해가 가장 짧은 날과 가장 긴 날에 한 번씩 행하는 이상한 의식에 관한 내용이었다. 작년 하지는 6월 21일이었다. 마크가 없어진 바로 그날 이 학교 학생 둘이 살해당했다.

브리아나는 지난 몇 달 동안 두 사건이 연결된 게 아닐까 하는 의구심에 휩싸여 있었다. 혹시나 그가 사건에 연루되었을까 두려워 형사에게는 말도 꺼내지 않았다. 그렇지만 미스터리가 너무 오래 지속되었다. 경찰이 아니라 해도 누군가에게는 말해야 했다.

브리아나는 주머니에서 명함을 꺼내 기자 이름을 뚫어지게 바라보았다.

78장

일을 하다 보면 이런 일은 비일비재했다. 잠잠하던 상황이 눈 깜짝할 새 꿈틀대며 솟구쳐 오르는 일. 일주일 전만 해도 라이더는 신문사에서 강등됐고, 유튜브 채널은 지탄을 받았고, 블로그 글은 거의 사라진 상태였다. 그런데 테오 엄마가 전화를 걸어와 아들이 비밀 때문에 괴로워했다며 도움을 청했다. 거기에 이어진 로리 무어의 전화는 테오가 자살한 게 아니라 살해당했을 거라는 심증을 더욱 굳혀주었다.

그리고 토요일 아침 현재, 마크 매커보이의 아내와 통화를 마친 그녀는 어떻게 해서 사우드벤드에서 실종된 사람이 웨스트몬트고 살인사건과 연결된 걸까 고민하는 중이었다. 확실한 건 하나였다. 웨스트몬트고 사건 조사가 다시 활발히 진행 중이라는 것. 사건 조사가 재개됐으니 제대로 된 카드만 내놓는다면 라이더도 조사에 합류해 진실을 밝혀낼 수 있다. 그녀는 차에 시동을 걸고 사우스벤드로 향했다.

79장

토요일 아침, 드와이트 코리가 호텔 주차장에서 렌터카를 몰고 나왔다. 조수석에는 레인이 앉아 있었다.

"좋구먼. 우리 둘이 자동차 여행 한 적 없었잖아." 레인이 말했다.

"2년 전에 자네 책 투어 같이 갔었는데." 드와이트가 대답하며 새니벨섬으로 가는 도로로 진입했다.

"그건 이거랑 다르지. 호텔 방을 같이 쓴 것도 아니었고, 자네가 내 기사 노릇을 해주지도 않았어."

"로리에게 약속했잖아. 자네 지금 정신 상태가 안 좋으니 내가 가까이서 지켜보겠다고. 그래서 방을 같이 쓰는 거지. 이 약속을 깨면 안 된다는 것쯤은 나도 잘 안다고. 그나저나 자네, 코 고는 게 장난 아니더군."

"폐에서 나는 소리야. 아직 깨끗해지지 않아서. 기침하느라 자꾸 깬다니까."

"정말? 푹 자는 것 같던데. 그거 때문에 밤새 잠을 못 잔 건 나라고."

"그것도 업무 중 하나일걸, 아마."

"로리 말대로 며칠 더 기다렸어야 했나 봐. 난 사실 자네를 직접 볼 때까지 상태가 어떤지 전혀 몰랐거든."

"난 괜찮아. 다만 로리에게 신세를 지긴 했지. 순전히 이기적인 마음에 그녀를 끌어들인 거거든. 로리한테 대단히 어려운 일이 아니라 다행이지. 로리 머리가 어떻게 돌아가는지 알잖아. 페퍼밀까지 데려오기만 하면 사건이랑 모든 미스터리가 저절로 꿰맞춰진다고 해야 하나. 구사일생으로 살아나 인생은 너무 짧다는 교훈을 느껴서 그런지는 몰라도, 그녀에게 이러고 나니 기분이 엿같긴 해. 하지만 이미 벌어진 일이고 다시 되돌릴 수 없지. 로리는 해답을 찾을 때까지 멈추지 않을 거고. 그게 그녀의 사고방식이니까. 로리가 뭔가 찾아낸 것 같으니 내 기분이 엿같든 말든 실마리를 추적하는 게 마땅하지."

드와이트가 끄덕였다. "젠장, 머리를 얼마나 세게 맞은 거야?"

"이게 바로 따스하고 정신이 몽롱한 레인 필립스라고."

"그 레인 필립스 맘에 드네. 그럼 이제 스테이크 끊고 설탕커피로 자신을 독살하는 것도 그만두려나?"

"어림도 없지."

"희망이 보이나 했더니만."

늦은 아침의 태양이 바다 표면에서 반짝이고 있었다. 그들이 탄 차가 플로리다 본토와 새니벌섬을 연결하는 긴 다리 위에서 속도를 높였다.

80장

드와이트가 야자수 밑에 주차하자 차에서 내린 레인이 나무그늘로 들어섰다. 뒤통수까지 이어진 끔찍한 열상을 야구모자로 가린 레인이 '닥 포즈 럼바 앤드 그릴Doc Ford's Rum Bar & Grille' 주차장을 통과했다. 은퇴 형사 거스 모렐리는 식당 뒤쪽 칸막이 자리에 앉아 있었다. 11시가 막 지난 때였다. 손님이 적어 그를 찾는 건 어렵지 않았다. 단호한 느낌의 나이 든 남성, 그는 육십 대 후반쯤으로 보였다. 백발, 은빛 염소수염, 젊은 시절 운동깨나 한 사람의 가슴근육까지. 메리엄웹스터Merriam-Webster 사전에 '은퇴한 뉴욕 형사'가 등재됐다면 그에 딸린 이미지로는 거스 모렐리의 사진이 딱이었다.

레인이 다가가자 그가 일어섰다.

"거스 모렐리입니다."

"레인 필립스입니다. 시간 내주셔서 정말 감사합니다."

두 사람은 악수를 나눴다.

"저는 은퇴한 사람입니다. 가진 건 시간밖에 없죠. 이렇게 급히 플로리다까지 달려오신 걸 보면 중요한 문제인 것 같군요."

"그렇습니다. 아니면 앞으로 그렇게 될 것 같습니다."

거스가 앉으라는 몸짓을 하자 레인이 자리에 앉았다. 탁자 위에 파일이 쌓여 있었다. 파일 위에는 레인의 이름이 인쇄되어 있었다.

"예습 좀 하신 것 같네요?"

거스가 빙긋 웃었다. "전직 FBI 프로파일러가 전화해서 저의 옛 사건에 대해 물어보면 저도 뒷조사를 좀 하는 편이지요."

레인이 턱으로 파일을 가리켰다. "저에 대해 뭐 재밌는 거라도 찾으셨습니까?"

"많던데요. 당신도 그렇고, 그리고 파트너분도 그렇고요." 거스가 파일을 열었다. "저는 30년 넘게 뉴욕 경찰이었고 그쪽에 아직도 아는 사람이 좀 있지요. 제가 당신 뒷조사를 할 거라고 예상하신 것 같은데요?"

"짐작은 했습니다."

거스가 파일을 열어 읽기 시작했다. "레인 필립스 박사. 시카고대학 범죄심리학 교수에 살인사건연구 프로젝트 창립자. 10년 동안 FBI 행동과학부에서 일하며 연쇄살인범을 추적, 연구, 기록함. 박사학위 수여자로 그 유명한 논문 〈어둠을 선택하는 자들〉 집필, 연쇄살인범 사고방식과 논리에 대한 참고자료집 저술, 강력계 형사라면 이 책을 안 읽은 사람이 없죠. 베스트셀러 작가이자 TV에도 자주 출연. 이 정도면 됐나요?"

레인이 끄덕였다. "중요한 부분만 본다면 네, 맞습니다."

"그리고." 거스가 페이지를 넘기며 말을 이었다. "애인 이름은 로리 무어. 제가 듣기로는 엄청나게 특출한 미해결 사건 전문가라고 하더군요."

"그녀는 범죄 재구성 전문가라고 불리는 걸 더 좋아합니다."

"네. 뭐, 말만 현대적으로 바꾼 거죠. 예전 제가 일할 때만 해도 그냥 우리가 다 놓친 걸 찾아내는 사람이라는 의미였거든요."

"요즘도 똑같은 뜻입니다. 그리고 맞습니다, 로리가 아주 잘하긴 하죠."

"지인한테 듣기론 오래되고 어려운 사건도 성공률이 엄청나게 좋다고 하더군요. 이 동전 사건을 새로운 시각으로 본 게 그분입니까?"

레인이 미소를 지었다. "저는 그 연관성을 알아볼 만큼 똑똑하지 못해서요. 그저 추적할 뿐입니다."

"그렇담, 저도 말씀드릴 게 있는데…… 박사님 전화를 받고 제 안에서 영원히 잠든 줄 알았던 부분이 깨어났습니다. 그 연관성은 어떻게 해서 찾아내신 겁니까?"

종업원이 다가와 주문을 받았다. 아이스티 두 잔.

"저와 로리는 지금 인디애나에서 사건을 조사하고 있습니다. 작년 여름 일어난 웨스트몬트고 살인사건 들어보셨나요?"

거스가 아랫입술을 내밀더니 고개를 저었다.

"안 들어보셨다고요? 작년 여름 아주 난리였는데, 최근에 다시 화제가 되고 있고요."

"제가 뉴스를 안 봐서요. 케이블도 가입하지 않았고, 20년간 저녁 뉴스는 쳐다도 안 봤습니다."

"신문도 안 보시나요?"

"아침마다 보죠. 하지만 스포츠 면만 봅니다. 나머지는 좋게 말하면 허튼소리고, 제대로 말하자면 쓰레기죠."

"인터넷은요?"

"그게 뭡니까?"

레인이 미소를 지었다. 거스 모렐리는 뼛속까지 구식이었다.

"웨스트몬트고는 인디애나주 페퍼밀에 있는 기숙학교입니다. 작년에 거기서 학생 두 명이 살해됐죠."

"학생이요?"

"네."

"학교에서요?"

"예전에 교사들이 살던 학교 외곽 사택에서요. 그 사건은 발생하고 곧바로 종결됐습니다. 교사 하나가 분에 못 이겨 학생들을 죽인 걸로 종결된 상태인데, 하지만 그 사건엔 뭔가 숨겨진 게 있습니다. 작년 한 해 동안 그 사건의 생존 학생 세 명이 사택 옆 기차 선로에서 자살했거든요. 뭔가 앞뒤가 안 맞아요. 사건을 조사하던 주임형사가 저와 로리에게 조용히 살펴봐달라고 요청했는데, 로리가 자료를 파다가 범인과 자살한 애들 사이에 동전이라는 공통된 연관성이 있다는 걸 찾아냈습니다. 저는 살인사건연구 프로젝트 알고리듬으로 비슷한 사건이 있는지 검색을 했죠. 그렇게 해서 형사님을 찾아낸 겁니다."

종업원이 아이스티를 갖고 오자 레인이 한 모금 마셨다.

"그리고 여기 오기 직전, 로리가 이상한 점을 또 하나 발견했습니다. 웨스트몬트고 학생들이 사실은 자살한 게 아닐지도 모른다는 겁니다."

거스가 파일을 옆으로 밀어두고 팔꿈치를 탁자에 올렸다.

"그 말은?"

"아직 조사 중이지만, 로리는 학생들이 살해당했다고 생각합니다. 그 애들 모두 납작하게 펴진 동전을 갖고 있었는데, 그게 연결고리입니다."

"살인범과 연결된?"

레인이 난감하다는 표정을 지었다. "그걸 알아보려고 여기 온 겁니다."

모렐리 형사의 시선이 오른쪽으로 이동했다. 딱히 무언가를 바라보는 눈빛이 아니었다. 그는 잠시 대화에서 물러나 생각을 쫓고 있었다. 곧 그가 파일에서 명함을 꺼내 뒷장에 뭔가를 적었다.

"제 주소입니다. 몇 가지 확인해야 할 게 있어서요. 내일 저녁에 오십시오. 7시 괜찮습니까?"

레인이 탁자 너머로 명함을 받아 들었다. "짚이는 게 있으신가요?"

"아마도요. 하루만 주시겠습니까?"

레인이 끄덕였다. "물론입니다. 내일 저녁에 뵙겠습니다."

81장

브리아나 매커보이와 정확히 한 시간을 보낸 라이더는 오후 중반쯤 페퍼밀에 돌아왔다. 지금은 지난밤 로리를 만났던 카페로 향하는 중이었다. 로리는 그때 만났던 테이블에 앉아 있었다. 라이더가 다가가자 로리가 뿔테안경을 고쳐 썼다. 안경테 위쪽이 비니에 닿았다.

"찾은 거 있으세요?" 로리가 물었다.

"잘 모르겠어요. 어쩌면 아무것도 아닐 수도 있지만…… 뭔가 있는 것 같긴 해요."

라이더가 가방에서 〈인디애나폴리스 스타〉를 꺼냈다. 작년 여름 자신이 쓴 마크 매커보이 실종 기사였다. 라이더는 브리아나 매커보이가 지적해주기 전까지 그의 실종 날짜가 2019년 6월 21일, 그러니까 웨스트몬트고 사건 당일이라는 점을 깨닫지 못했다.

"작년부터 시간 날 때마다 조사하던 사건이에요." 라이더가 말했다. "마크 매커보이, 스물다섯 살, 두 아이 아빠. 작년 사우스벤드에서 실종되었죠. 텍사스로 출장 간다고 떠나서 돌아오지 않았어요. 차는 사우스벤드 공항에서 발견됐고, 그 후로 소식을 들은 사람이 전혀 없어요. 회사에서 텍사스 출장 일정은 없었다는 게 곧 밝혀졌고요. 주변에 원한 같은 걸 살 사람이 아니어서 경찰이 살인에 대해선 고려하지 않았어요. 평소 바람피우고 다니는 사람도 아니었고요."

로리가 천천히 고개를 끄덕였다. "근데 그게 웨스트몬트고 사건이랑 무슨 상관이죠?"

"매커보이가 없어진 날이 웨스트몬트고 살인사건 당일이었어요. 그가 사라지고 몇 달 후 부인이 지하실에서 그가 야구카드 수집품 사이에 숨겨놓은 신문 스크랩 뭉치를 발견했는데." 라이더가 가방에서 신문 스크랩을 꺼내 탁자에 펴져 있는 잡지 기사 위에 얹었다.

"오늘 그 부인이 이걸 보여주더라고요."

라이더가 탁자 건너편으로 신문기사를 밀었다.

"몇 건은 기자님이 쓰신 거네요." 로리가 기사 제목과 기자 이름을 확인하며 말했다.

"네. 웨스트몬트고 사건 전반에 걸쳐 이리저리 취재를 많이 했거든요. 마크 매커보이가 학생들이 하던 게임인 맨인더미러에 완전히 사로잡혀 있었던 모양이에요."

로리가 기사를 훑어보며 고개를 끄덕였다. "오트 형사." 로리가 라이더를 보며 말을 이었다. "웨스트몬트고 사건 담당 형사님이죠. 저에게 게임 설명을 해주신 게 이분이었어요. 학생들이 완전히 다른 차원의 게임으로 만들었다고 하던데요."

"제가 일 년 동안 조사하면서 블로그에 제일 많이 쓴 게 뭐냐면요." 라이더가 말했다. "게임에 초대되는 거 자체가 쉽지 않다는 점이었어요. 그 게임에 대해 제대로 아는 학생이 거의 없을 정도로요. 직접 경험해본 사람이 워낙 적은 데다가 세부사항은 자기네들끼리만 공유한대요. 학교 안의 작은 파벌 같은 거죠."

"비밀조직 같네요."

"그거예요. 해골과 뼈다귀 모양 대신 거울과 영혼이 있는 거지만. 브리아나 매커보이도 다 알더라고요. 마크가 웨스트몬트고에 다닌 적이 있어서 부인한테 게임 얘기를 해줬대요. 자기가 거기 못 들어간 이유도요. 남편은 별거 아닌 것처럼 얘기했지만 아무래도 그때 무슨 일이 있었던 것 같더래요."

"애들이 재수없게 굴 땐 상상초월이니까요."

"말해 뭐해요. 매커보이 부인이 보기엔 남편이 아직도 거기 못 들어간 것 때문에 신경 쓰는 것 같았대요. 근데 이 정도로 집착했다는 건 몰랐던 거죠."

"집착이라니, 어떻게요?" 로리가 물었다.

"부인이 알게 된 게 뭐냐면, 실종 전 마크 매커보이가 회사에 이틀간 연차를 냈더래요. 부인한테는 출장 가는 척하고 회사에다는 쉬는 척한 거죠."

"그래서 그 이틀간 뭘 한 거예요?"

"아무도 몰라요. 부인은 혹시라도 그가 웨스트몬트고 사건과 연루되었을까 봐 두려워하고 있어요."

로리의 표정에 변화가 생겼다. 그녀는 기사에 시선을 고정하고 있었다. 사람들의 눈을 피하던 그녀가 갑자기 신문기사에서 눈을 떼고 라이더의 눈을 바라보았다.

"범죄 현장에서 신원미상의 혈액이 검출됐어요." 로리가 말했다.

라이더는 그 말을 이해하려고 애쓰며 눈을 깜빡였다. "버려진 사택에서요?"

로리가 끄덕였다. "경찰이 함구한 내용이에요. 딱 이거 하나가 말이 안 됐거든요. 사건 현장에선 세 사람의 DNA가 발견됐어요.

하나는 태너 랜딩, 또 하나는 앤드루 그로스와 일치했죠. 그리고 나머지 하나는 신원 확인이 안 됐어요."

라이더가 몸을 숙이고 자신이 쓴 기사의 제목을 바라보았다.

사우스벤드 남성 실종, 눈에 띄지 않는 실마리

"마크 매커보이일까요?" 라이더가 천천히 그의 이름을 내뱉으며 로리를 바라보았다.

"그 사람 DNA를 좀 받아야겠어요." 로리가 말했다.

"이미 갖고 있어요. 나머스 데이터베이스에 등록됐거든요."

"국내 실종자 및 신원미상 인명 시스템."

"맞아요. 그의 DNA도 등록되어 있어요."

"신원미상의 혈흔 정보는 저한테 있어요. 나머스에 넣고 결과를 보면 되겠네요."

"언제요?" 라이더가 물었다.

"바로 지금요. 숙소에 정보가 있거든요." 로리가 대답했다.

두 사람은 동시에 일어나 서둘러 카페를 빠져나갔다.

웨스트몬트 사립고등학교

2019년 여름

82장

그웬과 친구들이 차에서 내려 전조등 빛 앞에 섰다. 슬금슬금 노면 위를 움직이는 그들의 그림자가 도로에 누워 있는 한 남자의 몸에, 뼈가 부러져 힘없이 늘어진 그의 사지에 닿았다. 그웬이 조심스레 괜찮으냐고 물어봤지만 반응이 없었다. 마침내 개빈이 다가가 그 옆에 쭈그리고 앉았다. 남자의 숨소리에 귀 기울이며 가슴이 움직이는지 눈여겨보았다. 잠시 후 개빈이 일어나 친구들에게 걸어왔다.

"죽은 거 같아." 개빈이 말했다.

정신적으로 이미 만신창이가 된 그웬이 신음소리를 내며 울기 시작했다. 나머지는 본능적으로 뒷걸음질을 쳤다. 개빈이 손으로 입을 틀어막다가 초조하게 귀 뒤를 긁어댔다.

"좋아. 이제, 어…… 생각을 좀 해보자." 개빈이 말했다.

"경찰에 신고해야 돼." 대니엘이 말했다.

개빈이 양손 검지를 들고 생각에 빠졌다. "해야 할 일을 생각하면 그게 맞지. 그렇지만 먼저 앞으로의 일을 따져봐야 해. 우리 지금 다 약에 취했어. 그웬은 몽롱한 상태로 운전했고. 우리는…… 사람을 죽였어. 경찰 부르면 다 감옥 갈 거라고."

"사고였잖아. 일부러 친 게 아니잖아." 대니엘이 말했다.

"맞아." 개빈이 말했다. "죽이려는 의도는 없었지. 그래도 사람이 죽었어. 그게 바로 과실치사야. 운이 좋으면 비자발적 과실치사. 근데 그웬이 약에 취해 있잖아. 그러니 그다지 비자발적으로 보이지 않는다는 게 문제야. 감옥에 갈 수 있다니까. 경찰을 부르면 그웬 인생은 끝장이야. 우리도 마찬가지고. 이런 범죄 이력으로 대학에 갈 수 있을까?"

"알았어, 알았어. 싸우지 말고, 뭘 해야 할지 생각해보자." 테오가 말했다.

"근데 말이야." 개빈이 말했다. "대니엘 말마따나 이건 그냥 사고고, 일부러 그런 것도 아니었어. 검은 옷 입고 캄캄한 도로를 걸은 건 저 사람이라고. 운전자가 정신이 말짱했어도 사고는 났을 거야. 사고 하나 때문에 인생을 망치는 건 말이 안 돼."

"배심원단한테 설명하듯 말하지 마, 개빈! 경찰 안 부르면 어쩔 건데?" 테오가 말했다.

개빈이 생각에 잠겨 고개를 까딱거렸다. "좋아." 그가 별것 아니라는 듯 으쓱해 보였다. "시체를 숨기자. 협곡으로 끌고 가서 베이커크리크 계곡에 던져버리는 거야. 거긴 수심도 깊고 물살도 세. 아무도 못 찾을걸. 그러고 나서 우린 열쇠를 찾아 사택에서 앤드루를 만나는 거지. 계획대로 입회식을 치르고."

"너 미쳤냐?" 테오가 내뱉었다.

"내 말 들어. 경찰을 안 부른다면…… 내 생각엔 우리 전부 같은 생각을 하고 있는 것 같은데, 우리한테 필요한 건 알리바이야. 조금 있으면 누군가 이 사람을 찾기 시작할 거라고. 우리 모두 확실한 알리바이가 있어야 해."

"내가 할게." 그웬이 끼어들었다.

모두가 그웬을 바라보았다.

"내가 계곡에 빠뜨리겠다고. 차로 친 게 나니까 내가 숨길게. 너희들은 계속 진행해. 버려진 사택으로 가서 입회식을 마치라고. 난 이거 마무리하고 합류할게."

"내가 도와주지." 개빈이 말했다.

"차는 어쩌고?" 대니엘이 물었다.

"다시 학교에 갖다놓을 거야. 거기서부터 걸어갈게. 걸어가지 뭐. 도착은 좀 늦어지겠지만, 열쇠 찾느라 늦었다고 하면 되지." 개빈이 말했다.

모두가 캄캄한 어둠 속에서 서로를 바라보았다. 마리화나 때문에 머리가 빙빙 돌았고, 혼란과 충격으로 심장이 세차게 뛰었다. 하나둘씩 고개를 끄덕였다. 그렇게 계획이 세워졌다.

테오, 대니엘, 브리짓이 버려진 사택으로 향하는 숲길을 찾기 위해 77번 국도 갓길을 걷기 시작했다. 친구들이 시선에서 사라지자 그웬과 개빈이 시신을 내려다보았다. 그웬이 생각을 비우려고 숨을 깊게 들이마셨다. 그리고 몸을 숙여 죽은 남성의 겨드랑이에 팔을 끼웠다. 아직 다 마르지 않은 피가 양손에 묻는 게 느껴졌다.

2020년 8월

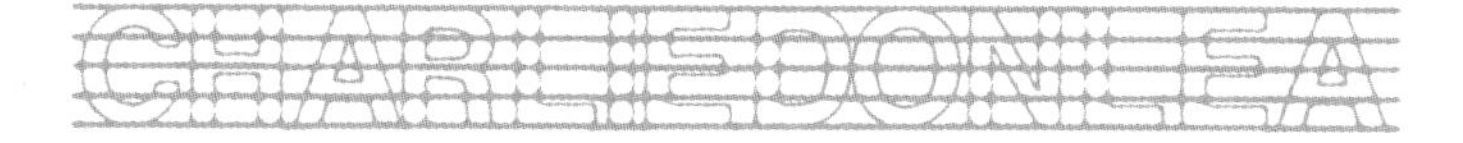

83장

레인이 거스 모렐리의 아파트 문(플로리다를 상징하는 담홍색과 푸른색으로 알록달록 장식된)을 두드린 건 토요일 저녁 7시였다. 그는 옥외 계단으로 3층까지 올라갔다. 은퇴 형사가 문을 열어줬다.

"그래서 어떻게 됐습니까?" 레인이 물었다.

"들어오시면 다 말씀드리겠습니다." 거스가 레인에게 들어오라고 손짓했다. "맥주도 있고 탄산음료도 있습니다만."

레인이 야구모자 뒤쪽으로 손을 뻗었다. 상처가 욱신거렸다. 맥주 한 병 마시면 좋겠다는 생각이 들었지만 단념했다.

"다이어트 콜라 있으면 주십쇼."

"물론 있죠." 거스가 주방으로 걸어갔다. 주방은 식탁이 있는 공간과, 벽걸이 TV 주변으로 가구가 배치된 거실까지 연결돼 있었다. 거실 너머 방충망 쳐진 발코니가 보였고, 활짝 열린 문을 통해 훈훈한 바닷바람이 드나들었다.

"발코니에서 얘기 나눠도 좋고요." 거스가 냉장고에서 콜라와 맥주를 꺼내며 말했다.

3층에서 내려다보는 경관은 장관이었다. 동쪽에서 서쪽으로 흐르는 바다와, 바다를 사이에 두고 보이는 남쪽 네이플스 기슭의 빌딩숲. 태양은 서쪽으로 기울어지며 바다 표면에 부딪혔고, 해변을 걷는 사람들의 그림자가 기다랗게 늘어져 있었다.

레인이 접이식 의자에 앉았다. 거스는 맞은편에 자리를 잡고 맥주를 한 모금 마셨다.

"하루 종일 전화를 붙들고 있었습니다. 연락이 잘 된 덕분에 방향을 제대로 잡았죠. 그걸 토대로 조사에 착수했습니다. 다시 경찰이 된 느낌이었죠. 아마 제가 발견한 걸 들으면 놀라실 겁니다."

"들을 준비 됐습니다."

거스가 자리에서 일어섰다. "따라오십쇼. 사건을 제대로 보려면 처음부터 시작해야 합니다."

레인이 발코니에 콜라를 내려놓고 안쪽으로 따라 들어갔다. 은퇴 형사는 처음 몇 걸음 절룩거린 뒤 안정적인 걸음을 되찾았다. 거실에서 멀리 떨어진 방에 도착했고, 거스가 문을 열자 방을 가득 채운 서류 상자가 보였다. 세 층으로 쌓인 갈색 종이 상자 수십 개가 한쪽 벽에 나란히 놓여 있었다.

"이게 다 뭡니까?" 레인이 물었다.

"저는 은퇴한 형사입니다. 제가 어딜 가든 상자들이 따라오지요. 예전엔 뉴욕에 있는 창고에 보관했습니다만. 은퇴할 때 다 갖고 내려온 겁니다."

레인이 상자를 주시한 채 가까이 다가갔다. "대체 이게 뭔데요?"

"계속해서 제 머리를 떠나지 않는 사건들입니다."

"해결 못 한 사건이라는 말씀입니까?"

"미해결 사건도 있고, 신경 쓰이게 만드는 사건도 있습니다." 거스가 침대 맡에 놓인 상자 하나를 가리켰다. "가장 신경 쓰이는 사건은 이겁니다. 절대 잊히지가 않더군요." 거스가 안으로 들어가 상자 하나를 들어올렸다. "저는 이걸 동전 사건이라고 부릅니다."

84장

로리와 라이더가 유리온실 안 컴퓨터 앞에 앉아 화면에 뜬 모래시계를 보고 있었다. 이젤 위에 대충 올려놓은 코르크판에 웨스트몬트고 사건의 희생자 사진이 있었지만, 로리는 이에 대해 굳이 설명하지 않았다. 이날 아침 마무리 작업을 하고 책상 위에 올려놓은 골동품 도자기 인형에 대해서도 아무 말 하지 않았다.

로리가 컴퓨터 화면에 비친 자신의 모습을 보다가 관자놀이에서 불쑥 튀어나온 안경 윤곽에 시선을 고정했다. 그리고 DNA 결과가 나오기만을 기다리며 안경을 고쳐 썼다. 비니를 이마까지 내려쓰고 바람막이의 첫 번째 똑딱단추를 정돈하려는 찰나, 컴퓨터 화면이 잠시 까매졌다가 깜빡거리며 켜졌다.

일치.

"현장에 있던 피는 마크 매커보이 것이네요." 로리가 말했다.

"젠장, 이제 어쩌죠?" 라이더가 로리에게 몸을 돌렸다.

로리는 보고서에 있던 세부사항과 표현을 기억하고 있었다. 그것은 태너 랜딩의 시신과 현장에 있던 여학생에게서 신원미상의 피가 발견되었다는 내용이었다.

"그웬 몽고메리와 대화할 시간이네요. 마크 매커보이에 대해 뭘 알고 있는지 물어봐야겠어요." 로리가 말했다.

85장

그웬 몽고메리가 맞은편 여자를 보며 눈물을 흘렸다. 그녀는 방을 둘러보고 심호흡을 했다. 여기 왔을 때만 해도 비밀을 털어놓을 준비가 되어 있었다. 태너와 앤드루가 죽은 날 있었던 일을 밝힐 준비가. 그날 밤의 일을 수없이 곱씹었지만 입 밖에 낸 적은 한 번도 없었다. 지금까지는. 이곳에서 속 시원히 털어놓고 자신을 쫓는 악령을 몰아내고 싶었다. 드디어 진실을 밝히고 싶었다. 자신들이 경찰한테 숨기는 게 무엇인지 이제 폭로하고 싶었다.

그웬과 친구들은 고먼 선생님이 결백하다는 걸 알고 있었다. 찰스 고먼이 태너와 앤드루를 죽이지 않았다는 것도 알았다. 그들은 그날 밤 주방 창문으로 그를 훔쳐보았다. 그는 레인지에서 요리를 하고 있었다. 개빈이 초인종을 눌렀고, 그들 모두 어둠을 달려 그웬의 차에 올라타 77번 국도에 있는 마일표시판 13을 향해 달렸다. 시간을 따져봐도 고먼 선생님이 태너와 앤드루를 죽이는 게 불가능했다. 그들은 이 사실을 다 알고 있었다. 학교에 소문이 퍼지고 고먼 선생님이 살인에 연루됐다며 언론 보도가 흘러나올 때도 그들은 아니라는 걸 알았다. 하지만 이걸 바로잡기 위해서는 경찰에게 그날 밤 자신들이 뭘 했는지 밝혀야 했다. 그들은 그러다가 더 많은 걸 말하게 될까 봐 두려웠다. 특히 77번 국도를 달리다가

한 남성을 쳐서 죽였다는 사실을 말하게 될까 봐.

그날 밤 사택에 도착했을 때 태너는 이미 창살에 꽂혀 죽어 있었고, 그들은 살기 위해 도망쳤다. 그웬 빼고 모두가. 그웬은 태너를 게이트에서 내리기 위해 애썼다. 그러다가 태너의 피가 그녀에게 묻었다. 차로 치고 베이커크리크 계곡으로 던져버린 남성의 피와 태너의 피가 섞였다. 그리고 며칠 후 그웬은 남성의 이름을 알게 됐다. *마크 매커보이.* 곧이어 고먼 선생님이 용의자가 되자 그들은 사실을 밝힐지, 침묵을 지킬지에 대해 격론을 벌였다. 논쟁하며 뜸을 들이는 동안 고먼 선생님이 자살을 시도했다. 며칠이 몇 주가 되었고, 몇 주는 몇 달이 되었다. 그들은 죄책감에 사로잡혔고, 처음엔 브리짓, 그다음엔 대니엘과 테오가 목숨을 끊었다. 그웬은 그렇게 알고 있었다. 지금까지는. 이 방에 앉아서 맞은편 여자를 본 순간까지는.

그웬이 이곳에 온 것은 마음의 죄를 씻기 위해서였다. 더 이상 비밀을 품고 살 수는 없었다. 그러나 맞은편 여자를 바라보는 지금, 그웬은 초조한 마음으로 넓적해진 동전을 만지작거릴 뿐이었다. 그웬이 다시 울기 시작했다. 소리를 지르고 싶었다. 하지만 그래봤자 소용없다는 것을 알고 있었다.

86장

거스 모렐리 형사가 발코니 탁자에 종이 상자를 올려놓았다. 그가 손가락으로 더듬어 파일을 하나 꺼내고 기록을 확인했다. 레인에게는 눈길도 주지 않고 파일을 훑어보며 내용을 읽었다. 한 장 한 장 페이지를 넘기는 모습이 마치 잊고 있던 어린 시절의 일기장을 보는 사람 같았다.

"브롱크스에 있는 오크포인트 조차장으로 출동했던 때입니다. 십 대 소년이 기차에 치인 사건인데, 그날 당번이 저였죠. 가보니 난리였습니다. 검시관은 이미 현장에 와 있었어요. 기차에 끌려가는 바람에 피해자 시신은 갈기갈기 찢어져 남은 부분도 별로 없었죠. 저는 우선 피해자 부모와 얘기를 나눴습니다. 물론 그들은 제정신이 아니었죠. 알고 보니 사고 당시 피해자는 남동생과 함께 있었다고 하더군요. 저는 그 동생과 얘기를 하고 싶었습니다. 아이가 부모 뒤에 숨지 않도록 둘만 있고 싶었죠. 하지만 곧 아이와 부모 사이에 뭔가 묘한 기류가 흐른다는 걸 느꼈죠. 그리고 알게 된 사실은 부모가 그 아이를 위탁양육 중이었다는 겁니다. 6개월 됐다고 하더군요."

"그 아이는 몇 살이었나요?"

"열네 살요. 기차에 치인 소년은 열여섯 살이었고요."

거스가 파일을 넘기며 맥주를 한 모금 마셨다. 레인이 보기에 거스는 파일을 볼 필요도 없었다. 은퇴 형사는 이 모든 것을 마치 어제 일처럼 기억하는 것 같았다.

"어쨌든 아이와 대화해보니 그 애는 형과 선로에서 자주 놀았고, 이전에도 몇 번이나 그랬다고 하더군요. 선로 위에 동전을 놓고 납작하게 만들며 놀았다고요."

동전 얘기가 나오자 레인이 이마를 찡그리며 집중하기 시작했다.

"얘기는 이렇습니다. 둘이 각자 동전을 선로에 올리고 뒤로 물러서서 기차가 지나가는 걸 봤다는 겁니다. 형이 죽은 날에도 그랬대요. 그날은 형이 선로에 너무 바짝 다가가서 기차에 치였다는 거죠."

레인이 고개를 끄덕이다가 옆으로 기울이며 말했다. "끔찍한 얘기네요."

"끔찍한 얘기죠. 하지만 다 헛소리 같더라고요. 일단, 아이는 그전에도 몇 번이나 그렇게 놀았다고 하더군요. 그 말이 사실이라면 놀이를 반복하면서 그 행동이 점점 능숙해지는 게 당연하지 않습니까. 그 반대가 아니고요."

레인이 어깨를 으쓱하며 아랫입술을 삐죽였다. "네, 무슨 말씀인지 알겠습니다. 하지만 아이들이잖아요. 무모하죠. 아이들은 자기가 불사신이라 생각합니다. 제가 보기엔 선로에 갈 때마다 점점 더 자신만만해져서 조심성 없이 너무 가까이 다가간 것 같은데요."

"동의합니다." 거스가 말했다. "그렇지만 그 이론에는 문제가 하나 있어요. 동생 말로는 형이 선로에 바짝 다가갔다가 치인 거라 했거든요. 하지만 검시관의 보고서에 따르면 기차는 윌리엄 페더슨을 단순히 치고 간 게 아니라 완전히 덮쳤다는 겁니다."

거스가 상자에서 부검 보고서를 꺼내 탁자 위에 올려놓았다. 레인이 시신 사진을 보았다. 부검대에 있는 건 사람의 형상이라 할 수 없었다. 그가 파일을 덮었다.

"아이 두개골이 팬케이크처럼 으스러졌고 신체 장기 모두 마찬가지예요. 남은 신체 부분은 미식축구 경기장 두 개 길이만큼 끌려갔다가 선로로 떨어졌고요."

"끔찍하군요." 레인이 말했다.

"정말 끔찍했습니다. 그래서 아이 진술이 헛소리 같다는 거예요. 만약 윌리엄 페더슨이 단순히 선로에 가까이 다가간 거라면, 기차에 치인 순간 선로에서 멀리 내팽개쳐지지 않았을까요? 아이가 기차에 정면으로 충돌하고 그렇게 멀리 끌려갔다면, 몸을 기울이고 있던 게 아니라 선로 위에 서 있었다는 말이 됩니다. 저는 동생 녀석이 형을 밀었다고 생각합니다."

레인은 바다로 고개를 돌리며 로리의 가설을 떠올렸다. 웨스트몬트고 학생들이 자살을 한 게 아니라는 가설. *아이들은 자살한 게 아니야. 누군가 기차로 민 거야.*

두 사건이 연결되었다는 걸 직감하자 명치 아래가 따끔거렸다.

"그 아이를 찾아내셨나요?" 레인이 물었다.

거스가 맥주를 한 모금 마셨다. "물론 찾았죠. 그래서 플로리다로 와주십사 요청했던 겁니다."

87장

그웬 몽고메리의 입을 어떻게 열지 고심하던 로리는 슬며시 접근하는 게 좋겠다는 결론을 내렸다. 만약 그웬이 마크 매커보이와 피에 대해 뭔가를 안다 해도 그걸 전화로 얘기하지는 않을 것이었다. 게다가 일 년 동안이나 숨긴 비밀이니 그녀가 입을 열도록 이끌어줄 사람이 필요했다. 학교 상담선생님 같은 믿을 만한 아군에 경찰 관계자가 합류한다면 그웬이 거짓말할 생각을 못하지 않을까? 팀 구성을 위해 로리가 할 수 있는 건 단 하나였다. 헨리 오트에게 전화하는 것. 로리는 원래 마무리되지 않은 사건에 대해 누설하는 걸 꺼렸지만, 집에서 멀리 떨어진 지금은 다른 이들에게 기댈 필요가 있었다. 내키지 않지만 어쩔 수 없었다. 또한 그웬과 대적하기 위해서는 웨스트몬트고 교내로 접근할 수 있어야 한다. 이번 주 초로리는 오트 형사와 같이 학교를 방문했었다. 굳게 닫힌 철문은 오트 형사가 배지를 제시한 후에야 열렸다. 헨리 오트가 그 정도라면 로리가 예고 없이 찾아갔을 때 그 문을 통과할 가능성은 전혀 없을 것이다.

로리는 챔피언 대로에 있는 웨스트몬트고 정문 앞에 차를 세웠다. 헨리 오트와 통화하며 지난 며칠간 알게 된 사실에 대해 모두 알린 참이었다. 찰스 고먼과 학생들을 연결하는 이상한 동전, 자살을 부르는 집에 불길함을 넘어 뭔가 더한 것이 있다는 심증, 그리고 미궁에 싸였던 혈흔의 출처에 대해. 평소에 쓰던 자원을 이용해 며칠만 더 쓸 수 있었다면 로리는 혼자서 사건을 풀었을 것이다. 하지만 인디애나 페퍼밀에서 기사를 쓰고 싶어 안달이 난 기자와 팀을 이룬 지금, 어쩔 수 없이 다른 사람들을 끌어들여야 했다.

로리가 웨스트몬트고로 향한 그 시각, 라이더는 마크 매커보이의 관점으로 사건 당일 그가 왜 이곳에 온 건지 조사하기 시작했다. 로리는 라이더에게 그웬에 대해 뭔가 알게 되면 전화하겠다고 약속했다. 한편 헨리 오트는 학교 측에 연락해 가브리엘라 해노버, 크리스천 캐스퍼와 만나고 싶다고 얘기해놓은 상황이었다. 오트 형사와 로리는 학교 정문에서 만나기로 약속했다. 그들은 함께 그웬을 만나 마크 매커보이에 대해 알고 있는 것을 조목조목 알아낼 계획이었다. 먼저 도착한 로리는 학교 정문 밖에서 전조등을 켠 채 차 안에서 기다렸다. 피부가 근질근질했다. 목덜미 뒤에 땀이 흘러 끈적하고 축축했다. 오트 형사를 기다리며 어두운 길을 바라보고 있자니 오른쪽 다리가 떨리기 시작했다. 매든걸 부츠에 달린 버클도 희미하게 달그락거렸다.

그때 갑자기 웨스트몬트고 정문이 덜컹하더니 서서히 열렸다. 어둠 속에서 누군가 로리에게 들어오라고 손짓했다.

88장

거스가 상자에서 다른 파일을 꺼냈다. 그 안에는 현장사진이 있었다. 거스가 레인에게 8×10 크기의 사진을 넘겨주었다. 그것은 윌리엄 페더슨이 기차와 충돌한 직후의 선로 사진으로, 발목까지 올라오는 농구화 한짝이 선로 위에 떨어져 있었다.

"기차 때문에 신발이 벗겨졌군요. 레이 브로워* 스타일이네요." 거스가 말했다.

레인이 사진을 눈 가까이 대고 보았다. "소설보다 더 이상한 게 현실이죠. 이런 게 가능하리라고 누가 생각이나 했겠습니까."

"중요한 건 기차가 아이 신발을 벗겼다는 사실이 사고 순간 아이가 선로 위에 서 있었다는 걸 입증한다는 겁니다."

"하지만 동생이라는 아이가 그걸 부정한 적도 없잖아요. 아닌가요? 그 애가 직접 형이 선로 쪽으로 몸을 굽혔다고 말한 적은 없었던 거 같은데요?"

"그 애는 윌리엄이 선로에 너무 가까이 다가갔다고만 했어요. 거기 있었는데 갑자기 사라졌다고요. 무슨 일이 생겼던 건지 제대로

* 스티븐 킹의 소설 『스탠 바이 미(The Body)』에 등장하는 소년 레이 브로워도 기차선로 근처에서 시신으로 발견되었다.

못 봤다고 하더군요."

"방어기제가 작동하는 걸 수도 있어요. 트라우마 때문에요. 외상 후스트레스 장애를 겪는 걸 수도 있습니다."

"기분 상해 하지 말고 들으세요, 박사님. 심리학 용어로 헛소리 하는 사람이 많아서요. 그 애는 무슨 일이 있었는지 빌어먹을 만큼 정확히 알고 있어요. 저한테 얘기한 것도 사전에 다 준비한 겁니다."

"예를 들면?"

"옛날 얘기요. 너무 완벽했어요. 윌리엄과 있었던 일을 얘기하는데 애가 아주 흡족해하더라고요. 예전에도 윌리엄과 선로에 가봤고, 동전으로 장난 많이 쳤고, 몇 주 전에는 순찰 경찰한테 잡혀서 기록으로 남았고, 부모님한테 혼났다는 말을 하면서요. 그리고 준비했다는 듯이 그놈의 동전 수집품을 보여주더군요."

"어쩌면 그게 진짜라서 얘기가 술술 나온 걸 수도 있죠."

거스가 고개를 저었다. "그럴 리가요. 그거 다 쇼입니다. 그 약아빠진 녀석이 너무 신중했던 바람에 저는 아무것도 증명할 수가 없었던 거죠."

"뭘 보고 애가 거짓말한 거라고 확신하십니까?"

거스가 레인이 들고 있는 사진을 가리켰다. "보이시죠?"

레인이 사진을 들여다보았다. "예, 희생자 신발. 이거 이미 본 거 잖습니까."

"아닙니다. 저를 거슬리게 하는 건 사진에 찍힌 게 아닙니다. 오히려 사진에서 빠진 겁니다."

레인이 사진을 다시 보았다. "뭐가 빠졌나요?"

거스가 몸을 앞으로 기울였다. "그 빌어먹을 동전이요." 그가 사진을 가리키며 말을 이었다. "사진에 나온 동전은 하나예요. 동생이 진술할 때 윌리엄이 기차에 치이기 전 동전을 각자 하나씩 두 개 놨다고 했거든요. 형이 기차에 끌려갔고, 아이는 겁에 질려 집으로 달려가 위탁부모에게 말했다고요. 하지만 그게 아니었습니다. 그 꼬마 녀석은 기차가 다 지나갈 때까지 기다렸다가 자기 동전을 갖고 집으로 갔던 겁니다. 제가 그날 조차장에서 아이를 봤을 때 걔 주머니엔 동전이 있었어요."

89장

로리 무어가 눈을 가늘게 뜨고 안경 너머 보이는 어둠 속으로 천천히 차를 몰았다. 서 있는 사람은 크리스천 캐스퍼였다. 로리의 차가 정문으로 들어서자 캐스퍼 박사가 걸어 나와 운전석 쪽으로 다가왔다. 로리 무어가 안경을 고쳐 쓰고 창문을 내렸다.

캐스퍼 박사가 몸을 숙이며 인사했다. “무어 씨! 다시 뵙게 되어 반갑습니다.”

지난 수요일, 캐스퍼 박사와 해노버 박사가 로리와 오트 형사를 버려진 사택으로 데려다주던 날의 어색한 만남이 떠올랐다. 해노버 박사의 악수를 거절했던 기억에 그녀는 얼굴이 달아오르고 가슴이 벌렁거렸다. 캐스퍼 박사도 기억하는 게 확실했다. 그는 악수하자며 손을 내밀지 않았다.

“좀 전에 오트 형사님 전화를 받았습니다. 오시는 중이라고 하셔서 차를 보는 순간 오트 형사님으로 착각했습니다.” 캐스퍼 박사가 말했다.

“금방 오실 거예요. 저는 기다리는 중이고요.”

“두 분께서 그웬 몽고메리를 만나고 싶으시다고요?”

“그렇습니다. 그…… 작년의 일에 대해 얘기를 나누고 싶어서요. 일이 좀 생겼거든요.”

"버려진 사택에서 뭔가를 발견하신 건가요?"

"그렇다고 할 수도 있겠네요." 로리가 말했다.

"오트 형사님 연락받고 직원과 확인을 했는데요. 이런 말씀 드리기 죄송하지만 그웬이 어제 집에 갔다고 합니다. 어제 아침에 여름학기가 끝났거든요. 그웬은 오후에 떠났고요. 몇 주 뒤 가을 학기가 시작할 때나 올 겁니다. 급한 일인가요?"

"아마도요." 로리가 말했다. 그녀는 오트 형사가 올 때까지는 말을 아끼고 싶었다. "그웬 학생 집은 어딘가요?"

"미시간 앤아버요."

"혹시 그 학생 연락처 좀 받을 수 있을까요? 전화번호나 주소 같은 거요."

캐스퍼 박사는 잠시 가만히 있더니 경직된 미소를 보였다. 무슨 말을 할지 주저하고 있었다. "학생 개인정보를 주기 전에 우선 오트 형사님과 얘기를 좀 해야 할 것 같습니다."

"물론이죠. 곧 오실 거예요." 로리가 안경을 고쳐 쓰고 시계를 확인했다.

"그럼 주차장에 차를 대놓고 계시죠. 제 사무실에서 같이 기다리셔도 되고요. 가브리엘라 해노버도 오는 중입니다. 기다리는 동안 그웬의 파일을 보여드리겠습니다."

로리는 목 뒤에서 땀이 나는 걸 느끼며 웨스트몬트고 안으로 차를 몰았다.

90장

레인은 사진을 계속 들여다봤다. 선로 위에 발목까지 올라오는 신발 한짝이, 그 옆에는 동전이 하나 있었다. 마침내 그가 사진을 내려놓았다.

"그 애한테 동전에 대해선 안 물어보셨나요? 선로 위에 왜 하나만 있는 거냐고요."

"네, 나중에 물어보려고 했습니다. 그런데 그 나중이 없었어요. 심증만으로 몰고 갈 순 없었거든요." 거스가 대답했다.

"위탁부모와는 그런 얘기 안 해보셨습니까?"

"대놓고 말하진 못했습니다. 하지만 그들도 저만큼이나 수상쩍어하고 있었죠. 물론 그들도 말로 표현한 건 아니지만요. 제가 그 집에 갈 때마다 제발 도와달라는 눈빛으로 쳐다보았죠."

"그래서 결국 어떻게 됐습니까?"

"그냥 상자 하나에 담겨 보관소에 처박힌 사건이 되었습니다. 저에겐 해결해야 할 살인사건이 태산이었으니까요. 처음에는 수상쩍었지만, 검시관이 사고사라고 결론짓자 뉴욕경찰도 사건을 마무리하고 치워버린 거예요. 제가 할 수 있는 게 없었죠."

레인이 거스의 눈을 바라보았다. "그런데 왠지 그냥 거기서 멈추신 것 같진 않다는 느낌이 드네요."

"맞습니다. 얼마간은요. 그 아이가 윌리엄 페더슨을 죽였다고 콕 집어 말할 순 없었지만 뭔가 사악한 기운이 느껴졌거든요. 눈빛 때문이었는지, 행동 때문이었는지 모르겠지만, 어쨌든 뭔가 거슬리는 게 있었죠. 그래서 좀 들여다봤습니다. 어떻게 해서 위탁제도에 들어가게 된 건지 조사해봤죠."

"그래서 뭘 찾으셨습니까?"

"그 애 아버지가 침대 기둥에 목을 매 사망한 후 보호관리 대상이 된 거였어요. 아버지 시신을 발견한 게 그 아이였고요."

"세상에나! 어머니는요?"

"어머니는 아버지가 자살하기 전날 계단에서 떨어졌다는데, 이것도 수상합니다."

"바로 전날에요?"

거스가 끄덕였다. "제가 사건 파일을 봤습니다. 응급실 의사 소견에 따르면 몸에 입은 상처가 계단에서 떨어진 것과 일치하지 않는다고 했어요. 누군가한테 흠씬 두들겨 맞은 겁니다."

레인이 잠시 생각에 빠졌다. "남편이었을까요?"

"어쩌면요. 가장 유력한 용의자가 자살을 해버린 거죠. 애가 아버지를 발견한 건 다음 날 아침이었어요. 곧바로 구급차를 불렀고요."

"그러니까 그 아버지란 사람이 어머니를 죽도록 구타하고 계단에서 떨어진 것처럼 연출하고 자살했다. 다른 가족이 없어서 아이는 결국 위탁제도에 맡겨졌다?"

"아닙니다. 아이 어머니는 죽지 않았어요. 죽기 직전까지 맞았지만 죽진 않았어요. 6개월을 코마 상태로 보냈죠. 깨어났을 때도 몸이 너무 안 좋았어요. 다시는 사람답게 살기 힘들 정도로요. 아버지도 죽고 어머니는 식물인간처럼 돼버리자 아이는 나라의 보호 아래 위탁제도로 들어간 겁니다. 페더슨 가족과 산 지 6개월 만에 윌리엄이 선로에서 죽은 거고요."

"그 후 아이 어머니는 어떻게 됐습니까?"

거스가 상자에 손을 뻗어 다른 파일을 하나 꺼냈다. "전에 말씀드렸던 것처럼 제가 플로리다로 와달라고 했던 게 그거 때문입니다. 두 개의 사건이 연결된 것 같아서요."

91장

방문객용 주차장에 차를 댄 로리가 차문을 열고 어둠 속으로 발을 내딛었다. 캐스퍼 박사는 보도에서 기다리고 있었다. 높은 습도에 모기마저 득실대는 8월의 밤 9시. 로리가 모기를 잡기 위해 뒷목을 찰싹 쳤다. 땀 때문에 모기가 꼬이는 모양이었다.

"오트 형사님은 오래 걸리실까요?" 캐스퍼 박사가 물었다.

그의 목소리에서 걱정하는 마음이 느껴졌다. 마트에서 길 잃은 아이에게 '꼬마야, 아빠 어디 멀리 가셨니?' 하는 것처럼. 로리는 평생 이런 시혜적인 태도를 많이 겪어봤다. 물론 크리스천 캐스퍼는 심리학자였다. 그는 수요일에 그녀가 가브리엘라 해노버의 악수를 거절한 어색한 순간을 목격하고 그녀의 비사교적인 행동에 대해 진단을 내린 게 확실했다. 아마 사회불안장애를 일으키는 세균에 대한 공포감과 함께 약간의 광장공포가 있다고 판단하지 않았을까? 물론 자폐성 장애가 있다는 것도 눈치챘을 테고, 그녀의 모든 문제를 해결해줄 다양한 치료약을 떠올렸을지도 모른다.

로리는 뺨에 앉은 통통한 모기를 손으로 쳐서 날려버렸다. 덕분에 의심 가득한 생각에서 빠져나와 현실로 돌아올 수 있었다.

"오래는 안 걸려요. 바로 오신다고 했거든요." 마침내 로리가 대답했다.

"안으로 들어가시죠. 안이 훨씬 시원하고 모기도 없습니다. 해노버 박사님도 곧 오실 거고, 오트 형사님이 도착하시면 경비실에서 알려줄 겁니다."

로리는 캐스퍼 박사를 따라 교사 거리 18호의 계단을 올랐다.

92장

"오늘 그 아이 어머니에 대해 조사를 좀 했습니다." 거스가 상자에서 꺼낸 파일을 열어보며 말했다. "그 집은 돈도 보험도 없었어요. 어머니는 6개월 동안 병원 신세를 졌고요, 코마에서 깨어나자 장기간의 치료가 필요하다는 결정하에 국가의 피보호자가 되었습니다. 아이는 위탁제도로 들어갔고요. 어머니는 뉴욕에 있는 성인 치료시설로 갔죠. 거기서 23년을 보냈습니다."

"그 후에는요? 죽었나요?" 레인이 물었다.

"아니요. 2년 전 인디애나에 있는 병원으로 이송되었습니다. 인디애나폴리스에서 한 시간 거리죠."

레인의 머릿속이 바빠지기 시작했다. 뭔가 연결관계가 있는 것 같은데 콕 집어낼 수가 없었다.

"놀라운 사실은 이제부텁니다. 오늘 병원에 전화해서 상태를 좀 확인하려고 했는데, 듣자하니…… 없어졌다고 합니다."

"누가요?"

"그 애 어머니요."

"없어졌다니 그게 무슨 말입니까?"

"찾을 수가 없대요. 지역경찰하고도 얘기를 했는데요. 지금 CCTV를 확인 중인데, 누군가 그녀를 휠체어에 태워서 정문으로 밀고 나간 것 같다고 합니다."

레인이 몇 번이나 눈을 깜빡였다. "언제 일어난 일입니까?"

"어젯밤입니다."

레인이 고개를 저었다. "식물인간 상태의 다 늙은 노인을 누가 납치한답니까?"

"제 생각을 듣고 싶으신가요? 아들이겠죠."

"페더슨 부부에게 위탁됐던 아이요?"

"예. 근데 그 아이는 위탁된 후에도 페더슨이라는 성을 안 썼어요. 그 성을 쓴 적이 한 번도 없습니다. 본래 성만 썼죠."

"그 성이 뭡니까?"

거스가 파일을 내려다보았다. "캐스퍼. 아이 이름은 크리스천 캐스퍼입니다. 형이 죽은 1994년에 아이는 열네 살이었어요. 제가 아는 한 그는 지금 웨스트몬트고에서 일하고 있습니다. 학생 상담 공동담당자로요."

"젠장할." 레인이 핸드폰으로 손을 뻗었다.

93장

캐스퍼 박사가 앞장서서 계단을 올라 열쇠로 현관문을 열었다. 로리는 안경을 고쳐 쓰고 바람막이 첫 번째 단추가 잘 잠겨 있는지 확인하며 그를 따라 안으로 들어갔다.

“뭐 마실 것 좀 드릴까요?” 캐스퍼 박사가 물었다.

“괜찮습니다.” 로리가 답했다.

현관을 지나 왼쪽에 있는 방이 캐스퍼 박사의 사무실이었다. 방 한가운데 당당하게 자리 잡은 임원용 책상 위에 종이와 파일이 어수선하게 늘어져 있었다. 책상 앞에는 커피 탁자를 사이에 두고 의자 두 개가 마주보고 있었다. 로리는 저기 앉아 깊은 비밀을 얘기한다는 생각만으로도 습진으로 염증이 난 듯 피부가 화끈거리는 것 같았다. 그녀는 전해에 있었던 일에 덮개를 씌우고 모서리를 철침으로 고정해 누구에게도 발설하지 않겠다고 결심한 터였다. 일주일에 한 번씩 잘 알지도 못하는 사람에게 인생의 내밀한 부분을 공유한다는 건 말이 안 됐다. 그래서 그녀는 자신만의 방법을 고안해 마음 속내를 다스려온 거였다.

“그래서, 무슨 일 때문인데요? 오트 형사님은 그웬을 만나 꼭 얘기하고 싶은 게 있는 모양이던데요.” 캐스퍼 박사가 말했다.

“몇 가지 단서를 찾았거든요. 그래서 그웬의…… 대답을 좀 듣고 싶어서요."

"저희가 걱정해야 할 문제가 있습니까?"

"아닐…… 거예요." 대답과 달리 로리의 목소리에서 주저함이 느껴졌다.

"타이밍이 안 좋네요. 여름 학기가 막 끝나서요. 안 그랬다면 그냥 기숙사로 가서 얘기하면 되는 건데. 그리고 사과드립니다." 캐스퍼 박사가 사무실을 가리켰다. "여름 학기 성적표 작성이 막 끝난 데다 다음 학기 준비 때문에 사무실이 엉망이네요. 학생 성적 기록은 잠시 아래층에 옮겨놨어요." 캐스퍼 박사가 시계를 흘끗 보았다. "곧 가브리엘라가 올 겁니다. 그웬의 파일을 가지러 아래층으로 함께 가시죠."

아래층. 이 단어가 로리의 뇌리에 박혔다. 잠시, 아주 잠깐 동안 그의 표현이 어색하게 느껴졌다. 여기는 아까 본 도서관 건물이 아니었다. 거기라면 지하실을 아래층이라고 말할 수도 있겠지만. 여기는 크리스천 캐스퍼의 사무실을 겸한 집이었다. 아래로 내려가면 나오는 곳은 지하실밖에 없었다. 로리가 억지로 미소를 지으며 안경을 고쳐 썼다. 숨고 싶은 마음에 비니를 더 내렸다. 그녀는 지하실이 싫었다. 그녀가 사는 시카고 집이든, 다른 사람의 집이든 간에.

캐스퍼 박사가 문을 열자 지하실로 향하는 계단이 나왔다. 층계참도 계단도 어두웠다.

"파일 찾는 데 잠깐이면 됩니다. 도와주실 수 있죠?"

로리는 전혀 내키지 않았지만 미소를 지으며 문을 향해 발걸음을 옮겼다.

94장

레인이 전화기를 귀에 대고 로리의 음성사서함 인사말이 끝나기를 기다렸다.

"자기야, 나야. 지금 플로리다에 있는데 뭔가 발견한 거 같아. 전화 좀 해줘. 당장. 이거 듣자마자." 레인이 말했다.

시계를 보니 중부 표준시로 밤 9시 15분이었다. 그는 똑같은 내용으로 문자 메시지를 보낸 후 로리의 전화를 놓치지 않기 위해 핸드폰을 탁자 위에 올려놓았다.

"통화가 안 되나요?" 거스가 물었다.

"네." 레인이 다시 한 번 시계를 확인했다. 로리가 전화를 안 받는다니 이상했다. 뭔가 위급하다는 느낌이 가슴을 채웠지만, 둘 사이에는 2500킬로미터에 달하는 거리가 있으니 전화가 올 때까지 속수무책이었다. 그가 마침내 고개를 들어 거스를 보았다. "캐스퍼 박사에 대해 뭔가 찾아내셨을 것 같은데요."

거스가 끄덕였다. "그랬습니다. 그는 위탁아동이었지만 다른 가정으로 입양되진 않았어요. 그리고 열여덟 살이 되자 새처럼 자유롭게 됐습니다. 그래서 추적이 끊어졌었는데, 박사님 전화를 받고 지인들에게 전화를 돌려 기록을 찾았습니다."

거스가 자신 앞에 놓인 파일의 페이지를 넘겼다.

"위탁되었던 시기에 용케 고등교육을 마쳤네요. 그리고 대학 보조금을 신청해서 받았어요. 입양되지 않은 위탁아동이 고등학교를 마친 건 매우 드문 일인데 그걸 이 아이는 해낸 겁니다. 뉴욕 주립대에 입학했고요." 거스가 파일을 읽다가 고개를 들었다. "대학 1학년 때 기숙사 룸메이트한테 무슨 일이 생겼는지 맞혀보세요."

레인이 고개를 젓자 거스가 말을 이었다.

"캐스퍼는 기숙사 생활을 했어요. 신입생이었던 해 10월에 룸메이트가 자살을 했죠. 기숙사 방 서까래에 목을 매달았는데, 캐스퍼가 방에 들어와서 발견했답니다."

레인은 자신이 작성한 웨스트몬트고 사건의 살인자 프로파일을 떠올렸다. 사건 현장에서 보이는 계획성으로 보아 범인의 살인은 처음이 아니었다. 또한 레인은 살인자가 결손가정 출신으로 어머니와 비정상적인 친밀함을 형성했을 가능성이 있다고 예상했었다. 어머니와의 유대는 아버지와의 어긋난 관계 때문일 수도 있었다.

"이 사람 주변인들은 다들 죽는 것 같군요." 거스가 말했다. "대학 졸업 후에는 의과전문대학원에 갔어요. 결국 정신의학 쪽으로 가서 청소년 심리치료를 전공했고요. 제 정보원이 캐스퍼가 뉴욕에서 일할 당시 그의 환자였던 사람을 찾아냈습니다. 지금 서른 살인데, 예전 정신과 의사에 대해서 할 말은 칭찬밖에 없답니다. 혹시 캐스퍼 박사의 상담 기술 중에 색다른 게 있었느냐고 묻자, 상담하는 동안 환자들을 진정시키는 방법이 독특했다고 합니다."

레인이 잠시 기다리다 물었다. "그게 뭡니까?"

"납작해진 동전을 만지작거리게 했대요. 그 청년이 말하길 효과가 엄청 좋았답니다. 조금만 만지작거리면 마치 젖꼭지를 빠는 아기 같은 기분이 될 정도로요."

그 순간 레인의 머릿속이 번쩍이기 시작했다. 가슴을 채웠던 위급함은 두려움에 가까운 감정으로 변했다.

"학교에서 벌어진 일을 다 종합해보면." 거스가 말했다. "이 친구를 둘러싼 죽음이 너무 많습니다. 이상하지만 우연일 수도 있겠죠. 근데 그게 아니라면 일생 동안 범죄를 저지른 연쇄살인범의 발자취를 찾아냈다는 증거가 될 수 있겠네요."

레인이 핸드폰으로 다시 전화를 걸었다. "전화 좀 받아, 로리! 빌어먹을 전화 좀 받으라고."

95장

지하실 문이 뒤에서 저절로 닫혔다. 그 순간 로리는 뭔가 잘못됐다는 걸 직감했다. 계단을 세 단쯤 내려갔을 때 직감이 소리쳤다. 당장 발을 돌려 계단을 박차고 올라가 이 집에서 나가라고. 앞서가던 캐스퍼 박사가 층계참에서 사라져 계단을 내려가는 소리가 들리자 로리는 그래야겠다고 마음먹었다. 하지만 그녀의 일부, 즉 편집증적인 부분은 계단을 박차고 뛰쳐나가면 곤란해질 수 있다고 걱정했다. 그웬의 파일을 손에 들고 나타난 캐스퍼 박사가 의아하게 생각할 수 있었다. 다 큰 어른이 왜 갑자기 사무실을 뛰쳐나갔는지 하고 말이다. 하지만 그녀 마음에 자리한 의심은 계속해서 이곳을 나가라고 소리쳤다. 싸우거나 도망가거나 둘 중 하나를 선택해야 할 상황, 아드레날린이 솟구쳐 심장박동이 빨라지고 혈압이 올라갔다. 비좁은 계단에서 일 분이라도 더 있다가 공황발작을 일으키는 것보다 지금 뛰쳐나가 어색해지는 편이 나을 것 같았다.

"좀 와서 도와주세요!" 캐스퍼 박사가 지하실에서 외쳤다.

지금 이쪽으로 오는 중인 오트 형사를 밖에서 기다릴 수도 있었다. 게다가 가브리엘라 해노버가 곧 온다고 했잖아? 제대로 알지도 못하는 사람을 그녀가 이토록 고대하다니 놀라운 일이었다. 바로 이것이 그녀가 위험에 빠졌다는 증거였다.

"찾으시는 게 여기 있는 거 같은데요. 그리고 그웬은……." 캐스퍼 박사가 소리쳤다.

하지만 그 소리는 로리의 발소리에 묻혔다. 로리가 전투화를 쿵쿵거리며 계단을 올랐다. 문손잡이를 돌리자 잠겨 있었다. 아까 등 뒤에서 문이 닫힐 때 들린 찰칵 소리는 오해가 아니었다. 문이 자동으로 잠긴 거였다. 어두컴컴한 계단에서 그녀는 미친듯이 손잡이를 살피며 열쇠 구멍을 찾았다.

그때 신발이 바닥을 긁는 소리가 났다. 캐스퍼 박사가 차근차근 계단을 올라오고 있었다. 그가 로리 아래에 있는 계단참까지 올라왔다. 그의 얼굴에 그림자가 드리워져 있었다. 두 눈이 어둠 속에 가려져 있었다.

"당신이 찾으시는 게 저기 있다니까요. 이제 내려오세요." 그가 말했다.

로리가 다시 문손잡이를 돌렸다.

"문은 자동으로 잠깁니다. 그게 안전해서요. 자, 이제 한 번만 더 말씀드리죠. 내려오세요."

96장

웨스트몬트고 정문 앞에 헨리 오트의 차 쉐비[*]가 멈춰 섰다. 오트 형사는 손목시계를 확인한 후 눈을 가늘게 뜨고 앞유리 너머 어두운 도로를 바라보았다. 그리고 백미러를 흘끗 보고 다시 시계를 확인했다. 어째서 자기가 로리보다 더 빨리 온 건지 이해가 안 됐다. 로리는 자신이 뭔가를 발견했다며 그웬 몽고메리와 대면해야겠으니 학교 정문에서 만나자고 했다. 그게 40분 전이었다. 오트는 간단히 요기하고 재빨리 옷만 갈아입고 온 거였다. 그 역시 로리만큼이나 그웬과 대화하고 싶었고, 사건 당일 마크 매커보이의 피가 어떻게 손에 묻게 된 건지 묻고 싶었다.

조금 더 기다리다가 핸드폰을 꺼내 통화 버튼을 눌렀다. 신호음 끝에 음성사서함으로 넘어갔다. "로리 무어의 전화입니다. 메시지를 남겨주세요."

오트는 전화를 끊고 다시 한 번 뒷유리 너머를 확인했다. 그가 30년 넘게 경찰로 살면서 신뢰한 것은 바로 자신의 직감이었다. 그리고 바로 지금, 그 직감이 무언가 잘못됐다고 비명을 내지르고 있었다. 조수석 사물함에서 작은 손전등을 꺼내 든 그는 차에서

[*] '쉐보레'의 애칭.

내려 여름밤의 눅눅한 공기 속으로 발을 들였다. 뒷문을 열어 고리에 걸어둔 양복 재킷을 꺼내 어깨를 으쓱하며 입었다. 지독하게 더운 날씨였지만 총기를 가려야 했다. 권총집을 만져 개머리판이 왼쪽 겨드랑이에 오도록 위치를 잡았다.

손전등을 켜 든 오트 형사는 웨스트몬트고 정문을 향해 성큼 걸음을 내디뎠다.

97장

캐스퍼 박사가 몸을 돌려 계단을 내려가기 시작했다. 로리는 청바지 뒷주머니로 손을 뻗었다. 핸드폰이 없었다. 바람막이를 만져보고, 혹시나 하는 마음에 다시 바지 주머니를 확인했다. 헨리 오트와 통화한 후 조수석에 올려놓고 그냥 내린 게 분명했다. 그녀는 또다시 문손잡이와 사투를 벌였다. 땀이 등줄기를 타고 흘렀고, 피부는 타는 듯 가려웠다. 결국 로리는 어두운 계단을 내려다보았다. 싸우거나, 도망가거나. 도망가는 건 물건너갔다. 그녀는 안경을 추켜올리고 숨을 깊이 들이마신 뒤 계단을 내려가기 시작했다. 계단참에서 오른쪽으로 꺾자 마지막 계단이 눈에 들어왔다. 계단 끝은 지하실 불빛이 쏟아져 한층 더 밝았다.

남은 계단을 천천히 내려가기 시작했다. 지하실에 도착하자 벽을 따라 줄지어 세워놓은 캐비닛과 종이로 뒤덮인 책상이 보였다. 상황을 오해했을지도 모른다는 생각이 순간 들었다. 자신이 느낀 위험은 현실이 아니라는 생각. 왼쪽으로 캐스퍼 박사가 보였다. 태평하게 다리를 꼬고 앉아 있었다. 가죽 장정 일기장을 무릎에 올려놓은 모습을 보니, 마치 저녁에 와인 한잔 즐기며 소설을 읽는 사람 같았다. 그러나 지하실 문턱을 넘은 순간 다른 광경이 눈에 들어왔다. 캐스퍼 박사 맞은편에 수척한 여자가 휠체어에 몸을 맡기고 앉아 있었다. 퀭한 눈으로 주변을 바라보지만 의식이라곤 없는 사람 같았다.

"엄마, 이쪽은 로리 무어예요. 엄마가 여기 있는 건 어느 정도 저 여자 책임이에요. 물론 그웬은 이미 만나셨죠." 캐스퍼 박사가 말했다.

로리가 지하실 안으로 걸어 들어갔다. 또 한 사람이 눈에 들어왔다. 여학생이 의자에 묶여 있었다. 입에 회색 박스테이프가 붙어 있었다. 얼굴은 온통 눈물범벅이 된 채 오른손으로는 무언가를 쉼없이 만지작거리고 있었다. 로리를 발견한 여학생이 눈을 크게 뜨더니 박스테이프를 뚫을 만큼 안간힘 다해 소리 질렀다.

로리는 알아들었다. *살려주세요*.

여학생이 손에 들고 있는 걸 갑자기 떨어뜨렸다. 바닥에 떨어진 건 납작한 동전이었다.

"그웬." 캐스퍼 박사가 꼬았던 다리를 풀고 의자에서 일어났다. "동전은 사람을 초조하게 만드는 게 아니라 진정을 시켜주는 거야. 예전에는 잘 통했잖아. 다시 해보자."

그가 동전을 집어 다시 그웬의 손에 쥐여주었다. 그러고 나서 자기 의자 옆 탁자에서 조그만 항아리를 들어 보이더니 로리에게 건넸다. 그 안에는 납작해진 동전이 가득했다.

"당신도 하나 해보세요, 무어 씨. 이제 일이 좀 생길 텐데 이거면 진정이 될 겁니다. 그런데 자폐로 인한 결벽증으로 고생하고 계시죠?"

로리는 침묵을 지켰다.

"그럴 거라 생각했습니다." 캐스퍼 박사가 동전 항아리를 탁자에 두며 말했다. 그리고 자리에 앉아 일기장을 펴고는 로리를 바라보았다.

"오트 형사님한테 전화받았을 때 엄마하고 막 상담하려던 참이었어요. 일기장 전체를 거의 다 읽어드렸거든요. 이제 마지막 부분이에요. 함께 들으셔도 됩니다."

크리스천 캐스퍼가 일기장을 펼쳐 술 달린 가름끈을 치우고 읽기 시작했다. 로리 무어는 눈도 깜빡이지 않고 그대로 굳은 채 서 있었다.

여섯 번째 상담
일기 제목 : 끝이 다가왔다

버려진 사택에 도착한 나는 학생들이 '세이프safe룸'이라고 부르는 곳에서 기다렸다. 그날 밤 그곳은 안전과는 무관하니 얼마나 반어적인 이름인지. 나는 그곳이 운영될 때 챙겨놓은 열쇠 꾸러미를 계속 갖고 있었다. 덕분에 쉽게 문을 따고 들어가 구석에 자리 잡을 수 있었다. 그날 밤 무슨 일이 일어날지 나는 알고 있었다. 하지는 3학년이 입회식을 치르는 날이었다. 애들은 그것이 비밀인 줄 알겠지만, 나는 그들이 맨인더미러라고 부르는 게임에 대해 거의 모든 것을 알고 있었다. 교사들도 많이 알았다. 찰스 고먼도.

지난주 그가 나에게 일기 내용을 공유했을 때 나는 그가 자신을 괴롭히는 학생들에게 무슨 짓을 하고 싶은지 알게 됐다. 그때 나의 계획이 분명해졌다. 그곳에서 학생들이 하나둘씩 도착하기만을 기다리면 된다. 원래 계획은 그들 모두를 죽이는 거였다. 하지만 찰스 고먼이 싫어하는 두 녀석이 제일 먼저 도착하고 나머지는 나타나지 않아 서둘러 학교로 되돌아갔다. 결국 경찰은 용의자로 찰스를 지목하겠지. 그는 나약하고 힘없는 사람이었다. 숲속에서의 비극이 있은 후 그는 나를 찾아와 자신의 어두운 생각이 실현되었다며 걱정했고, 나는 그를 따라다니는 악령을 몰아내려면 사택 근처 선로에서 그들과 마주하는 방법밖에 없다고 말했다. 우리는 함께 그곳에 갔다. 거기서 그는 내 위탁형처럼 선로에 발을 헛디뎠다. 그것은 자살미수로 둔갑되었다. 나는 예전의 나처럼 나약하고 힘없는 인간을 세상에서 쓸어버리고 싶었지만 아무튼 찰스는 살아남았다. 그편이 나았다. 앞으로도 무력하고 한심한 자신의 모습으로 살아갈 테니까. 그는 나약한 인간이니 당해도 싸다. 하지만 그를 괴롭히는 인간들 또한 죽어 마땅했다. 나의 아버지처럼.

그날 밤 세이프룸에서 앤드루 그로스는 자신의 피웅덩이에 둘러싸여 죽음을 맞았다. 태너 랜딩은 창살에 뇌가 찔려서 죽었다. 나는 나머지 학생들을 노리고 있었다. 그들은 슬금슬금 하나둘씩 나의 상담시간에 와서 자신들의 죄를 털어놓았다. 자신들이 본 것을 경찰에게 밝히지 않아서 찰스 고먼이 자살을 시도했다고. 사건 당일 그는 집에 혼자 있었고, 사건 발생 시각으로 봐서 그가 일을 저지르는 건 불가능했다고.

하지만 그들의 영혼을 괴롭히는 일은 또 있었다. 그들이 어떤 남자를 죽이고 계곡으로 던져버린 거였다. 학생들은 따로따로 나를 찾아와 간절히 도움을 구했다. 죄책감에서 벗어나고 싶어 안달이었다. 묘안이 떠오른 나는 마음의 짐을 벗겨줄 유일한 방법이 있다고 말했다. 그것은 자신들의 악령이 생긴 곳으로 되돌아가 그것과 대면하는 거였다.

처음은 브리짓이었다. 나는 그 애에게 버려진 사택으로 가라고 설득했다. 선로에서 악령과 마주할 때는 옆에 함께 있어주겠다고 했다. 찰스 고먼이 자살을 시도했다고 믿는 그 장소에서. 그곳에 도착하자 그녀는 눈을 감은 채 기차가 자신의 악령을 데려가주기만을 기다렸다. 형에게 했던 것처럼 일은 너무 쉬웠다.

그다음은 대니엘과 테오였다. 모두가 이들이 자살했다고 생각했다. 그런데 갑자기 기자 하나가 나타나더니 팟캐스트 방송을 시작했다. 세간의 호기심을 누그러뜨려 그 방송을 끝내려고 노력했지만 사람들의 이목이 자살사건에 집중됐다. 걸리는 건 시간 문제였다. 하지만 마음은

편하다. 나는 이날이 올 거라는 걸 알았다. 열쇠 구멍으로 아버지가 엄마를 폭행하는 걸 보고만 있던 나약하고 무력한 아이를 없앤 그날부터 이런 날이 오리라는 걸 알았다.

어제 그웬이 찾아왔을 때 나는 바로 그날이 왔음을 직감했다. 그 아이는 경찰에 가겠다는 원대한 계획을 입 밖에 냈다. 하지만 엄마, 난 그렇게 내버려둘 수 없었어. 우리가 마지막 순간을 같이하기 전까진 절대로.

일기장을 덮고 엄마를 바라보았다. 방 안에 있는 다른 두 여자의 존재가 느껴졌다. 몸이 묶인 채 나를 바라보는 그웬, 극심한 공포 때문에 합리적 사고가 불가능해진 로리 무어.

"엄마, 내가 그릇된 행동을 저질렀다고 생각해요?"

긴 침묵이 이어졌다. 오늘은 눈을 마주보는 것으론 충분치 않다.

"엄마! 내가 잘못된 행동을 한 거예요?"

"전혀." 엄마가 답했다.

안심이 되는 대답을 들으니 미소가 지어졌다. 엄마의 말은 나를 씻겨주고 진정시킨다. 25년 넘게 코마에 빠졌다가 깨어난 엄마가 할 수 있는 말이라곤 이게 다였지만. 그렇다 해도 나는 엄마의 목소리를 듣는 게 좋았다. 엄마가 나의 지난 삶을 인정해준다는 확신이 필요했다. 오늘의 내가 있게 된 것, 그리고 살면서 그런 일들을 저질렀던 이유가 바로 엄마한테 있으니까. 내 방 열쇠 구멍으로 그런 일을 보여줬으니까. 엄마가 나약했으니까.

나는 의자 옆 탁자에 일기장을 내려놓았다. 주머니에서 칼을 꺼내며 자리에서 일어섰다. 칼날을 펼쳐서 고정시키고 엄마를 향해 다가갔다. 이 일은 어려울 테지만, 꼭 해야 했다.

98장

로리는 크리스천 캐스퍼가 송장처럼 앉아 있는 여인에게 일기를 읽어주는 소리를 들었다. 지금 저 사람을 엄마라고 부른 건가? 그랬던 것 같다. 하지만 이 광경이 너무 혼란스러워 로리는 상황을 제대로, 혹은 논리에 맞게 받아들이는 게 힘들었다. 단 하나 분명한 게 있다면, 작년 숲속 오두막 때처럼 뭐라도 해야 한다는 의무감이 든다는 것이었다. 몇 분 전 계단에 서 있을 때만 해도 자신을 보호하는 것이 일차 목표였다. 하지만 지금은 상황이 달랐다. 다른 여자들이 자신을 필요로 하고 있다. 이제 도망친다는 생각은 선택지에 없었다.

그녀가 숨을 고르는 동안 캐스퍼 박사가 태너 랜딩과 앤드루 그로스를 살해한 일을 고백했다. 이로써 그가 찰스 고먼과 학생들을 선로 앞으로 데려가 기차로 민 방법을 알게 되었다. 물론 맥 카터의 목숨을 앗아가고 레인의 목숨을 위협한 폭발 사건도 그의 짓이었다. 유리온실 코르크판에 붙은 얼굴들이 떠오르자 등줄기를 타고 땀이 흘러내렸다.

캐스퍼가 낭독을 마치자 로리의 몸에 힘이 들어갔다. 의자에서 일어서는 그의 모습이 보였다. 그는 주머니에 손을 넣고 뭔가를 꺼냈다. 칼이었다. 그가 칼날을 펼치자 천장 조명이 칼날에 부딪혀 소름 끼치게 번쩍였다. 노쇠한 여인은 그가 다가와도 움찔하지 않았다. 마치 현실과 동떨어져 있는 사람처럼.

"엄마, 날 이렇게 만든 건 엄마예요. 이제 난 엄마가 준 인생을 떠날 테니, 엄마도 같이 가셔야죠." 캐스퍼가 나지막한 목소리로 말했다.

이런저런 걸 따질 때가 아니었다. 로리는 별안간 캐스퍼를 향해 몸을 날렸다. 미식축구 수비수처럼 머리를 낮추고 허리 쪽을 들이받았다. 그녀의 오른쪽 어깨가 정확히 그의 사타구니에 가서 박혔다. 그가 숨을 내뱉으며 울부짖었고 그들은 같이 바닥으로 쓰러졌다. 그녀가 즉시 오른손을 뻗어 칼을 빼앗으려 했지만 그의 손에는 아무것도 없었다.

캐스퍼가 여전히 엎드린 채 신음소리를 내며 저멀리 떨어진 칼을 향해 기어가기 시작했다. 로리는 오른팔로 그의 목을 감고 두 팔을 모아 단단하게 목을 졸랐다. 온 힘을 다해서. 그런데도 그는 느린 움직임으로 계속해서 칼을 향해 기어갔다. 그녀가 더 세게 졸랐다. 뇌로 가는 피와 산소가 막혀 그가 의식을 잃길 기도하면서. 그는 욱죄인 숨구멍으로 가늘게 쌕쌕거리며 등에 로리를 매단 채 칼을 향해 팔꿈치로 기어갔다.

로리는 눈을 질끈 감고 온 힘을 끌어모아 캐스퍼의 목을 졸랐다. 그가 칼로 손을 뻗었고, 두려움에 휩싸인 로리가 숨을 깊이 들이마시고 마지막 힘을 쥐어짜며 그의 목을 짓눌렀다.

캐스퍼가 손가락을 움직여 칼자루 쪽으로 꼼지락거렸다. 그가 칼을 쥔 순간, 로리의 목에서 거친 비명이 흘러나왔다.

99장

오트 형사가 웨스트몬트고 정문 너머 자갈길에 손전등을 비췄다. 땅에 박혀 위로 향하는 조명시설 덕에 도서관의 웅장한 기둥 네 개가 멀리서도 빛나 보였다. 오른쪽 방문객 주차장에 차 한 대가 서 있었다. 차를 제대로 보려고 목을 뺐지만 철문과 기둥에 막혀 보이지 않았다.

오트는 잠시 생각하다가 붉은 벽돌담을 따라 보도를 걸어갔다. 담장 높이는 2.5미터 정도였다. 그는 담장 너머 주차장이 있을 거라고 생각되는 곳까지 걸었다. 그리고 손전등을 양복 재킷 주머니에 넣고 담장 위에 손을 올려 몸을 끌어올렸다.

그가 용을 쓰며 앓는 소리를 냈다. 이런 짓을 하기엔 너무 늙었다고 생각한 건 이번이 처음은 아니었다. 하지만 늙었든 아니든 본능이 엇나간 적은 없었다. 그는 레인 필립스 박사 숙소에서 본 로리 무어의 도요타를 기억하고 있었다. 그리고 지금 눈앞에 그 차가 있다. 정문 밖에서 기다리겠다고 해놓고 왜 혼자서 들어간 건지 의아했다.

간신히 몸을 끌어올려 오른쪽 다리를 담장 위로 올렸다. 끙끙 앓는 소리를 내며 담장 안팎으로 다리를 벌려 앉았다. 그리고 왼쪽 다리를 휙 하고 올려 교정 쪽을 바라보고 앉았다. 대학 시절 미식축구를 하다 다친 무릎이 화를 내며 그의 결정을 만류하는 것 같았다. 그는 마음이 바뀔 시간을 주지 않았다. 손바닥으로 담장을 짚고 엉덩이를 들어 뛰어내렸다. 바닥에 떨어졌지만 콘크리트가 아니라 풀로 덮인 땅이라 다행이었다. 그래도 무릎은 충격으로 고통스러웠다.

오트 형사는 주차장을 향해 걸으며 로리의 차에 손전등을 비췄다. 조수석에 핸드폰이 있었다. 그는 잠시 주변을 둘러보고는 기억을 더듬어 교사 거리로 향했다. 작년에 이 길을 지나 찰스 고먼의 집에 갔던 게 기억났다. 그는 가만히 서서 고요한 교사 거리를 바라보았다. 바로 그때였다. 오른쪽 어딘가에서 목을 긁는 비명소리가 새어 나왔다.

오트 형사가 눈을 번쩍 뜨며 총으로 손을 뻗었다. 또다시 비명소리가 들리자 그가 뛰기 시작했다.

100장

헨리 오트가 들은 소리는 캐스퍼의 손가락이 칼자루에 닿았을 때 로리가 소스라치게 내지른 비명이었다. 로리는 짐승이 내지른 듯한 이질적인 그 소리가 자신의 비명임이 믿기지 않았다. 하지만 의미만큼은 잘 알았다. 그녀는 목숨을 걸고 싸우는 중이었고, 그녀의 내부에서 나오는 낯선 목소리가 어떻게든 이기라고 소리치고 있었다.

캐스퍼가 칼을 쥔 그때 로리는 잡고 있던 목을 풀어 그를 밀쳐냈다. 캐스퍼는 진공상태에서 풀려난 듯 폐 속으로 숨을 들이켰다. 로리는 그를 등지고 문을 향해 미친듯이 달려갔다. 그가 정신을 차리기 전에, 아까 내려오면서 봐둔 창문을 깨고 나가는 것이 목표였다. 하지만 어림없었다. 캐스퍼가 즉시 돌진해 그녀를 뒤에서 덮쳤다. 두 사람은 입구에서 넘어졌고 그 충격으로 석고보드 벽이 움푹 팼다. 로리가 비명을 지르며 몸을 돌려 벽에 기대자 그와 마주선 상태가 되었다. 캐스퍼가 칼을 들어올렸다. 그가 그녀의 목으로 칼을 찔러 넣으려는 순간, 로리는 재빨리 그의 손목을 낚아챘다. 그 와중에도 그녀는 딴생각을 했다. 이 칼이 앤드루 그로스와 태너 랜딩의 목을 그은 바로 그 칼이라는 것.

위에서 쿵 하는 소리가 났다. 누군가 현관문을 마구 치고 있었다. 캐스퍼의 눈이 둥그레졌다. 그가 턱에 힘을 주면서 그녀를 찌르려고 안간힘을 썼다. 왼팔 하나로 그를 막는 건 역부족이었다. 오른손으로도 힘을 보태야 했다. 오른팔이 왼쪽 가슴을 스친 그때 뭔가 따끔한 게 느껴졌다. 그녀는 눈 깜짝할 사이 바람막이 지퍼를 내리고 셔츠 주머니에서 폴저그루덴 붓을 꺼냈다. 아침 일찍 키디조이 인형 작업을 하며 썼던 것으로, 자루 쪽 끝이 바늘처럼 날카로운 붓이었다.

캐스퍼의 칼이 로리의 목에 닿기 직전 그녀가 뾰족한 끝으로 그의 왼쪽 눈을 찔렀다. 그는 바로 앞에서 바람 빠진 풍선처럼 쪼그라들며 바닥으로 쓰러졌다. 그가 로리의 매듭결 엘로이즈 군화 위로 얼굴을 숙였다. 눈에서 흘러나오는 피가 그녀의 신발을 빨갛게 물들였다.

101장

크리스천 캐스퍼의 부검 결과 폴저그루덴 붓의 뾰족한 끝이 그의 왼쪽 안구를 통과해 각막, 홍채, 수정체, 망막, 경완와를 꿰뚫고 내경동맥을 파열시켰음이 밝혀졌다. 과다출혈이 있었고 정식 사인은 두개골 출혈이었다. 살해방식은 정당방위에 의한 살인.

앙상한 여인의 이름은 리안 캐스퍼로, 실제로 캐스퍼의 모친이었다. 아들의 지하실에서 수난을 겪은 그녀는 3일간 병원에 입원했다가 인디애나폴리스 근처에 있는 장기 요양시설로 되돌아갔다. 그웬 몽고메리 역시 병원 신세를 졌다. 실제로 다친 곳은 없었지만, 작년의 사건으로 이미 위태로운 정신상태가 한계점에 다다른 상태였다. 그래도 퇴원하고 일주일쯤 지나자 오트 형사와 페퍼밀 경찰서에 비밀을 털어놓을 만큼 안정되었다. 경찰은 베이커크리크에서 마크 매커보이의 시신을 건졌고, 그웬과 개빈 함스는 마크 매커보이의 죽음에 대해 과실치사 혐의를 받았다. 그들은 보호관찰을 받을 수도, 몇 년간 감옥에 갈 수도 있었다.

크리스천 캐스퍼의 지하실에서 일이 터지고 일주일 후 로리는 자신의 시카고 집 작업실에 들어섰다. 그녀는 작업대에 앉으며 다크로드 한 모금을 마셨다. 작업대에는 아르망 마르세유 키디조이 독일 인형이 전등 빛을 받으며 놓여 있었다. 아무것도 모르는 사람은 물론이고 경험 많은 수집가들 눈에도 인형은 나무랄 데 없었다. 얼굴에 흠 하나 없었고, 균열은 깔끔하게 지워져 있었다. 귀와 볼까지 아주 매끄럽고 완벽하게 복구되었다.

로리가 인형 머리를 빗겨주고 옷매무새를 만져준 후 선반으로 가져갔다. 선반에는 딱 한 자리가 남아 있었다. 이날 아침 오래된 인형을 치우고 만든 자리였다. 그녀는 거기에 키디조이 인형을 놓고 자신의 작품을 감상하기 위해 조금 뒤로 물러났다. 최근 복원작이 다른 작품과 섞여 있는 걸 보니 그녀 안에 있는 뭔가가 제자리를 찾은 듯 다시 안정감이 느껴졌다. 작업실을 채운 인형은 단순히 일생의 작품이 아닌 그녀의 구세주였고 고통 너머로 인도하는 생명줄이었다. 그게 아니었다면 그녀는 고통에 사로잡혀 파멸했을지도 모른다.

그녀는 책상 앞 의자에 앉아 다크로드를 한 모금 마셨다. 이제는 아침에 우편으로 도착한 커다란 서류봉투를 열어볼 일만 남았다. 봉투 윗부분을 찢자 접힌 신문이 나왔다. 어제 자 〈인디애나폴리스 스타〉였다. 일면 상단에 기사가 실려 있었다.

사우스벤드 실종사건, 웨스트몬트고의 미스터리를 풀다

3부작 중 1부 / 라이더 힐리어

그녀는 기사를 읽기 전, 신문에 붙어 있는 노란색 포스트잇을 뗐다.

로리에게

내일 회의가 잡혔어요.

수백 번 감사를 전합니다!

—라이더

로리는 다크로드를 한 모금 더 마셨다. 오늘의 처음이자 마지막 맥주였다. 내일 플로리다행 비행기를 타야 하니 과음할 수 없었다. 이번 비행에는 레인이 함께할 테니 지난번보다는 훨씬 유쾌한 시간이 될 것이다.

그녀는 신문을 들어 라이더의 기사를 읽었다.

102장

라이더 힐리어가 차로 두 시간 거리의 시카고에 도착했다. 그녀는 시카고 루프 지역 중간에 당당하게 서 있는 사옥 엘리베이터를 타고 34층을 향해 올라갔다. 가슴이 두근거려서 애써 감정을 억눌러야 했다. 승강기 문이 열리자 작은 캐리어를 끌고 유리문을 통과해 안내데스크로 다가갔다.

젊은 남자가 상냥하게 웃으며 인사했다.

"안녕하세요. 뭘 도와드릴까요?"

"라이더 힐리어예요. 드와이트 코리 씨와 약속이 되어 있어요."

"네네, 지금 기다리고 계십니다!" 남자가 활기차게 대답하고 전화기를 들었다. "코리 씨, 1시 손님이 오셨습니다. 힐리어 씨입니다."

잠시 후 안내데스크 옆문이 열리고 황갈색 아르마니 수트를 완벽하게 차려입은 남자가 나타났다. 그 역시 만면에 미소를 띠고 있었다.

"라이더 힐리어 씨? 드와이트 코리입니다. 만나서 반갑습니다." 그가 가까이 다가오며 손을 내밀었다.

라이더가 악수를 받았다. "고맙습니다. 이렇게 기회 주신 것 진심으로 감사드려요."

"감사라니요, 로리와 레인 말로는 당신이 이 일에 제격이라고 하던데요. 들어오시죠. NBC 측 사람들은 30분 뒤에 올 겁니다. 그동안 제안에 대해 설명해드리겠습니다."

라이더는 힘겹게 침을 삼키고 드와이트를 따라 사무실로 향했다. 이제 조금 있으면 NBC 측 사람들에게 자신이 왜 맥 카터의 뒤를 이을 완벽한 진행자인지 설명해야 했다. 조사 자료가 담긴 캐리어를 끌고 가는 내내 그녀의 심장이 두근거렸다.

103장

비행 출발 시각은 1시였다. 그들이 집을 나선 시각은 10시. 공항에 10시 반에 도착하면 몇 시간을 때워야 하니 로리 생각에는 너무 이른 시간이었다. 아메리칸항공의 애드미럴스 클럽Admirals Club 혜택과 일등석 표가 있다 해도 세상에서 가장 번잡한 공항에서 그렇게 오래 기다린다는 건 내키지 않았다. 다행히 로리는 오헤어 국제공항에 가기 전 한 군데 들를 곳이 있었다.

주차하지 않아도 되도록 운전대는 레인이 잡았다. 라살 거리로 접어들자 레인이 잠시 불법주차를 감행했고, 로리가 차에서 뛰어내려 신발 가게로 향했다. 거의 10년째 매든걸 부츠만 신어온 그녀가 이제 몇 주 만에 새로 한 켤레 더 사려는 참이었다. 마지막 신은 매든걸 부츠는 크리스천 캐스퍼의 안구에서 흘러나온 피로 뒤덮여버렸다.

7사이즈에 발을 넣자 이달 초 여기서 신발을 살 때 느꼈던 평온함이 다시 느껴졌다. 그녀가 새 부츠를 신은 채 계산을 마치고 나왔다. 플로리다의 열기는 대단했다. 하지만 플립플롭 같은 샌들은 그녀 취향이 아니었다.

비행기가 플로리다 포트마이어스에 도착한 건 오후 4시 5분이었다. 그로부터 30분 후 로리와 레인이 탄 렌터카는 새니벌섬 진입로를 향해 달리고 있었다. 로리는 레인과 만난 지 10년이 넘도록 같이 휴가를 가본 적이 없었다. 이유는 많았다. 로리는 사건 사이사이 남는 시간을 혼자 보내고 싶어 했다. 그 시간 동안 끊임없이 삶을 파괴해왔던 고통에 짓눌리지 않기 위해 저항하며, 새로 산 인형을 복구하는 행위로 자기 자신을 보듬어왔다. 레인도 휴가를 떠나 시간 보내는 걸 좋아하지 않기는 마찬가지였다. 둘 다 일광욕하며 여유 부리는 스타일이 아니었다. 로리는 모래가 싫었고, 무언가 파고드는 틈 같은 걸 싫어했기에 평생 해변을 가까이하지 않았다. 그러니 이 여행은 그야말로 레인만 믿고 따라가는 거였다. 레인이 새니벌섬에 아파트를 하나 빌린 데는 다 이유가 있다고 했다. 로리는 아무리 생각해도 그게 뭔지 짐작도 안 갔다. 하지만 레인이 죽을 뻔했고 자신도 크리스천 캐스퍼의 지하실에서 충격적인 시간을 보냈으니, 둘 다 삶의 방식을 조금 바꿔보는 것도 나쁘지 않을 것 같았다. 게다가 레인은 로리에게 필요한 것을 선사하겠다고 장담까지 했다. 지금까지 한 번도 거짓말을 하지 않은 사람이니, 로리는 플로리다 여행이 유익할 거라는 그의 말을 믿기로 했다.

로리 무어는 문자 그대로, 그리고 비유적으로도 정신없이 사랑에 빠지거나 황홀해하며 연애하는 스타일이 아니었다. 레인도 그걸 알았다. 그는 그녀의 마음이 어떤 식으로 흘러가는지, 그녀의 DNA가 어떻게 짜여 있는지 이해했다. 로리는 끊임없이 자극이 필요한 사람이었다. 미해결 사건을 해결하든, 작업실에 앉아 망가진 골동품 인형을 복구하든. 로리가 사건을 해결하는 건 그저 업무가 아니라 삶의 방식이었다. 그녀는 섬세하게 균형을 맞춰야 생존이 가능했다. 미해결 사건의 미스터리가 필요했다. 풀어야 할 문제가 없다면 고통이 그녀의 삶을 송두리째 집어삼킬 것이다.

새니벌섬에 들어서자 레인은 섬을 가로지르는 외길로 접어들었다. 그들은 늘어선 야자수로 그늘진 도로를 지나 마침내 아파트 입구에 도착했다.

“얼굴에서 티 난다. 걱정하는 게 보이는데?” 레인이 말했다.

“아니야.” 로리가 답했다. 그녀는 억지 미소를 지으며 앞유리 너머로 올려다보는 시늉을 했다. “너무 좋다. 이건…… 딱 내가 원하던 거야.”

“내가 자기를 여기까지 데려와서 해변에 앉혀놓고 피나콜라다 칵테일을 마시게 할 거라고 생각하는 거야? 그런 거야?”

“아직도 여기 왜 온 건지 모르겠어. 하지만 확실히 아는 게 하나 있지. 내가 해변을 걷거나 피나콜라다를 마시는 사람이 아니라는 건 당신도 잘 안다는 것.”

두 사람은 트렁크에서 짐을 꺼내 외부 승강기를 타고 올라갔다. 레인이 열쇠로 문을 따 로리를 위해 열어주었다. 그들은 짐을 침실에 던져놓고 발코니로 나갔다. 오후 햇살이 바다 표면에서 일렁이며 환상적인 풍경을 연출했다.

로리가 해변을 내려다보며 얼굴을 찡그렸다.

“진심으로 하는 얘기야, 레인. 나 맨발로 모래 안 밟아.”

“맙소사! 아직도 내가 당신을 모를까 봐?” 레인이 그녀를 끌어당겨 감싸안고 시계를 확인했다. “당신에게 소개해주고 싶은 분이 있어. 그분이 당신한테 보여줄 게 있대.”

“플립플롭 샌들 신고 가야 해?”

“아니, 아니야. 말도 안 되는 소리 좀 하지 마.”

104장

레인과 로리는 세 층 아래로 내려가 문을 두드렸다. 로리는 회색 데님 바지에 회색 티셔츠 차림이었다. 새로 산 매든걸은 빳빳하지만 편안했다. 문이 열리고 나이 지긋한 신사가 그들을 맞이했다. 로리는 안경을 고쳐 썼지만 평소처럼 자신을 감추고 싶은 마음은 들지 않았다. 노신사한테서는 왠지 그녀를 편안하게 해주는 독특한 기운이 느껴졌다.

"레인! 이렇게 보니 좋네요." 노신사가 만면에 웃음을 보이며 손을 내밀었다.

"저도요, 거스."

레인이 로리를 향해 몸을 틀었다. "이분은 거스 모렐리. 여기는 제 반쪽, 로리 무어입니다."

"로리! 말씀 많이 들었습니다. 레인도 그렇고 다른 분들한테서도요." 거스가 말했다.

"네, 만나서 반갑습니다." 로리가 미소를 지었다. 그리고 거스가 자신에게 악수를 권하지 않았다는 걸 깨달았다.

"들어오세요. 로리, 당신에게 줄 게 있어요." 거스가 시계를 확인하며 말을 이었다. "지구 어딘가는 해피아워일 테니 한잔합시다."

안으로 들어간 그가 냉장고에서 다크로드를 한 병 꺼냈다. 로리는 레인 옆에 바짝 붙어 서 있었다.

"진짜 나쁜 놈 하나 때문에 이 맥주에 손을 대게 됐어요. 근데 빌어먹을, 엄청나게 맛있더라고요." 거스가 위에 붙은 밀랍을 떼어내고 맥주병을 땄다. "박사님, 한 잔 따라드릴까요?"

"아닙니다. 흑맥주를 먹으면 속이 안 좋아서요. 라이트 맥주 있으면 하나 주십쇼." 레인이 말했다.

거스가 손가락으로 방향을 가리켰다. "맨 아래 선반에 라루비아 있습니다."

거스가 로리에게 맥주잔을 건넸다. 검은 맥주 위로 풍성한 거품이 완벽하게 올라가 있었다.

"건배!" 거스가 잔을 내밀며 말했다.

레인이 맥주병을 들어올렸다. 로리는 레인을 보고 거스를 바라보았다. 마치 오래간만에 만난 친구 같았다. 그녀는 여전히 무슨 일이 일어나고 있는 건지 알 수 없었다.

"뭐를 위해 건배하는 거죠?" 그녀가 물었다.

거스가 뒤쪽으로 고개를 까닥해 보였다. 로리를 위해 준비한 것이 있다는 듯이. 그러고는 레인을 바라보며 웃었다.

"말 안 해준 겁니까?"

"아직요." 레인이 대답했다.

거스가 로리에게 미소를 지어 보였다. "따라오시죠."

로리는 거스를 따라 거실 옆 복도를 걸었다. 닫힌 문이 나오자 그가 손잡이를 밀고 들어갔다. 마치 방에서 전류가 흘러나와 로리를 끌어당기는 듯했다. 방에는 상자가 무더기로 쌓여 있었다. 로리가 안으로 발을 들였다.

"이게 다 뭐죠?"

"30년 동안 근무하면서 풀지 못한 사건들이자 제가 잊지 못하는 사건들입니다. 레인이 그러는데 당신이 궁금해할 수 있다고 해서요."

로리가 천천히 다가가 상자를 어루만졌다. 그녀의 사고 회로가 가동을 시작했고 가능성을 향해 깜빡거렸다. 상자 안에서 해결을 기다리는 미스터리들을 대하자 가슴이 두근거렸다.

로리는 다크로드를 침대 옆 탁자에 내려놓았다. 상자 하나를 들고 와 침대에 걸터앉은 채 상자 뚜껑을 천천히 들어올렸다.

작가의 말

제가 쓴 스릴러 소설은 모두 독자적인 소설입니다. 하지만 꼼꼼한 독자라면 이전 소설에 있던 작은 조각들이 이후의 소설에 간간이 섞였다는 걸 아실 겁니다. 『수어사이드 하우스』는 로리 무어와 레인 필립스가 등장한 두 번째 소설이지만 어느 작품을 먼저 읽어도 상관없도록 신중하게 썼습니다.

만약 여러분이 『수어사이드 하우스』를 통해 로리 무어를 처음 알게 됐는데 매력적인 그녀에 대해 더 알고 싶다면, 저의 다른 소설 『어둠을 선택하는 자Some Choose Darkness』를 읽어보시기 바랍니다. 로리의 독특한 성격이 어디서 왔는지를 조금이나마 확인하실 수 있을 것입니다. 물론 스릴감이 넘치는 소설입니다.

『수어사이드 하우스』를 통해 현명하고 술책이 뛰어난 형사 거스 모렐리를 처음 만나셨다면 『그걸 믿지 마Don't Believe It』를 추천합니다. 이 소설을 통해 거스의 인생, 그가 벌인 인생과의 싸움, 동년배에 대한 경멸, 그리고 어떻게 해서 티타늄 보철물을 지니게 되었는지를 알게 되실 겁니다.

만약 『그걸 믿지 마』를 읽으면서 법의학자 리비아 커티에 대한 궁금증이 든다면 『잡힌 소녀The Girl Who Was Taken』를 추천합니다.

『그걸 믿지 마』를 보시면 소설의 배경이 위스콘신주의 서밋레이

크라는 걸 눈치채실 겁니다. 이 도시의 역사와 비밀에 대한 호기심이 든다면 도시 이름을 딴 소설 『서밋 레이크Summit Lake』를 읽어보십시오. 『서밋 레이크』는 저의 첫 소설이자 독자들의 사랑을 가장 많이 받는 작품이기도 합니다.

저의 소설을 읽어주신 여러분, 감사합니다. 영원히 감사하는 마음입니다.

찰리 돈리

감사의 말

이 책이 세상에 나오도록 도와주신 분들에게 감사를 전하며 소환될 용의자 목록은 다음과 같습니다.

• 에이미: 힘겨운 집필기간 내내 사랑과 격려로 도움을 주어서 고마워요. 당신은 눈부신 아내이자 무적 엄마, 그리고 가장 친한 친구가 되어주었죠. 내가 우리 삶의 통제력을 잃었을 때 옆에 또 한 명의 조종사가 있다는 걸 알게 되어 다행이에요.

• 메리: 열정을 다해 소설을 함께 구상해주어서 고맙습니다. 초반에 대화하며 이야기를 쌓아나가다가 결국 "잠깐만, 근데 뭐 하려다가 이렇게 됐지?" 했던 순간들, 정말 재밌었어요. 우리는 매번 거기서부터 출발해 다시 얘기를 이어나갔죠.

• 젠 멀렛: 놀라운 재능으로 다른 사람들이 발견하지 못한 저의 실수들을 찾아내주셔서 감사합니다.

• 데스멧 씨: 주요 캐릭터에 이름을 빌려주셔서 정말 고마워요.

• 은퇴 형사 레이 피터스: 경찰 수사에 대한 질문에 답해주신 것 감사드립니다. 또한 재직 당시 있었던 놀라운 사건에 대해 얘기해주신 것도 고맙습니다.

• 말린 스트링어: 저의 경력에 대해 꾸준히 조언해주셔서 고마

워요. 앞으로의 방향뿐 아니라 지금 우리가 어디에 있는지에 대해서도 계속 생각하도록 해주시는 것도요.

그리고 늘 그렇듯 켄싱턴 출판사의 재능 넘치는 팀원들, 고맙습니다. 제 소설 작업에서 보여주시는 노력과 지지에 저는 늘 말문이 막힙니다. 특히 비다 엥스트랜드와 크리스탈 맥코이의 독창성에 감사드립니다. 그리고 제가 허둥지둥할 때마다 침착하고 차분하게 대응하는 저의 편집자 존 스코냐밀리오에게 감사 인사를 전합니다.

수어사이드 하우스

1판 1쇄 발행 2021년 1월 20일
1판 2쇄 발행 2021년 3월 10일

지은이 찰리 돈리
옮긴이 안은주
펴낸이 김기옥

문학팀 김세화 | 마케팅 김주현
경영지원 고광현, 김형식, 임민진

표지디자인 이경란 | 본문디자인 고은주
인쇄·제본 (주)민언프린텍

펴낸곳 한스미디어(한즈미디어(주))
주소 (04037) 서울시 마포구 양화로 11길 13(서교동, 강원빌딩 5층)
전화 02-707-0337 | 팩스 02-707-0198 | 홈페이지 www.hansmedia.com
출판신고번호 제313-2003-227호 | 신고일자 2003년 6월 25일

ISBN 979-11-6007-566-3 (03840)

한스미디어 소설 카페 http://cafe.naver.com/ragno | 트위터 @hans_media
페이스북 www.facebook.com/hansmediabooks | 인스타그램 @hansmystery